Cornelia Engel

Im Schein der Morgenröte

TINTE & FEDER

Das Buch

Sansibar 1880. Elisabeth fasst allmählich Fuß auf Sansibar, doch der Handel mit Gewürzen macht ihr zunehmend Sorgen. Vonseiten des Palasts werden ihr Steine in den Weg gelegt und noch immer ist es ihr nicht gelungen, im Auftrag ihres Bruders Gewürznelken zu kaufen. Als es zu Missverständnissen zwischen Jacob und ihr kommt, scheint sie ganz allein dazustehen. Sowohl der Arzt Dr. Wessels als auch der Pflanzer Christian Gramberg machen ihr Avancen und Elisabeth landet in einem gefährlichen Netz aus Verrat und Intrigen. Wem kann sie vertrauen?

Die Autorin

Cornelia Engel wurde in Bamberg geboren und wuchs in einer literaturbegeisterten Familie auf. Sie lebte längere Zeit im Ausland und übte danach verschiedene selbstständige Tätigkeiten aus, bevor sie Kommunikationswissenschaft studierte. Mittlerweile arbeitet Cornelia Engel hauptberuflich als Autorin. Unter dem Pseudonym Isabel Morland hat sie bereits mehrere erfolgreiche Romane bei namhaften Publikumsverlagen veröffentlicht. Zuletzt veröffentlichte sie unter dem Namen Cornelia Engel die Bestseller-Romantik-Serie »Verliebt auf Borkum«. »Im Schein der Morgenröte« ist der zweite Band ihrer historischen Sansibar-Saga.

Mit ihren vier Kindern lebt Cornelia Engel in der fränkischen Heimat.

CORNELIA
ENGEL

IM Schein DER Morgenröte

Die Sansibar-Saga

ROMAN

TINTE & FEDER

Deutsche Erstveröffentlichung bei
Tinte & Feder, Amazon Media EU S.à r.l.
38, avenue John F. Kennedy, L-1855 Luxembourg
Mai 2022

Umschlaggestaltung: zero-media.net, München
Umschlagmotiv: © Chesterburkin © Stone36 © Dewin ID
© pittaya / Shutterstock;
© imageBROKER / Alamy Stock Photo © Abigail Miles / ArcAngel
1. Lektorat: Angela Kuepper
2. Lektorat und Korrektorat: VLG Verlag & Agentur, Haar bei München,
www.vlg.de
Gedruckt durch:
Amazon Distribution GmbH, Amazonstraße 1, 04347 Leipzig /
Canon Deutschland Business Services GmbH, Ferdinand-Jühlke-Straße 7,
99095 Erfurt /
CPI books GmbH, Birkstraße 10, 25917 Leck

ISBN 978-2-49671-048-9

www.tinte-feder.de

Gefördert von Neustart Kultur / VG Wort

NEU
START
KULTUR

Was bisher geschah

Um ihrer gewalttätigen, lieblosen Ehe zu entfliehen, wagt die junge Elisabeth von Baahren den Neuanfang im fernen Sansibar, von den Einheimischen Unguja genannt. Dort soll sie, begleitet von ihrem Dienstmädchen Anna, im Auftrag ihres Bruders Gewürznelken kaufen. Bei ihrer Ankunft im Juni des Jahres 1880 findet sie sich in einer fremden arabischen Welt wieder, in welcher der illustre Sultan von Sansibar das Sagen hat. Nach dem unerwarteten Tod ihres Onkels, Theodor Dieckman, bei dem sie auf Sansibar unterkommen wollte, ist sie völlig auf sich gestellt. Die märchenhafte Kulisse des Palasts trügt, Elisabeth werden Steine in den Weg gelegt, und sie gerät in einen Sumpf von Intrigen. Ihr emanzipiertes Auftreten schafft zudem Fronten. Farida, die ebenso schöne wie unberechenbare Schwester des Sultans, die sich vordergründig freundlich gesinnt zeigt, verfolgt eigene Interessen. Hilfe und Unterstützung findet Elisabeth bei dem österreichischen Arzt Dr. Wessels. Da sie über gute Kenntnisse als Hebamme verfügt, bietet er ihr an, an seiner Seite zu arbeiten – eine Aufgabe, die sie erfüllt, jedoch nicht ihr hochmodernes Lebensziel darstellt:

als selbstbestimmte Geschäftsfrau in einer von Männern regierten Welt anerkannt zu werden. Auf gemeinsamen Ritten über die Insel lernt Elisabeth das Land und seine Menschen kennen, darunter auch den deutschen Pflanzer Christian Gramberg, der im großen Stil Gewürznelken anbaut. Sie bemüht sich darum, mit ihm handelseinig zu werden, doch Gramberg, der mehr an Elisabeth als an einem Geschäft interessiert ist, zögert den Zuschlag hinaus.

Als Elisabeth dem schottischen Pflanzer Jacob Preston begegnet, ist sie von seiner Person gleichermaßen verwirrt wie fasziniert. Traumatisiert durch die gewalttätigen Erfahrungen in ihrer Ehe, aus der sie geflohen ist, beschließt sie, auf Abstand zu bleiben, und behält die hinter ihr liegenden Ereignisse und ihren Status als verheiratete Frau zunächst für sich. Doch unaufhaltsam fühlen die beiden sich voneinander angezogen. Kann Elisabeth ihren Gefühlen vertrauen?

Auch Jacob plagt seine Vergangenheit. Hinter einer schroffen Schale verbergen sich tiefe Wunden. Einer der wenigen, die Zugang zu ihm finden, ist der Inder Ashok. Schicksalhafte Ereignisse haben die beiden zusammengeführt. In einem geheimen Bereich von Jacobs Plantage baut Ashok Vanille an, obwohl die kostbare Orchidee der Auslöser der einstigen schrecklichen Ereignisse war. Beide wissen um die Gefahren, die noch immer von der Vanille ausgehen, denn die Pflanze so ist kostbar, dass gemordet wird, um in ihren Besitz zu gelangen. Ashok, der im Lesen und Deuten altindischer Prophezeiungen bewandert ist, warnt seinen Freund vor Fehlentscheidungen, doch Jacob will nicht auf ihn hören. Im Bestreben, Elisabeth zu beschützen und alles richtig zu machen, verbirgt er entscheidende Dinge vor ihr.

Als das Dienstmädchen Anna sich in Kenyatta verliebt, einen Sklaven von Grambergs Plantage, dieser unter mysteriösen Umständen zusammengeschlagen wird und fliehen muss, überschlagen sich die Ereignisse. Während die Welt um Elisabeth ins Wanken gerät und ihr fragiles Beziehungsgeflecht reißt, vertraut sie sich Jacob an, der sie und auch Kenyatta unter seinen Schutz stellt. Eine zarte, noch zerbrechliche Liebe erblüht zwischen den beiden, und bald spüren sie, dass sie füreinander bestimmt sind. Doch schon ziehen neue Wolken am Horizont auf …

Kapitel 1

Sansibar, Eilean Donan, September 1880

Kurz vor Sonnenaufgang schien die Welt am dunkelsten, das Leuchten der Sterne vor dem tiefschwarzen, dunstigen Himmel blass. Die kühlste Stunde des Tages brach an, doch in dem geräumigen, fest verankerten Zelt mitten im Dschungel war davon wenig zu spüren. Die Luft war stickig, Elisabeth drehte sich von einer Seite auf die andere. Sie war nackt und nur von einem dünnen Laken bedeckt, dennoch fühlte sich ihre Haut feucht und klebrig an. Jacobs Körper neben ihr hatte während der Nacht so viel Hitze verströmt, dass sie es irgendwann nicht mehr ausgehalten und sich schweren Herzens aus der Sicherheit seiner Umarmung gelöst hatte. Seitdem hatte sie kein Auge zugetan.

Ganz im Gegensatz zu Jacob, der offenbar mit einem geradezu unerschütterlichen Schlaf gesegnet war. Sie rollte sich zu ihm herum und betrachtete ihn liebevoll, wenn auch ein wenig amüsiert. Jacob lag auf dem Rücken, den Kopf zur Seite gedreht. Ein dünner Speichelfaden zog sich von seinem Mundwinkel über die Wange, die Lippen waren halb geöffnet, und ab und zu machte er kleine schmatzende Geräusche mit dem Mund.

Seine Gesichtszüge waren weicher und weniger ernst als bei Tag und ließen ihn weit jünger aussehen, als er mit seinen zweiunddreißig Jahren war. Die steile Falte über seiner tief angesetzten, breiten Nase hatte sich entspannt. Dunkle, geschwungene Wimpern umkränzten seine Augen, die jetzt geschlossen waren, jedoch bei Tage so blau leuchteten wie Vogeleier. Das Licht der Öllampe verlieh seinem milchkaffeefarbenen Teint einen seidigen Schimmer. Selbst im Schlaf wirkte er äußerst attraktiv, mit seinem Aussehen, das er seiner jamaikanischen Mutter und seinem schottischen Vater verdankte. Den ganzen Tag über hatte Elisabeth sich dabei ertappt, den Blick nicht von ihm lösen zu können. Zu allem Übel hatte sie noch dazu so grundlos und auffällig vor sich hin gegrinst, dass er sie für verrückt halten musste. Sie biss sich auf die Lippe. Eine Welle von Zärtlichkeit durchflutete sie für diesen nach außen hin so starken Mann, der ebenso tiefe Verletzungen in sich trug wie sie. Eines der Dinge, in denen sie sich ähnelten. Doch von den Wunden ihrer Vergangenheit wusste kaum jemand, und das war gut so. An seiner Seite fühlte sie sich so sicher und beschützt wie nie zuvor.

Sie streckte die Hand aus, um seinen abgewinkelten Arm zu sich heranzuziehen und zurück in die wohlige, wenngleich verschwitzte Nähe seines Körpers zu finden, zog sie dann aber wieder zurück, unsicher, ob sie ihn damit geweckt und unnötig mit ihrer Unruhe belastet hätte.

Mit einem leisen Seufzen rollte sie sich zurück auf den Rücken und starrte durch das feine Gewebe des Moskitonetzes. Sie hatte ja noch nicht einmal selbst eine vernünftige Erklärung dafür, was sie so ruhelos machte. Im Grunde hätte sie nicht glücklicher sein können. In ihrem Bauch spürte sie das Flattern Tausender Schmetterlinge, ein neues, beglückendes Gefühl, das sie in den Jahren ihrer erzwungenen Ehe mit Weyhoff niemals empfunden hatte. Gleichzeitig bemerkte sie, wie sich bei dem Gedanken an ihren Ehemann im fernen Lübeck ihr Magen zusammenzog. Nagend überkam sie das schlechte Gewissen. Obwohl sie aus ihrer Sicht das Richtige getan hatte, als sie aus ihrer gewalttätigen Ehe geflohen war, blieb es bei der Tatsache, dass sie eine verheiratete Frau war. Und das Bett mit einem anderen Mann teilte …

Sie setzte sich auf. Von draußen drang das erste, noch zaghafte Zwitschern der Vögel an ihr Ohr. Es musste nicht mehr lang bis zur Dämmerung sein. Sie beschloss, aufzustehen, in ihre Kleider zu schlüpfen und den neuen Tag zu begrüßen.

Kurz darauf schlug sie die schwere Zeltplane zurück und trat in Hemd, Hose und Reitstiefeln hinaus. Mit einem herzhaften Gähnen strich sie sich durch das lange, wirre rote Haar, bevor sie sich auf einer der hölzernen Stufen niederließ. Zum Schutz vor Schlangen und Ungeziefer stand das Zelt erhöht auf einer Plattform. Sie sog die wunderbar kühle Luft ein. Der süße Duft überreifer Mangos wehte von den umstehenden Bäumen zu ihr herüber, die Erde roch feucht und modrig. Unfähig, ihre Gedanken zu ordnen, richtete sie den Blick gen Himmel. Ein erster schwacher Schimmer zerriss das Grau. Das Glimmen am Horizont wurde stärker. Irgendwo jenseits der Bäume ging die Sonne auf. Allmählich nahmen die Schatten um sie herum Konturen an. Die Farben wurden kräftiger, das Grün des Dschungels wirkte wie frisch gewaschen und bildete einen scharfen Kontrast zu der roten Erde.

Bei den Hütten der Arbeiter konnte sie einen schwachen Schein flackernder Petroleumlampen ausmachen. Eilean Donan, Jacob Prestons Zuckerrohrplantage, erwachte zum Leben. Voll Staunen über die wilde Schönheit der Natur ließ sie den Blick über die Felder, die etwas entfernten Wirtschaftsgebäude und den dahinter liegenden, undurchdringlichen Dschungel wandern.

Es fühlte sich an, als hätte sich ihre Welt binnen zweier Tage auf den Kopf gestellt. Die Sonne ging nicht nur über einem neuen Morgen, sondern über einem neuen Leben auf. Sie spürte, wie ihre Anspannung wich und sich ein Lächeln auf ihren Lippen ausbreitete.

Noch immer weigerte sich ihr Verstand, zu begreifen, was mit ihr geschah. Sie hatte nicht damit gerechnet, sich zu verlieben … Sie runzelte die Stirn. War sie zuvor überhaupt schon einmal verliebt gewesen? Wohl kaum, zumindest hatte sie noch nie so für einen Mann empfunden. Noch weniger hätte sie geglaubt, dass es sich so anfühlen könnte, mit einem Mann zusammenzuliegen, Verlangen zu verspüren und Zärtlichkeiten auszutauschen. Ihr Lächeln wurde übermütig, sie schüttelte den Kopf. Ausgerechnet Jacob! Jener Mann, der sie vom ersten Moment an gleichermaßen fasziniert wie auch aus der Haut hatte fahren lassen. Wie war das möglich? Gedankenverloren schlang sie die Arme um den Oberkörper.

Es war verwirrend. Schon als sie ihn vom Deck der *Glasgow* aus bei ihrer Ankunft auf Sansibar in den Klippen erspäht hatte und sich ihrer beider Blicke durch das Fernglas hindurch getroffen hatten, hatte sie das Gefühl gehabt, dass etwas Schicksalhaftes in dieser Begegnung lag. Und seit jenem Moment vor zwei Tagen, als die Rückschläge, die sie als angehende Geschäftsfrau hatte einstecken müssen, sie an den Rand eines Zusammenbruchs gebracht hatten und sie Halt und Schutz in seinen Armen gefunden hatte, war sie geneigt zu glauben, dass er tatsächlich ihre Bestimmung war. Auch wenn er nur wenige Schritte von ihr entfernt schlief, sehnte sie sich so nach ihm, dass es schmerzte. Gleichzeitig ängstigte es sie, dass sie so viel für ihn empfand. Es machte sie verletzlich. Dabei konnte sie es sich nicht erlauben, verwundbar zu sein. Zu viel stand auf dem Spiel. Abgesehen davon … Es konnte wohl kaum sein, dass dieses herrliche, schwebende, berauschende Gefühl auf Dauer anhielt.

Ein leises Miauen riss sie aus ihren Gedanken. Im nächsten Moment spürte sie einen warmen, pelzigen Körper um ihre Beine streifen. »Guten Morgen, mein Freund«, begrüßte sie Jacobs bemerkenswert großen schwarzen Kater. »Was lässt dich schon so früh am Morgen hier draußen herumschleichen? Treibt dich der Hunger oder bist du auf der Suche nach einer Gefährtin?«

Der Kater schenkte ihr einen gelangweilten Blick aus smaragdgrünen Augen. Gedankenverloren strich sie mit der Hand über das samtige Rückenfell, während er sich fester an sie schmiegte und dabei schnurrte. Fast beneidete sie das Tier um sein unbeschwertes Leben. Sie hingegen holten ihre Sorgen zusehends wieder ein. Wie würde es weitergehen mit dem Kontor, das ihr Onkel ihr vererbt hatte? Und mit ihrem Stand als Geschäftsfrau? Würde es ihr auf längere Sicht gelingen, von den Indern und Arabern, von den Zöllnern und Händlern als Geschäftspartnerin akzeptiert zu werden? Was war mit den Gewürznelken, die sie sich verpflichtet hatte, für ihren Bruder zu kaufen? Sie stellten die Gegenleistung für das Geld dar, das er ihr für die Überfahrt nach Sansibar geliehen hatte – eine Summe, die er gewiss einfordern würde, sollte sie nicht bald einen Handel abschließen können. Jacob warnte sie eindringlich davor, mit dem deutschen Pflanzer Gramberg Geschäfte zu machen, und doch war er der Einzige auf der Insel, der bereit schien, mit ihr zu verhandeln. Wäre da nicht die Sache mit seinem Sklaven Kenyatta gewesen, hätte sie kaum gezögert, auf Gramberg zuzugehen. Aber nachdem das Gerücht kursierte, dass ein von Gramberg veranstalteter illegaler Boxkampf unter seinen Leibeigenen der Grund für Kenyattas schwere Verletzungen und seine anschließende Flucht war, war sie sich nicht mehr sicher, ob Gramberg der integre Geschäftsmann war, der zu sein er vorgab. So viele Fragen und keine Antworten! Sie legte den

Kopf in den Nacken und stieß die Luft aus, von der sie nicht wusste, dass sie sie angehalten hatte.

Der Himmel über ihr glühte rot, gelb und orange. Obwohl sie nun schon seit vier Monaten auf Unguja lebte, erfüllte es sie mit Ehrfurcht und Staunen, mit welcher Schnelligkeit die Sonne Tag für Tag zur etwa gleichen Zeit über den Tropen aufging. Sie konnte sich nicht vorstellen, sich jemals an dem Schauspiel sattzusehen.

Ein Rascheln ertönte im Laub, und der Kater huschte mit zwei, drei Sprüngen hinunter von der Veranda und verschwand im dichten Gestrüpp des Urwalds. Kopfschüttelnd blickte sie ihm hinterher, dann fuhr sie mit beiden Händen durch ihr Haar und hob es im Nacken an. Ihr Körper verlangte danach, die Kühle des Morgens auszukosten, solange sie andauerte. Mit ihrem hellen Teint, den Sommersprossen und dem kupferroten Haar litt sie noch immer unter der Schwüle. Anna hingegen, ihr Dienstmädchen mit den blonden Haaren und dem kräftigen Körperbau, vertrug die Hitze erstaunlich gut. Dafür fand Anna jede Menge anderer Gründe, zu jammern. Nicht zum ersten Mal fragte Elisabeth sich, ob es richtig gewesen war, das siebzehnjährige Mädchen aus dem kleinen Dorf an der Ostsee zu ihrer Reisebegleitung zu machen. Zwar hatte Annas Weltsicht sich in den vergangenen Wochen erfreulich erweitert und sie war selbstständiger geworden, doch fehlte ihr immer noch die nötige Reife, um auf eigenen Füßen zu stehen. Seufzend runzelte Elisabeth die Stirn. Annas Wohlergehen war nur eine von vielen Sorgen auf ihrer gedanklichen Liste.

»Liz.«

Sie fuhr herum. Versunken in ihre eigene Welt, hatte sie nicht bemerkt, dass Jacob hinter ihr auf die Veranda getreten war, nachlässig nur in Hosen gekleidet und mit nacktem Oberkörper.

»Was macht du hier draußen? Wieso liegst du nicht bei mir?« Er schlang von hinten die Arme um sie und zog sie an sich, sodass sie mit dem Rücken an seiner Brust lehnte. Ein leises, wohliges Seufzen entwich ihr. Sie legte den Kopf in den Nacken. Am Himmel hatten sich weiße Wolken, die aussahen wie Wattebäusche, übereinandergeschoben. »Hoffentlich hat dich nicht mein Schnarchen vertrieben.«

»Es war so warm im Zelt. Da dachte ich, ich sehe mir den Sonnenaufgang an, bevor ich mich weiter herumwälze und du davon wach wirst«, erklärte sie leichthin.

»Du erwartest aber nicht, dass ich dir glaube, oder?«, erwiderte er, ein Lächeln in der Stimme. »Was ist mit dir? Worüber machst du dir Sorgen?«

»Nun …« Sie wand sich. »Es wird Zeit, dass ich zurück in die Stadt reite. Eigentlich sollte ich längst wieder im Kontor sein.«

»Kein Grund zur Eile …« Er beugte sich über sie und küsste sanft ihren Hals.

»Jacob«, murmelte sie, hin- und hergerissen zwischen süßem Verlangen und der Vernunft, die ihr riet, ihren Gefühlen Einhalt zu gebieten und stattdessen ihren Verpflichtungen nachzukommen. »Ich sollte mich wirklich auf den Weg machen.« Innerlich widerstrebend wand sie sich aus seinem Arm.

»Warte.« Er griff nach ihrer Hand und verschränkte ihre Finger mit seinen. »So kann ich dich nicht gehen lassen. Nicht, wenn du so bedrückt wirkst. Was hältst du von einem gemeinsamen Frühstück? Dabei erzählst du mir, was dir Kummer macht.«

»Danke, aber ich habe keinen Hunger.« Sie schenkte ihm ein Lächeln, von dem sie hoffte, dass es halbwegs unbeschwert wirkte. Es wäre nur zu einfach gewesen, sich in seine Arme fallen zu lassen und darauf zu vertrauen, dass er dazu beitragen würde, die Dinge in ihrem Leben ins Lot zu bringen. Doch einem Teil von ihr widerstrebte das. Selbstständigkeit war ein kostbares Gut. Sie hatte zu sehr dafür gekämpft, um sich jetzt wieder von ihren Idealen zu entfernen. So glücklich und sorglos die Tage hier mit Jacob gewesen waren, so sehr spürte sie, dass es an der Zeit war, in ihr eigenes Leben zurückzukehren und sich den Herausforderungen zu stellen.

»Liz …« Er legte die Hände auf ihre Schultern und drehte sie sanft zu sich herum, sodass sie sich ins Gesicht sahen. »Du hast keinen Grund, dich schlecht zu fühlen. Es ist keine Schwäche, sich fallenzulassen und aufgefangen zu werden. Im Gegenteil. Es ist ein Zeichen von Vertrauen, in sich selbst, in den Menschen, den man liebt, und in das Leben. Zermürb dich nicht. Vertrau mir.« Er beugte sich vor und küsste sie zärtlich auf die Stirn.

Sie zögerte mit der Antwort. »Gut«, sagte sie schließlich und spürte ihre Kehle eng werden. Tapfer drängte sie die aufkommenden Tränen zurück und barg den Kopf an seiner Schulter, damit er es nicht bemerkte. Was war nur los mit ihr? Sie hatte doch sonst nicht so nah am Wasser gebaut. Aber dass Jacob in der Lage schien, ohne Worte zu spüren, was in ihr vorging, machte ihr den Abschied von ihm nur noch schwerer. Zwischen ihnen gab es eine Verbundenheit, bei der es keiner Erklärung bedurfte.

»Komm«, sagte er mit weicher, dunkler Stimme und nahm sie bei der Hand.

»Was hast du vor?« Kopfschüttelnd sah sie zu ihm auf.

»Da du anscheinend ohnehin nicht mehr schlafen kannst und noch nicht hungrig genug fürs Frühstück bist, lass uns einen Spaziergang zum See machen«, erklärte er schulterzuckend und sah sie dabei an, also wäre es nur allzu logisch.

»Einverstanden«, erklärte sie lächelnd und hakte sich bei ihm unter. Sie spürte eine Welle von Zärtlichkeit für diesen so widersprüchlichen, oft so raubeinigen, abweisenden und dann doch wieder so einfühlsamen Mann in sich aufsteigen. Zum wiederholten Mal an diesem Morgen flatterten Schmetterlinge in ihrem Bauch, als sie neben ihm den schmalen, sich windenden Pfad durch den Urwald beschritt, der ihr ebenso verschlungen und unvorhersehbar erschien wie ihre Zukunft.

* * *

»Gott, ich bin so hungrig, dass ich einen Bären fressen könnte«, erklärte Jacob, als er am Nachmittag verschwitzt und mit schweren, schmerzenden Oberarmen von der Arbeit auf den Feldern zurückkehrte. Nachdem Liz fortgeritten war und eine seltsame Leere in ihm hinterlassen hatte, hatte es gutgetan, sich körperlich zu verausgaben. Jetzt knurrte ihm der Magen so sehr, dass Ashok es auf die paar Meter Entfernung hören musste. Zwei Stufen auf einmal nehmend, betrat er die Veranda des Küchentrakts. Die Schwüle war unerträglich um diese Tageszeit. Das Hemd klebte an seinem Oberkörper. Er streifte es ab und warf es nachlässig auf einen Stuhl. »Ich würde sterben für ein paar dieser unvergleichlichen Pfannkuchen, die du für Liz heute Morgen zum Frühstück gemacht hast. Sind noch welche da?«

»So leid es mir tut, aber nein. Liz hat den Rest als Proviant mitgenommen. Euer Spaziergang um den See scheint ihren Appetit angeregt zu haben. Und was Bären angeht, auch die wirst du hier nicht finden«, erwiderte sein indischer Freund, der gerade dabei war, Obst auf einem silbernen Tablett anzurichten. Er schenkte Jacob ein wissendes Lächeln. Die fast schwarz anmutenden Augen in dem offenen Gesicht des Inders strahlten Ruhe aus. »Ich nehme an, die Arbeit mit der Machete hat geholfen, den Abschied von Liz erträglicher zu machen.«

Jacob gab ein grummelndes Geräusch von sich. Die üblichen Plänkeleien zwischen ihm und Ashok wollten ihm nicht so recht über die Lippen gehen. Befangen, weil sein

Freund ihn auf seine Gefühle angesprochen hatte, strich er mit den Händen durch sein kurz geschorenes Haar. Er wusste ja selbst nicht, wie es kam, dass es so um ihn geschehen war. Dabei hatte er sich geschworen, nie wieder eine Frau in sein Leben und in sein Herz zu lassen. Er hatte gemeint, eine Wand aus Granit um sich gezogen zu haben, doch Liz hatte seinen Schutzwall einstürzen lassen, als wären es Mauern aus Sand, die die Flut fortspülte. Noch hatte sein Verstand Mühe, das alles zu begreifen. Sein Herz aber wusste, dass er die einzig richtige Wahl getroffen hatte. Bei Gott, er liebte Liz! Er würde alles in seiner Macht Stehende tun, um sie zu beschützen. Leider Gottes war es nur allzu wahrscheinlich, dass dies eines nicht mal so fernen Tages nötig wäre. Mit zusammengezogenen Augenbrauen starrte er vor sich hin. Liz hatte eine starke Persönlichkeit. Und einen ausgeprägten Dickschädel, der sie bereits ein ums andere Mal in Bedrängnis gebracht hätte, wäre er nicht rechtzeitig aufgekreuzt.

Jacob löste sich aus seinen Gedanken und versuchte, das Gespräch zurück in sichere Bahnen zu lenken. »Wenn keine Pfannkuchen mehr da sind, was gibt es dann zu essen?«

»Nicht viel, außer Dal Bhat und etwas Chutney.«

Jacob verzog unmerklich das Gesicht. Ashok war ein großartiger Koch, aber dem dünnen Linsencurry, das für seinen Freund so etwas wie das tägliche Brot war, konnte er einfach nichts abgewinnen. Sein Blick fiel auf die reiche Auswahl an Früchten, die Ashok auf einem silbernen Tablett zusammengestellt hatte. Schulterzuckend schnappte er sich ein noch grünes Büschel Bananen und brach eine davon ab.

Ashok zog eine Braue hoch. »Wenn du schon nicht vorhast, mir bei den Vorbereitungen für die Feuerzeremonie zu helfen, könntest du dann zumindest darauf verzichten, meine Anstrengungen zu sabotieren?«, schlug er ausgesucht höflich vor.

»Oh!« Betreten starrte Jacob auf die angebissene Banane in seiner Hand. Plötzlich dämmerte es ihm. Ashok, der der indischen Kaste der Banyan, der Kaufleute und Sterndeuter, angehörte und ausgebildet war, Palmblattmanuskripte zu lesen, hatte kürzlich von einer besonderen Zeremonie gesprochen, die dazu dienen sollte, herannahendes Unheil in Jacobs Leben abzuwenden. Sofern man dem für Jacob bestimmten Palmblatt Glauben schenkte, verhieß es für die Zukunft nichts Gutes. Ragu und Ketu, die Schattenplaneten, standen am Himmel und bedrohten sein Schicksal, wie schon bei seiner Geburt. Um ihren üblen Einfluss auf Jacobs Leben abzumildern, wollte Ashok nun eine heilige Feuerzeremonie abhalten. Jacob kratzte sich den Schädel. Dafür also war das viele Obst gedacht!

»Entschuldige. Ich wusste nicht, dass die Zeremonie schon heute stattfinden soll. Aber Moment mal, willst du all das gute Obst hier wirklich verbrennen? Das kann ich nicht zulassen. Wie es aussieht, ist es das einzig Essbare im Hause.«

Ashoks Gesicht verlor für einen Moment jeden Ausdruck.

»Ich hatte gehofft, du würdest die Weisheit der Prophezeiungen endlich respektieren«, meinte er schließlich.

»Aye, das tue ich.« Jacob nickte und schob sich das letzte Stück Banane in den Mund. Ashoks Blick ruhte voller Ernst auf ihm. Jacob räusperte sich. »Und ich will dir auch nicht reinreden, aber übertreibst du nicht ein wenig?« Mit der Hand deutete er auf das silberne Tablett, das übervoll mit Granatäpfeln, Mangos, Litschis, Orangen und Obst vieler weiterer Sorten beladen war. Daneben standen ein mit sorgsam arrangierten Blüten bestücktes Tablett sowie diverse Tongefäße, die mit getrockneten Kräutern, Ghee und sonstigem Räucherwerk gefüllt waren.

»Man kann die Prophezeiung nicht ernst genug nehmen.« Ashok suchte Jacobs Blick. »Betrachte es als Privileg, zu dem Kreis der Menschen zu gehören, deren Lebensläufe die sieben großen indischen Weisen vor dreitausend Jahren vorhergesehen und niedergeschrieben haben. Du solltest dich glücklich schätzen, statt zu zweifeln. Durch das Opferfeuer und die Gebete, die ich für dich sprechen werde, bitten wir die Glücksgöttin Lakshmi, in Zeiten der Gefahr an deiner Seite zu sein«, meinte Ashok geduldig. In aller Gemütsruhe streckte er die Hand aus und nahm die übrigen Bananen, die Jacob immer noch in der Hand hielt. Ohne eine Miene zu verziehen, stopfte er sie zurück in die Lücke, die sie hinterlassen hatten. »Wolltest du diesmal nicht alles daransetzen, die Liebe, die du gefunden hast, zu beschützen? Das waren doch deine Worte, oder?«

»Aye. Natürlich. Es ist mir ernst mit Liz. Nur …« Jacob hielt inne und kratzte sich den stacheligen, knappen Bart. In der Vergangenheit hatte er Ashoks Prophezeiungen als Hokuspokus abgetan, doch jetzt war mit Liz etwas eingetreten, das selbst ihn stutzig werden ließ. Irgendetwas schien an den heiligen Manuskripten dran zu sein. Ashok hatte ihm nämlich vorhergesagt, dass eine temperamentvolle Frau, eine große Liebe, in sein Leben treten und es für immer verändern werde, obwohl Jacob diese Liebe lange nicht erkennen werde. Und genau so war es geschehen. Ob es Zufall war oder Vorsehung, wusste er nicht zu sagen. Jedenfalls hatte es ihn zum Grübeln gebracht. Er schätzte Ashok sehr, beide hatten in der Vergangenheit viel zusammen durchgestanden. Seine Finger drehten die leere Bananenschale hin und her. Schließlich räusperte er sich und richtete seine Aufmerksamkeit wieder auf Ashok. »Ich kann nicht recht glauben, dass Opfergaben uns weiterhelfen. Aber ja.« Er hob die Hand, um Ashok, der zu einer Antwort ansetzte, zum Schweigen zu bringen. »Ich vertraue *dir*. Wenn du also meinst, wir könnten durch eine Feuerzeremonie den Lauf des Schicksals zum Guten beeinflussen, dann nur zu.« Er nickte bekräftigend, so verrückt das Ganze in seinen Ohren auch klang.

»Gut.«

»Aye.« Jacob nickte, entschlossen, Ashok nichts von seiner noch immer vorhandenen Skepsis spüren zu lassen. »Also. Wie geht das Ganze vor sich? Wir machen Feuer und werfen das Obst und alles andere hinein, um die Glücksgöttin gnädig zu stimmen?«

Ashok bedachte ihn mit einem seltsamen Ausdruck, der auf Jacob wirkte, als sähe sein Freund ihn nicht wirklich an, sondern regelrecht durch ihn hindurch. Als könnte er etwas erkennen, das anderen verborgen blieb. Schließlich gab er sich einen Ruck.

»Im Groben besteht das Ritual der Poojas aus Gebeten und dem Verbrennen der Opfergaben, insbesondere von Ghee. Ich werde die Zeremonie dem Reinigen von schlechtem Karma widmen. Du musst nichts tun. Aber es wäre gut, wenn du anwesend wärst.«

»Natürlich.« Jacob zuckte die Schultern. »Lass es uns machen. Ich bin so weit.«

»Wir müssen warten, bis die Sonne untergeht. Das ist der richtige Zeitpunkt. Abgesehen davon muss ich mich vorbereiten«, verkündete Ashok mit feierlicher Miene.

Jacob hob eine Augenbraue. Er verzichtete darauf, nachzuhaken, was Ashok genau damit meinte. Doch obwohl die Nadi-Philosophie für ihn mit dem Verstand nicht zu greifen war, fühlte er sich wider Willen mehr und mehr in den Bann des Rituals gezogen.

»Schön«, seufzte er schließlich, bereit, seinen Magen auf später zu vertrösten. Wenn es half, die Sache mit Elisabeth zu fördern, sollte es ihm recht sein. Unschlüssig fuhr er sich mit der Hand in den Nacken. »Gibt es etwas, was ich tun kann?«

»Du könntest mir helfen, Mangoholz zur Lichtung zu bringen und es aufzuschichten.«

Jacob sog scharf die Luft ein. Sein Blick ruhte eine ganze Weile schweigend auf Ashok. Schließlich rollte er die Schultern. »Ausgerechnet dort? Bist du sicher, dass das eine gute Idee ist?

Was, wenn jemand durch den Feuerschein auf uns aufmerksam wird? Bis jetzt konnten wir verbergen, was wir dort tun.«

»Es ist der einzig mögliche Ort dafür«, erklärte Ashok in einem Ton, der keinen Zweifel daran ließ, dass er in diesem Punkt nicht mit sich reden ließ. »Vertrau mir. Ich weiß, was ich tue. Außerdem findet heute Abend in den Arbeiterhütten ein Ceilidh statt. Die Männer sind beschäftigt. Der Whisky wird sein Übriges dazu tun, dass sie nichts bemerken.«

»Na gut. Du musst es ja wissen.«

»Allerdings.«

»Schön.«

»Übrigens ...« Jacob warf Ashok einen Blick zu, aus dem tiefe Verbundenheit sprach. »Das mit Liz und mir ...« Er unterbrach sich und zuckte die Achseln. »Ich möchte einfach alles richtig machen.«

»Niemand kann alles richtig machen, glaub mir.« Ashok schnaubte belustigt, bevor er sich mit dem Tablett voller Obst auf den Weg zur verborgenen Lichtung machte. »Aber es würde reichen, wenn du versuchen würdest, deine Fehler nicht zu wiederholen.«

Kapitel 2

In den wenigen Tagen ihrer Abwesenheit hatte sich die Steinerne Stadt nicht verändert, stellte Elisabeth bei ihrer Rückkehr fest. Sehr wohl aber ihre Sicht der Stadt mit ihrem Lärmen, dem Sprachengewirr, der Vielfalt von Menschen unterschiedlichster Hautfarben in ihren leuchtenden, farbenprächtigen Gewändern. Dem Meckern der Ziegen, dem Schreien der Esel, dem Summen der Fliegen, dem blendenden Weiß der flach gedeckten Häuser, der Enge der verwinkelten Gassen, dem allgegenwärtigen Gestank und der drückenden Hitze. Nach der Abgelegenheit von Jacobs Plantage im Dschungel fühlte sich Elisabeth von den vielen Sinneseindrücken, die alle gleichzeitig auf sie einströmten, wie erschlagen. Ihre Ohren schmerzten so sehr, dass sie am liebsten die Handflächen dagegen gepresst hätte, um den Lärm fernzuhalten. Schiere Lautstärke schien für die Menschen innerhalb der Stadtmauern das probate Mittel zu sein, sich inmitten des allgegenwärtigen Chaos zu behaupten. Elisabeth nahm ihren Tropenhelm vom Kopf und atmete tief durch.

Das Gewicht auf einen Fuß verlagert, stand sie im Schatten einer verdorrten Palme. Mitten im Tumult richtete sie den Blick auf das Handelskontor mit dem Namen ihres verstorbenen

Onkels noch immer über der Tür, dem schweren, mit kunstvollen Schnitzereien verzierten Eingangsportal und den geschlossenen braunen Holzläden vor den Fenstern im Obergeschoss. Anna, deren Sorge um Kenyatta sie vor drei Tagen zu dem gemeinsamen Aufbruch nach Eilean Donan bewogen hatte, war fortgeeilt, um die Pferde zum Mietstall zu bringen. Elisabeth war allein mit sich. Ihr Körper war verschwitzt nach dem langen Ritt unter der heißen Sonne, ihre Kehle staubtrocken. Im Grunde sehnte sie sich nach der Kühle im Innern ihres Hauses, aber ein Teil von ihr ließ sie zögern und innehalten. Sie spürte, dass sie einen Moment brauchte, um zu sich zu kommen, bevor sie sich dem Alltag im Kontor stellte.

Gedankenverloren strich sie eine Haarsträhne zurück, die sich aus dem Knoten gelöst hatte. Dabei berührten ihre Finger die Stelle seitlich an ihrem Hals, an der Jacob sie vor wenigen Stunden beim Abschied geküsst hatte. Wie ein Geist, der sich in ihrem Kopf breitgemacht hatte, wanderte dieser Mann beinahe pausenlos durch ihre Gedanken. Er beherrschte ihr Denken und Fühlen, so sehr sogar, dass Annas Wortschwall während der letzten Stunden wie ein Wasserfall an ihrem Ohr vorbeigeplätschert war, ohne dass sie viel davon mitbekommen hätte.

Ihr Blick ruhte nach wie vor auf der Fassade des Hauses, hinter der sich ihr Leben auf Unguja abspielte. Eben noch war sie wie auf einer Wolke geschwebt, nun aber holte die Wirklichkeit sie ein. Sie biss sich auf die Lippe. Welcher Zukunft gingen Jacob und sie entgegen, wenn sie nicht in der Lage wären, zu heiraten? Eine wilde Ehe, bei der eine der beiden Personen noch nicht einmal frei war, kam schon in Deutschland einer Unmöglichkeit gleich. Und hier? Sie runzelte die Stirn. Den Arabern war die Mehrehe erlaubt, allerdings war sie den Männern vorbehalten.

Es war so einfach und doch so kompliziert. Sie liebte Jacob und er liebte sie, und dennoch …

»Miss!«

Elisabeth drehte den Kopf und sah Imani in der Tür des Kontors stehen, aufrecht und würdevoll. Augenblicklich hob sich ihre Stimmung. In den letzten Wochen war Imani, ursprünglich eine Sklavin des Palasts und Dienerin ihrer Hoheit Sejide Farida, für Elisabeth zum Fels in der Brandung geworden. Elisabeth war dem Schicksal dankbar, dass die Prinzessin ihr Imani an die Seite gestellt hatte, damals, in ihrer Anfangszeit auf Unguja, als sie noch verstärkten, fast freundschaftlichen Kontakt mit der Prinzessin gepflegt hatte. Mittlerweile standen die Dinge zwischen ihr und Farida anders. Imani aber war zum Glück noch immer bei ihr und führte den Haushalt mit strenger, aber gerechter Hand. Noch hatte Farida ihre Rückkehr in den Palast nicht angeordnet.

Elisabeth spürte Imanis Blick auf sich ruhen. Sie riss sich los und schob sich durch das Gedränge quer über den Platz.

»Wie schön, dass Sie zurück sind.« Ein zurückhaltendes, respektvolles Lächeln breitete sich über Imanis ebenmäßiges Gesicht unter dem orangenen Turban aus. »Ich hatte schon angefangen, mir Sorgen zu machen. Ist alles gut?«

»Aber ja!« Lächelnd trat Elisabeth durch die Tür, die Imani für sie aufhielt. Der übliche feuchte, leicht modrige Geruch der unteren Räume umfing sie. Als sie in der Eingangshalle stand, blieb ihr Blick an dem hohen Wandspiegel dort hängen. Verwundert hielt sie inne und betrachtete ihr Ebenbild. Kam es ihr nur so vor oder leuchteten ihre Augen ein wenig heller als sonst? Und ihre Wangen … Waren sie von der Hitze gerötet oder war es die Verliebtheit, die einen rosigen Schimmer auf ihre Haut zauberte?

»Ich habe in Ihrer Abwesenheit eine Liste der Vorräte gemacht, die dringend benötigt werden. Sollen wir sie später gemeinsam durchgehen?«

»Hmm …« Elisabeth hörte Imani reden, ertappte sich jedoch dabei, zu sehr in ihre Gedanken an Jacob vertieft zu sein, um die Frage zu verstehen. Um Haltung bemüht, wandte sie sich zu ihr um. »Entschuldige. Ich habe nicht zugehört. Ging es um etwas Wichtiges?«

Imani betrachtete sie mit einem forschenden Blick. Dann schüttelte sie den Kopf. »Nichts, das nicht warten könnte, bis Sie sich ausgeruht und erfrischt haben. Sie müssen erschöpft sein nach dem langen Ritt.«

»Das bin ich«, bestätigte Elisabeth. »Nun, hat sich während meiner Abwesenheit etwas ereignet?«

»Ein Brief ist gekommen. Von Ihrem Bruder«, erklärte Imani. »Ich habe ihn auf Ihren Schreibtisch gelegt. Sicher möchten Sie ihn gleich lesen. Ich hole ihn.«

»Nein«, warf Elisabeth impulsiv ein. Sie hob die Hand, um Imani am Davoneilen zu hindern. »Nicht jetzt … Ich meine …« Sie biss sich auf die Lippe. Was Otto schrieb, konnte sie sich denken. Noch immer war es ihr nicht gelungen, die geforderten Gewürznelken für ihn zu kaufen. Infolgedessen war der Ton in Ottos Briefen in den letzten Wochen drängender und härter geworden. Natürlich würde sie den Brief öffnen und lesen. Aber im Moment war sie zu glücklich, um sich damit zu befassen.

»Oh, Miss von Baahren, wenn ich Sie in der Zwischenzeit nicht so gut kennen würde!« Imani verzog das Gesicht zu einem schelmischen Grinsen. »Etwas ist anders mit Ihnen.«

»Ach ja?«

»Ja.« Imani zögerte, dann schüttelte sie den Kopf. »Ich würde glatt behaupten, Sie wären frisch verliebt.«

Elisabeth keuchte auf, plötzlich ertappt. »Was? Wie kommst du denn auf so etwas?«

»Vielleicht, weil Sie dieses besondere Lächeln auf den Lippen haben, das direkt dem Herzen entspringt?« Imanis Stimme war weich und samtig. So, als freute sie sich für Elisabeth, statt sie zu verurteilen, wie Elisabeth insgeheim befürchtet hatte. »Es ist Mr Preston, nicht wahr?«, setzte sie fast flüsternd hinterher.

Elisabeth spürte Hitze auf ihren Wangen brennen und nickte.

»Gut gemacht«, lobte Imani. »Ich halte große Stücke auf ihn. Er ist ein großartiger Mensch. Ich mag ihn sehr.«

»Danke«, murmelte Elisabeth, gleichermaßen verlegen wie erleichtert, ihr Geheimnis mit jemandem teilen zu können, der sie verstand und gleichzeitig verschwiegen war.

Einen Moment lang standen sie sich schweigend gegenüber. Ein leiser Duft von Rose und Jasmin wehte von Elisabeths Zimmer im oberen Stockwerk zu ihr herunter. Plötzlich sehnte sie sich nach ihrem weichen Bett und den frischen Laken, die Imani jeden Morgen und Abend mit Blüten beduftete.

»Ich gehe nach oben. Würdest du mir ein Bad einlassen? Ich würde mich gern frischmachen.« Sie schenkte Imani ein Lächeln und schickte sich an, die Treppe nach oben zu steigen.

»Natürlich, sehr gern, *Bibi*, Miss.« Noch immer schien Imani zu lächeln. Seltsam, dachte Elisabeth, wie sehr man ein Lächeln in der Stimme hören konnte. Einer Eingebung folgend, drehte sie sich auf halber Höhe nochmals zu Imani um und trat näher an sie heran. »Imani … Dürfte ich dich etwas fragen?«

»Sicher.«

»Entschuldige, bestimmt schickt es sich nicht, darüber zu sprechen …«, begann sie und unterbrach sich wieder. Sie spürte ihr Herz fest gegen die Rippen hämmern und holte tief Luft. Als sie weitersprach, senkte sie die Stimme zu einem Flüstern. »Aber … also … Es … hat sich so anders angefühlt mit Mr Preston. Ich meine …« Erneut hielt sie inne und rang nach Worten. »Ist es normal, dass es sich so anfühlt, das … du weißt schon …«

»Doch«, erklärte Imani mit einem Lächeln. »Liebe zu machen kann sich wunderschön anfühlen, besonders wenn man mit dem Herzen dabei ist.«

»Oh …« Elisabeth verschluckte sich und musste husten. »Gut. Was ich sagen wollte …«

»Sie müssen nichts sagen, *Bibi.*« Imani sah ihr offen ins Gesicht. »Gehen Sie ruhig nach oben und träumen Sie noch ein wenig vor sich hin. Ich bereite inzwischen Ihr Bad vor. Ich will nicht anmaßend klingen, aber Liebe ist nichts, für das man sich schämen muss.« Ohne auf eine Antwort zu warten, eilte sie davon.

* * *

Die Dämmerung fiel wie ein Schleier herab. Jacob löste den Blick vom Himmel und rieb sich mit dem rauen Leinenstoff seines Ärmels über das Gesicht. Seine Augen brannten von dem beißenden Rauch, der den süßen Duft der Vanille überlagerte. Niemand wusste von der verborgenen Pflanzung am Rand der Plantage. Der Schein des Feuers musste im nächtlichen Dschungel weithin sichtbar sein. Hoffentlich blieben sie dennoch unbeachtet. Tief in sich barg er nach wie vor Zweifel, dass es gelänge, den Lauf der Dinge zum Guten zu wenden, indem sie körbeweise Früchte, Kräuter, Gewürze und Ghee verbrannten, begleitet von Ashoks Singsang. Allerdings ließ sich nicht leugnen, dass einiger Ärger drohte. Es war nur eine Frage der Zeit, bis Gramberg auf Eilean Donan auftauchen würde, um nach Kenyatta zu suchen. Die Ruhe war trügerisch. Jacob runzelte die Stirn. Obwohl er geschworen hatte, sich nie wieder in fremde Angelegenheiten hineinziehen zu lassen, steckte er bereits bis zum Hals mittendrin. Einen flüchtigen Sklaven auf der Plantage zu verstecken war nicht gerade das Mittel der Wahl, Konflikte zu umgehen.

Mit finsterer Miene beobachtete er, wie Ashok ein weiteres Bündel getrockneter Blätter ins Feuer warf. Anders als sonst trug der Inder an diesem Abend keinen Turban. Das am Vorderkopf abrasierte und hinten lang wachsende Haar fiel offen bis zum Gürtel über Ashoks Schultern. Zusammen mit den weißen und gelben Farbmalen auf seiner Stirn verlieh es ihm ein wildes Äußeres, während in seinen Augen wie gewohnt Sanftmut lag. In das Murmeln seiner Gebete vertieft, saß Ashok mit gekreuzten Beinen dicht neben der gemauerten Feuerstelle. Von der Hitze glänzte Schweiß auf seiner nackten, glatt rasierten Brust.

Ein plötzlicher Windhauch fuhr in die Flammen und schickte Kaskaden rot glühender Funken in den Himmel. Instinktiv trat Jacob einen Schritt zur Seite. Er stand viel zu nah am Feuer.

Ashok unterbrach seinen Gesang, nahm Ghee und entzündete es an einem Öllicht, das in einer Kokosnussschale brannte. Mit der einen Hand hielt er das lodernde Ghee in die Höhe, während er mit der anderen eine kunstvoll geschmiedete Glocke läutete. Ihr Dröhnen ließ an herannahendes Unheil denken. Ashok stellte die Glocke beiseite und gab noch mehr Ghee in die Flammen. Ohne den Blick vom Feuer zu nehmen, fuhr er mit den Gebeten fort. Als Jacob meinte, inmitten der tamilischen Silben den Klang des Namens Elisabeth zu hören, horchte er auf. *Liz …* Drohte ihr ebenfalls Unheil? Was hatte Ashok in der Zukunft gelesen? Er atmete tief aus. Gramberg schlich sich erneut in seine Gedanken, ein ungutes Gefühl überfiel ihn. Er hatte Liz eindringlich gebeten, sich von Gramberg fernzuhalten. Der Pflanzer war gefährlich, das sagten ihm sein Instinkt und seine Erfahrung. Hoffentlich hielt sich Liz an seine

Warnung, dieses eine Mal zumindest. Entschlossen richtete er den Blick in den sternenfunkelnden Himmel. Seine Hände ballten sich zu Fäusten. Egal, was das Schicksal bereithielt, er würde alles daransetzen, Liz vor Unheil zu bewahren. Was Liebe betraf, so hatte er aus den Fehlern der Vergangenheit gelernt, auch wenn Ashok gegenteiliger Meinung war. Diesmal würde er alles richtig machen.

Kapitel 3

An: Herrn Otto von Baahren, Lübeck
Von: Elisabeth von Baahren

Sansibar, 23. September 1880

Lieber Bruder,
ich hoffe, meine Zeilen erreichen Dich bei bester Gesundheit.

Dein Unverständnis über meine Lage hier vor Ort trifft mich sehr. Niemand wusste zum Zeitpunkt meiner Abreise in Deutschland von der Ermordung unseres Onkels, der, wie ich inzwischen vermute, sein Schicksal herausgefordert hat, indem er Geschäfte am indischen Zoll vorbeilaufen ließ. Sei versichert, dass ich auch ohne Dieckmans Hilfe alles in meiner Macht Stehende unternehme, um so rasch wie möglich Gewürznelken für Dich zu kaufen. Wie berichtet, gestaltet sich dies jedoch schwieriger als gedacht. Dies betrifft auch meine eigenen Pläne bezüglich meiner Tätigkeit im Kontor. Statt unseren Onkel wie ursprünglich angedacht bei den Bureauaufgaben zu unterstützen, sehe ich mich nun vor die Herausforderung gestellt, mich Schritt für Schritt in seine Geschäftsbücher hineinzuarbeiten. Die gute Nachricht: Ich mache Fortschritte und lerne jeden Tag dazu.

Du machst Dir keine Vorstellung, wie sehr sich die Araber – allen voran der Sultan, der derzeit im Oman weilt – dagegen sperren, mit einer Frau zu verhandeln. Selbst die europäischen Pflanzer sind voreingenommen. Keiner möchte den Anfang machen und mir die Hand reichen. Anscheinend fürchtet jeder um sein Ansehen bei Hofe. Das heißt, eine Ausnahme gibt es, eine leise Hoffnung am Horizont, wenn du so willst. Herr Gramberg, ein deutscher Pflanzer, dessen Plantage zu einer der größten hier auf Unguja zählt, hat anklingen lassen, dass er möglicherweise bereit wäre, die nächste Ernte an mich zu verkaufen. Leider hat er sich bislang noch nicht festgelegt, und ich bin nicht in der Position, Druck auf ihn ausüben zu können. Dennoch lasse ich nicht locker und werde Dich umgehend informieren, sobald sich Konkretes anbahnt. Sollten meine Bemühungen mit Herrn Gramberg scheitern, wird uns nichts anderes übrig bleiben, als die nächste Erntesaison abzuwarten. Diesbezüglich gibt es jedoch Anlass zur Hoffnung. Imani, meine Dienerin, brachte mich auf eine Idee, mit deren Hilfe es mir möglich scheint, das Vertrauen der Pflanzer zu gewinnen. Doch ich möchte Dich nicht vorab mit Einzelheiten langweilen.

Nun zu dem Nachlass unseres Onkels. Luigina hat mir von Deinem Unmut darüber berichtet, dass Dieckman mich als alleinige

Erbin seines Handelskontors auf Sansibar eingesetzt hat. Glaub mir, Bruder, auch ich bin alles andere als glücklich, dass das Vermögen, das so dringend auf dem Gutshof in Brodten benötigt wird, an unserem Vater vorbeifließt. Wie auch Du vermute ich, dass unser Onkel beim Verfassen seines Testaments weniger an meinem Wohl als sein Patenkind gelegen war, als daran, der Familie einen Schlag zu versetzen. Die Gründe, warum er damals mit Vater gebrochen hat, sind mir nach wie vor schleierhaft. Wie bitter der Geschmack von tief empfundenem Hass doch ist! Ich kann nur an Dich appellieren, es Dieckman nicht gleichzutun und Dich mit unserem Vater zu versöhnen, bevor es zum endgültigen Bruch zwischen Euch kommt.

Etwas noch, Du darfst Luigina nicht zürnen, dass sie mich ungeschönt über den Lauf der Dinge in Lübeck in Kenntnis setzt. Als Du Dich in sie verliebt hast, muss Dir bewusst gewesen sein, wie sehr meine Schwägerin und ich uns in unseren Ansichten gleichen, insbesondere was die Rechte der Frauen betrifft. Für ihre Ehrlichkeit in ihren Briefen bin ich ihr sehr dankbar, besonders, da sowohl Vater als auch Antonia nicht auf meine Schreiben antworten.

Doch genug der unerfreulichen Dinge. Es gibt auch Gutes zu berichten, denn ich arbeite mich immer tiefer in die Führung des Kontors ein. Allmählich lerne ich, was die auf den ersten Blick recht wirren Eintragungen in Dieckmans Geschäftsbüchern bedeuten. Wenn sich alles gut entwickelt, beabsichtige ich, das Kontor in Kürze wiederzueröffnen. Der Welthandel floriert, und Sansibar ist einer der Hauptumschlagplätze für Waren aus aller Welt, daher erhoffe ich mir gute Gewinne. Es ist mir ein Anliegen, einen Teil davon zur Rettung des heimischen Guts einfließen zu lassen. Auch die von Dir vorgestreckten Auslagen für meine Reise möchte ich recht bald begleichen.

Du siehst, ich bin bemüht, allen Schaden, der durch meine Flucht entstanden ist, wiedergutzumachen. Wie sehr wünschte ich, ich wäre Weyhoff nie begegnet. Mich nicht gegen die Ehe mit ihm zu wehren, war der größte Fehler meines Lebens. Lass mich an dieser Stelle nochmals zum Ausdruck bringen, wie sehr ich Dir verbunden bin, dass Du mir ermöglicht hast, Weyhoffs Gewalttätigkeiten zu entrinnen.

Zu guter Letzt ein Anliegen. Ich möchte Dich eindringlich bitten, Deinen Einfluss auf unsere jüngere Schwester geltend zu machen. Ich bin in Sorge um Antonia. Mit ihrem ständigen Gejammer darüber, was sie durch meine Schuld an gesellschaftlicher Missachtung erleidet, macht sie Vater sicher das Leben zur Hölle. Dabei versinkt er seit Mutters Tod ohnehin in Verzweiflung. Mit ihren sechzehn Jahren hat Antonia noch keinen Weitblick. Bevor sie sich versieht, wird der Skandal um meine gescheiterte Ehe vergessen sein. Der Ruf der Familie von Baahren wird sich erholen, erst recht, wenn es mit dem Gut wieder aufwärtsgeht. Sobald ich über entsprechende Mittel verfüge, werde ich dafür sorgen, dass Antonias finanzielle Zukunft gesichert ist. Sie soll frei für ein Leben nach ihren

Vorstellungen sein dürfen. Wenn sie sich eines Tages entscheidet zu heiraten, soll es aus Liebe sein, nicht aus Zwang.

Lieber Bruder, es ist spät geworden, daher muss ich enden. Zusammen mit dem Brief übersende ich Dir einige sansibarische Gewürze. Ich hoffe, sie vermitteln Dir einen Eindruck von der Vielfalt und Großartigkeit der hiesigen Flora. Meine herzlichsten Grüße an Luigina. Sie wäre entsetzt zu sehen, in welchen Verhältnissen die Menschen hier leben.

Ich verbleibe, wie immer, Deine Dich liebende Schwester

Elisabeth

Elisabeth ließ den Brief sinken in dem Wissen, dass sie ihn so nicht würde abschicken können. Vorher, beim Schreiben, hatte es sich richtig angefühlt, die Gefühle aus der Feder fließen zu lassen, sogar die Wut auf Otto, die sie beim Lesen seines Briefes am Nachmittag gespürt hatte. Aber jetzt, als ihre Augen nochmals über die Zeilen flogen, hatte sie kein gutes Gefühl dabei, sich ihrem Bruder dermaßen zu öffnen.

Mit einem Seufzer ließ sie sich in die Polster ihres Sessels fallen und starrte auf die mit schwarzen Holzbalken getäfelte Decke des schmalen, lang gezogenen Zimmers im Obergeschoss des Dieckman'schen Handelshauses. Ein langer Tag lag hinter ihr. Es schien ihr endlos her, dass sie sich von Jacob verabschiedet hatte, dabei war es erst heute Morgen gewesen. Sie stützte den Nacken gegen die Lehne. Wie sehr sich das Haus durch ihre Hand verändert hatte, ging es ihr durch den Kopf. Zu Lebzeiten ihres Onkels hatten sich oben ausschließlich Wohnräume befunden. Mit ihrem Einzug hatte sie dafür gesorgt, dass das Arbeitszimmer in den ersten Stock verlegt wurde. Zwar widersprach dies der im Sultanat gebotenen Sitte, Besucher im Erdgeschoss zu empfangen, aber unten war die modrige Feuchtigkeit der Wände schier unerträglich. Dass sie deswegen einmal mehr gesellschaftlich in Misskredit geriet, entlockte ihr mittlerweile nur noch ein Schulterzucken. Mit ihrem feuerroten Haar, das ihr in Wellen bis über die Schultern fiel, ihrer hellen Haut und ihrer hochgewachsenen Statur hatte sie auf Sansibar vom ersten Tag an Aufsehen erregt. Und spätestens, als sie die in den Tropen äußerst unpraktischen Damenkleider und Hüte gegen bequeme Arbeitshosen, Bluse und Tropenhelm getauscht hatte, war unter den Europäern, den arabischen Händlern und am Hofe des Sultans hinter vorgehaltener Hand über sie geredet worden. Dass sie sich als Frau anmaßte, Handel treiben zu wollen, hatte ihr weiteres Unverständnis und unverhohlene Missbilligung eingebracht, besonders seitens des Palasts. Sogar Farida, die Schwester des Sultans Chalid bin Said, zeigte ihr inzwischen die kalte Schulter.

Unschlüssig legte Elisabeth den Brief an Otto auf den zierlichen, mit aufwendigen Schnitzereien verzierten runden Tisch zurück, den Farida ihr zusammen mit weiteren Einrichtungsgegenständen aus dem Besitz des Hofs zum Einzug geschenkt hatte. Mit einem Seufzer strich sie sich das Haar aus der Stirn. Die Luft im Zimmer schien zu stehen. Erschöpft von der Hitze und den Ereignissen der vergangenen Tage, griff sie zu einem Fächer. Der Luftstrom wehte ihr angenehm kühlend ins Gesicht. Sie überlegte. Wenn sie den Brief zerriss und neu begann, was sollte sie schreiben? War es klug, Otto über ihre Zweifel in Kenntnis zu setzen? Düster zog sie die Stirn in Falten. Otto würde in Sorge um die Nelken geraten und den Druck auf sie verstärken. Und hieß es nicht, man solle keine schlafenden Hunde wecken? Mit einem Schwung des Handgelenks ließ sie den Fächer zuklappen. Helfen konnte er ihr aus der Ferne ohnehin nicht.

Und was Jacob und ihre frisch entbrannte Liebe zu ihm betraf … Dieses Thema würde sie Otto gegenüber völlig unter den Tisch fallen lassen. Sie schloss die Augen und malte sich die Szene aus, die er ihr machen würde, wenn er von der Verbindung erführe. Ihr Magen verkrampfte sich. Bislang hatte sie sich auf Ottos Unterstützung verlassen können. Ihr Bruder wusste, wie es hinter der bürgerlich-intakten Fassade ihrer Ehe mit dem Lübecker Apotheker Weyhoff ausgesehen hatte. Doch trotz aller modernen Ansichten, die er als Industrieller vertrat, war Otto jemand, der die Institution der Ehe hochhielt. Er würde ihr niemals verzeihen, als verheiratete Frau ein Verhältnis mit einem anderen Mann eingegangen zu sein.

Von Unruhe getrieben, stand sie auf und durchmaß mit langen Schritten das Zimmer. Dabei huschte ihr Blick immer wieder zu dem Brief auf dem Tisch. Otto wartete auf Antwort. An dem Schreiben führte kein Weg vorbei. Sie blieb stehen und rieb sich die schmerzende Stirn. Es widersprach ihren Prinzipien, mit der Wahrheit hinter dem Berg zu halten, aber welche Wahl hatte sie?

Ein Klopfen an der Tür ließ sie in die Gegenwart zurückkehren. Um Haltung bemüht, hob sie die Arme und strich sich ordnend über das Haar, das sie beim Nachdenken unbeabsichtigt zerrauft hatte. »Ja, bitte!«

Anna machte ein paar zögerliche Schritte ins Zimmer, um dann mit gesenktem Blick ein paar Meter entfernt auf dem Teppich stehen zu bleiben. Ihr herzförmiges Gesicht wirkte bleich. Am Hals und an der bloßen Haut oberhalb des Mieders brannten hektische Flecken. Unruhig knetete Anna ihre Hände. »Ich mache mir solche Vorwürfe«, stieß sie hervor. Ihr Unterkiefer bebte.

Elisabeth stand still da. Wie so oft, fiel Anna direkt mit der Tür ins Haus. Dabei hätte der Zeitpunkt nicht ungünstiger sein können. Elisabeths Gedanken waren noch zu sehr mit dem

Brief beschäftigt, als dass sie den Kopf frei für Annas Anliegen gehabt hätte. Ihr erster Impuls war, das Mädchen auf später zu vertrösten, doch als sie ein verdächtiges Glitzern in Annas Augen bemerkte, wusste sie, dass die Sache keinen Aufschub duldete. Ihr Herz wurde weich vor Mitgefühl. Anna schien wirklich verzweifelt zu sein.

Hastig zog sie ein Taschentuch hervor und reichte es ihr. »Hier. Putz dir erst einmal die Nase. Was ist denn los?«

»Aber das wissen Sie doch!«, erwiderte Anna mit erstickter Stimme. Dabei zerknüllte sie das Taschentuch, statt es zu benutzen. »Ich habe keine ruhige Minute. Ich komme um vor Sorge um Kenyatta.«

»Ach, Mädchen …« Elisabeth seufzte. Annas Herz war leicht entflammbar. Sie neigte dazu, sich in alle möglichen Männer zu vergucken. Allerdings hatte es sich bisher glücklicherweise um Strohfeuer gehandelt, die ebenso rasch wieder verglüht waren. Nur allzu gut erinnerte sich Elisabeth daran, wie sie Anna an Bord des Dampfers *Glasgow* nach einem Tête-à-Tête mit einem Matrosen derangiert und mit verrutschtem Mieder erwischt hatte. Zum Segen aller war nichts geschehen, das Anna neun Monate später hätte bereuen können. Hin- und hergerissen zwischen Mitgefühl und Ratlosigkeit, betrachtete sie ihr Dienstmädchen.

»Kenyatta geht es gut, das hast du selbst gesehen. Die Verletzungen heilen. Außerdem hat Mr Preston versprochen, dass er einen Weg finden wird, Kenyatta in Sicherheit zu bringen.«

»Aber das ist es ja!« Annas Stimme überschlug sich, jetzt flossen auch Tränen. »Ich hätte Kenyatta niemals allein lassen dürfen. Ich sollte bei ihm sein. Was, wenn er flieht und ohne mich die Insel verlässt?«

»Oh, ich hoffe doch sehr, dass er das tut«, erklärte Elisabeth betont ruhig. »Zumindest wäre es naheliegend, wenn er einen Funken Verantwortungsgefühl besitzt.«

Vor Entsetzen klappte Annas Kiefer hinunter. Für ein paar Sekunden verschlug es ihr offenbar die Sprache. Mit tränenfeuchten Augen schielte sie zu Elisabeth hinüber. »Wie können Sie so reden?«, stieß sie dann hervor. »Ich kann ohne ihn nicht leben! So fern von meiner Familie ist Kenyatta alles, was ich habe.«

Elisabeth kräuselte die Stirn. Eindringlich ruhte ihr Blick auf dem Mädchen. »Allen Ernstes, Anna, wie stellst du dir das vor, ein Leben an der Seite eines entlaufenen Sklaven?«

Ein trotziger Zug spielte um Annas Mundwinkel. »Kenyatta will sich nach Ostafrika durchschlagen und dort in sein Dorf zurückkehren. Ich könnte mit ihm gehen.«

»In den Busch?« Elisabeth schüttelte den Kopf, entsetzt über Annas Pläne. »Wie stellst du dir das vor? Es ist gefährlich dort.«

»Aber ich liebe ihn.« Anna schürzte die Lippen. »Ich will bei ihm sein.«

»Langsam glaube ich, Imani hatte recht«, murmelte Elisabeth mehr zu sich, als an Anna gerichtet. »Ich hätte allein zu Mr Prestons Plantage reiten sollen. Wenn ich geahnt hätte, welche Unvernunft es in dir auslöst …«

»Es ist ungerecht, was Sie sagen«, verteidigte sich Anna. »Gegen die Liebe ist kein Kraut gewachsen.«

Augenblicklich wurde es still im Zimmer. Elisabeth starrte auf ihre Hände, in Gedanken bei sich und Jacob. Welches Recht hatte sie, Anna Vorhaltungen zu machen? Hatte sie nicht gerade selbst erlebt, dass Liebe eine Kraft war, der man sich nicht widersetzen konnte? Sie blickte zur Seite, besorgt, dass Anna ihr ansehen konnte, wie betroffen sie war. Sie war nicht gut darin, ihre Gefühle zu verbergen, geschweige denn zu lügen. Schließlich schüttelte sie den Kopf. »Ja, es stimmt, gegen Liebe ist kein Kraut gewachsen«, sagte sie sinnierend. Sie machte einen Schritt auf Anna zu und ließ eine Hand auf ihre Schulter sinken. Versöhnlich blickte sie in Annas Augen, die blau waren wie die eines Neugeborenen. »Es tut mir leid. Ich kann mir denken, wie du dich fühlst.«

»Schon gut.« Anna wich ihrem Blick aus und zuckte die Achseln. »Mir tut es auch leid.«

Elisabeth seufzte. Annas Gefühle schienen diesmal ernster zu sein, doch das machte die Sache nicht besser. So gern sie dem Mädchen Mut zusprechen wollte, fiel ihr nichts wirklich Tröstendes ein. »Was machen wir denn jetzt mit dir?«, meinte sie schließlich und trommelte mit den Fingern über ihre Oberarme, um ihre innere Unruhe zu vertreiben.

»Ich weiß nicht.« Anna nahm das Taschentuch, das sie in den Händen zerknüllt hatte, und schnäuzte sich. »Ich bin so wütend. Irgendjemand müsste Herrn Gramberg heimzahlen, was er Kenyatta angetan hat.«

»Lass uns keine voreiligen Schlüsse ziehen. Noch wissen wir nicht, was wirklich passiert ist. Konntest du von Kenyatta Näheres erfahren?«

Anna schüttelte den Kopf. »Nein. Es ist nichts aus ihm herauszubekommen. Ich verstehe das nicht. Nicht einmal mir will er verraten, was passiert ist. Angeblich wäre es gefährlich, wenn ich zu viel wüsste.«

Ein Windhauch fuhr durch die offen stehende Tür herein und ließ die Vorhänge flattern. Elisabeth löste sich aus der Beklemmung, die sie beim Gedanken an Gramberg befallen hatte, und räusperte sich. »Dass Herr Gramberg keine Gnade mit entlaufenen Sklaven kennt, steht zu befürchten. Aber dass er einen illegalen Boxkampf veranstaltet hat und Kenyatta um seine Freiheit kämpfen ließ, als würde man Hähne aufeinanderhetzen, kann ich mir nicht vorstellen.«

Anna verstaute das Taschentuch in ihrer Rocktasche. »Wird Mr Preston herausfinden, warum Kenyatta so zugerichtet wurde?«

»Und ob«, erklärte Elisabeth grimmig. Der Name Gramberg wirkte auf Jacob wie ein rotes Tuch. Zwar hatte sie keine Ahnung, was zwischen den beiden vorgefallen sein mochte, aber sie hatte das kampfbereite Funkeln in Jacobs Augen bemerkt, wenn er von Gramberg sprach. Ein Schauer überfiel sie, als sie sich daran erinnerte, wie schnell Gramberg bereit gewesen war, zu seinem Gewehr zu greifen. Hoffentlich war Jacob vernünftig genug, es nicht zu einer Auseinandersetzung kommen zu lassen. Um Anna nichts von ihren Sorgen spüren zu lassen, zwang sie sich zu einem Lächeln. Auf dem Mädchen lastete schon genug. »Geh zu Bett und versuch zu schlafen. Vielleicht erfahren wir morgen mehr.«

Nachdem Anna gegangen war, setzte sich Elisabeth zurück an den Tisch und nahm den Brief wieder zur Hand. Obwohl es nicht mehr als drei beschriebene Blätter waren, wog ihr Gewicht schwer. Unschlüssig saß sie da.

Schließlich siegte ihr Bauchgefühl. Sie straffte die Schultern und riss den Brief ein paarmal durch. Beinahe erleichtert stieß sie die Luft aus. Dann lehnte sie sich zurück und klatschte in die Hände, die auf Sansibar gebräuchliche Art, nach den Bediensteten zu rufen.

Es dauerte nicht lange, und das Klappern von Imanis Holzpantoffeln erklang auf dem Flur. Gleich darauf betrat sie das Zimmer, in bunte Kangas gekleidet, die ihren Körper umspielten. Eines der Tücher hatte sie um die Hüften gewickelt, sodass der Stoff ihre Beine bis zu den Knöcheln bedeckte. Einen zweiten, leuchtend gelben Kanga trug sie um Schultern und Oberkörper geschlungen. Versonnen betrachtete Elisabeth Imani in der traditionellen afrikanischen Kleidung, die durch und durch Ausdruck von Weiblichkeit war. Imanis aristokratische Gesichtszüge ließen vergessen, dass sie eine Sklavin der Prinzessin war. Während Annas Pflichten im Auffüllen von Elisabeths Hausapotheke, dem Reinigen der

Hebammeninstrumente und der Zubereitung von Seifen und Salben lagen, stand Imani für die klassischen Aufgaben eines Dienstmädchens zur Verfügung. Darüber hinaus hatte Imani sich in den letzten Wochen als ausgezeichnete Ratgeberin erwiesen. Inzwischen verband die beiden Frauen trotz aller Unterschiede ein inniges Verhältnis. Was Elisabeth weniger glücklich stimmte, war Imanis Weigerung, auf ihren Vorschlag einzugehen und sich freikaufen zu lassen. Imani befürchtete, als freier Mensch mittellos zu enden, da längst nicht sicher war, dass Elisabeth dauerhaft auf Sansibar bleiben würde und ihre Anstellung gesichert wäre. Trotzdem gab Elisabeth die Hoffnung nicht auf, dass Imani irgendwann ihre Meinung ändern könnte.

»Jioni, Bibi«, grüßte Imani auf Swahili – »Guten Abend, Miss«. Als sie sich verneigte, saß der Stoff der Kangas unverrückbar auf ihren Schultern, ohne sie zu entblößen. Elisabeth lächelte bei der Erinnerung daran, wie unwohl sie selbst sich beim Tragen eines Kangas gefühlt hatte. Obwohl Imani ihr gezeigt hatte, wie man den Stoff wickelte, war er immer wieder von ihren Schultern und Hüften geglitten, wenn sie sich bewegte, sodass sie sich mehr nackt als angezogen vorgekommen war. Schließlich hatte Elisabeth aufgegeben. In Hemd und Arbeitshose fühlte sie sich entschieden wohler.

Imanis Räuspern schnitt durch ihre Gedanken. »Was kann ich für Sie tun, *Bibi*?«

»Nun …« Elisabeth griff nach dem zerrissenen Papier. »Wenn du so freundlich wärst, diesen Brief für mich zu verbrennen. Ich muss ihn neu schreiben.«

»Selbstverständlich, *Bibi*. Geben Sie ihn nur her.« Imani trat auf sie zu. Dabei begegneten sich ihre Blicke. Einen Moment herrschte Stille. Imani schien besorgt. Sie legte die Stirn in Falten. »Es ist spät geworden. Möchten Sie nicht zu Bett gehen? Sie wirken erschöpft.«

Elisabeth räusperte sich. An ihrem übermüdeten Aussehen war Jacob schuld, doch das brauchte Imani nicht zu wissen. Sie unterdrückte das Lächeln, das beim Gedanken an Jacob über ihr Gesicht huschen wollte. »Es geht mir gut. Nur Anna macht mir Kopfzerbrechen.«

Imani drehte das zerrissene Papier in den Händen. »Das wundert mich nicht. Ich habe es kommen sehen.«

»Vermutlich hattest du recht«, räumte Elisabeth ein. »Anna mit nach Eilean Donan zu nehmen, war nicht gerade eine meiner besten Ideen. Dabei wollte ich nur, dass sie beruhigt ist. Wie hätte ich ahnen sollen, dass sie sich dermaßen in ihre Gefühle hineinsteigert.« Sie lehnte sich zurück und seufzte. In ihren Ohren pochte es, dazu spürte sie einen dumpfen Schmerz hinter der Stirn. Womöglich war sie tatsächlich so erschöpft, wie sie wohl aussah. Welch ein Auf und Ab der heutige Tag mit sich gebracht hatte! Es fühlte sich an wie ein Tanz zwischen Himmel und Hölle. Erst das herrliche Gefühl von Verliebtheit, dann der Ärger über Ottos Unverständnis, das ihr aus seinen Zeilen entgegengeschlagen war, dann Anna, für die sie sich verantwortlich fühlte, mit ihrem Traum von einem Leben im Busch an der Seite eines geflüchteten Sklaven. Kein Wunder, dass sich alles in ihr drehte. Sie erhob sich und trat an das mit filigranen orientalischen Schnitzereien verzierte Regal. Dort standen verschiedene Flaschen parfümierter Öle und Essenzen, die Elisabeth bei Geburten einsetzte, im Fach darunter lagen die Hebammeninstrumente. Sie griff zu dem Öl, das sie mit marokkanischer Minze aus dem Palastgarten versetzt hatte, um die Wehentätigkeit beim Nachlassen während der Geburt wieder zu kräftigen. Auch bei Kopfschmerz hatte es eine durchschlagende Wirkung. Ein paar Tropfen davon schüttete sie in ihre Handfläche und sog den Geruch ein. In Gedanken bei Anna, massierte sie das Öl in ihre Schläfen und schloss die Augen, um die kühlende Wirkung zu genießen. Kurz darauf schlug sie die Lider wieder auf und blinzelte in das flackernde Licht der Öllampen. »Eigentlich dachte ich, es wäre nur wieder eine ihrer vielen Schwärmereien, aber Anna scheint Kenyatta wirklich zu lieben«, sagte sie nachdenklich. »Und jetzt muss er fliehen. Ich wünschte, der Kummer wäre Anna erspart geblieben.«

»Upendo ni upendo tu. Haiwezi kuelezwa«, murmelte Imani beinahe tonlos und starrte vor sich hin, offenbar in ihre eigene Welt versunken. Schließlich verlagerte sie das Gewicht von einem Fuß auf den anderen. »Liebe ist einfach Liebe. Sie lässt sich nicht erklären.«

»Imani … Es tut mir leid. Ich hätte das Thema nicht anschneiden sollten.« Schuldbewusst, aber auch von Neugierde erfüllt, musterte Elisabeth die um wenige Jahre ältere Frau von der Seite. Der sonst schweigsamen Imani war kürzlich eine Bemerkung herausgerutscht, die Elisabeth vermuten ließ, dass sie unglücklich verliebt war.

»Schon gut«, meinte Imani brüsk, aber nicht unfreundlich. Sie zuckte die Schultern. Mit den Worten »Man gewöhnt sich an alles«, setzte sie den Schlusspunkt unter das Thema.

»An wirklich alles? Ich glaube nicht«, erwiderte Elisabeth. Die bösen Erinnerungen an Weyhoff kehrten für einen Moment zurück. Sie rieb sich die Schläfen und wünschte sich, das Stechen würde aufhören.

»Kommen Sie!« Mit der üblichen Ruhe und Gelassenheit zog Imani einen Rattanstuhl heran. Auffordernd klopfte sie gegen das Geflecht. »Setzen Sie sich und ziehen Sie das Hemd aus. Ich massiere Ihnen Schultern und Nacken mit Rosenöl. Danach werden Sie schlafen wie ein unschuldiges Lämmchen.«

Bei Imanis Vergleich lächelte Elisabeth in sich hinein. Besonders unschuldig waren die letzten beiden Nächte nicht verlaufen. Als sie daran dachte, wie sie mit Jacob zusammengelegen hatte, floss ein wohliger Schauer durch ihren Unterleib. Es war so unglaublich schön gewesen, so zärtlich, sanft und doch voll Leidenschaft. Sie ertappte sich dabei, wie erneut ein Lächeln um ihre Lippen spielte.

»Sind Sie so weit, *Bibi*?« Imanis Stimme drang an ihr Ohr.

Sie spürte, wie ihr das Blut in die Wangen stieg, und setzte sich rasch im Unterhemd auf den Stuhl. Wie beiläufig fasste sie das Haar an der Seite zusammen, sodass es die verdächtige Stelle bedeckte, an der Jacobs Küsse ein schillerndes Mal hinterlassen hatten. Aus den Augenwinkeln beobachtete sie, wie Imani sich die Hände einölte und aneinander rieb, um die Durchblutung zu fördern.

»Du hast wunderbare Hände«, stöhnte Elisabeth genüsslich, als Imanis schlanke, kräftige Finger das verhärtete Gewebe unterhalb ihres Nackenmuskels massierten. Die Wärme von Imanis Händen floss wohltuend über ihren Rücken. Es wurde still im Zimmer. Durch das Fenster, an dem sich sanft der bunte Baumwollstoff blähte, drang der übliche Straßenlärm zu ihnen herauf, der trotz der vorgerückten Stunde herrschte. Ziegen meckerten, Männerstimmen unterhielten sich auf Arabisch, dazwischen erklangen afrikanische Gesänge. Es roch nach scharf gebratenem Essen, Tabakrauch und Ziegendung. Sansibar kommt nie zur Ruhe, dachte Elisabeth und gähnte.

»Sie wirken noch immer angespannt.« Imani hob sanft Elisabeths Haar an und legte es ihr über die freie Schulter. »Liegt es an dem Brief Ihres Bruders?«

Elisabeth zögerte einen Moment. »Zum Teil«, sagte sie dann. »Ich muss so viel an Mr Preston denken. Glaubst du, es war ein Fehler?« Auf einmal flossen die Worte wie von selbst. »Ich weiß selbst nicht, wie es dazu kommen konnte. Es ist einfach passiert … Grundgütiger, da halte ich Anna vor, leichtfertig zu sein! Dabei bin ich selbst kaum besser. Und dann ausgerechnet Mr Preston … Er ist alles andere als verlässlich. Im Gegenteil, er ist stur und hitzköpfig.« Voll von innerem Zwiespalt hielt sie inne und drehte den Kopf zu Imani.

Imani nickte. Die Wanduhr zählte leise die Sekunden weg. Von draußen drang noch immer das Stimmengewirr der Straße an Elisabeths Ohr.

»Was passiert ist, ist passiert. Es liegt in der Vergangenheit und lässt sich nicht ändern«, meinte Imani schließlich.

Wieder trat Stille ein, während Imani die Massage fortsetzte.

»Dr. Wessels war gestern hier und hat sich nach Ihnen erkundigt. Er macht sich Sorgen«, sagte Imani unvermittelt.

Elisabeth seufzte. »Er ist ein guter Freund.«

»Er empfindet mehr für Sie als Freundschaft«, widersprach Imani sanft.

»Ich weiß ... Als Mann hat er sicher vieles zu bieten. Er sieht auch gut aus, und obwohl er von sich behauptet, ein eingefleischter Junggeselle zu sein, sind die Frauen hinter ihm her.« Sie unterbrach sich und fuhr dann fort: »Leider sind meine Gefühle für ihn rein freundschaftlicher Natur. Das macht es etwas schwierig.«

»Ich kann Ihnen die Wahl nicht verdenken.« Imani nahm eine Bürste zur Hand und begann, Elisabeths Haar mit langen Strichen zu glätten. »Hirsebrei ist gesund und nahrhaft. Allerdings längst nicht so verlockend wie ein appetitliches scharfes Curry.«

Gegen ihren Willen musste Elisabeth grinsen. »Da ist was dran.«

»Sie sollten klarstellen, wie Sie empfinden.«

»Ich weiß. Und was Mr Preston und mich betrifft ...« Elisabeth zupfte einen imaginären Fussel von ihrem Unterhemd. »Vorerst möchte ich nicht, dass die Öffentlichkeit davon erfährt.«

»Es gibt Kräuter, die offensichtliche Folgen verhindern können«, bemerkte Imani nüchtern.

»Ja, ich weiß. Aber das wird nicht nötig sein.« Elisabeth war sich bewusst, dass es nicht unbedingt klug gewesen wäre, in ihrer jetzigen Situation ein Kind in die Welt zu setzen. Aber sie machte sich im Grunde keine Illusionen darüber, dass sie nach der Gewalt, die Weyhoff ihr angetan hatte, überhaupt schwanger werden könnte.

Sanft strich die Bürste über ihre Kopfhaut. Imani ließ die Stille einen Moment stehen und Elisabeth ihren Gedanken nachhängen, bevor sie sich räusperte.

»Darf ich fragen, warum Sie den Brief an Ihren Bruder zerrissen haben?«

Elisabeth biss sich auf die Lippe. »Ich habe keine Lust, mich länger zu rechtfertigen. Es liegt nicht an mir, dass es mir noch nicht gelungen ist, den versprochenen Kauf abzuwickeln. Ich tue mein Bestes.« Vorsichtig, weil die Bürste an ihren Haaren zog, schüttelte sie den Kopf. »Warum muss alles immer so kompliziert sein?«

Imani seufzte. »Das Leben ist nur selten das, was wir uns vorstellen«, meinte sie dann und hielt mit dem Bürsten inne, um einen Knoten in Elisabeths Haaren zu entwirren. »Wie soll es weitergehen? Haben Sie über meinen Vorschlag nachgedacht?«

Elisabeth nickte. »Deine Idee, die Siedlerfrauen für eine gemeinnützige Sache zu gewinnen, gefällt mir. Wenn ich die Herren schon nicht auf direktem Weg dazu bringen kann, mit mir Geschäfte zu machen, so gelingt es mir vielleicht über die Hintertür, sprich: ihre Ehefrauen, Vertrauen und Respekt zu erlangen. Auch wenn ich Spiele dieser Art nicht sonderlich mag. Aber in diesem Fall heiligt wohl der Zweck die Mittel. Zudem stimmt, was du sagst. Ein Hospital wird auf Unguja dringend gebraucht. Es wird wohl am besten sein, für diesen Zweck einen wohltätigen Frauenverein zu gründen. Wenn das Hospital durch Spenden finanziert werden soll, sind viele Aufgaben zu bewältigen.«

»Sicher. Sie werden sehen, sobald Sie die Damen hinter sich gebracht haben, werden deren Gatten die Geschäftsverbindungen zum Dieckman'schen Handelskontor wiederaufleben lassen.«

»Wenn mir das gelänge! Sansibar ist das Tor zur Welt. Unter meinem Onkel warf das Kontor einen ordentlichen Gewinn ab.« Stirnrunzelnd starrte sie in das Licht der Laterne auf dem Tisch, das sich in den bunt getönten Scheiben brach und bunte Schatten auf die Wände zauberte.

»Aber …?«, fragte Imani sanft.

»Was, aber …?«

Imani träufelte sich Rosenöl in die Handflächen und verteilte es großzügig in Elisabeths Haar. »Plagen Sie wieder die alten Zweifel?«

Elisabeth nahm eine Strähne des vom Öl ungewohnt schweren Haares und rollte sie um den Finger. »Es belastet mich, dass ich Otto verpflichtet bin. Ich kenne meinen Bruder. Wenn er durch meine Schuld finanziellen Schaden erleidet, wird er darauf pochen, dass mein Ehemann ihm diesen Schaden ersetzt. Rein rechtlich wäre Weyhoff dazu verpflichtet.«

»Was wäre daran so schlimm?« Imani, der Elisabeth sich jüngst über ihre Vergangenheit anvertraut hatte, stellte das Ölfläschchen zurück ins Regal und drehte sich zu ihr um. Sie zuckte die Schultern. »Weyhoff hat Sie misshandelt. Es kann Ihnen herzlich egal sein, was aus ihm wird.«

»Darum geht es mir nicht. Weyhoff könnte durch Otto erfahren, wo ich bin. Die Einzige, auf deren Verschwiegenheit ich wirklich zählen kann, ist Luigina. Deshalb schicke ich die Briefe an meinen Vater und meine Schwester auch an ihre Adresse. Niemand außer Otto und Luigina kennt meinen Aufenthaltsort.«

Ein Ausdruck von Sorge spiegelte sich auf Imanis Gesicht. »Sie befürchten also tatsächlich, dass ihr Ehemann hierherkommt?«

Elisabeth überlegte einen Moment. »Das möchte ich mir gar nicht vorstellen«, sagte sie und schüttelte den Kopf. »Doch wenn er mich je findet …« Sie unterbrach sich erneut.

»Weyhoff ist labil. Und jetzt steht er als verlassener Ehemann da. Seine Wut auf mich muss riesig sein. Sicher wäre er zu noch größerer Gewalt bereit.« Sie holte tief Luft und zwang sich, den Gedanken an Weyhoff so rasch zu verdrängen, wie er gekommen war. »Ich werde alles daransetzen, meinen Bruder schnellstmöglich zufriedenzustellen, damit er weiter Schweigen über meinen Aufenthaltsort bewahrt.«

»Das heißt, Sie werden Herrn Gramberg kontaktieren und mit ihm über die Nelken verhandeln?«

»Hmm … Wenn ich nur wüsste, was richtig ist.« Elisabeth griff nach ihrem Hemd. Einen Moment betrachtete sie es zögernd, dann streifte sie es sich über. Ein klein wenig roch es nach Jacob.

»Jacob …, Mr Preston also, will nicht, dass ich mit Herrn Gramberg Geschäfte mache.« Sie zuckte die Schultern. »Aber Gramberg ist als Einziger bereit, mit mir zu verhandeln. Auch wenn ich, wenn ich ehrlich bin, keine große Lust habe, mit ihm Geschäfte zu machen. Schließlich hat er einen flüchtigen Sklaven mit Gewehren und Bluthunden verfolgt. Das wirft kein gutes Licht auf ihn.«

»Was zählt schon das Leben eines Sklaven?«, kommentierte Imani mit einer Selbstverständlichkeit, die Elisabeth erschauern ließ. Mit ruhigen Schritten durchquerte Imani das Zimmer und drehte die Dochte der Öllampen herunter. Es wurde dämmrig. Imani wirkte wie ein Schatten vor dem Weiß der Wände. Ihr Gesichtsausdruck blieb Elisabeth verborgen. »Hier auf Sansibar finden Sie niemanden, der unbescholten ist. Wenn Sie mit Menschen Handel treiben möchten, die ehrbar sind, sollten Sie an einem anderen Ort der Welt nach ihnen suchen.«

»Ich denke, du übertreibst«, erwiderte Elisabeth entgegen ihrem Zweifel und flocht ihr Haar zu einem Zopf. »Es gäbe noch eine andere Möglichkeit, an die Nelken zu kommen. Mr Preston meinte, Upepo stünde zum Verkauf.«

»Die Plantage von Mr Hastings an der Ostküste? Davon habe ich gehört.« Imani hielt eine Öllampe hoch und rieb mit einem Zipfel ihres Kangas über eine matte Stelle an dem sonst glänzenden Gehäuse. Für einen Moment geisterte die Vorstellung eines Dschinns, der der Lampe entsteigt und seinem Meister drei Wünsche erfüllt, durch Elisabeths Kopf. Allerdings befand sie sich nicht in einem Märchen, sondern in einer Wirklichkeit, die sie zwar bewusst gewählt, aber sich dennoch nicht ausgesucht hatte. Imanis Stimme riss sie aus ihren Gedanken. »Bei Allah, wie wollen Sie das alles bewerkstelligen? Die Gründung des Frauenvereins und das Eintreiben der Spenden werden einen ordentlichen Teil Ihrer Zeit verschlingen. Und dann wollen Sie noch die Führung des Kontors übernehmen und eine Plantage leiten?« Sie stellte die Lampe beiseite und schüttelte den Kopf. »Wie wollen Sie denn zusätzlich zu der finanziellen Belastung, unter der Sie stehen, die Plantage kaufen? Das kann nicht funktionieren. Außer, Mr Preston hätte vor, Ihnen unter die Arme zu greifen.«

Elisabeth antwortete nicht. Dass es nicht einfach wäre, war ihr bewusst. Und sich von Jacob finanziell unterstützen zu lassen, und sei es auch nur vorübergehend, verbot ihr der Stolz. Aber wenn sie einen Teil des Vermögens Ihres Onkels auflöste und in die Plantage steckte?

Imani stemmte die Hände in die Taille. »Mein Onkel war Medizinmann hier auf Unguja. Nachts, wenn die Seele mit den Geistern reist, flog er auf einer Kokosnuss nach Pemba, um dort nach Arzneien zu suchen. Am anderen Morgen war er zurück mit allerlei Wurzeln, Kräutern und Salben.« Sie schnaufte leise auf. »Wenn ich höre, was Sie alles vorhaben, würde Ihnen nicht einmal eine ganze Schar von helfenden Geistern nützen.«

Elisabeth machte den Mund auf und wieder zu. Der Traum von einer eigenen Plantage war zu verlockend, als dass sie ihn so schnell aus ihren Gedanken hätte verbannen können.

»Außerdem, was würde Mr Preston sagen, wenn er Sie vor lauter Arbeit nicht mehr zu Gesicht bekäme?« Imani seufzte. »Männer mögen es nicht, an letzter Stelle zu stehen. Darüber würde er nur anfangen, sich für andere Frauen zu interessieren.«

»Unsinn«, unterbrach Elisabeth unwillig. »Wieso sollte er das tun?«

»Es muss gar nicht sein, dass Mr Preston von selbst auf Jagd geht. Aber wer weiß, vielleicht wird er gejagt?« Imani blickte sorgenvoll. »Schließlich gehört er zu den begehrtesten Junggesellen auf Unguja. Auch Sejide Farida hat ihre hübschen Augen auf Mr Preston geworfen. Seien Sie besser vorsichtig, *Bibi.* Was die Prinzessin will, bekommt sie auch.«

Eine unliebsame Erinnerung stahl sich in Elisabeths Gedanken. Sie kniff die Lippen zusammen. Vor einiger Zeit war sie auf der Dachterrasse des Palastes Zeugin geworden, wie Jacob auf die Avancen der Prinzessin reagiert hatte. Farida hatte ihm vom Balkon aus ihren Schleier zugeworfen, und Jacob hatte nicht gezögert, ihn einzustecken, und zwar nachdem er ihn an seine Lippen geführt hatte. Ein Geschmack, als hätte sie in etwas Bitteres gebissen, machte sich in Elisabeths Mund breit. Sie verzog das Gesicht. In jener Nacht hatte sie nicht geahnt, dass sie selbst sich nach Jacobs Küssen verzehren würde. Zu dem Zeitpunkt hatte sie sich sogar hinreißen lassen, der Prinzessin Ratschläge zu geben, wie sie Jacobs Gunst am besten gewinnen konnte.

»Genug davon, Imani«, erklärte sie bestimmt. »Hast du nicht gemeint, nach der Massage würde ich schlafen wie ein unschuldiges Lämmchen? Nun, ich glaube eher, dass ich nach deiner Unkerei unruhig wie eine Eule in meinem Zimmer herumflattern werde.«

»Es tut mir leid, *Bibi.* Ich wollte Sie nicht beunruhigen. Aber ich weiß, wozu die Prinzessin imstande ist«, erklärte Imani und schaute betrübt. »Und ich bleibe bei meiner Meinung, Sie muten sich zu viel zu. Ich weiß, dass Sie das nicht gern hören, aber Sie werden sich irgendwann zwischen Kontor, Plantage und Hospital entscheiden müssen.«

»Hm«, meinte Elisabeth vage, dabei spürte sie, wie ihre Brust eng wurde. Wie sollte sie voraussehen, welcher Weg der richtige war? Sicher wusste sie nur eines: Je tiefer sie sich in die Bücher ihres Onkels einarbeitete, umso mehr wuchs ihre Leidenschaft für den Handel und für die Welt der Gewürze.

»Allerdings …, wenn ich Ihnen einen Rat geben darf, dann sollten Sie zuallererst einmal schlafen«, sagte Imani und schraubte das letzte brennende Öllicht herunter, bevor sie aus dem Zimmer ging.

Kapitel 4

Seine Hunde witterten nichts. Im Zwielicht des Morgens führte Jacob sie in einem engen Bogen um das Pferdefuhrwerk, bevor er den Strick löste. Mit hohlem Blick schaute er ihnen dabei zu, wie sie die struppigen Köpfe schüttelten, dass die Ohren flogen und sich lang gezogene Speichelfäden um ihre Schnauzen wickelten. Das Zittern, das ihnen vom Rücken aus über die Flanken lief, schien sich als Vibrieren in seinem Körper fortzusetzen und ihn mit Anspannung zu fluten. Ein Pfiff, eine Handbewegung, und die Tiere stoben davon, offenbar erleichtert, es nicht länger in der Nähe der Kutsche aushalten zu müssen, die mit Stinkfrüchten beladen war, die ihrem Namen alle Ehre machten, wenn man sie öffnete. Bedacht darauf, die nervös mit den Hufen scharrenden Pferde nicht weiter in Unruhe zu versetzen, blieb Jacob neben dem Fuhrwerk stehen und blickte den Hunden hinterher, wie sie kläffend und mit aufgerichteten Schwänzen im raschelnden Unterholz verschwanden.

Das Gebell entfernte sich. Er richtete den Blick auf den Pfad, der von Eilean Donan nach Süden zur Steinernen Stadt führte. Inzwischen stieg das Leuchten der Sonne am Horizont höher. Die Schatten um ihn herum nahmen Konturen an. In den mit Regen von der Nacht gefüllten Schlaglöchern spiegelten sich die Äste der Bäume. Auf Dunkelheit folgte Licht, zuverlässig, jeden Tag und zur selben Zeit. Sein Herz schlug schneller. Tief atmete er ein und nahm den Geruch des Dschungels nach feuchter Erde, Moder und Regenwasser in sich auf. Dann griff er in seine Tasche, wickelte das Bienenwachs aus dem Tuch, brach etwas davon ab und knetete es zwischen den Fingern. Als das Wachs durch die Wärme seiner Hände weich und geschmeidig geworden waren, formte er es zu Kugeln. Eine davon steckte er sich in jedes Nasenloch.

Es war Zeit. Er war bereit aufzubrechen. Eine günstigere Gelegenheit als heute würde sich nicht ergeben.

Mit einer fließenden Bewegung schwang er sich den Riemen des Gewehrs über die Schulter. Es beruhigte ihn zu wissen, dass im Schaft seines Stiefels der Sgian dubh steckte, das schottische kurze Messer, welches er von seinem Großvater geerbt und das ihm schon oft gute Dienste geleistet hatte; zudem spürte er unter dem Gürtel seiner Hose die Härte seines Kurzschwerts. Sollte es zu einem Nahkampf kommen, war er vorbereitet. Verächtlich spitzte er die Lippen und spie auf den Boden zu seinen Füßen. Die Ruhe war trügerisch. Irgendwo da draußen lauerte Gramberg. Jacob wusste es. Ebenso zuverlässig, wie sich die Sonne jeden Morgen über dem Horizont erhob, wurde auf Sansibar Jagd auf entlaufene Sklaven gemacht.

Er nickte Thabani, seinem hochgewachsenen, hageren Vorarbeiter, mit dem ihn eine aufrichtige Freundschaft verband, knapp zu, bevor er zu ihm auf den Kutschbock kletterte. Für einen Moment verhakten sich ihre Blicke ineinander. Unter Thabanis schweren Lidern lagen Tränensäcke, vom Alter war sein Gesicht fleckig und von Furchen durchzogen, doch die Schärfe seines Geistes leuchtete blitzend aus seinen Augen. Auf ein Zeichen von Jacob hin nahm Thabani die Zügel auf, dann machte er ein schnalzendes Geräusch mit seiner Zunge. Beinahe lautlos setzten sich die Räder in Bewegung und rollten über den schlammigen Weg. Nur das Schnauben der Pferde und das Quietschen der Federung des Kutschbocks verrieten, dass sie unterwegs waren.

Jacob stellte den rechten Fuß auf der Vorderwand des Fahrzeugs ab und lehnte sich vorwärts, das Gewehr quer über den Knien. Seine Sinne waren geschärft und hellwach, obwohl die Hunde offensichtlich nichts Verdächtiges gewittert und inzwischen wieder zu ihnen aufgeschlossen hatten. Mit aufmerksamer Miene ließ er den Blick über das Muster aus Licht und Schatten auf den Blättern der Bäume wandern. Überall im Gebüsch schien es zu rascheln. Er kniff die Augen zusammen, um besser zu sehen. Vor ihm huschte eine Eidechse in ein Loch im Boden, just bevor eine Gruppe blauer Meerkatzen, die die Kühle des Morgens zur Jagd nutzte, ihr hinterherstellen konnte. Das frustrierte Kreischen der Affen war noch zu hören, als das Fuhrwerk die Deckung des Dschungels verließ und auf die weite Ebene zusteuerte, in der die Reisfelder lagen.

Die Hunde spürten Grambergs Anwesenheit, noch bevor Jacob ihn sah. Mit gesträubtem Nackenfell schlugen sie Alarm. In Begleitung seiner Männer – Jacob zählte vier – schlenderte Gramberg hinter dem Stamm eines Zimtbaums hervor und stellte sich ihnen breitbeinig in den Weg. Seine imposante Statur warf einen schmalen, langen Schatten. Er schob sich den breitkrempigen Hut in den Nacken. Weizenblondes Haar umrahmte sein Gesicht, dessen hervorstechendes Merkmal irritierend helle Augen waren. Der Blick aus ihnen ließ Jacob stets frösteln. In aller Ruhe, genüsslich fast, setzte Gramberg das Gewehr an. Das Weiß seines Hemdes leuchtete in der Morgensonne. Jacob zog an den Zügeln. Das Fuhrwerk rollte langsamer. Ein Pfiff von Jacob ließ die Hunde augenblicklich das Kläffen einstellen. Abschätzend musterte Jacob Grambergs Miene, doch der Hut mit der breiten Krempe saß so tief in dessen Stirn, dass es unmöglich war, den Ausdruck darin zu lesen. Als Jacob den

Blick auf den Hund an Grambergs Seite richtete, grollte dieser dunkel. Er gehörte zu jener Rasse, die man zur Jagd auf Löwen und Afrikaner einsetzte. Eine große gelbe Bestie, deren Fell über der Wirbelsäule in die falsche Richtung wuchs und den Anschein erweckte, als hätte man es gegen den Strich gebürstet.

»Hoh!« Mit ruhiger Hand brachte Thabani die Pferde zum Stehen.

Ohne Gramberg den Gefallen zu tun, auch nur den Ansatz einer Gefühlsregung zu zeigen, starrte Jacob in die blitzende Mündung des Gewehrs. Mit eisernem Kalkül wartete er darauf, dass Gramberg den Tanz eröffnete, doch weder der Deutsche noch seine Männer bewegten sich einen Millimeter.

Die nebelfrische Morgenluft brannte.

»Ich würde es sehr schätzen, wenn Sie die Waffe sinken ließen«, erklärte Jacob ausgesucht höflich. »Was wollen Sie von uns?«

»Als ob Sie das nicht wüssten. Ich suche meinen entlaufenen Sklaven.«

»Was hat das mit uns zu tun?« Jacob hob eine Augenbraue.

»Tun Sie nicht so. Sie wissen genau, was Ihnen blüht, wenn Sie einem Sklaven zur Flucht verhelfen. Der Sultan versteht keinen Spaß, was das betrifft.« Grambergs Finger schlossen sich fester um den Abzugshahn. Jacob konnte auf die Entfernung erkennen, wie sich die Fingerknöchel unter seiner Haut abzeichneten. »Was haben Sie auf dem Wagen?«

»Zuckerrohr, ein paar Fässer Rum und Durians aus Thabanis Ernte. Er will sie auf dem Markt verkaufen.« Jacob drehte den Kopf und wandte den Blick zu der Plane, unter der sich die Fässer und Körbe in sanften Erhöhungen abzeichneten wie Brüste unter einem Mieder.

»Ach ja?«, meinte Gramberg abschätzig. Ohne sich zu seinen Männern umzudrehen, hob er die Hand und schnipste mit den Fingern. »Los! Seht nach.«

Zwei seiner Begleiter, ein schmächtiger Blonder mit pickeligem Gesicht und ein Afrikaner in einem knöchellangen beigen Hemd und einer Kofia auf dem Kopf, setzten sich in Bewegung, während die anderen beiden Männer wie düstere Auguren hinter Gramberg Spalier standen.

Jacob lächelte milde. »Das würde ich Ihnen nicht raten.« Bedauernd zuckte er die Schultern. »Der Rum auf dem Wagen ist für Tippu Tip.« Der Name des Sklavenhändlers hallte scharf wie ein Schuss über die Köpfe hinweg. Jacob ließ seine Worte für ein paar Sekunden in der Luft hängen. Mit gleichgültigem Blick sah er Gramberg in die Augen. »Ich möchte nicht in Ihrer Haut stecken, wenn er erfährt, dass durch Ihre Schuld die Lieferung nicht rechtzeitig zum Auslaufen am Kai war und er ohne Rum auf Expedition gehen muss.«

»Durchsucht die Ladefläche«, wiederholte Gramberg unbeirrt seinen Befehl.

Jacob durchfuhr es eiskalt. Der doppelte Boden des Fuhrwerks mochte Kenyatta genügend Schutz bieten, dennoch bestand ein gewisses Risiko, dass Gramberg die Täuschung durchschaute. Mit verschränkten Armen, als wäre alles in bester Ordnung, lehnte sich Jacob auf dem Kutschbock zurück, bemüht, die Sorglosigkeit eines Menschen zu verbreiten, der mit sich und der Welt im Reinen war.

Die Balken des Fuhrwerks knarrten, als der Blonde und der Afrikaner sich auf die Ladefläche schoben. Jacob sog scharf die Luft ein. Aus den Augenwinkeln sah er, wie der Blonde die mitgeführte Lanze über den Kopf hob und mit kräftigen, gezielten Hieben auf die Plane einstach. Ein widerwärtiger Gestank nach Stinkfrucht breitete sich über der morgendlichen Wildnis aus. Wie um den Geschmack loszuwerden, riss Grambergs Hund das Maul zu einem Gähnen auf und schüttelte sich kräftig, bevor er zu seinem Herrn zurücktrottete. Die Männer auf dem Wagen hatten aufgehört, auf die Plane einzustechen, und schienen auf weitere Befehle von Gramberg zu warten. Währenddessen gaben sie würgende Geräusche von sich.

Jacob drehte den Kopf zu Gramberg. »Wie gesagt, wir haben Rum und Durians geladen«, erklärte er mit einem Ausdruck tiefsten Bedauerns. »Ich denke, Tippu Tip würde es sehr zu schätzen wissen, wenn Sie seine Fässer verschonen.«

Grambergs Blick aus den unnatürlich hellen Augen heftete sich auf Jacob. Schließlich schnippte er mit den Fingern und erteilte seinen Männern den Befehl, sich zurückzuziehen. Ein sardonisches Grinsen trat in sein Gesicht. »Warum sollte ich mir die Hände schmutzig machen? Die Garde des Sultans wird mir Kenyatta bringen, tot oder lebendig. Egal, in welchem Loch er sich verkriecht. Fahren Sie weiter.«

»Los, Thabani, wir haben genug Zeit verschwendet.« Jacob schnalzte mit der Zunge. Mit einem ausgesucht höflichen Lächeln zog er den Hut vom Kopf und verneigte sich in Grambergs Richtung.

Quietschend setzte sich der Pferdewagen in Bewegung, gefolgt von den aufgeregt kläffenden Hunden. Jacob spürte Grambergs Blick zwischen seinen Schulterblättern, bis sie um eine Kurve bogen. Als sie auf die Reisfelder zuhielten, knallte Thabani mit der Peitsche und ließ die Pferde in einen leichten Trab fallen.

»Alle Achtung, dass Sie so ruhig geblieben sind«, stöhnte Thabani. »Als ich die Lanze blitzen sah, wären mir fast die Nerven durchgegangen.«

»Es war brenzlig«, gab Jacob zu. »Wir hatten Glück. Die Finte mit Tippu Tips Rum und deine Durians haben uns gerettet.«

»Wie konnten Sie wissen, dass Gramberg uns an der Straße auflauert? Ich hätte gedacht, dass er uns einen Besuch auf Eilean Donan abstattet«, rief Thabani Jacob über das Rattern des Fuhrwerks zu.

»Ganz einfach. Ich an seiner Stelle würde es auch so machen.«

»Mich wundert, dass er nicht mit mehr Leuten aufgekreuzt ist.«

»Ist er.« Jacob nahm das Gewehr und legte es sich griffbereit über die Knie. »Du kannst sicher sein, dass seine Männer sich in diesem Moment in einem hübschen Kreis rund um Eilean Donan verteilen, bis an die Zähne bewaffnet und mit Bluthunden an ihrer Seite. Durch den Busch wäre es für Kenyatta viel gefährlicher geworden als mit dem Pferdewagen.«

»Ja, der Plan war gut.« Thabani drehte den Kopf zu Jacob und grinste breit vor sich hin. »Aber mussten es ausgerechnet Durians sein?«

»Etwas Besseres ist mir nicht eingefallen«, gab Jacob zurück, bevor er mit dem Finger die Wachskügelchen aus der Nase pulte. »Getrocknete Haifischflossen stinken noch grässlicher. Außerdem wachsen sie nicht auf der Plantage.«

»Tja. Da ist was dran.« Thabani nickte und fischte sich ebenfalls Wachs aus der Nase. »Ich frag mich nur, ob wir einen Kapitän finden, der bereit ist, Kenyatta an Bord zu nehmen, solange er so riecht.«

»Och, ich hätte da schon ein paar überzeugende Argumente.« Jacob zog einen Münzbeutel aus der Hemdtasche und warf ihn in die Luft. »Du weißt ja, was man sagt. Geld stinkt nicht.«

»Trotzdem. Es könnte dauern, bis wir ein Schiff finden. Wo soll Kenyatta so lange bleiben?«

»Das lass meine Sorge sein«, erklärte Jacob und musste bei dem Gedanken an das, was er vorhatte, grinsen. Der Plan war ebenso brillant wie verwegen. Abgesehen davon würde sich bezahlt machen, dass er in weiser Voraussicht schon länger Rum an Tippu Tip verkaufte, obwohl Jacob den Sklavenhändler aus tiefster Seele verabscheute. Doch er wusste keine bessere Deckung, als sich vordergründig mit dem Mann auf guten Fuß zu stellen, um den Verdacht von Eilean Donan abzulenken, während Sam, einer seiner ältesten Freunde aus den Glasgower Zeiten, und die anderen im Hintergrund entschlossen gegen den Sklavenschmuggel vorgingen. Zudem bewahrte der Rum die Plantage davor, eines Nachts von Tippu Tips umherziehenden Banden in Brand gesteckt zu werden. Noch immer grinsend blickte er zu Thabani hinüber. »Ich habe schon eine Idee.«

»Gut«, nickte Thabani, nur um eine Sekunde darauf den Kopf zu schütteln. »Wir haben schon oft entlaufene Sklaven auf Eilean Donan versteckt. Sonst sitzen wir das Ganze einfach aus. Warum diesmal nicht?«

»Sinnlos. Du kannst darauf wetten, dass Gramberg vor unserer Nase herumlungert, bis die Hölle einfriert«, knurrte Jacob finster. Er kratzte sich das Kinn. »Lass uns hören, wie es Kenyatta geht. Hoffentlich ist er an dem Gestank nicht erstickt.«

»Soll ich anhalten?« Thabani zog die Stirn in Falten.

»Zu auffällig. Es genügt, wenn wir langsamer fahren«, meinte Jacob achselzuckend. Als Thabani die Pferde zum Schritt durchpariert hatte, beugte Jacob sich vorwärts, als hätte er auf dem Kutschbock versehentlich etwas fallen lassen. Dabei sprach er mit gesenkter Stimme durch die unter dem Sitz verborgenen Luftschlitze im doppelten Boden der Ladefläche. »Wie sieht es aus da drin? Kannst du dich selbst noch riechen?«

»Alles klar, Mr Preston.« Kenyattas Stimme klang dumpf durch die Ritzen. »Und was den Gestank angeht … Als ich den Hund vorhin dicht an meinem Ohr knurren hörte, habe ich mir vor Angst in die Hose gepinkelt. Jetzt weiß ich nicht, was schlimmer ist, der Gestank der Durians oder mein eigener.«

Jacob musste lauthals lachen. Nach der Anspannung der vergangenen Minuten war er zu keiner brauchbaren Reaktion fähig. »Wenn du meinen Rat willst, ich an deiner Stelle würde versuchen, beides loszuwerden, bevor du das nächste Mal dein Mädchen küsst.«

Kapitel 5

»Es tut mir leid. Ich habe oft genug ein Auge zugedrückt. So geht es nicht weiter«, eröffnete Wessels sehr direkt das Gespräch, als er Elisabeth ein paar Tage nach ihrer Rückkehr von Eilean Donan am späten Vormittag seine Aufwartung machte. Die Tasse Ingwertee, die Elisabeth ihm eingeschenkt hatte, stand zwischen ihnen auf dem Tisch und verströmte einen kräftigen, aromatischen Duft, doch Wessels schien nicht in der Stimmung für Tee zu sein. Elisabeth, die noch zu perplex war, um eine Antwort zu formulieren, musterte ihn nachdenklich. Wessels wirkte ausgelaugt. Rund um sein markantes Kinn hatten sich scharfe Linien eingegraben, die auf Übermüdung hindeuteten. Unter seinen wachen Augen, die im Verhältnis zu seinen hohen Wangenknochen etwas zu klein schienen, zeichneten sich dunkle Schatten ab. Das blonde, über der Stirn lichte Haar wirkte, als hätte er heute Morgen nur flüchtig mit dem Kamm darübergestrichen, obwohl sein restliches Äußeres wie immer tadellos gepflegt erschien. Wessels lehnte den Oberkörper vor und bedachte Elisabeth mit einem eindringlichen Blick.

»Anfangs hatte ich den Eindruck, dass Anna die Tätigkeit in der Geburtshilfe erfüllt, aber seit ihrer Rückkehr von Eilean Donan unterläuft ihr eine Nachlässigkeit nach der anderen.

Und heute Morgen hat sie sich erst gar nicht in der Praxis eingefunden.« Er hielt Elisabeth eine Spur länger als nötig mit seinem Blick fest. »Ich fürchte, wir haben uns getäuscht. Anna ist noch nicht so weit, Verantwortung zu übernehmen. Sie braucht Aufsicht. Wenn ich das Mädchen weiter beschäftigen soll, müssen Sie zu mir in die Praxis zurückkehren und mir zur Hand gehen.«

Elisabeth stellte ihre Tasse, an der sie genippt hatte, zurück auf den Tisch. »Anna ist also heute nicht zum Dienst erschienen«, sinnierte sie laut und versuchte, Zeit zum Nachdenken zu gewinnen. Mit einem gezwungenen Lächeln erhob sie sich und trat an die Anrichte. Ihr Magen schmerzte, sie hatte nicht gefrühstückt. Vor Ärger über Annas Unzuverlässigkeit spürte sie ein Brennen in ihrer Speiseröhre. Ein Glas Wasser würde helfen.

Schweigend schenkte sie sich ein und trank in langsamen Zügen. Wessels' Worte hatten sie unangenehm berührt. Es enttäuschte sie, hören zu müssen, dass Anna unzuverlässig war. Aber eigentlich war es gar nicht so sehr Annas Verhalten, das ihr Verdruss bereitete, sondern mehr ihr eigenes. Ein Prickeln lief über ihre Arme. Sie ahnte, wie verzweifelt Anna sich fühlte. Hatte sie sich zu wenig um das Mädchen gekümmert? Im Geiste ließ sie die vergangenen Tage wiederaufleben.

Anna war krank vor Kummer und Sorge um Kenyatta, daran hatte der Besuch auf Eilean Donan leider nichts ändern können. Danach hatte Elisabeth gehofft, dass die Hebammentätigkeit Anna so ausfüllen würde, dass sie zumindest zeitweise von ihrem Schmerz abgelenkt wäre. Für Elisabeth selbst war Ablenkung durch Arbeit schon oft ein probates Mittel gewesen. Aus diesem Grund hatte sie darauf beharrt, dass Anna sich nicht weinend in ihrem Zimmer verschanzte, sondern den Dienst in Wessels' Praxis antrat. Allerdings hatte sie nicht persönlich dafür Sorge getragen, dass Anna sich auch tatsächlich zur Arbeit begab. Ein Fehler, wie sie sich nun eingestehen musste. Im Grunde konnte sie Anna noch nicht einmal Vorhaltungen machen. Angesichts ihrer Jugend und der Tatsache, dass sie sich fern der Heimat befand, war Annas Schwermut und die damit verbundene Teilnahmslosigkeit eine natürliche Reaktion ihres Körpers auf den Seelenschmerz. Elisabeth strich sich eine Haarsträhne hinter das Ohr. Sie fühlte sich hohl. Die Schuld lag bei ihr. Sie hätte nicht zulassen dürfen, dass ihre eigenen Probleme und die langen Arbeitsstunden im Kontor sie von ihrer Verantwortung Anna gegenüber ablenkten.

Und noch etwas bereitete ihr Sorge … Sie spürte Wessels' Blick in ihrem Rücken. *Sie müssen zu mir in die Praxis zurückkehren …* Nachdenklich drehte sie das leere Glas in den Händen, während neuer Kummer sich in ihr ausbreitete. Wessels' Freundschaft bedeutete ihr viel. Er war derjenige gewesen, der ihr geholfen hatte, auf Unguja Fuß zu fassen, indem er sie ermuntert hatte, an seiner Seite als Hebamme tätig zu werden und ihn bei seinen Krankenbesuchen zu begleiten. Durch ihn hatte sie die Insel und ihre Bewohner kennen und lieben gelernt. Später hatte es Misstöne in ihrem Miteinander gegeben und Elisabeth hatte sich beruflich dem Kontor gewidmet, so wie es ursprünglich geplant gewesen war, vor Dieckmans Tod. Aber der eigentliche Grund, warum es ihr inzwischen unmöglich war, weiter mit Wessels zusammenzuarbeiten, war ein anderer: Wessels hatte begonnen, etwas für sie als Frau zu empfinden. Sie hatte gehofft, dass es genügen würde, fortan nicht mehr für ihn tätig zu sein, damit er begriff: Sie war nicht die Richtige für ihn, ihr Herz gehörte einem anderen. Doch nun wurde ihr mit wachsendem Unbehagen bewusst, dass sich an Wessels' Gefühlen für sie nichts geändert hatte. Ihr Herz wurde schwer, wenn sie daran dachte, ihm erklären zu müssen, dass sie nur rein freundschaftlich für ihn empfand. Sie war nicht gut in diesen Dingen. Zudem hatte sie keine Erfahrung darin. Wie sollte sie es nur anstellen, ohne ihn zu verletzen? Ein wenig bange drehte sie sich zu ihm um und beschloss, sich wieder auf den Anlass seines Besuchs zu konzentrieren.

»Es tut mir leid, ich hätte mich mehr um Anna kümmern müssen«, setzte sie an und verzog entschuldigend das Gesicht. »Aber Sie machen sich keine Vorstellung davon, welcher Druck auf mir lastet.« Seufzend nahm sie wieder in ihrem Sessel Platz. Ihr Blick flog zu dem Sekretär. Ottos Schreiben leuchtete ihr entgegen, sie hatte ihm immer noch nicht geantwortet.

»Der Ton in den Briefen meines Bruders wird zunehmend schärfer«, fuhr sie fort, die Hände um die warme Tasse Tee gelegt. Es war beruhigend, etwas in den Händen zu halten. »Ich habe Angst, dass er mich fallen lässt, wenn ich nicht bald Nelken für ihn auftreibe.«

»Er ist Ihr Bruder«, erklärte Wessels mit einer Gelassenheit, die Elisabeth überraschte. »Warum sollte er das tun?«

Verständnislos blickte sie ihn an.

Wessels zuckte die Schultern. »Er hat Sie bis jetzt unterstützt. Also scheint er einen ausgeprägten Beschützerinstinkt für Sie zu haben.« Er maß sie mit einem intensiven Blick. »Wie steht es mit Ihnen? Haben Sie Otto reinen Wein über die Schwierigkeiten nach dem Tod Ihres Onkels eingeschenkt?«

Elisabeth runzelte die Stirn. »Ich habe ihm bereits mehrfach alles dargelegt, Rechenschaft abgegeben und mich für die Verzögerung entschuldigt.«

»Nun, dann wundert mich die Reaktion Ihres Bruders nicht.« Wessels zuckte die Schultern.

Nun war Elisabeth völlig perplex. »Was meinen Sie damit?«

Wessels lehnte sich vor, verschränkte die Hände über den Knien und sah sie sehr direkt an. »Wo ist Ihr ansonsten so bemerkenswertes Selbstbewusstsein geblieben?«

Schweigen.

»Treten Sie aus dem Schatten Ihres Bruders heraus. Hören Sie auf, um Verständnis zu betteln, und setzen Sie Grenzen. Das ist die Sprache, die Ihr Bruder als erfolgreicher Geschäftsmann versteht. Sie sind gerade mal seit vier Monaten hier. Was erwartet er? Rom ist auch nicht an einem Tag erbaut worden.«

»Ich glaube nicht, dass dadurch irgendetwas besser würde«, wehrte Elisabeth ab, bestürzt darüber, dass sie sich nun auch noch Wessels' Kritik ausgesetzt sah. »Sie kennen Otto nicht. Sein Ton ist so kühl, dass mich beim Lesen seiner Briefe fröstelt.«

»Was erwarten Sie?« Wessels wischte ihren Einwand mit einer Handbewegung hinweg. »Er ist Industrieller. Ihm gehört eine Fabrik. In Ihren Augen mag es kühl erscheinen, aber es ist die Sprache, die er mit Sicherheit gegenüber seinen Geschäftspartnern gebraucht, um die Interessen der Firma durchzusetzen. Wieso sollte er mit Ihnen anders verfahren?«

»Vielleicht, weil ich seine Schwester bin?«, wandte Elisabeth zögernd ein.

»Vielleicht ist er auch nur ein Mann?«, hielt Wessels dagegen. Für ihn schien damit alles gesagt zu sein. Er lehnte sich zurück.

Eine ganze Weile saßen sie sich schweigend gegenüber. Elisabeth rätselte, was Wessels mit seiner letzten Bemerkung gemeint hatte. Vielleicht reagierte sie zu empfindlich auf Ottos Kritik und nahm seinen rauen Ton zu persönlich.

Es verging eine Minute oder zwei. Elisabeth beschloss, das Thema zu wechseln. »Es gibt Neuigkeiten.«

»Ah ja?« Wessels hob interessiert eine Augenbraue.

»Jacob …, Mr Preston also, meinte, Upepo stehe zum Verkauf.« Elisabeth biss sich auf die Zunge. Jacobs Vorname war ihr unbeabsichtigt über die Lippen geglitten.

»Davon habe ich gehört«, gab Wessels zurück.

Elisabeth hob das Kinn. Für einen Moment begegneten sich ihre Blicke. Falls Wessels sich wunderte, dass sie Jacob beim Vornamen nannte, so verstand er es geschickt zu verbergen. Errötend wandte sich Elisabeth wieder ihrem Ingwertee zu. »Hastings soll in Kürze aus England zurückkehren. Ich spiele mit dem Gedanken, ihm ein Angebot für seine Farm zu unterbreiten.«

»Hm.« Wessels nickte bedächtig. Mit der gewohnten Nonchalance griff er in die Taschen seines Jacketts und steckte sich eine Zigarette an.

»Um ehrlich zu sein, bin ich mir nicht sicher, was ich tun soll«, meinte sie zögernd. Das Bedürfnis, sich dem Arzt anzuvertrauen, wuchs. Er war ihr Mentor. In der Vergangenheit hatte sich Wessels stets als zuverlässiger Berater erwiesen. »Wenn ich mit einem Teil meines Erbes Upepo kaufe, hätte ich ein Problem weniger.«

Er maß sie mit einem langen Blick. »Übernehmen Sie sich nicht mit einer Plantage? Sie besitzen nicht die erforderlichen Kenntnisse. Wie soll das funktionieren?«

»Ich … könnte es lernen«, verteidigte Elisabeth ihre Idee. Sie senkte den Blick auf die Tasse in ihren Händen, bevor sie sich wieder Wessels zuwandte. »Mr Preston hat angeboten, mir alles Nötige beizubringen.«

»Preston? Ausgerechnet?« Wessels' Augenbrauen zuckten in die Höhe. Skeptisch verzog sich sein Gesicht. »Preston ist ein Hallodri, wie er im Buche steht. Seinen Zusagen dürfen Sie keinen Wert beimessen. In dem einen Augenblick brennt er für eine Idee, im nächsten Moment ist alles wieder anders.« Mit einem Ausdruck tiefster Sorge schüttelte Wessels den Kopf. »An Ihrer Stelle würde ich mich nicht auf Preston verlassen.«

»Wirklich? Was veranlasst Sie, so von ihm zu denken?« Elisabeth spürte einen Stich in ihrer Magengegend.

Es entstand eine Pause.

»Ich weiß so einiges. Allerdings verbietet es mir der Anstand, einer Dame gegenüber genauer zu werden«, sagte er schließlich.

Wenn es einen Moment gegeben hätte, in dem die Welt sich langsamer drehte und dann zum Stehen kam, so wäre es dieser gewesen. Elisabeth spürte, wie ihr die Gesichtszüge entgleisten. Ihr Herz hämmerte so schnell und fest, dass sie das Rauschen ihres Blutes in ihren Ohren hörte. Eine weitere Begebenheit im Palast tauchte in ihrer Erinnerung auf, als sie die Prinzessin besucht hatte. Damals war sie beim Hinausgehen einigen Männern in Frauengewändern und Verschleierung begegnet, einer davon war Jacob gewesen. Bis heute wusste sie nicht, warum er – als Frau verkleidet – spät in der Nacht der Prinzessin einen Besuch abgestattet hatte.

»Ich weiß nicht, wovon Sie reden. Mein Eindruck von ihm ist anderer«, erklärte sie so fest wie möglich und wandte den Blick ab, damit Wessels die Unsicherheit nicht bemerkte, die sie befiel. Was wollte er andeuten? Ihre Gedanken überschlugen sich. Gleichzeitig versuchte sie, sich zu erinnern, ob es zwischen ihnen Situationen gegeben hatte, in denen Jacob sie enttäuscht hatte. Gedankenverloren runzelte sie die Stirn. Nein, da war nichts. Sie lehnte sich zurück und legte die Fingerspitzen aneinander, sodass die Hände ein Dach bildeten. Etwas sperrte sich in ihr. Es schien ihr unmöglich, Wessels zu offenbaren, dass ihr Herz Jacob gehörte, wenn er sie davor warnte, dass Jacob nicht sonderlich zuverlässig war.

»Ich glaube nicht, dass Preston mich hängen lassen würde«, erklärte sie, nach außen hin ruhig.

Wessels zuckte die Schultern. »Wozu das Risiko eingehen? Bleiben Sie lieber bei dem, was Sie können.«

Elisabeth maß ihn skeptisch. »Ist das ein weiterer Versuch, mich dazu zu überreden, zurück in Ihre Praxis zu kommen?«

»Mag sein«, gab Wessels zurück. Langsam schüttelte er den Kopf. »Sie sind eine so wunderbare Hebamme. Die Menschen brauchen Sie. Sie vertrauen Ihnen, können Sie das nicht sehen?«

»Doch, schon …«

»Na bitte.« Wessels wischte jeglichen möglichen Einwand mit der Hand beiseite. »Was wollen Sie mehr? Bleiben Sie auf dem eingeschlagenen Weg, und sorgen Sie dafür, dass der Respekt weiter wächst.«

»Lieber Doktor, ich weiß, was Sie für mich getan haben, und ich bin Ihnen von Herzen dankbar«, hob sie an. »Doch um ehrlich zu sein, war es nie meine Absicht, als Hebamme zu arbeiten. Ich kam nach Unguja, weil ich vorhatte, meinen Onkel bei seinen Bureautätigkeiten zu unterstützen. Darin bin ich gut. Ich hatte auf unserem heimischen Hof bereits für meinen Vater die Bücher geführt. Dieckmans Tod aber hat, wie sie wissen, alles verändert. Dennoch, ich spüre, dass ich das Talent für eine erfolgreiche Geschäftsfrau habe. Deswegen muss ich mir selbst treu bleiben und meinen Weg weitergehen, sei es im Kontor oder mit einer eigenen Plantage.«

»Ich kann Sie nicht verstehen. Warum müssen Sie immer mit dem Kopf durch die Wand?«, entgegnete Wessels nach einem Moment des Schweigens. Sorge, Unverständnis und Missmut spiegelten sich auf seinem Gesicht. Er drückte die nur halb gerauchte Zigarette aus. »Sie wollen zu viel. Dabei vergessen Sie, dass Sie es als Neuankömmling und als Frau hier doppelt schwer haben.«

»Ich soll also bei der Medizin bleiben, ja?« Fast beleidigt verschränkte Elisabeth die Arme vor der Brust und blinzelte ihn an. Sie hatte nicht vor, schroff zu klingen, aber sie tat es. Das alte Thema, an dem sie sich schon so oft gestoßen hatten, stand wieder zwischen ihnen. »Sie trauen mir also weder zu, mich als Geschäftsfrau durchzusetzen, noch eine Plantage zu führen?«

»Das ist doch albern! Wie kommen Sie auf so einen Unsinn? Bitte erinnern Sie sich daran, dass ich Ihnen immer die Stange gehalten habe. Wer außer mir hat das getan?«, ereiferte Wessels sich, ungewohnt echauffiert. Ein Muskel an seinem Kinn zuckte. Elisabeth stutzte. Bisher hatte sie noch nie erlebt, dass er die Geduld verlor. Wessels musste den verblüfften Ausdruck in ihrem Gesicht gelesen haben, denn er holte tief Luft, faltete die Finger und tippte sich wiederholt gegen das Kinn, wie um sich zu beruhigen.

»Sie wissen sehr genau, dass ich Ihnen beides zutraue«, setzte er in gemäßigtem Tonfall hinterher. »Irgendwann schaffen Sie es bestimmt. Aber eins nach dem andern und mit Ruhe und Bedacht. Kommen Sie zurück, kümmern Sie sich darum, dass Anna zu einer zuverlässigen Mitarbeiterin heranreift, und konzentrieren Sie sich auf das, was Sie mit Bravour beherrschen. Das ist der schnellste und geradlinigste Weg, sich zu behaupten.«

»Ihre Sicht der Dinge.« Elisabeth benötigte ebenfalls einige tiefe Luftzüge. Sie hasste Auseinandersetzungen mit Wessels. Noch mehr hasste sie sich selbst dafür, so dünnhäutig zu sein und seine Äußerungen auf die Goldwaage zu legen. »Aber gut, ich werde darüber nachdenken. Und was Anna betrifft, ich sorge dafür, dass sie wieder regelmäßig in der Praxis erscheint. Ich bin zutiefst überzeugt, dass Annas Passion im Hebammenberuf liegt. Bitte haben Sie ein wenig Geduld mit ihr. Sie hat es derzeit nicht leicht.«

»Nun gut«, sagte Wessels und fand zu seinem gewohnt charmanten Lächeln zurück. Er erhob sich und griff nach seinem Hut. »Verehrteste …« Er reichte ihr die Hand zum Abschied, sagte dann aber: »Ich glaube, bevor aus Anna eine verantwortungsbewusste junge Frau geworden ist, wird Ihnen noch so manches graue Haar wachsen.«

* * *

Als Elisabeth am Nachmittag die Küche betrat, in der sich ihre improvisierte Hausapotheke befand, schlug ihr der Duft von siedendem Schweinefett entgegen. Schwächer als damals auf dem heimischen Gut, wenn Speck und geröstete Zwiebeln zu Griebenschmalz verarbeitet wurden, aber dennoch ließ er Erinnerungen an kalte Winter und Schnee aufsteigen. Sie hielt inne und blieb auf der Schwelle stehen. Die aufsteigenden Dämpfe vermischten sich mit der schwülwarmen Luft. Elisabeth spürte einen leichten Schweißfilm auf der Oberlippe und fuhr mit der Zunge darüber. Ihr Blick wanderte zu Anna, die in einem Topf auf dem Herd rührte und mit der Herstellung von Moringaseife beschäftigt war. Ein Auftrag, den Elisabeth ihr bereits vor über einer Woche zugewiesen hatte. Etwas in Elisabeth verspannte sich. Die Seife wurde dringend benötigt. Das wusste Anna, denn sie hatte selbst bei einer Visite das letzte Stück verbraucht. In einem Anflug von Verärgerung kniff Elisabeth die Augen zusammen, während sie sich ins Bewusstsein rief, dass Anna momentan wohl eher Verständnis benötigte als Strenge, um wieder zu sich selbst zu finden.

Anna hatte offenkundig noch nicht bemerkt, dass Elisabeths Blick auf ihr ruhte. Das Gewicht auf eine Seite verlagert, stand sie da, sodass sich die eine Hälfte ihres rundlichen Hinterteils keck unter dem Rock abzeichnete. Ihre Haare waren nachlässig unter einer Haube verborgen, es sah aus, als hätte sie beim Aufsetzen keinen Blick in den Spiegel verschwendet. Mit einem vernehmlichen Räuspern machte Elisabeth auf sich aufmerksam, bevor sie neben Anna an den Herd trat. »Kommst du vorwärts mit der Seife?«, erkundigte sie sich.

»Grundgütiger!« Anna japste auf und machte einen Satz in die Luft, als sie Elisabeth bemerkte. »Ich habe Sie gar nicht kommen hören.«

»Nun, ich hoffe, dass du dich deswegen so erschrocken hast und nicht aus schlechtem Gewissen«, erklärte Elisabeth trocken und wackelte mit den Augenbrauen. Wortlos deutete sie auf die dampfende Mischung auf dem Herd.

»Ich kann nichts dafür, dass die Seife noch nicht fertig ist«, verteidigte sich Anna mit glühenden Wangen. »Der Händler hat den Speck erst geliefert. Ich habe mich gleich daran gemacht, ihn zu zerteilen.« Sie deutete auf das benutzte Messer und das vom Fett schmierige Schneidebrett.

»Gut, was das betrifft, bist du entschuldigt«, meinte Elisabeth. »Allerdings gibt es noch etwas, über das ich gern mit dir reden möchte. Dr. Wessels war gerade hier.«

»Oh …« Das Rührholz verharrte in der Luft. Anna biss sich auf die Unterlippe.

Elisabeth runzelte die Stirn. »Wie es aussieht, hat er Grund zur Beschwerde über dein Verhalten. Warum bist du heute Morgen nicht zur Arbeit in der Praxis erschienen? Dr. Wessels hat auf dich gewartet. Was hast du dir dabei gedacht?«

»Es tut mir leid«, sagte Anna mit leiser Stimme. Sie legte das Rührholz zur Seite und wickelte sich einen Zipfel ihrer Schürze um die Hand, bevor sie den Topf vom Herd nahm. »Es war keine Absicht.«

»Das will ich wohl hoffen«, seufzte Elisabeth, den Blick auf Annas nachlässiges Äußeres gerichtet. Es juckte sie in den Fingern, Anna die Haube vom Kopf zu nehmen und ordentlich wieder aufzusetzen. Sie spürte, dass sie ihre Hände anderweitig beschäftigen musste, wenn sie nicht in Versuchung geraten wollte. Also griff sie zu einem Lappen und wischte mit kreisenden Bewegungen über die Arbeitsfläche. »So etwas darf nicht vorkommen, verstehst du?«, erklärte sie geduldig, aber ernst, die Augen auf die Schmutzflecken auf dem Tisch gerichtet. »Sowohl Dr. Wessels als auch die Patientinnen verlassen sich darauf, dass du zu den vereinbarten Zeiten erscheinst.«

»Bitte schimpfen Sie nicht …« Annas Stimme zitterte. »Ich habe einfach nicht mehr an die Sprechstunde gedacht.«

»Du hast es vergessen?« Elisabeth legte den Lappen beiseite und verschränkte die Arme vor der Brust. »Oh, Anna, wie konnte das denn passieren?«

»Ich weiß auch nicht …«, stammelte Anna. In ihren Augen standen Tränen. Kommentarlos reichte Elisabeth ihr ein

Taschentuch. Anna nahm es mit bebendem Kinn entgegen und tupfte sich die Tränen ab. Elisabeth ließ ihr Zeit, sich zu sammeln. Schließlich verebbte das Schluchzen.

»Es war so«, begann Anna, unfähig, ihr in die Augen zu sehen. »In der Bibliothek Ihres Onkels steht ein Buch über Ostafrika. Ich habe es beim Abstauben entdeckt und heute Morgen wieder daran gedacht. Eigentlich wollte ich mir nur die Bilder vom Leben im Busch ansehen, nachdem Sie doch meinten, ich hätte keine Idee, wie es dort zugeht, und darüber ist dann irgendwie die Zeit vergangen, ohne dass ich es gemerkt hätte.«

»Nun, im Ansatz war deine Idee gut«, bemerkte Elisabeth, bemüht, Verständnis zu zeigen, bevor sie die eigentliche Botschaft zur Sprache brachte. »Sicher hast du beim Betrachten der Bilder eine ungefähre Vorstellung bekommen, was es bedeuten würde, in der Wildnis zu leben.«

»Schon.« Anna nickte betreten.

»Wie konnte Kenyatta dir nur solche Flausen in den Kopf setzen? Dabei ist er doch sonst so vernünftig«, fuhr Elisabeth fort, mehr zu sich selbst.

Annas Brustkorb hob und senkte sich schwer. Sie blickte bekümmert. »Es war meine Idee. Kenyatta weiß nichts davon.«

Elisabeths Augenbrauen zuckten in die Höhe.

»Wie bitte?«, fragte sie.

»Na ja, ich dachte mir, ich spare mir das Geld für die Überfahrt zusammen«, gab Anna zögernd zu. »Wenn ich erst einmal bei ihm bin, wird er sicher glücklich darüber sein und …«

»Augenblick!« Elisabeth hob eine Hand und hinderte Anna daran, weiterzusprechen. Mit Daumen und Zeigefinger massierte sie sich die schmerzende Stelle an der Nasenwurzel und versuchte, das eben Gehörte zu verarbeiten. »Du wolltest auf eigene Faust in den Busch reisen? Abgesehen davon, dass du über Kenyattas Kopf hinweg entscheidest, wie wolltest du ihn überhaupt finden? Hast du eine Vorstellung, wie groß Ostafrika ist? Du kannst doch nicht aufs Geratewohl losziehen.«

»Aber das haben Sie doch auch gemacht«, hielt Anna ihr fast trotzig entgegen. »Als Sie Weyhoff verlassen haben, sind wir einfach losgefahren und haben uns auf Gedeih und Verderb unserem Schicksal ausgeliefert.«

»Augenblick! Das war etwas anderes. Wie kannst du das vergleichen wollen?«

»Ach ja?«, stieß Anna hervor. »Was Sie sagen, ist immer richtig, und wenn ich etwas sage, ist es immer falsch!«

Gott …! Elisabeth hob einen Arm und rieb sich die Stirn. Allmählich ging ihr die Geduld aus. Was sollte sie nur mit Anna machen? Mit Argumenten war ihr nicht beizukommen. Mit eindringlicher Miene sah sie Anna an. »Ich hoffe nur, du hattest deinen Verstand so weit beieinander, dass du auf Eilean Donan in deinem Zelt geschlafen hast, wie es ausgemacht war. Du hast dich doch nicht heimlich nachts zu Kenyatta geschlichen, oder? Denn dann müssten wir vorsorglich bestimmte Maßnahmen treffen.«

»Ich habe nichts Verbotenes getan.« Bockig wie ein Eselchen starrte Anna vor sich hin. Sie schob die Unterlippe vor. »Außerdem ist Kenyatta ein Ehrenmann. Er will mich heiraten.«

»Heiraten?«, wiederholte Elisabeth dumpf und schüttelte den Kopf. Sie wusste nicht, ob sie erleichtert oder empört sein sollte.

Anna öffnete den Mund, um zu antworten, doch ein Klopfen an der Tür ließ sie den Mund wieder schließen.

»Ja, bitte!« Elisabeth blickte zur Tür.

Imani betrat die Küche. »*Bibi*? Mr Preston ist da und möchte Sie sprechen. Er wartet oben in Ihrem Bureau auf Sie.«

Elisabeth blinzelte. Jacob war hier? Sie hatte nicht mit seinem Kommen gerechnet. Ein freudiges Gefühl durchströmte sie.

»Oh bitte, darf ich mitkommen und hören, wie es Kenyatta geht?«, rief Anna aufgeregt.

Elisabeth wandte sich wieder zu ihr um. Der aufmüpfige Ausdruck in Annas Gesicht war verschwunden. Als hätte man ein Licht in ihr entzündet, leuchteten ihre Augen.

Als sie sah, wie viel Hoffnung in Annas Blick lag, mochte Elisabeth ihr die Bitte nicht abschlagen. »Schau mich nicht so an«, brummte sie. »Meinetwegen, aber zuerst kümmere dich bitte um die dringend benötigte Seife. Wenn der Sud gekocht hat, kannst du gern nachkommen.«

* * *

Als Elisabeth gleich darauf ihr Bureau im oberen Stockwerk betrat, erfüllte der übliche Lärm, der von der Straße heraufdrang, das Zimmer, doch sie nahm ihn kaum wahr. Ihre Aufmerksamkeit galt Jacob, der neben dem sanft geblähten Vorhang am Fenster lehnte, den Blick nach draußen gerichtet. Unschlüssig, ob sie Gefühle zeigen und ihn mit einem innigen Kuss begrüßen sollte, oder ob Zurückhaltung angemessener war, blieb sie stehen. Ihr Herz schlug aufgeregt. Eine Woche war vergangen, seit sie sich in den Armen gelegen hatten, keine allzu lange Zeit, dennoch reichte sie aus, um sich befangen zu fühlen. Sie war so unbeholfen, was Liebesdinge betraf. Sehnte er sich nach ihr, so wie sie sich nach ihm, oder waren seine Gefühle nach dem Rausch der Liebesnacht verflogen?

Als hätte er ihren Blick zwischen seinen Schulterblättern gespürt, wandte er sich zu ihr um. »Liz«, sagte er beinahe atemlos.

Am liebsten wäre Elisabeth auf ihn zugelaufen, um sich in seine Arme zu werfen, aber die Furcht, zurückgewiesen zu werden, war größer. Über die Länge des Raumes hinweg tauschten sie stumme Blicke aus.

Schließlich war es Jacob, der der Situation die Spannung nahm. Ohne eine Sekunde länger zu zögern, kam er auf sie zu und schloss sie in die Arme. Bevor sie etwas sagen konnte, fand sein Mund ihre Lippen und versiegelte sie mit einem leidenschaftlichen Kuss. »Endlich habe ich dich wieder«, sagte er dicht neben ihrem Ohr, während seine Hände sich um ihre Taille schlossen.

Es dauerte eine kleine Weile, bis Elisabeth sich unter Jacobs Küssen darauf besann, dass Anna jeden Moment ins Zimmer stürmen konnte. Bedauernd, aber entschieden ergriff sie Jacobs Hände und löste sie von ihrem Körper, bevor sie etwas Abstand zwischen sie beide brachte. Da klopfte es auch schon an der Tür, viel zu früh für Elisabeths Geschmack. Sie nahm sich einen Moment, um sich zu sammeln, dann rief sie: »Herein!«

Anna betrat das Zimmer.

Einen kurzen Moment herrschte Schweigen. Dann stürzte Anna auf Jacob zu und warf sich ihm schluchzend in die Arme. »Oh, Mr Preston, ich habe solche Angst um Kenyatta. Wo ist er? Wie geht es ihm? Kann ich zu ihm?«

»Oh, Mädel«, murmelte Jacob tröstend. Er wirkte überrascht, aber auch ein ganzes Stück überfordert. Offensichtlich war er nicht daran gewöhnt, dass sich Mädchen weinend in seine Arme warfen. Kameradschaftlich tätschelte er Anna den Rücken, dann senkte er die Stimme zu einem Raunen, sodass nur Elisabeth, die dicht neben ihm und Anna stand, hören konnte, was er sagte. »Alles wird gut. Kenyatta befindet sich in Sicherheit. Es ist sogar ganz gemütlich dort, wo er ist. Essen, Trinken und frische Kleidung hat er auch, nur leider riecht er etwas streng, nachdem wir ihn auf dem Pferdewagen unter einer Ladung Durians verstecken mussten, um ihn aus Eilean Donan wegzubringen.«

Staunend und erleichtert zugleich sah Elisabeth zu ihm hinüber. Er ließ es leicht klingen, aber sie ahnte, dass es weitaus schwieriger und gefährlicher gewesen war, als er Anna gegenüber ausführen wollte.

»O Gott, Mr Preston, ich bin Ihnen so dankbar für alles, was Sie für Kenyatta tun«, versicherte Anna unter Tränen. Ein Stups von Elisabeth in die Seite ließ sie leiser sprechen. »Kann ich zu ihm? Ich muss ihn sehen, bevor er Unguja verlässt.«

»Sicher, Mädel«, meinte Jacob nach kurzem Zögern. Eine Vielzahl widersprüchlicher Gefühle spiegelte sich in seinem Gesicht, vor allem aber wirkte er überrumpelt. »Anständig verabschieden sollst du dich dürfen, bevor ihr euch trennt.«

Elisabeth schnappte hörbar nach Luft. Wie konnte er Anna nur einer solchen Gefahr aussetzen? Wenn sie erwischt wurden! Sie mochte sich nicht ausmalen, was dann passierte. Besorgt wanderte ihr Blick zwischen Anna und Jacob hin und her, um dann mahnend an ihm hängen zu bleiben. Nachdem Jacob so offensichtlich die Rolle des rettenden Helden wider Willen zugefallen war, wurde es nun ihr zuteil, Vorsicht und Vernunft walten zu lassen.

»Es ist sicher besser, wenn du Kenyatta nicht besuchst«, flüsterte Elisabeth bestimmt. »Wir wollen ihn nicht in Gefahr bringen. Das Risiko, gesehen zu werden, ist zu groß.«

»Mach dir keine Gedanken, Liz«, raunte Jacob zurück. »Ich kann euch ohne Probleme bei Einbruch der Dunkelheit an seinen Aufenthaltsort bringen, ohne dass auch nur eine Menschenseele Verdacht schöpft. Vertrau mir.«

»Zu freundlich«, gab Elisabeth zurück, verärgert darüber, dass er den Wink mit dem Zaunpfahl nicht erkannt hatte. »Und wohin genau gedenkst du uns zu bringen?«

»Ich habe mich schon gewundert, warum du mich nicht fragst, Liz.« Jacob hob bedeutungsvoll eine Augenbraue. »Das ist nämlich das Beste an der ganzen Sache.« An dieser Stelle legte er eine kleine Pause ein, bevor er mit sichtlich stolzgeschwellter Brust und gedämpfter Stimme fortfuhr. »Kenyatta befindet sich an dem einzigen Ort in der Steinernen Stadt, an dem garantiert niemand nach ihm sucht.«

»Entschuldige meine Unwissenheit«, entgegnete Elisabeth. Diesmal lächelte sie so übertrieben milde, dass nicht einmal Jacob es missverstehen konnte. »Ich habe keine Ahnung, wo das sein soll.«

»Das liegt doch auf der Hand«, half Jacob ihr achselzuckend auf die Sprünge. Er schenkte der leise vor sich hin schniefenden Anna einen Blick väterlicher Fürsorge, dann flüsterte er kaum hörbar: »Jetzt hör doch auf zu weinen, Mädel. Kenyatta ist so sicher wie in Abrahams Schoß. Er sitzt im Keller des Hauses von Tippu Tip, dem berüchtigtsten Sklavenhändler aller Zeiten.«

Kapitel 6

Im Lauf der letzten Wochen hatte Elisabeth auf ihren Spaziergängen eine ganze Menge beeindruckender, schwerer Holztüren an den Häusern der Reichen entdeckt und zu unterscheiden gelernt. Die der Swahili besaßen eingelassene Quadrate. Die der Araber waren oben eckig und mit Inschriften aus dem heiligen Koran versehen. Die äußeren Umrandungen zeigten Ketten oder Stricke, um böse Geister einzufangen und aufzuhalten. Die Türen der Inder erkannte man an der oberen Rundung. Zudem war den meisten gemein, dass sie Verzierungen aufwiesen, die auf den Beruf des Besitzers oder auf seine Vergangenheit hindeuteten. Ebenfalls üblich war, dass in dem breiten Türblatt ein schmalerer Türsatz eingelassen war, der jeweils einer Person nach der anderen Zutritt gewährte und so vor dem gleichzeitigen Eindringen einer Horde schützte. Und obwohl niemand auf Unguja zu befürchten hatte, dass Kriegselefanten eingesetzt wurden, um das Holz zu durchbrechen, verfügten die meisten Türen über massive Messingbolzen, die ihre Spitzen bedrohlich aus dem Holz reckten. Auch die Haustür von Tippu Tip verfügte über solche Beschläge, ebenso wie über Schnitzbänder. So gesehen hob sich Tippu Tips Tür in keiner Weise von den anderen ab, ging es Elisabeth durch den Kopf, und genau dieser Anschein unauffälliger Alltäglichkeit machte diese Tür so unheimlich. Trotz der Milde des Abends lief ihr ein eisiger Schauer über den Rücken. Wie oft war sie schon an diesem Eingang vorbeigelaufen, ohne zu ahnen, welcher Dämon hier wohnte, nur wenige Schritte von ihrem eigenen Haus entfernt?

Besorgt blickte sie zu Jacob hinüber, der in einem langen schwarzen Frauengewand steckte. Wie seltsam, nun sah sie ihn schon zum zweiten Mal in Verkleidung, aber im Gegensatz zu jener Nacht im Palast wusste sie diesmal, was er vorhatte, und war auch mit von der Partie. Sie runzelte die Stirn. Eigentlich hatte sie längst vorgehabt, ihn auf ihr zufälliges Zusammenstoßen damals auf der Palasttreppe anzusprechen. Aber hatte er nicht ein ums andere Mal betont, es sei besser, wenn sie nicht alles wusste?

Die Luft anhaltend beobachtete sie, wie Jacob die Hand unter der Verkleidung hervorschob und mit der Faust ein paarmal kräftig gegen das schwere Holz klopfte.

Nichts passierte.

»Ogottogott«, stöhnte Anna hinter ihr. Ihre Stimme schwebte für alle hörbar in der Luft. »Mir ist ganz schlecht vor Angst.«

Elisabeth wandte sich zu ihr um. Am liebsten hätte sie Anna mit einem mahnenden Blick zum Schweigen gebracht, aber die schwarzen Umhänge, unter denen sie alle steckten, machten es unmöglich. »Es wird schon alles gut«, raunte sie ihr zu, einen Schimmer von Besorgnis in der Stimme.

Zwei Minuten später spürte Elisabeth, wie sie selbst unruhig wurde. Mit wachsender Beklemmung schob sie die Hand unter dem Umhang hervor und tippte Jacob auf die Schulter. »Wie lange sollen wir noch warten?«

»Es kommt sicher gleich jemand«, meinte Jacob beschwichtigend. Die Goldstücke, mit denen sein Umhang bestickt war, klirrten.

»Mir wäre bedeutend wohler, wenn wir nicht durch den Haupteingang müssten«, raunte Elisabeth zurück. Es irritierte sie, Jacobs Gesicht nicht sehen zu können.

Als hätte er ihre Gedanken gelesen, wandte er den Kopf zu ihr um und senkte das Kinn, sodass sich ihre Blicke hinter dem Tuch annähernd auf Augenhöhe befanden. »Auf meinen Reisen bin ich einmal einem Japaner begegnet …«, begann er einen offenbar länger angelegten Bericht.

Elisabeth starrte ihn einen Moment lang an, bevor sie sich mit der Zunge über die Oberlippe fuhr. Sie schmeckte kalten Schweiß. »Jacob, mir ist wirklich nicht danach, Geschichten über Leute zu hören, die ich nicht kenne.«

Er stutzte kurz, kam dann aber direkt zum Kernpunkt der Geschichte: »Dieser Japaner behauptete, unter der Laterne sei es am dunkelsten.«

»Ich kann dir gerade nicht folgen.«

Er seufzte tief. »Es liegt doch auf der Hand. Der Hausherr ist nicht da.«

»Das beruhigt mich nicht im Mindesten«, murmelte Elisabeth düster. Vor Anspannung war sie zu keinem klaren Gedanken fähig.

Jacob schien ihre aufkommende Panik zu spüren und tastete nach ihrer Hand. Warm und beruhigend schlossen sich seine Finger um ihre. »Niemand denkt sich etwas dabei, wenn drei vornehm gekleidete Orientalinnen nach dem fünften Gebet den Damen in Tippu Tips Haus einen Besuch abstatten.«

»Und du bist sicher, es wäre auffälliger, wenn wir den Nebeneingang benutzen würden?«, fragte Elisabeth, um sich rückzuversichern.

Jacob nickte. »Um diese Stunde sind keine Händler unterwegs. Selbst die Dienstboten sollten allmählich in ihren Betten sein.« Er drückte ihre Hand ein wenig fester. »Nur Lumpenvolk schleicht sich durch die Hintertür ins Haus.«

Mit gefurchter Stirn brütete Elisabeth vor sich hin. Es brauchte ein paar Atemzüge, bis sie Jacobs Logik folgen konnte, aber dann erschien ihr sein Vorgehen plausibel. In stiller Übereinkunft nickte sie ihm zu. »Versuch es noch einmal. Wenn dann niemand kommt, sollten wir gehen.«

»Oh, lieber Herr im Himmel …«, stöhnte Anna, die in den vergangenen Minuten bemerkenswert schweigsam hinter ihnen ausgeharrt hatte.

»Einverstanden.« Mit einem knappen Nicken schickte Jacob sich an, Elisabeths Wunsch zu entsprechen. Doch so weit sollte es nicht kommen. Noch ehe er ihre ineinander verschränkten Finger lösen konnte, öffnete sich der schmale Türeinsatz. Eine schmächtige Gestalt in knöchellangem Hemd und Turban winkte sie hinein. Elisabeth sandte ein gemurmeltes Stoßgebet gen Himmel, als Jacob vor ihr durch die dunkle Öffnung in das Haus schlüpfte. Dann folgte sie ihm ins Innere von Tippu Tips Haus, Anna dicht auf ihren Fersen.

Das scharfe Geräusch, mit dem die Tür hinter ihnen ins Schloss fiel, ließ Elisabeth zusammenzucken. Im Haus selbst herrschte Totenstille. Dennoch meinte Elisabeth ein Vibrieren zu spüren, das ihr die Härchen an den Unterarmen aufstellte. Unwillkürlich hielt sie den Atem an, während sie versuchte, dem seltsamen Geräusch nachzugehen. Das Wispern in ihrem Kopf brachte dunkle Erinnerungen zurück. Sie spürte, wie im tanzenden Schein der Öllampen unzählige Ängste näher krochen. Das Haus schien zu stöhnen und zu ächzen, als ob das Gewicht Tausender unglücklicher Seelen auf ihm lastete.

Das Herz klopfte ihr bis zum Hals. Sie zwang sich, tief Luft zu holen. Ein Geruch nach gekochten Bohnen und Chapati stieg ihr in die Nase und vermischte sich mit dem süßlichen Duft brennender Wasserpfeifen, der von den oberen Stockwerken herunterwehte. Ihre Augen brauchten einen Moment, um sich an die Umgebung zu gewöhnen, blinzelnd blickte sie sich um. Wie um diese Uhrzeit üblich, waren die Kerzen in den Leuchtern bereits gelöscht. Der flackernde Schein von Öllampen erhellte die Eingangshalle nur spärlich, aber Elisabeth bekam mit, wie Jacob der schmächtigen Figur etwas in die Hand drückte, bevor diese schattengleich davoneilte.

»Bist du sicher, dass wir nicht verraten werden?«, raunte Elisabeth ihm zu.

»Nicht bei der Höhe des Schweigegeldes, das ich ihm gegeben habe«, murmelte Jacob ebenso leise. Dann wandte er den Kopf und blickte sich um. »Wenn ich mich richtig entsinne, geht es dort hinten zu den Kellergewölben.«

»Du warst schon öfter hier?« Elisabeth keuchte auf. »Bitte erzähle mir nicht, dass du Geschäfte mit diesem Verbrecher machst.«

»Jetzt ist kein guter Zeitpunkt für Erklärungen.« Mit einer entschiedenen Bewegung lüftete er kurz den Schleier und schenkte ihr einen eindringlichen Blick. »Vertrau mir. Und jetzt komm.« Der Schleier fiel wieder herab.

Ohne ihr Zeit zum Nachdenken zu lassen, stapfte er los, sodass Elisabeth nichts anderes übrig blieb, als ihm zu folgen, wenn sie den Anschluss nicht verlieren wollte. Genau wie Jacob griff sie sich im Vorbeigehen eine der Öllampen in den Nischen, mit der anderen Hand zog sie Anna hinter sich her. Knarrend öffnete sich die Kellertür und gab den Weg in eine andere Welt frei.

Gähnende Dunkelheit umfing sie. Es roch nach Schimmel und fauligem Unrat. Elisabeth musste sich zwingen, einen Fuß vor den anderen zu setzen. Der enge Korridor schien kein Ende zu nehmen. Die Stufen wiesen alle eine unterschiedliche

Höhe auf, sodass es beinahe unmöglich war, abzuschätzen, wie sie ihren Fuß setzen sollte. Um nicht versehentlich zu stolpern oder auf Jacob zu stürzen, streckte sie eine Hand aus und ließ sie die Mauer entlanggleiten. Moder bedeckte die Wände, es fühlte sich unangenehm glitschig an, fast als würde das Haus leben. Ab und an machte die Wand einen Knick nach links oder rechts. Es kam ihr so vor, als wäre sie noch nie zuvor so tief unter der Erde gewesen.

Unvermutet endeten die Treppenstufen. Gerade noch rechtzeitig bemerkte Elisabeth, dass Jacob stehen blieb, doch Anna hinter ihr bekam es zu spät mit und prallte ihr ins Kreuz. Dabei stieß sie einen unterdrückten Schrei aus.

Vor ihnen lag eine weitere Tür, mit schweren Beschlägen versehen, die unter dem Druck von Jacobs Händen mühelos zur Seite glitten.

»Glück gehabt«, bemerkte Jacob leise und zog den Schleier wieder vom Gesicht. Elisabeth und Anna taten es ihm gleich. »Für einen Moment dachte ich, die Tür wäre verschlossen.«

»O Gott, was hätten wir dann gemacht?«, fragte Anna mit bebender Stimme.

»Mehr Bakschisch gezahlt«, erklärte Jacob und setzte ebenso leise, wie sie begonnen hatten, die Unterhaltung fort. Mit einer fließenden Bewegung schob er sich durch die Tür. Als Elisabeth ihm folgte, fand sie sich in einem lang gezogenen, kahlen Raum wieder. Eine gespenstische Atmosphäre umfing sie. Die Decke war zu niedrig, um aufrecht zu stehen. Am Ende des Raumes flackerte ein Licht und ließ Kenyattas Gestalt erahnen. Er lag auf einem Berg aus Decken, die Knie an den Körper gezogen, und schien zu schlafen. Als Elisabeth ein leises Rauschen und Gluckern hörte, wandte sie sich irritiert an Jacob. »Was ist das für ein Geräusch?«

»Hier unten waren die Sklaven untergebracht. Der größere Raum hier war mit Frauen und Kindern vollgepfercht, in dem kleineren dahinter waren die Männer. Was du hörst, ist das Meerwasser, das durch einen Kanal hier durchgeleitet wird«, raunte Jacob. »Bei Flut lief der Graben über und spülte so die Exkremente weg, manchmal nahm er auch die eine oder andere Leiche auf.«

»Leiche?«, echote Elisabeth schwach.

»Deswegen waren die Sklaven ja hier untergebracht, bevor sie verkauft wurden«, zischte Jacob kaum hörbar zurück. »Man wollte die Schwachen auf natürliche Weise aussortieren.«

»Du meinst, sie wurden absichtlich hierhergebracht, um sie sterben zu lassen?« Elisabeth spürte Übelkeit in sich aufsteigen.

Jacob sparte sich die Antwort und zuckte die Schultern.

»Kenyatta!« Annas Flüstern hallte von den Wänden.

Elisabeth wandte ruckartig den Kopf. Sie war zu sehr in ihre Unterhaltung mit Jacob vertieft gewesen, um zu bemerken, dass Anna sich bis an den Rand des Grabens geschlichen hatte, der sie noch von Kenyatta trennte und dessen Tiefe sich nicht erahnen ließ. Erschrocken keuchte Elisabeth auf.

»Mchumba …« Kenyattas Stimme war leise, dennoch vibrierten Freude und Staunen in ihr.

Elisabeth musste einen Augenblick in ihrem Gedächtnis graben, um sich zu erinnern, dass *»Mchumba«* das Swahili-Wort für Verlobte war. Prompt kehrte das ungute Gefühl zurück, das sie von Anfang an wegen der Verbindung der zwei verspürt hatte. Finster blickte sie zu Jacob hinüber. Er mochte zwar der Meinung sein, dass die beiden ein Recht darauf hatten, sich ein letztes Mal zu sehen. Sie hingegen ahnte, dass es den Abschied für Anna nur umso schmerzlicher machen würde.

Mit einem geschmeidigen Sprung über den Graben landete Kenyatta neben ihnen. »Ist es so weit, Mr Preston? Zeit, zu gehen?«, flüsterte er, während er zaghaft nach Annas Hand tastete.

»Noch nicht, mein Freund«, erklärte Jacob und verzog bedauernd das Gesicht. »Du musst noch ein wenig hier ausharren. Das Festland ist, wie es scheint, derzeit unsicher. Mit etwas Glück kannst du morgen Abend an Bord eines chinesischen Dampfers gehen. Der Kapitän läuft Jakarta an. Eine bessere Möglichkeit kann ich dir nicht bieten, aber ich will dafür sorgen, dass du genügend Geld für die Reise hast.« Er zog einen Beutel voll Münzen aus der Tasche und legte ihn in Kenyattas Hand.

»Danke für Ihre Großzügigkeit, Mr Preston.« In dem fahlen Schein der Öllichter konnte Elisabeth erkennen, dass Kenyattas Augen und die Nase blau und verschwollen waren. Insgesamt wirkte sein Gesicht schief, die linke Seite deutlich mitgenommener und voll hässlicher Wunden. Sie ahnte, wie schmerzhaft es sein musste, Mimik zu zeigen, dennoch wagte er ein Lächeln. »Machen Sie sich keine Sorgen, ich komme zurecht.«

Jacob nickte stumm, auch Kenyatta stand eine ganze Weile schweigend neben Anna.

Vor Ungeduld straffte Elisabeth den Rücken. »Nun, das wäre wohl geklärt«, ergriff sie das Wort und versuchte, dabei möglichst unbekümmert zu klingen. »Aber deswegen sind wir nicht hier. Anna möchte Lebewohl sagen.«

»Es ist ein Abschied auf Zeit«, erklärte Kenyatta mit einer Aufrichtigkeit, die Elisabeth ans Herz rührte.

»Wir sollten ihnen ein paar Minuten für sich gönnen, was meinst du?«, schlug Jacob vor und schielte dabei in Elisabeths Richtung.

»Bitte, ja«, sagte Anna, deren Stimme sich überschlug.

Elisabeths kalte, schwitzige Hände glitten nervös über den Stoff ihres Umhangs. Ihr war nicht wohl dabei. Augenblicklich verspürte sie das Bedürfnis, mehr Kontrolle über die Situation, aber auch über Anna zu haben. Mit zusammengezogenen Augenbrauen musterte sie das Mädchen.

»Verzeihen Sie, Ma'am. Es gäbe ein paar Dinge, die ich Anna gern sagen würde«, raunte Kenyatta. Sie spürte seinen Blick auf sich ruhen und war betroffen über die Hoffnung, die in seinen Augen flackerte. »Keine Sorge, Miss von Baahren.« Offensichtlich war er fähig zu lesen, was in ihr vorging. »Ich würde Annas Zukunft niemals im Weg stehen.«

»Das will ich hoffen«, meinte Elisabeth und nickte bedächtig.

»Ausgezeichnet«, sagte Jacob leise. Elisabeth spürte, wie sich seine Hand in ihren Rücken legte. »Wir lassen euch einen kurzen Augenblick allein. Besprecht, was auch immer ihr zu besprechen habt«, erklärte er nachdrücklich und schob Elisabeth mit sanftem Druck vor sich her Richtung Tür.

Kapitel 7

»Bist du von allen guten Geistern verlassen? Wie kannst du ihnen so etwas vorschlagen? Wir sollten zusehen, dass wir hier verschwinden«, zischte Elisabeth mit gedämpfter Stimme. Zu aufgebracht, um seine Berührung zu ertragen, schüttelte sie seine Hand ab.

»Das Mädel hat mich so traurig angesehen, da konnte ich nicht anders«, erklärte er und zuckte die Achseln. Dabei flog sein Blick in Richtung der Treppe, sodass Elisabeth sich unwillkürlich fragte, was in der Eingangshalle inzwischen vor sich gehen mochte. Garantierte das Bakschisch für ihre Sicherheit, oder hatte man sie längst verraten? Ihr Herzschlag stolperte unruhig vorwärts. Im Geiste sah sie Tippu Tips Schergen vor der Kellertür lauern, mit Säbeln bewaffnet und zur Gewalt bereit.

Jacobs Blick kehrte zu ihr zurück, offener jetzt, fast gelassen. In seinen blauen Augen spiegelte sich der flackernde Schein der Öllampen. »Es ist nur für zwei Minuten oder drei. Wer weiß, ob sie sich je wiedersehen?«

Elisabeth schwieg. Sie schluckte mehrmals fest. Die übel riechende Luft ließ ihren Magen schlingern. »Dieser Ort …« Sie unterbrach sich und presste die Hand gegen die Brust. »Er ist grauenvoll. Ich bekomme kaum Luft zum Atmen.«

»Ich weiß. Mir geht es ähnlich.« Bedeutungsschwer sah er sie an. »Vertrau mir. Ich bringe dich und Anna sicher zurück, versprochen. Glaub mir, ich würde das Risiko nicht eingehen, wenn ich nicht wüsste, dass wir im Moment nichts zu befürchten haben.«

»Im Moment?«, echote sie. Ein Frösteln lief über ihren Rücken.

»Schhh, es ist schon gut. Mehr als den Moment haben wir nicht. Niemand kann in die Zukunft sehen. Außer Ashok vielleicht, der kann das«, fügte er nach einer kleinen Pause zwinkernd hinzu.

Elisabeth blies zitternd die Luft durch die Wangen. Sie wusste genau, dass Jacob sich bemühte, sie mit einer lockeren Bemerkung von der beklemmenden Düsternis um sie herum abzulenken. Doch nichts und niemand hätte ihr hier an diesem Ort auch nur für eine Sekunde das Gefühl geben können, die Dinge seien weniger schlimm, als sie sich gerade anfühlten. Ein Gedanke spukte in ihrem Kopf herum. Sie bemühte sich, das Beben in ihrem Flüstern zu unterdrücken.

»Die Sklaven in Tippu Tips Keller. Du meintest vorhin, Männer, Frauen und Kinder wurden getrennt. Aber bevor sie verkauft wurden, ließ man sie da wieder zusammen?«

»Ich kann versuchen, es für dich herauszufinden, wenn es dir wichtig ist«, raunte er.

Sie spürte erneut ein Frösteln über ihre Haut laufen. »Lass ruhig. Es würde ohnehin nichts ändern …«

Ihr Gespräch wurde unterbrochen, als sich die Tür hinter ihnen einen Spalt weit öffnete und eine sehr blasse, verheulte Anna sich hindurchschob. Elisabeth musterte sie nachdenklich. »Das war wohl nicht einfach«, sagte sie leise. »Ist alles in Ordnung? Können wir gehen?«

Anna hielt den Kopf gesenkt. Sie stand da, ohne sich zu regen. Für Elisabeth wirkte es, als wäre nur ein Teil von Anna aus dem Verlies zurückgekehrt. Der andere befand sich noch immer in dem modrigen Kerker, bei Kenyatta. Unschlüssig knetete Elisabeth ihre Hände. Das Schweigen wurde unerträglich.

»Was ist, Mädel? Rede mit uns.« Jacobs Stimme war leise, aber eindringlich. Sein Blick flog zwischen Anna und den Treppenstufen hin und her. Elisabeth spürte seine wachsende Ungeduld, die ihre eigene Unruhe verstärkte.

Anna zuckte zusammen unter der Strenge, die von Jacobs wenigen Worten ausging, doch zumindest führte es dazu, dass sie sich aus ihrer Erstarrung löste. Kaum merklich schüttelte sie den Kopf. »Nichts, nur …« Sie stockte und suchte Halt an Elisabeths Blick. »Wenn Kenyatta die Kraft hat, das durchzustehen, dann habe ich sie auch.«

* * *

Für einen zufälligen Betrachter mussten sie wie riesige schwarze Vogel wirken, ging es Elisabeth durch den Kopf, als sie wenige Minuten später wieder zur Unkenntlichkeit vermummt durch die engen Gassen der Steinernen Stadt zurück zum Kontor schlichen. Sie schritt an Jacobs Seite, Anna folgte ihnen, ein trauriger Schatten in Elisabeths Rücken. Nun, da die unmittelbare Gefahr gebannt schien, spürte sie, wie die Angst, die sie die ganze Zeit über tapfer unterdrückt hatte, in eine andere, stärkere Kraft umschlug: Zorn.

Gereizt stieß sie die Luft aus und wandte sich an Jacob. »Ich verstehe nicht, wie du überhaupt mit jemandem wie Tippu Tip Geschäfte machen kannst.«

»Nun …« Jacobs Stimme klang dunkel hinter dem Schleier hervor. Die Umhänge verhinderten, dass sie sich in die Augen sahen, aber Elisabeth wusste auch so, dass er ihre Bemerkung genau so aufgefasst hatte, wie sie ihr entwischt war: als ungeschönter Vorwurf. »Inzwischen solltest du mich gut genug kennen. Sympathie für Sklavenhändler ist es sicher nicht.«

»Was dann? Erklär es mir!«, forderte sie, unfähig, es gut sein zu lassen. Vor Ärger pochte ihr Herz in festen, schnellen Stößen. Ärger auf Jacob, weil er ein aus ihrer Sicht unnötiges Risiko eingegangen war. Ärger auf die Sklaverei und auf Tippu Tip. Ärger auf sich selbst, dafür, dass es ihr nicht gelang, ihr aufbrausendes Temperament zu zügeln, obwohl der Verstand ihr sagte, dass sie sich damit das Leben unnötig schwer machte.

»Guter Gott! Wieso interessiert es dich?« Er verlangsamte seine Schritte, denn sie waren fast am Kontor angekommen.

»Jacob! Allen Ernstes, erwartest du, dass ich darauf antworte?« Sie zog den Schlüsselbund unter dem Umhang hervor. Das Eisenschloss knarrte, als sich die Kerben drehten und das schwere Türblatt zurückwich. Anna, die schweigend hinter ihnen hergeschlichen war, flüchtete an Elisabeth vorbei ins Haus, eine leise Entschuldigung murmelnd. Elisabeth warf ihr einen nachdenklichen Blick hinterher, bevor sie ihre Aufmerksamkeit wieder Jacob zuwandte.

Er atmete stoßartig aus und der Schleier vor seinem Gesicht bewegte sich leicht. »Unsinn. Natürlich musst du nichts begründen. Ich halte es nur für besser, wenn du von manchen Dingen nichts weißt.« Unwillig zerrten seine Hände an seinem Umhang, als hätte er es endgültig satt, in Frauenkleidern zu stecken.

Allerdings verbietet es mir der Anstand, einer Dame gegenüber genauer zu werden … Für den Bruchteil einer Sekunde kehrten ihre Gedanken zurück zu der Andeutung, die Wessels in Bezug auf Jacob hatte fallen lassen. Eine Welle von Hitze spülte über sie hinweg.

»Ach ja? Weil ich zu schwach bin, um die Wahrheit zu vertragen?«, konterte sie. Die Tür fiel hinter ihnen ins Schloss und setzte einen Schlusspunkt hinter ihre Worte. *O Gott,* stöhnte sie innerlich auf, warum konnte sie sich nicht bremsen? Mit ihrer schlechten Laune würde sie nur alles zwischen ihnen verderben, für diesen Abend zumindest.

»Liz!« Mit einer energischen Geste riss Jacob sich den Schleier vom Gesicht. Selbst in dem dämmrigen Licht der Öllampen bildeten seine blauen Augen einen ungewöhnlichen Kontrast zu dem dunklen Braun seiner Haut. Er hob einen Arm und schlug den Schleier vor ihren Augen zurück. Eine ganze Weile sah er sie einfach nur an, dann legte er die Hand zärtlich an ihre Wange. »Ich weiß, dass du über eine ganz beträchtliche Stärke verfügst«, murmelte er leise, seine Hand kühl und beruhigend an ihrem erhitzten Gesicht.

Elisabeth schlug das Herz zum Hals. »Aber …«

»Schhh…« Er verstummte und sah ihr vielsagend in die Augen. Instinktiv spürte sie, was sein Blick zu bedeuten hatte. Ein wohliges Sehnen durchströmte sie. »Du bist eine kluge Frau, Liz, und ich schätze es sehr, mich mit dir zu unterhalten, sogar wenn wir streiten. Aber manchmal …« Er zog sie in seine Arme und küsste sie sanft auf den Mund. »Manchmal gefällst du mir am besten, wenn du gar nichts sagst.«

* * *

Als Elisabeth kurz darauf, gefolgt von Jacob, ihr Schlafzimmer betrat, roch es dort nach Rose, Vanille und Jasmin. Mittlerweile war sie so sehr an die Annehmlichkeiten in ihrem Haus gewöhnt, dass sie diese kaum noch wahrnahm, doch nach dem Aufenthalt im Verlies erschien ihr nichts mehr selbstverständlich. Die Erinnerung an das düstere Gemäuer ließ sie plötzlich wieder frösteln. Sie verschränkte die Arme vor der Brust und versuchte mit dem Reiben ihrer Hände, die Kälte aus ihrem Körper zu vertreiben. Jacob, der hinter ihr stehen geblieben war, schien zu merken, wie elend es ihr ging, und machte einen

Schritt auf sie zu. Als sie die Wärme seines Atems hinter sich spürte, lehnte sie sich zurück. Fest und sicher schlossen sich seine Arme um sie und zogen sie an sich.

»Siehst du«, raunte er in ihr Ohr. »Manchmal ist Schweigen das beste Mittel, einen Streit zu beenden.«

»Mag sein«, brummte sie, unfähig, das Lächeln in ihrer Stimme zu verbergen. »Aber glaub nicht, dass das zur Gewohnheit wird.«

»Aber an das hier ...« Seine Lippen bedeckten ihren Hals mit Küssen. »Daran könntest du sich sehr wohl gewöhnen, oder?« Ohne ihr Gelegenheit zu einer Antwort zu geben, hob er sie vom Boden auf und trug sie quer durch das Zimmer, um sie rücklings auf das Bett zu legen. Mit einer fließenden Bewegung bückte er sich und streifte ihr die Sandalen ab. Kopfschüttelnd starrte er auf sie hinunter: »Deine Füße sind so eisig, als wärst du an einem Wintermorgen barfuß durch die schottischen Glens gelaufen.«

»Es fühlt sich an, als hättest du Schüttelfrost. Deine Stirn glüht, gleichzeitig zitterst du vor Kälte«, stellte er kurz darauf fest, als er sich neben sie auf das Bett legte und seine Hände über ihr Gesicht und ihren Nacken wanderten. »Lass es mich dir etwas behaglicher machen.« Mit sachten Bewegungen schälte er sie aus ihrer Kleidung. Dann kniff er die Augen zusammen und blickte sich im Zimmer um, als hielte er Ausschau nach etwas Bestimmten.

»Wonach suchst du?« Verwirrt richtete sie sich auf und stützte den Oberkörper auf die Ellbogen.

Als Antwort schwang er die Füße vom Bett und erhob sich. In aller Seelenruhe entzündete er eine Kerze, dann ging er zu der Anrichte und goss Rotwein aus einer Karaffe in zwei Gläser. Eines davon brachte er Elisabeth.

Sie ließ den Wein im Glas kreisen, die Augen auf die purpurne Flüssigkeit gerichtet. Das süße Aroma umnebelte ihr Gehirn.

Mit einem Blick zur Seite bemerkte sie, wie Jacob sein Hemd abstreifte. Die wohldefinierten Muskeln seiner Schultern und Oberarme zeichneten sich unter seiner glatten, hellbraun schimmernden Haut ab. Er streckte sich, sodass seine feste Bauchdecke sich anspannte, und löste ein Schwert aus dem Gürtel. Dann bückte er sich und beförderte ein zweites aus dem Schaft seines Stiefels zutage. Das Metall der Klingen blitzte im flackernden Schein der Kerze, als er die Schwerter in aller Selbstverständlichkeit auf Höhe des Kopfkissens auf dem Laken ablegte. Elisabeth betrachtete die Waffen mit Unbehagen. Als sie bei ihm auf Eilean Donan übernachtet hatte, hatte er ebenfalls ein Schwert in seiner Nähe gehabt, so als rechnete er damit, im Schlaf überfallen zu werden. Der Gedanke, wie alltäglich die Gefahr in seinem Leben war, ließ sie erneut frösteln. Schweigend führte sie das Glas an die Lippen. Der erste Schluck wärmte ihre Kehle, der zweite ihren Magen. Der dritte legte einen Schleier zwischen sie und die Erinnerung an das feuchte Verlies.

Mit einem leisen Geräusch glitt Jacobs Hose zu Boden. Einen Moment stand er vor ihr, in die Betrachtung ihres nackten Körpers versunken, bevor er sich zu ihr legte und sie an sich zog. Bedacht darauf, dass sie es warm hatte, nahm er die Decke und hüllte sie beide bis zu den Schultern darin ein. »Besser jetzt?«

»Danke«, sagte sie artig und spürte, wie das Zittern durch seine Wärme nachließ.

»Warst du schon einmal in Schottland, Liz?«

Sie schüttelte den Kopf.

»Ich glaube, es würde dir dort gefallen. Die Winter in den Highlands sind lang und kalt, aber dafür erblühen die Glens im Frühling im herrlichsten Grün, das du je gesehen hast. Der Himmel ist weit und klar, und es duftet nach Wildblumen. Das Gelb des Ginsters ist so leuchtend hell wie kleine Sonnen. Überall an den Hängen wächst wilder Rhododendron, sodass es aussieht, als hätte jemand bunte Kissen in der Landschaft verteilt …«

Sie schloss die Augen und ließ sich vom Klang seiner Stimme davontragen. Er schaffte es, mit den Worten zu malen, sodass Bilder vor ihrem geistigen Auge entstanden, so klar, als stünde sie selbst inmitten der Hügel und Täler. Allmählich wurde sie schläfrig, doch sein Körper gab wirklich viel Hitze ab.

»Puh«, stöhnte sie und schob einen Fuß unter dem Laken hervor. »Jetzt ist es fast ein wenig *zu* warm.«

»Ganz wie Sie wünschen, Madam«, erklärte Jacob grinsend, schlug die Decke zurück und befreite sie aus seiner Umarmung. Stattdessen kniete er sich über sie und ließ seine Zunge zwischen ihre Brüste und von dort aus zu ihrem Bauchnabel gleiten.

Ihr Körper erschauerte, als er sich über sie schob. Sanft senkte er sein Gewicht auf sie. Ihre Lider flackerten, sie schloss die Augen erneut, während sie unter ihm dahinschmolz wie das Wachs der Kerze, die neben dem Bett brannte.

»Sieh mich an«, forderte er mit einem heiseren Aufstöhnen.

Zu überrascht, um zu widersprechen, gab sie seinem Wunsch nach. Ihre Blicke trafen sich und versenkten sich tief ineinander. Ein intensiver Ausdruck lag in seinem Blick. Mit jeder seiner Bewegungen trieb er sie weiter, bis die Wellen der Lust erlösend über ihnen zusammenbrachen.

»Glaubst du mir jetzt, dass ich dich liebe?« Er rollte sich zur Seite und schob den Arm unter sie.

Mit einem tiefen Seufzen kuschelte sie sich enger an ihn und ließ ihren Kopf an seiner Brust ruhen. Das schnelle Pochen seines Herzens hämmerte in ihrem Ohr. »Hm, ich muss zugeben, es war ziemlich überzeugend«, erklärte sie, während sich ein Grinsen über ihr Gesicht ausbreitete. »Aber das soll dich nicht daran hindern, es mir auch in Zukunft immer wieder zu beweisen.«

Kapitel 8

Sechs Wochen später

Carissima Elisabeth,

ich schreibe Dir in Eile, damit der Brief Dich schnellstmöglich erreicht. Verzeih daher, wenn ich mich kurzfasse.

Es gibt Neuigkeiten, die Du erfahren musst. Weyhoff hat durchsetzen können, dass Eure Ehe annulliert wurde. Natürlich gibt er Dir die Schuld und behauptet weiterhin steif und fest, dass die Ehe nie vollzogen wurde. Porca miseria! Zwar bist Du nun eine freie Frau, aber, per dio, zu welchem Preis?

Gleich nachdem Weyhoff die Annullierung amtlich machen konnte, ging er zu Deinem Vater, um das Darlehen zurückzufordern, das er ihm bei Eurer Heirat für den Gutshof zur Verfügung gestellt hat. Mit Zins und Zinseszinsen und ohne Verzug. Dein Vater versuchte zu verhandeln, wie mir Antonia berichtete, aber Weyhoff zeigt keine Gnade. Antonia weint nur noch den ganzen

Tag. Ich hoffe, sie fängt sich wieder, aber Deine Schwester war als Nesthäkchen der Familie wohl der Natur nach behütet und verwöhnt. Umso härter trifft es sie nun.

Wie es mit dem Hof weitergehen soll, weiß ich nicht. Ich versuche, Otto gut zuzureden, dass er Deinem Vater finanziell unter die Arme greift, aber selbst wenn ich ihn so weit bekäme, befürchte ich, ließe der Stolz Deines Vaters nicht zu, dass er Hilfe von seinem Sohn annimmt, nach allem, was zwischen den beiden vorgefallen ist.

Carissima Elisabeth, ich hoffe, es geht Dir gut in der Ferne. Dich trifft keine Schuld an dem, was hier passiert, aber ich dachte, Du solltest es so schnell wie möglich erfahren.

Geht es mit dem Kauf der Gewürznelken vorwärts? Otto wird ungeduldig, weil er die Dinge gern beschleunigt sähe. Du weißt ja, wie il mio caro marito ist! Gut, dass Du Dich in Deinem letzten Brief an ihn endlich behauptet hast, auch wenn er daraufhin den ganzen Abend lang wie ein Tiger in seinem Käfig in der Wohnung herumgelaufen ist!

In Deinen letzten Zeilen an mich batest du darum, dass ich Deinem Bruder nichts von der geplanten Gründung des Hospitals erzähle. Ich bin ganz Deiner Meinung, wir sollten ihn nicht damit belasten. Er hätte nur wenig Verständnis, weshalb es dir nicht möglich ist, einen geraden Weg zu gehen, um den Handel abzuschließen. Mit Ottos Einfühlungsvermögen war es noch nie zum Besten bestellt, sonst wäre es nicht zum

Bruch mit Deinem Vater gekommen. Aber man kann die Männer nun mal nicht ändern, nicht wahr?

Eines noch, auch wenn die Umstände nach dem Tod Eures Onkels schwierig sind, bitte lass dich nicht von Deinem Weg abbringen. Dich von Weyhoff zu trennen, war ein großer und mutiger Schritt. Nun steht der nächste bevor, und ich möchte dich ermutigen, ihn zu gehen. Dass Dich gelegentlich Zweifel plagen, kann ich verstehen. Es ging mir damals nicht anders, als ich mein Kaffeehaus eröffnet habe. Wie glücklich bin ich, es getan zu haben. Auch Du wirst irgendwann zurückblicken und stolz auf Dich sein. In meinen Augen stehst Du Otto mit dem Talent für das Geschäftliche in nichts nach.

Für heute schließe ich. Ich vermisse Deine Gesellschaft sehr, wie mir beim Schreiben dieser Zeilen einmal mehr bewusst wird. Abbi cura di te.

Saluti e baci,
la tua
Luigina

Kapitel 9

»Anna?« Elisabeth klopfte vorsichtig an die Tür am Ende des Flurs im oberen Stockwerk des Dieckman'schen Handelskontors. »Bist du da drin?«

Nichts rührte sich in Annas Zimmer. Die Geräusche, die sie eben noch gemeint hatte zu hören, waren verstummt.

Elisabeth zögerte. Ihre Hand ruhte auf dem Türblatt, als könnte sie durch das Holz hindurch Kontakt zu der Welt auf der anderen Seite der Tür aufnehmen. Nachdenklich kräuselte sie die Stirn. Sie war sich ziemlich sicher, dass Anna da war. In der Küche und in dem Studierzimmer, das Elisabeth extra eingerichtet hatte, damit Anna in Ruhe lernen konnte, steckte sie jedenfalls nicht. Und Imani hatte versichert, dass Anna das Haus nicht verlassen hatte. Wo also konnte das Mädchen sein, außer hier? Elisabeth unterdrückte ein Seufzen. Die erste Zusammenkunft mit dem Gründungskreis des Hospitals stand unmittelbar bevor. Imani hatte bereits in Elisabeths Bureauräumen Tee und Gebäck bereitgestellt. Die Damen mussten in der nächsten Viertelstunde eintreffen. Die bevorstehende Besprechung war wichtig. Viel hing von dem heutigen Tag ab. Mit dem Hospital verband Elisabeth nicht nur

Hoffnung für sich und ihre Stellung als Frau auf Unguja, sondern auch für Anna. Eine Anstellung als Hebamme war der Schüssel für eine gute Zukunft, wenn Anna nicht immer ein Dienstmädchen bleiben wollte. Elisabeth, die bereits in Lübeck mit den Ideen der Frauenbewegung sympathisiert hatte, setzte alles daran, Annas Entwicklung und ihre Selbstständigkeit voranzutreiben. Anna hatte Talent, was Geburtshilfe anging. Es wäre ein Jammer, wenn sie ihre Fähigkeiten nicht ausschöpfte.

Elisabeth wartete noch einen Moment, dann klopfte sie erneut. »Anna! Ich weiß, dass du da bist.«

Stille hinter der Tür.

Elisabeth versuchte es nochmals. »Anna?«

Diesmal meinte sie, das leise Rascheln von Bettlaken zu hören. Sie bemühte sich um einen gelassenen Ton, obwohl es sie zunehmend mit Ungeduld erfüllte, die Minuten verstreichen zu spüren. »Bitte, mach auf. Ich verstehe, dass du nervös bist. Mir geht es ähnlich. Aber es ist wichtig, dass die Damen dich kennenlernen. Du gehörst dazu.«

Stille.

Dann hörte sie Anna drinnen leise aufschluchzen.

»Um Himmel willen, was ist denn los?« Elisabeth fühlte sich zunehmend hilflos. »Bitte, mach jetzt endlich auf. Zwing mich nicht, es selbst zu tun«, fügte sie seufzend hinzu.

»Ist gut …« Annas Stimme klang ungewohnt kleinlaut. Elisabeth hörte das Geräusch von nackten Füßen auf den Dielen, dann öffnete sich die Tür. Elisabeth trat ein.

»Warum …«, setzte sie an, brach dann aber ab, als sie Annas bleiches Gesicht sah. Das Mädchen war so weiß wie die Wand, die Apfelbäckchen in ihrem Gesicht eingesunken. Elisabeth maß sie mit einem prüfenden Blick. »Was ist los? Bist du krank? Noch nicht einmal dein Haar hast du gemacht.« Die Luft in dem Kämmerchen schien zu stehen.

»Ich weiß nicht.« Anna presste sich die Hand auf den Magen. Sie schwankte, als wäre ihr schwindlig. Rasch hakte Elisabeth sie unter und geleitete sie zu ihrem Bett zurück.

»Setz dich erst einmal.«

»O Gott, mir ist so übel«, stöhnte Anna.

»Das ist die Aufregung.« Elisabeth setzte sich zu ihr auf das Bett und legte ihr beruhigend die Hand in den Rücken. »Hör zu, wenn du nicht willst, musst du vor den Damen nicht reden. Ich stelle dich in der Runde vor. Und falls du etwas gefragt werden solltest, das du nicht beantworten kannst, ist das keine Schande. Schließlich bist du noch in der Ausbildung.«

»Darüber mache ich mir keine Gedanken, aber …« Anna ließ das Ende des Satzes in der Luft schweben.

»Worüber dann?«, erkundigte Elisabeth sich und streichelte mit sanften Bewegungen Annas Schultern.

Anna wand sich.

»O Gott«, jammerte sie dann und presste sich die Hand vor den Mund. »Ich glaube, ich muss mich übergeben …«

Elisabeth sprang auf und holte rasch die Schüssel vom Waschtisch. Mit einer Hand strich sie Annas blondes, offenes Haar zurück, mit der anderen hielt sie ihr die Schüssel unter die Nase. Anna musste würgen, fing sich aber dann. Erschöpft lehnte sie sich zurück. »Es … geht wieder.«

»Gut.« Elisabeth stellte die Schüssel vorsichtshalber griffbereit in die Nähe. Grübelnd musterte sie das Mädchen. Ihr lag auf der Zunge, nachzufragen, ob Anna etwas Schlechtes gegessen hatte, aber dann fiel ihr Blick auf Annas Busen unter dem Mieder.

Das Zimmer schien auf einmal kleiner zu werden. Schlagartig begriff sie die Wahrheit. Begriff, weshalb Anna in letzter Zeit unzuverlässig war. Begriff, was sie zuvor nicht hatte sehen wollen. Sie fasste sich mit der Hand an die Stirn. »Anna«, sagte sie so beherrscht wie möglich, obwohl sie das Gefühl hatte, schreien zu müssen. »Kannst du mir sagen, wann deine letzte Blutung war?«

»Ich weiß nicht«, schniefte Anna.

Pause.

»Vor zwei Monaten, glaube ich.«

Elisabeth atmete tief durch. Draußen, am anderen Ende des Flurs, hörte sie Schritte. Imani sprach mit Wessels, dann fiel eine Tür zu. Nervös überschlug Elisabeth, wie viel Zeit ihr noch blieb. Die Damen konnten jeden Moment da sein.

»Kann es sein, dass du schwanger bist?«

»O Gott …«, stöhnte Anna.

»Du hast mit Kenyatta zusammengelegen.« Eine Feststellung, keine Frage.

»O lieber Himmel …« Anna griff mit beiden Händen in ihr offenes Haar und zog daran. »Wir wollten es nicht … aber dann ist es einfach passiert. Kenyatta meinte, er wäre vorsichtig gewesen … Kann es denn wirklich sein, dass ich ein Baby bekomme?«

»Allerdings.« Elisabeth nickte ernst. »Vorsichtig sein ist keine gute Verhütungsmethode. Wann ist es passiert? Als wir auf Eilean Donan waren?«

»Ja«, flüsterte Anna.

Elisabeth nickte schweigend. Natürlich … Es war offensichtlich gewesen, dass so etwas passieren konnte. Vernunft hin oder her. Die beiden waren jung, verliebt und konnten kaum die Hände voneinander lassen. Lieber Himmel, sie biss sich auf die Unterlippe. Wie hatte sie nur so blind sein können, nicht zu sehen, was sich da anbahnte? Warum hatte sie nicht zusammen mit Anna in einem Zelt geschlafen, statt in Jacobs Zelt, in seinen Armen … Verflixt, im Grunde gab es niemand, dem sie Vorwürfe machen konnte, außer sich selbst. Sie war diejenige, die den Weitblick hätte besitzen müssen. Sie war diejenige, die für Annas Wohl verantwortlich war. Wäre ihr eigenes Verlangen nicht dazwischengekommen …

»Was machen wir jetzt?« Anna warf ihr einen zerknirschten Blick von der Seite zu.

»Nichts«, verkündete Elisabeth zerstreut. Ihre Gedanken rasten umher. Anna, das Treffen …, der Berg an Problemen schien immer größer zu werden statt kleiner.

»Nichts? Das heißt, ich werde Mutter?« Annas Stimme klang zittrig.

Elisabeth bemühte sich, wieder ins Gleichgewicht zu kommen. Sie massierte sich die schmerzenden Schläfen. »Es ist zu spät, um etwas zu unternehmen. Es wäre zu gefährlich für dich«, erklärte sie dann. »Wenn du nach jener Nacht gleich zu mir gekommen wärst … Nun wirst du das Baby bekommen müssen.«

»Aber …« Anna sank etwas tiefer in sich zusammen. »Was werden die Leute sagen?«

»Damit werden wir wohl leben müssen.«

Stille.

Anna schien neben Elisabeth noch ein wenig kleiner zu werden. Noch etwas schien sie zu belasten. Elisabeth fragte sich, was es war.

»Das Kind …«, druckste Anna schließlich herum. »Wird es aussehen wie ich oder wie Kenyatta?«

»Es wird von euch beiden etwas mitbekommen haben«, erwiderte Elisabeth. Allmählich konnte sie sich denken, was Anna durch den Kopf ging. »Aber wenn du wissen willst, welche Hautfarbe es hat, dann wird diese vermutlich der seines Vaters ähnlich sein.«

Schweigen.

Nach kurzer Überlegung schüttelte Anna den Kopf. »Dann werden die Leute wissen, dass es Kenyattas Kind ist?«

»Sicher«, nickte Elisabeth. »Man kennt uns und weiß von der Verbindung zwischen Kenyatta und dir. Die Leute werden eins und eins zusammenzählen.«

»Dann wird es also als Kind eines entlaufenen Sklaven aufwachsen?« Annas Stimme klang besorgt.

»So wird es sein.« Elisabeth seufzte. Sie griff nach Annas Hand und hielt sie in ihrem Schoß fest. »Ich weiß, dass es nicht einfach wird, für dich und für das Kind. Aber vielleicht haben wir ja Glück, und das Schicksal meint es gut mit Kenyatta. Vielleicht findet sich eine Lösung, die wir bis jetzt alle noch nicht sehen. Und bis dahin bist du nicht allein. Du hast immer noch mich. Wir schultern das irgendwie.«

»Sie sind also nicht böse auf mich?« Anna hob schüchtern den Kopf.

Elisabeth schloss für einen Moment die Augen. Schließlich schlug sie die Lider wieder auf und erhob sich. Es war an der Zeit, die Damen zu empfangen. »Nein«, sagte sie langsam. »Ich bin dir nicht böse. Aber es wäre schön gewesen, wenn du gleich zu mir gekommen wärst.«

* * *

Leise zog Elisabeth die Tür des Salons hinter den Damen zu, dann erst erlaubte sie sich, ihre tadellos aufrechte Körperhaltung zu entspannen. Ihr Nacken schmerzte, sie spürte die Erschöpfung schwer auf ihren Schultern lasten. Das erste Treffen des Gründungskreises für das Hospital war beendet. Jetzt wünschte Elisabeth sich nach der Anspannung der letzten Stunden sehnlich, das eng sitzende Korsett loszuwerden, das ihr beim Sitzen die Luft nahm. Inzwischen war sie zu sehr an das Tragen von Hosen gewöhnt, um sich in Rock und Turnüre wohlzufühlen. Zusätzlich machte ihr die Hitze zu schaffen. Sie wischte sich mit dem Handrücken den Schweiß von der Stirn. Eigentlich hatte sie geglaubt, dass die Temperaturen nicht weiter steigen würden, aber jetzt, Ende Oktober, war es mit Beginn der Regenzeit nicht nur heißer, sondern auch schwüler geworden. Bereits als Luiginas Brief sie heute Morgen erreicht hatte, hatte das Kopfweh begonnen. Das Wissen um Annas Schwangerschaft hatte den pochenden Schmerz schlimmer werden lassen. Ihre Gedanken wanderten zurück in die Heimat. Sie schien also tatsächlich frei zu sein, aber zu welchem Preis? Es fühlte sich an, als brauten sich im entfernten Lübeck düstere Wolken zusammen, und es gab derzeit nichts, was sie von hier aus dagegen tun konnte. Wie würde es mit dem Gutshof weitergehen?

Bemüht, ihre Sorgen für sich zu behalten, straffte sie den Rücken und wandte ihre Aufmerksamkeit Wessels zu. Elegant in einen weißen Anzug und Weste gekleidet, blickte er vom Fenster des Salons auf den Platz vor dem Haus hinunter.

»Was für ein fürchterlicher Haufen Tratschweiber«, raunte sie ihm zu.

»Unnötig zu flüstern. Die Damen haben das Haus verlassen. Sie können Sie nicht mehr hören«, bemerkte Wessels. Mit einem feinen Lächeln gab er seinen Platz am Fenster auf. »Sie sehen angestrengt aus. Ich gehe wohl besser.« Er griff nach seinem Hut.

»Sie werden mich doch nicht schon verlassen wollen?« Sie trat an die Anrichte und winkte einladend mit einer Karaffe. »Eigentlich habe ich gehofft, Sie würden noch auf einen Drink bleiben.«

Als wäre er nicht sicher, ob er annehmen sollte, drehte Wessels den Hut in den Händen. Schließlich legte er ihn zur Seite. »Also schön. Warum nicht? Wir haben allen Grund anzustoßen. Das Treffen war ein Erfolg. Der Verein hat sich gegründet, Sie wurden einstimmig zur Vorsitzenden gewählt, und der Bazar, um Spenden für die Einrichtung des Hospitals aufzutreiben, ist beschlossene Sache. Kompliment, Verehrteste. Sie waren sehr überzeugend. Die Damen haben förmlich an Ihren Lippen geklebt.«

»Das ist leider kein Garant dafür, welche Meinung die Damen von mir haben.« Sie zuckte die Schultern und schenkte leichten Weißwein in zwei Gläser. »Vermutlich werden die Damen sich hinter meinem Rücken das Maul über mich zerreißen.«

Wessels setzte sich und löste den obersten Knopf seiner Weste. »Geredet wird immer und überall. Das lässt sich nicht verhindern. Geben Sie nichts drauf. Ich finde, Sie haben sich hervorragend geschlagen.«

Mit einem leisen Stöhnen ließ sich Elisabeth ihm gegenüber in einen Sessel nieder und versuchte, trotz Turnüre und Korsage eine bequeme Sitzposition zu finden. Ihre Gedanken flogen zu Anna und der Schwangerschaft. Sie legte den Kopf schräg. »Meinen Sie, ich hätte eine Begründung für Annas Fehlen abgeben müssen?«

»Nein. Es wäre der falsche Moment für Offenheit gewesen.« Schulterzuckend hob er das Glas und prostete ihr zu. »Bevor ich gehe, sehe ich noch einmal nach ihr und lasse ihr etwas gegen die Übelkeit da.«

Elisabeth, die Wessels mit Annas Einverständnis vom ersten Moment an ins Vertrauen gezogen hatte, hob die Hände und löste das zu einer kunstvollen Frisur aufgesteckte Haar. Ihre Kopfhaut schmerzte, sodass sie es keine Sekunde länger aushielt. Nachdenklich ordnete sie die in Wellen herabfallenden Locken. »Ich hoffe, Anna lässt sich durch die Mutterschaft nicht von ihrem Weg abbringen. Es hat sich alles so gut für sie entwickelt. Nun mache ich mir Sorgen um sie.«

»Mutter zu sein wird sie verantwortungsbewusst machen«, meinte Wessels gelassen. »Gibt es Neuigkeiten von Kenyatta?«

»Nein.« Elisabeth starrte schweigend vor sich hin. Sie konnte nur hoffen, dass Kenyatta in Sicherheit war. Seitdem er das Schiff bestiegen hatte, gab es kein Lebenszeichen mehr von ihm. Elisabeth versuchte, Anna damit zu beruhigen, dass Kenyatta des Schreibens nicht mächtig war und somit wenig Möglichkeit hatte, von sich hören zu lassen. Was sie Anna verschwieg, war der Umstand, dass Gramberg ebenfalls seit Wochen verschwunden war. Niemand wusste, wo er sich aufhielt. Bei dem Gedanken daran, dass die Nelkenernte von Tag zu Tag näher rückte und Gramberg ihr vor seinem Weggang keine konkrete Zusage gemacht hatte, spürte sie ein hohles Gefühl im Magen.

»Keine Nachrichten sind gute Nachrichten, heißt es. Außerdem ist es vielleicht besser so. Anna ist jung. Sie wird über Kenyatta hinwegkommen.« Wessels' Worte durchbrachen Elisabeths Überlegungen. Sie betrachtete ihn von der Seite. Er hatte den Blick zur Decke gewandt und wirkte ebenfalls in seiner eigenen Welt versunken. Die Zigarette in seiner Hand qualmte vor sich hin. »Ich gäbe etwas darum, in ihrem Alter zu sein. Da heilt das Herz noch«, fügte er nach einem Augenblick des Schweigens hinzu.

Elisabeth biss sich auf die Lippe. Wessels gehörte nicht zu den Menschen, die ihr Gefühlsleben auf dem Silbertablett vor sich hertrugen. Sein letzter Satz aber ließ anklingen, wie es in ihm aussah. Sie fasste gerade den Mut, das in der Luft schwebende Thema anzuschneiden, doch er kam ihr zuvor.

»Warum haben Sie mir verschwiegen, dass Preston und Sie ein Paar sind?« In seinen Augen lag ein schmerzlicher Ausdruck.

Elisabeth spürte, wie ihr Gesicht sich rötete. Betroffen senkte sie den Blick und starrte auf einen unbestimmten Punkt auf dem Teppich. Vor Scham hätte sie in Grund und Boden versinken mögen. Eigentlich hatte sie längst vorgehabt, ihn ins Vertrauen zu ziehen. Aber dann war Wessels' abfällige und rätselhafte Bemerkung über Jacob gefallen, und Elisabeth hatte es nicht mehr über die Lippen gebracht, Wessels zu gestehen, dass

Jacob der Mann war, den sie liebte. Zudem war die Verbindung zwischen Jacob und ihr noch zu frisch und zu zerbrechlich, als dass sie sich der sicheren Kritik Wessels' aussetzen wollte.

»Es war ein peinlicher Moment, als Mrs Ponsonby vorhin meinte, sie finde es befremdlich, Sie und mich so eng zusammenarbeiten zu sehen, während das Gerücht kursiere, Sie seien mit Preston zusammen.« Die Zigarette klebte in Wessels' Mundwinkel. »Die Verlegenheit wäre uns erspart geblieben, wenn Sie ehrlich zu mir gewesen wären.«

»Es tut mir aufrichtig leid«, erwiderte Elisabeth, während sie sich Vorwürfe machte, ihn mit ihrem Zögern verletzt zu haben.

»Das braucht es nicht.«

Eine Weile herrschte Schweigen. Elisabeth suchte nach geeigneten Worten, um zu erklären, weshalb sie nicht schon früher offener zu ihm gewesen war. Aber bevor sie sich versah, hatte Wessels seine Zigarette ausgedrückt und erhob sich.

»Ich lasse Sie jetzt besser allein.« Er schenkte ihr ein Lächeln, von dem sie beide wussten, dass es gezwungen war. »Genießen Sie Ihren Erfolg. Sie können zu Recht stolz auf sich sein.«

»Sie übertreiben.« Verlegen strichen ihre Hände über die Falten ihres Rocks.

»Keineswegs. Sie sind eine unheimlich gescheite Frau, die es versteht, Sympathien für sich zu gewinnen. Vielleicht sollten Sie Ihre weibliche Seite öfter zum Einsatz bringen, nicht nur Ihr Talent als Hebamme.« Mit einem Nicken verabschiedete er sich von ihr. Als er schon in der Tür stand, drehte er sich nochmals zu ihr um. »Jedenfalls bin ich froh, dass Sie auf dem Weg bleiben, zu dem ich Ihnen geraten habe, und mit mir zusammen das Hospital aufbauen. Sie werden sehen, dass sich alle anderen Probleme in der Folge lösen werden.«

»Hoffen wir, dass Sie recht behalten«, erwiderte Elisabeth, doch er konnte es nicht mehr hören.

Kapitel 10

Der Club der Pflanzer war an diesem Abend gut besucht. Der übliche schwere Geruch von Zigarren- und Pfeifenrauch hing wie Nebelschwaden in der Luft. Wessels blieb einen Moment im Eingangsbereich stehen und ließ den Blick durch den hohen, mit rotem Teppich ausgelegten Raum schweifen, an dessen mit Mahagoni getäfelten Wänden alle möglichen Jagdtrophäen prangten. Seine Aufmerksamkeit kam nirgendwo länger zu ruhen. Nachdem er bei dem Gründungstreffen zufällig hatte erfahren müssen, dass Elisabeth und Jacob Preston ein Paar waren, war er alles andere als im Reinen mit sich und der Welt. Aus dem Augenwinkel nahm er wahr, dass die Pokertische zu seiner Linken belegt waren, ebenso das Billard. Das Klicken der Kugeln dröhnte gewehrschussartig in seinen Ohren, ein Indiz, dass es mit dem Zustand seiner Nerven nicht zum Besten bestellt war. Unter anderen Umständen hätte er sich zu einer Partie dazugesellt, doch heute war ihm nicht danach. Mit schweren Schritten durchquerte er den Raum, dabei vermied er es, in die Gesichter der Männer zu blicken, die es sich in den Sitzecken bequem gemacht hatten. Als er auf die Bar zusteuerte, lächelte ihm Farouk, der bärtige Inder mit den buschigen Augenbrauen, der für die Drinks zuständig war, zum Gruß entgegen.

»Das Übliche für Sie, Dr. Wessels?«, fragte Farouk pflichtbewusst. Seine weiß behandschuhte Hand löste sich vom Zapfhahn. Noch bevor Wessels auf einem der Barhocker Platz genommen hatte, schob Farouk ein schäumendes Bier über den Tresen.

»Danke, Farouk.« Stirnrunzelnd starrte Wessels auf das Ale. »Das Übliche und einen Whisky.«

»Kommt sofort.« Farouk drehte ihm den Rücken zu. Kurz darauf stellte er ein volles Schnapsglas auf die Theke.

Wessels leerte es auf einen Zug. Plötzlich fühlte er sich nur noch hohl. Lauter als nötig gewesen wäre, ließ er das Glas auf die Theke knallen. Das Geräusch bereitete ihm Genugtuung. Kurz hatte er das Gefühl, dass sich die Blicke der anderen Gäste in seinen Rücken bohrten. Er beschloss, sich keinen Deut darum zu scheren. Sollten sie denken, was sie wollten. »Noch einen«, knurrte er verdrießlich.

»Kein guter Tag heute, Doktor?«, erkundigte sich Farouk vorsichtig, das Gesicht zu einem mitfühlenden Lächeln verzogen.

»Wussten Sie, Farouk«, erklärte er und starrte unverwandt das volle Glas an. »Wussten Sie, dass das, was wir als Liebe bezeichnen, nichts weiter zu sein scheint als das Zusammenspiel bestimmter Substanzen im Gehirn?«

»Nein, Doktor, das war mir nicht bekannt.«

»Der Zustand der Verliebtheit hat durchaus Ähnlichkeit mit einer psychischen Erkrankung. Das wiederum führt dazu, dass man sich in einem Stadium der Unzurechnungsfähigkeit befindet, in dem man sich zu irrationalen Handlungen hinreißen lässt.«

»Auch das ist mir neu.«

»In diesem Zusammenhang spricht man auch von Liebeswahn. Zum Glück verfliegt dieser Zustand im Lauf einer Beziehung …«

»Ich habe Sie noch nie über Liebe philosophieren hören, Wessels«, sagte eine bekannte Stimme hinter ihm. »Wobei … Diese zynische Seite an Ihnen gefällt mir. Sie hat etwas durchaus Erfrischendes.«

Träge wandte Wessels sich um und blickte in Grambergs amüsiertes Gesicht. Vielleicht war es die Verblüffung über das unerwartete Aufeinandertreffen, vielleicht der eindringliche Blick aus Grambergs mondsteinhellen Augen, jedenfalls spürte er, wie sich etwas in ihm verschob. »Gramberg! Seit wann sind Sie wieder da? Wo haben Sie gesteckt?«

»Geschäfte«, erwiderte sein Gegenüber schulterzuckend und hob dankend drei Finger einer Hand, als Antwort auf Farouk, der ihm in stummer Übereinkunft ein Bier zuschob. Wessels beobachtete, wie Gramberg einen gierigen Zug tat und sich dann mit dem Handrücken über den Mund wischte. »Ich bin erst seit heute zurück.«

»Und da führt Ihr Weg Sie gleich in den Club?«, antwortete Wessels verwundert, unsicher, wie lange Gramberg schon dagestanden und seiner Unterhaltung mit Farouk gelauscht haben mochte.

»Der beste Ort, um zu hören, was sich in meiner Abwesenheit ereignet hat«, gab Gramberg achselzuckend zurück. »Liebeskummer also …« Sein Gesichtsausdruck veränderte sich. Ein eigenartiger Ausdruck glitzerte in seinen Augen, wie eine unliebsame Erinnerung, die kam und ging. Gleich darauf wirkte er wieder gelassen. »Beklagenswerter Zustand.«

»Sie sagen es.« Wessels nickte. Zwar standen sie sich nicht sonderlich nahe, aber Grambergs Verständnis war Balsam für seine Wunden.

»Trinken Sie einen Whisky mit mir.« Gramberg gab Farouk ein Handzeichen. »Wir Junggesellen sollten zusammenhalten.«

»Ja, das ist wohl so«, meinte Wessels zögernd.

»Es hat Sie daher schlimm erwischt?«, erkundigte sich Gramberg und leerte den Drink auf einen Zug.

»Eiskalt, Sie sagen es.« Wessels seufzte, sein Herz fühlte sich wieder schwer an. Nachdenklich betrachtete er den Drink vor sich auf dem Tresen. Unversehens fühlte er sich ermuntert, es Gramberg gleichzutun. Mit Todesverachtung stürzte er den Whisky hinunter.

»Erzählen Sie«, forderte Gramberg ihn auf.

Wessels zögerte.

Einen langen Moment entstand Schweigen zwischen ihnen. Grambergs Blick ruhte interessiert auf Wessels.

»Noch mal das Gleiche, Farouk.« Er schnippte mit den Fingern.

»Danke, ich habe eigentlich genug«, wehrte Wessels ab.

»Seien Sie kein Spielverderber. Nach den Strapazen der letzten Wochen habe ich mir einen vergnüglichen Abend verdient. Sie werden mich doch nicht allein trinken lassen, oder? Außerdem will ich hören, wer Sie so enttäuscht hat.« Ein Flackern glomm in Grambergs hellen Augen auf.

Wessels starrte einen Moment nachdenklich auf den Whisky, dann stürzte er auch diesen hinunter.

Wieder entstand eine Pause, wieder spürte er Grambergs erwartungsvollen Blick auf sich ruhen.

»Eigentlich habe ich gedacht, dass zwei Menschen, die ein gemeinsames Interesse an der Medizin verbindet, auch privat zusammenfänden«, seufzte er schließlich. »Aber ich habe mich wohl getäuscht.«

Gramberg furchte die Stirn. Doch was auch immer ihm durch den Kopf ging, er schien zu zögern, es auszusprechen. Schließlich hob er die Hand und strich sich das hellblonde Haar aus der Stirn. Sein Blick wanderte zu einem der Tische neben der Theke, an dem eine Schachpartie lief. »Schachmatt in drei Zügen«, erklärte er. Schulterzuckend wandte er sich wieder Wessels zu. »Ich nehme an, Sie sprechen von Fräulein von Baahren?«

Wessels sparte sich die Antwort. Er zuckte die Schultern.

»Sie hat Sie also abblitzen lassen?«

»Noch nicht einmal das.« Wessels lächelte ein trauriges Lächeln. »Es hat sich herausgestellt, dass sie anderweitig liiert ist.«

»Ach so.« Gramberg blies verächtlich durch die Lippen. »Sie haben es auf Umwegen erfahren? Wissen Sie, wer es ist?«

Wessels zögerte. Es gab eine ganze Menge Gründe, die dagegensprachen, konkret zu werden.

Er verwarf sie alle.

»Preston.«

»Preston?« Grambergs Augenbrauen gingen nach oben. »Ausgerechnet.«

»Das war auch meine Reaktion.« Wessels nickte grimmig, seltsam befriedigt, dass Prestons Name auch bei Gramberg ein ungutes Echo auslöste. Er ließ ein paar Atemzüge verstreichen, dann zuckte er betont gleichmütig die Schultern. »Ich hoffe, Fräulein von Baahren weiß, was sie tut.«

Die Worte schwebten über ihren Köpfen. Gramberg orderte mit einem Fingerschnippen neue Drinks für sie beide. Wessels ließ ihn gewähren. Er hatte aufgehört, mitzuzählen, wie viele es bereits waren. Farouks roter Turban und seine dichten Brauen verschwammen vor seinen Augen. Er blinzelte und versuchte, den Blick zu fokussieren.

»Stellen Sie sich vor …«, begann er mit ungewohnt schwerer Zunge. Noch einmal hielt er inne, dann brach es förmlich aus ihm heraus. Grambergs stummer Blick löste die Worte von seiner Seele. Er merkte, wie er immer mehr in Fahrt geriet. Es hatte etwas ungemein Kathartisches, seinen Worten freien Lauf zu lassen. »Preston hat ihr geraten, Upepo zu kaufen und unter die Pflanzer zu gehen. Angeblich würde er ihr bei der Führung der Plantage unter die Arme greifen.«

»Typisch Preston«, warf Gramberg ein. »Was davon zu halten ist, steht auf einem anderen Blatt.«

Wessels nickte finster. »Wo er all die Jahre von sich behauptet hat, jemand zu sein, der sich nicht in fremde Angelegenheiten einmischt. Auf einmal spielt er den Zuverlässigen.«

Grambergs Blick wanderte erneut zu den Schachtischen. »Wie viel Verlass ist auf einen Mann, der sich nicht festlegen möchte, auf längere Zeit an einem Ort zu bleiben, und stattdessen in einem Zelt lebt?«, meinte er. Währenddessen verfolgte er weiter das Spiel. »Wir alle wissen, dass Fräulein von Baahren es bereuen würde, auf Preston zu hören. Ist der Kauf von Upepo beschlossene Sache?«

Wessels musterte Gramberg eindringlich. »Das ist der Punkt, an dem spannenderweise Sie ins Spiel kommen, Gramberg.« Er unterbrach sich und nahm einen Schluck von dem inzwischen abgestandenen Ale. Angewidert verzog er den Mund und richtete das Wort wieder an Gramberg. »Wollen Sie wissen, warum? Ich sag es Ihnen. Fräulein von Baahren hofft immer noch darauf, dass Sie ihr die Ernte verkaufen. In diesem Fall hätte sie keinen Grund, sich eine Plantage an den Hals zu hängen.«

»Ah ja?« Ohne merkliche Gefühlsregung griff Gramberg nach seinem Glas und leerte es. »Hören Sie, Wessels, ich kann nichts versprechen. Andererseits soll Fräulein von Baahren nicht durch meine Schuld in ihr Unglück rennen.« Ohne aufzusehen, schob er das Glas auf dem Tresen umher. »Ich werde sie aufsuchen. Vielleicht kommen wir ins Geschäft.«

»Ich bitte Sie.« Reflexartig hob Wessels die Hände. »Tun Sie es nicht aus Mitleid mit einem sentimentalen Idioten wie mir.«

»Sie sollten mich besser kennen, Wessels«, erklärte Gramberg und warf ein paar Münzen für Farouk auf den

Tresen. »Ich pflege Geschäfte ausschließlich auf der Basis von Zahlen und Profit abzuschließen.« Mit einem Lächeln wandte er sich um und ging.

Eine ganze Weile starrte Wessels ihm noch hinterher, wieder allein mit sich und seinen Gedanken. Vage, wie von ungefähr, beschlich ihn das Gefühl, einen Fehler gemacht zu haben. Jedoch konnte er nicht fassen, was es war. Schließlich gab er das Nachdenken auf. Er spürte, wie sein Bett nach ihm rief. Ein wenig schwankend erhob er sich und beglich seine Rechnung. Vorsichtig schüttelte er den Kopf. Sicher machte er sich unnötig Sorgen. Er war es schlichtweg nicht gewohnt, so viel zu trinken. Das war es, was dieses merkwürdige Schlingern in seinem Magen auslöste, resümierte er. Mit einem Nicken verabschiedete er sich von Farouk und machte sich auf den Weg zurück in sein Haus, wo niemand auf ihn wartete, nur die Einsamkeit.

Kapitel 11

Ein paar Tage waren vergangen seit der Aussprache mit Wessels. Elisabeth hatte ihn seitdem nicht mehr gesehen, doch das hinderte sie nicht daran, Annas Ausbildung in ihrem Haus fortzusetzen.

Durch das Küchenfenster schien das Morgenlicht, ausreichend hell, um Anna zu zeigen, wie Bakterien aussahen. Elisabeth schob die Trägerplatte unter die Halterung des Mikroskops. Sie beugte sich über das Okular und strich eine Haarsträhne zurück, die sich aus dem im Nacken gebundenen Haar gelöst hatte. Dann nahm sie die Feineinstellung vor. »Hier, schau es dir an«, forderte sie Anna auf und trat beiseite.

»Meine Güte!« Verdutzt blickte Anna durch die Linsen und dann zu ihr auf. »Und so etwas lebt auf meinen Händen?«

Elisabeth erinnerte sich an ihr eigenes Erstaunen, als sie zum ersten Mal einen Blick durch ein Mikroskop geworfen hatte. Es war faszinierend! Wäre sie ein Mann gewesen, so hätte sie sich sicher für ein Studium der Medizin entschieden. Doch als Frau stand ihr lediglich die Pflege der Kranken offen. Unter der Führung männlicher Ärzte zu arbeiten, widersprach ihrem Wunsch nach Selbstständigkeit. Sie seufzte. Nicht zuletzt deswegen war es auch so verlockend, in die Welt des Handels einzusteigen. Wo sonst bot sich ihr die Möglichkeit, frei von der Bevormundung eines Mannes einen Beruf ausüben zu können? Sie löste sich aus ihren Gedanken und wandte sich wieder Anna zu.

»Es gibt Theorien in der Medizin, denen zufolge der menschliche Körper von einer Schicht Bakterien besiedelt ist. Manche davon sind äußerst nützlich.«

»Dann sind Bakterien also etwas Gutes?«

»Nicht immer. Einige lösen Krankheiten aus, Kindbettfieber beispielsweise. Es ist noch gar nicht lange her, dass in den Gebäranstalten viele Frauen im Wochenbett starben«, klärte Elisabeth sie auf, erfreut über das Interesse, das Anna an den Tag legte. »Ignaz Semmelweis, ein österreichischer Arzt, hat am Wiener Allgemeinen Krankenhaus dazu geforscht. Er stellte fest, dass mangelnde Sauberkeit schuld an den zahlreichen Todesfällen war, und zwar vonseiten der Ärzte! Sie verschleppten Keime an ihren Instrumenten und Händen. Dadurch konnte sich die Krankheit immer weiter ausbreiten. Natürlich hatte zuvor niemand geahnt, dass es sich so verhielt«, fügte sie hinzu, als sie Annas entsetzten Blick bemerkte.

»Also wollten die Ärzte heilen, und das Gegenteil ist passiert? Frauen sind gestorben?«

»Ja, so könnte man es ausdrücken.« Elisabeth nickte. »Darum ist es wichtig, dass du dich mit Hygiene auskennst, um dich und andere gesund zu erhalten und Infektionskrankheiten zu bekämpfen. Erinnerst du dich, was ich dir über die desinfizierende Wirkung des Moringa erzählt habe?«

Anna nickte.

»Gut. Man kann auch Chlorkalk und Karbol zur Desinfektion verwenden. Beides lässt sich nur durch aufwendige chemische Prozesse herstellen. Das ist ein Problem, denn wir müssen hier auf Unguja oft sehr lange auf die nächste Lieferung warten. Es darf nicht sein, dass wir nachlässig mit der

Hygiene sind. Deswegen lass uns mit der Seife weitermachen.« Elisabeth stellte einen Topf mit Fett auf den Herd. Dann winkte sie Anna zu sich herüber. »Hier, nimm das Rührholz und pass auf, dass nichts anbrennt. Und lass es nicht zu heiß werden! Ich schaue später nach dir.«

»Aber Dr. Wessels sagt, es wäre in Ordnung, wenn ich mich schone. Ich bin so müde.«

»Damit meint er sicher nicht, dass du den ganzen Tag im Bett liegen sollst.«

»Sie wissen gar nicht, wie es ist.« Annas Kinn bebte. »Sie waren ja nie schwanger.«

Elisabeth zwang sich, die Ruhe zu bewahren. Anna war in den vergangenen Tagen trotzig wie ein kleines Kind gewesen. »Ich verstehe, dass du unsicher bist und dass dir alles über den Kopf wächst. Doch der Körper einer Frau ist von Natur aus hervorragend für die Schwangerschaft eingerichtet. Natürlich verändert sich der Stoffwechsel, deswegen fühlst du dich müde. Aber ein strukturierter Tagesrhythmus mit ausreichend Ruhe *und* Bewegung ist das Beste für Mutter und Kind.« Seufzend nahm sie Anna das Holz aus der Hand und begann, selbst zu rühren. »Was glaubst du, wie die anderen Frauen hier durch die Schwangerschaft kommen? Hast du je eine von ihnen den ganzen Tag im Bett liegen sehen?«

»Wenn sie im Bett liegen, kann ich sie ja nicht sehen«, gab Anna mit der ihr eigenen Logik zurück. »Das heißt nicht, dass sie es nicht tun.«

»Genug jetzt!« Energisch drückte Elisabeth ihr das Holz in die Hand. »Wenn die Mischung abgegossen ist, kannst du nach oben gehen und die Füße bis zum Mittagessen hochlegen. Aber erst dann, hörst du?«

Schwungvoll wurde die Küchentür aufgezogen. Als Elisabeth sich umdrehte, blickte sie in Jacobs breit grinsendes

Gesicht. »Welche Laus ist euch denn über die Leber gelaufen? Man hört euch bis nach draußen.«

»Jacob!« Freudig überrascht eilte Elisabeth auf ihn zu. Im letzten Moment riss sie sich zusammen und beschränkte sich darauf, ihm zur Begrüßung die Hand zu reichen. »Um diese Uhrzeit? Du musst im Morgengrauen losgeritten sein.«

»Ich bin seit gestern in der Stadt. Eigentlich wollte ich gestern Abend schon zu dir kommen. Aber dann hat mein Treffen länger gedauert als angenommen, und ich dachte, du schläfst sicher«, erklärte er unbekümmert, während sie gemeinsam die Küche verließen. »Deshalb habe ich mir ein Zimmer genommen.«

»Schade«, meinte Elisabeth und bemühte sich, ihre Enttäuschung zu verbergen. Es schien ihr viel zu lange her, dass sie eine Nacht zusammen verbracht hatten.

»Aber dafür bin ich ja jetzt hier«, sagte er und griff nach ihrer Hand, während sie die Treppe hinaufgingen. »Übrigens habe ich noch nicht gefrühstückt und sterbe vor Hunger.« Zur Verdeutlichung rieb er sich mit der Hand über den Bauch.

»Imani hat Kashata gemacht«, schlug Elisabeth vor. Bei dem Gedanken an die auf Unguja beliebte Süßigkeit, die aus Erdnuss, Kokosnuss und Honig bestand, lief ihr das Wasser im Mund zusammen.

»Kashata«, seufzte Jacob und verdrehte genussvoll die Augen. »Klingt großartig.«

* * *

»Wie geht es dir, mein Liebling?«, murmelte Jacob, sobald sich die Tür von Elisabeths Bureau hinter ihnen schloss, und zog sie an sich. Seine Lippen senkten sich auf die ihren. Dabei seufzte er tief. »Du hast mir gefehlt.«

»Du mir auch«, erwiderte Elisabeth atemlos zwischen zwei leidenschaftlichen Küssen. Sie sog seinen inzwischen vertrauten Duft ein, Moschus, Amber und etwas Erdiges. Dazu eine süßliche Note, die sie irritierte.

»Du riechst anders«, meinte sie, die Nase gegen den Stoff seines Hemdes gedrückt. »Es erinnert mich an die Zeit, als ich im Palast lebte. Dort wurden alle Kleider über Nacht mit Jasmin, Rose und Oleander beduftet.«

»Ganz recht«, stimmte er zu. »Ich komme tatsächlich von Bet il Sahel.«

»Von Farida also?« Sie löste sich aus seiner Umarmung und trat einen Schritt zurück. Eigentlich hatte sie vorgehabt, ihn mit der Nachricht zu überraschen, dass sie eine freie Frau war. Jetzt aber fühlte sie Unsicherheit in sich aufsteigen. Zu allem Übel bemerkte sie, dass sich eine unangenehme Röte über ihren Hals ausbreitete. Sie schluckte trocken. Nicht, dass sie glaubte, Jacob würde sie hintergehen, aber Farida … Das Gefühl von Verzagtheit wurde stärker. Unsicher starrte sie auf ihre Hände. Im Allgemeinen war sie ganz zufrieden mit ihrem Aussehen; im Vergleich zu der Prinzessin jedoch kam sie sich blass und unscheinbar vor. Farida war so schön, so gewandt, so verführerisch … Imanis Worte über die Prinzessin kamen ihr wieder in den Sinn. Die Sejide war es gewohnt zu bekommen, was sie wollte.

Jacob legte die Hände auf ihre Schultern, um sie an sich zu ziehen.

»Sagtest du nicht, du hättest dir ein Zimmer genommen?«, entschlüpfte es ihr.

»Aye.« Er nickte. »Ein Zimmer im Palast. Das Gespräch mit Farida hat sich in die Länge gezogen. Die Prinzessin hat mir angeboten, dort zu übernachten. Natürlich nicht im Harem«, fügte er rasch hinzu, als sie sich ihm entwand.

Elisabeth wusste nicht, wie sie reagieren sollte. Auch wenn es spät geworden war, so hätte er doch noch zu ihr kommen können. Hatte sie für ihn etwa schon an Reiz verloren? Sie versuchte, sich mit Jacobs Augen zu betrachten. Was sah er in ihr? Sie wusste es nicht zu sagen. Hitze breitete sich über ihre Wangen aus. Sie war so sehr darauf bedacht, auf eigenen Füßen zu stehen, konnte streitsüchtig, ja, sogar unbeherrscht sein. Alles Tugenden, die sie aus Sicht eines Mannes sicher nicht begehrenswert machten.

Ein Klopfen an der Tür ließ sie auseinanderfahren. Reflexartig wich Elisabeth einen Schritt zurück und fuhr sich ordnend durch das Haar. Dann nahm sie einen tiefen Atemzug.

»Komm herein, Imani«, erklärte sie und schob einen Rest von Schuldgefühlen beiseite. Ihre Ehe war annulliert, sie war eine freie Frau. Wem war sie jetzt noch Rechenschaft schuldig? Ihr schoss durch den Kopf, dass sie Jacob immer noch nicht von den Neuigkeiten berichtet hatte.

»Ich bringe Kaffee. *Hujambo*, Mr Preston«, grüßte Imani ihn.

»Sijambo«, gab Jacob zur Antwort, wie auf Unguja üblich.

Mit einem Lächeln stellte Imani ein Silbertablett mit Kashata und köstlich duftendem Kardamomkaffee auf dem Tisch ab. »Wenn Sie mich brauchen, ich bin unten in der Küche.«

»Danke, Imani«, erwiderte Elisabeth und ließ sie mit einem Nicken wissen, dass ihre Dienste nicht weiter benötigt wurden. Jacob setzte sich auf einen Sessel und griff nach einer dicken, safrangelb glänzenden Scheibe Kashata. Elisabeth nahm ihm gegenüber auf dem Sofa Platz und schenkte Kaffee ein, während Jacob genüsslich kaute. Unsicher, was sie von Jacobs Besuch bei Farida halten sollte, blickte sie ihn über den Rand der Tasse an. Eine Frage brannte auf ihren Lippen.

»Was hattest du denn bei Farida zu suchen?« Elisabeth biss sich auf die Lippen, als sie bemerkte, wie vorwurfsvoll ihre Worte in seinen Ohren klingen mussten.

»Ach«, machte Jacob, anscheinend taub für ihre Spitzen. »Nichts weiter. Sie wollte nur meine Meinung zu dem einen oder anderen Punkt hören. Wie es aussieht, ist sie entschlossen, in Abwesenheit des Sultans die Regierungsgeschäfte zu übernehmen.« Offensichtlich zufrieden, Faridas innerem Zirkel anzugehören, zuckte er die Achseln.

Elisabeths Selbstwertgefühl kam immer mehr ins Wanken. War es nicht so, dass Männer eher Frauen zugetan waren, bei denen sie sich stark und souverän fühlen konnten? Frauen, die es nicht scheuten, eine gewisse Schwäche an den Tag zu legen und Rat an der Seite eines Mannes suchten? Auch wenn diese Schwäche im Falle von Farida vermutlich nur vorgetäuscht war? Sie stöhnte. Das Miteinander der Geschlechter kam ihr vor wie ein Spiel, dessen Regeln sie nicht verstand. Meist schien es mehr Kampf als Vergnügen. Ihre Stirn kräuselte sich. Ob es anderen Frauen ähnlich erging? Oder war nur sie nicht gemacht für die Liebe? Ihre Gedanken wurden unterbrochen, als der Wind durch das offene Fenster strich und die Blätter des aufgeschlagenen Notizbuchs auf ihrem Schreibtisch leise flattern ließ.

Elisabeth setzte ein Lächeln auf, von dem sie ahnte, dass es gezwungen wirkte, aber es war das Beste, was sie zustande brachte. »Du bist jetzt also zum engsten Vertrauten der Prinzessin aufgestiegen?«

Jacob wiegte den Kopf. »So würde ich es nicht nennen. Zumindest nicht nach dem, wie der Abend endete. Anfänglich schien es ihr nur um geschäftliche Themen zu gehen, aber irgendwann schlug das Gespräch um. Ihr muss zu Ohren gekommen sein, dass du und ich ein Paar sind.«

Elisabeth spürte eine Enge in ihrer Brust. Frustriert blies sie in den Kaffee. Also doch! Hatte sie nicht geahnt, dass die Damen des Gründungskreises Klatsch über sie verbreiten würden? Und nun schien ganz Unguja über Jacob und sie Bescheid zu wissen! Was Jacob wohl davon hielt? Sie musterte ihn angespannt.

Jacob nahm einen weiteren Bissen. Eine ganze Weile aß er schweigend. »Weißt du, ich glaube, das war der eigentliche Grund, weshalb sie mich zu sich gebeten hat. Sie wollte herausfinden, ob sie nicht doch eine Chance bei mir hat«, sagte er dann.

»Wie bitte?« Elisabeth meinte, aus allen Wolken zu fallen. Ihr Herzschlag beschleunigte sich. War es bislang Unsicherheit gewesen, so spürte sie nun einen Stich der Eifersucht. »Willst du damit andeuten, dass sie sich dir an den Hals geworfen hat?«

»Hat nicht viel gefehlt«, feixte er, wurde aber sofort wieder ernst, als er ihren verletzten Blick bemerkte. »Entschuldige, das war ein Scherz.«

»Ein ziemlich schlechter«, gab sie zurück und ihre Miene verschloss sich.

»Komm schon«, meinte er versöhnlich und zwinkerte ihr zu. »Farida ist sicher eine der schönsten Frauen, die ich je gesehen habe. Aber du weißt genau, wie viel du mir bedeutest.«

Elisabeths Mund klappte auf, doch es kamen keine Worte heraus. Seine unverhohlene Bewunderung für Faridas Schönheit verletzte sie nur noch mehr.

»Was ist los?« Er sah sie direkt an.

»Es ist schon gut«, murmelte sie und wandte den Blick ab.

»Nein.« Er erhob sich, setzte sich neben sie auf das Sofa und legte zwei Finger unter ihr Kinn. »Das ist es offensichtlich nicht. Was bedrückt dich? Ist es wegen Farida?«

Stille.

»Vermutlich ja«, gestand sie ihm schließlich ein.

»Oh, Liz!« Er zog sie an sich und küsste ihre Stirn. »Du weißt doch, dass du mir vertrauen kannst.«

»Weiß ich das?« Sie legte den Kopf schief und musterte ihn.

Sein Mund mit den breiten, vollen Lippen verzog sich zu einem offenen Grinsen. Seine blauen Augen leuchteten, während er ihren Blick suchte. Gleich darauf wurde Jacob wieder ernst. »Ich liebe dich, Liz.«

Mit einem Seufzen ließ sie sich in seine Umarmung fallen und legte den Kopf an seine Brust, in Höhe seines ruhig und gleichmäßig schlagenden Herzens. »Ich liebe dich auch, Jacob.«

»Was war das eigentlich vorhin zwischen Anna und dir?«, fragte Jacob.

Elisabeth schüttelte betrübt den Kopf. »Anna ist schwanger.«

Jacob gab ein gepresstes Geräusch von sich. »Verflixt! Dachte ich mir doch, dass ich in jener Nacht, als du bei mir auf Eilean Donan warst, etwas gehört hätte.«

»Wovon redest du?« Elisabeth schüttelte verständnislos den Kopf.

»Ich war austreten, während du schliefst. Dabei habe ich Anna in das Gästezelt zurückschleichen sehen.«

»Was? Aber warum hast du nichts gesagt?«

»Warum sollte ich? Du weißt genau, dass ich mich nicht in fremde Angelegenheiten einmische.«

»Fremd?« Elisabeth schüttelte den Kopf. »Es war Anna, keine Fremde.«

»Aye, und auch sie hat ein Recht darauf, eigene Entscheidungen zu treffen. Alt genug ist sie ja. Du sagst doch immer, dass Anna lernen muss, für sich Verantwortung zu übernehmen.« Er maß Elisabeth mit der Miene eines Mannes, der das Beste beabsichtigte und dem ungerechtfertigterweise nichts als Vorwürfe entgegenschlugen.

»Ja. Aber doch nicht in diesem Fall. Dazu fehlt ihr, verliebt wie sie ist, der Weitblick. Du hättest mir gegenüber zumindest eine Andeutung machen können«, hielt sie dagegen.

»Ich wollte dich nicht damit belasten. Was hätte es geändert?« Jacob wirkte verlegen.

»Alles!« Aufgebracht schüttelte Elisabeth den Kopf. »Ich hätte im Nachhinein dafür sorgen können, dass der heimliche Ausflug keine Folgen gehabt hätte.« Ihre Nasenflügel bebten. »Du hast es mir verheimlicht, das ist das eigentliche Problem. Dabei hast du mir vor wenigen Minuten erst erklärt, dass ich dir vertrauen kann.«

»Nun mach mal halblang, Liz.« Verteidigend hob er die Hände. »Ich verstehe nicht, was auf einmal mit dir los ist. Du tust ja so, als hätte ich dich belogen. Dabei stimmt das nicht.«

»Etwas bewusst zu verschweigen kommt einer Lüge ziemlich nahe«, gab sie aufgebracht zurück.

»Du vermischst zwei unterschiedliche Dinge. Liz. Wir in Schottland haben ein sehr klares Verständnis davon, was das eine ist und was das andere.« Jacob warf ihr einen schwer zu deutenden Blick zu. »Hinter einer Lüge steckt die Absicht, jemand zu täuschen. Wenn jemand schweigt, um den anderen nicht mit bestimmten Dingen zu belasten, ist das etwas völlig anderes.«

»Ach ja?«, zischte sie wütend. Mit Entsetzen stellte der vernünftige Teil von ihr fest, dass sie dabei waren, sich zu streiten. Ihr Herzschlag pochte bis zum Hals. Zitternd sog sie die Luft ein und versuchte, ihr Gleichgewicht wiederzufinden.

»Du hast etwas vor mir verheimlicht«, sagte sie schließlich so ruhig wie möglich. »Etwas Folgenschweres, wie du nun weißt. Wie kann ich dir da vertrauen?«

Im ersten Moment wirkte er perplex, dann lehnte er sich vor und ließ die Hände zwischen den Knien baumeln. Ausdruckslos starrte er sie an. »Hast du schon mal darüber nachgedacht, dass das der springende Punkt sein könnte, Liz? Wenn es dir nicht andauernd darum ginge, deinen Standpunkt durchzusetzen, hätte ich es dir womöglich freiwillig erzählt. Weißt du, dass du ganz schön einschüchternd sein kannst?«

»Einschüchternd? Ich?« Mit glühenden Wangen stand sie auf und machte ein paar Schritte durch das Zimmer. Sie brauchte dringend Abstand. Als sie wieder Luft bekam, drehte sie sich zu ihm um. »Weißt du was, diesen Unsinn höre ich mir nicht länger an.« Ihr Fuß hämmerte gegen das Parkett.

Er erhob sich ruckartig, schien dann aber zu zögern. »Hör zu …«, setzte er an und brach gleich wieder ab, um sich über das kurz geschorene Haar zu streichen. Frustriert faltete er die Hände im Nacken und schüttelte den Kopf. »Lassen wir das. Ich bin nicht hier, um mit dir zu streiten. Dafür bedeutest du mir viel zu viel.«

Elisabeth ließ langsam die Luft durch die gespitzten Lippen entweichen. »Ich hätte das Recht gehabt, es zu erfahren.«

»Es tut mir leid. Das sagte ich doch.« In seinem Blick lag aufrichtiges Bedauern.

Ein erneutes Klopfen an der Tür unterbrach das Gespräch.

»Entschuldigung, Miss von Baahren.« Imani schnitt ein bedauerndes Gesicht. »Ich wollte nicht stören, aber Anna geht es nicht gut. Sie musste sich übergeben. Ich habe die Lauge für sie weitergerührt und abgegossen, aber jetzt war ich mir nicht sicher, was weiter damit passieren soll. Da dachte ich, ich frag lieber.«

»Danke. Du hast alles richtig gemacht. Die Mischung muss nun abkühlen«, erwiderte Elisabeth, in Gedanken noch bei dem Streit.

Als Imani das Zimmer verlassen hatte, drehte sich Elisabeth wieder zu Jacob um. Sie fand ihn in die aufgeschlagenen Notizen vertieft, die sie beim Gründungstreffen gemacht hatte. Sein Blick zeigte Überraschung. »Wie es aussieht, hast du dich von Wessels breitschlagen lassen, den Hospitalverein zu leiten und federführend die Organisation des Wohltätigkeitsdinners zu übernehmen.« Sein Finger fuhr über die Zeilen. »Außerdem plant ihr eine Auktion. Auch dafür bist du zuständig.«

Schweigend rollte Elisabeth die Schultern. Wie schaffte er es, sie derart zu reizen, wo sie doch eigentlich vorgehabt hatte, ihn mit der Nachricht von der Annullierung ihrer Ehe zu überraschen?

»Du hast dich also für einen anderen Weg entschieden.« Er ließ die Schultern fallen. »Schade. Upepo zu kaufen, hätte dir eine Menge Ärger erspart.«

»Wessels meinte, ich solle bei dem bleiben, was ich am besten kann. Und das ist nun mal die Medizin. Alles andere sei Irrsinn«, erklärte sie, entschlossen, sich kein schlechtes Gewissen einreden zu lassen. »Deine Idee war gut. Aber ich bin nun mal keine Pflanzerin.«

»Und dann bist du zu dem logischen Schluss gekommen, dass es sicherer ist, um die Anerkennung der Pflanzer zu betteln, als das Heft in die Hand zu nehmen und selbst Nelken anzubauen?« Mit einem Ausdruck von Enttäuschung blickte er sie an. »Wessels' Rat wiegt schwerer als meiner, obwohl ich zugesagt hatte, dich nach Kräften zu unterstützen. War dir mein Wort nicht genug?«

»Doch, schon«, erwiderte sie und spürte ein hohles Gefühl im Bauch. »Ich war froh und dankbar über dein Angebot. Tatsächlich habe ich ernsthaft darüber nachgedacht, Upepo zu kaufen.« Ihre Augen verengten sich. »Aber dann wurde Anna schwanger, und alles kam anders.«

Verblüfft starrte er sie an. Offensichtlich konnte er ihren Gedankengängen nicht folgen. »Verzeih, aber was hat deine Entscheidung mit Anna zu tun?«

»Das ist doch offensichtlich.« Sie griff nach dem gläsernen Briefbeschwerer auf ihrem Schreibtisch. Seine kühle, runde Oberfläche fühlte sich beruhigend an. Sie starrte auf die winzigen Bläschen in dem blauen Glas, in denen sich das Licht des Vormittags fing. »Das Hospital ist der beste Weg, sicherzustellen, dass Anna einer Tätigkeit nachgehen kann, die sie erfüllt.

Bevor sie sich in Kenyatta verliebt hat, hatte sie den Wunsch, Hebamme zu werden und auf eigenen Füßen zu stehen. Verstehst du? Sie hatte endlich einen Traum gefunden, dem sie nachgehen wollte. Das kann und will ich ihr nicht nehmen. Auf einer Plantage würde sie das Ziel wieder aus den Augen verlieren und wäre stattdessen mit sich und ihren Problemen beschäftigt, zumindest befürchte ich das.«

Jacob kniff die Augen zusammen. Sein Blick wanderte an ihr vorbei. »Dann bin ich also daran schuld, dass du nicht zu deiner Plantage kommst? Sehe ich das richtig?«

»Das habe ich so nicht gesagt.« Sie schürzte die Lippen.

»Indirekt schon.«

Einen Moment herrschte Stille.

Schließlich zuckte sie die Schultern und stellte den Briefbeschwerer auf seinen Platz zurück. »Reden wir nicht von Schuld. Es ist wohl alles etwas ungünstig gelaufen.«

»Aye.« Er maß sie mit einem eindringlichen Blick. »Und die Nelken? Bitte sag mir nicht, dass du vorhast, dich an Gramberg zu wenden.«

»Ungern.« Sie brachte es nicht fertig, ihn anzusehen. »Ausschließen kann ich es nicht. Es ist vielleicht die einzige Möglichkeit, meine Verpflichtung gegenüber meinem Bruder zu erfüllen.«

»Triff keine voreiligen Entscheidungen.« Jacob machte einen Schritt auf sie zu und hob beschwichtigend die Hände. »Hastings ist bald zurück. Wir verstehen uns gut. Ich könnte mir vorstellen, dass ich ihn dazu bewegen kann, dir seine Gewürznelkenernte zu verkaufen. Er erzielt zwar nur kleinere Erträge, aber vielleicht würde das dein Problem vorerst lösen.«

»Ich denke, ja.« Sie nickte zögernd.

»Gut. Ich bin froh, dass du nicht mehr wütend auf mich bist.«

War sie das wirklich nicht mehr? Elisabeth sog tief die Luft ein, beschloss dann aber, es gut sein zu lassen. Sie schenkte ihm ein Lächeln. »Ich bin auch froh.«

Er beugte sich vor und küsste sie.

»Übrigens …« Sie holte Luft und straffte die Schultern. »Es gibt Neuigkeiten.«

»Hm. Und welche?«

Elisabeth konnte spüren, wie sie errötete. Nachdem sie noch nicht dazu gekommen war, ihm von ihren privaten Neuigkeiten zu berichten, war sie nun fast nervös. »Weyhoff hat die Ehe annullieren lassen.«

»Das ist gut. Oder nicht?«

»Doch, auf jeden Fall.« Für einen Moment spielte sie mit dem Gedanken, die Schwierigkeiten auf dem Gutshof zu erwähnen, entschied sich dann aber dagegen.

»Du bist also eine freie Frau«, stellte er fest. Sein Mund verzog sich zu einem schelmischen Grinsen. »Dann wird es wohl Zeit, dass ich dir den Hof mache. Übrigens habe ich gestern Nacht im Palast von dir geträumt.«

»Ach ja?«

»Es war kein sehr anständiger Traum.«

»Aha. Und worum genau ging es?« Unschuldig blinzelnd sah sie ihn an.

»Ich habe dich aus dem Harem geholt und in den Garten verschleppt«, flüsterte er dicht an ihrem Ohr. »Du weißt schon, in den Hof mit den Orangenbäumen und den Springbrunnen, wo wir uns schon einmal begegnet sind. Du trugst einen Kanga, sodass es nur einen Ruck am Knoten oberhalb deiner Schulter brauchte, um ihn zu lösen.« Um ihr zu verdeutlichen, was er meinte, beugte er den Kopf und bedeckte die weiche Haut an ihrem Hals mit Küssen. »Du standest völlig nackt vor mir, und deine Haut hat im silbernen Mondlicht geleuchtet wie Opal. Dein Haar schien das Funkeln der Sterne einzufangen.« Seine

Küsse wurden leidenschaftlicher. »Schließlich haben wir uns geliebt.«

»Das … klingt gewagt.«

»Ein bisschen schon, aber wir waren sehr leise.« Seine Hände schlossen sich um ihr Gesäß und drückten es kurz. »Was hältst du davon, wenn wir in dein Schlafzimmer gehen? Immerhin müssen wir feiern, dass du eine freie Frau bist.«

»Und Imani?« Mit angehaltenem Atem bog sie den Kopf zurück und suchte seinen Blick.

»Du machst dir unnötig Gedanken, Liz. Ich sagte doch, wir waren wirklich *verdammt* leise.«

Kapitel 12

Wessels' Besuch bei Elisabeth lag einige Tage zurück, als er sich auf den Weg zu Farida machte, um wegen des Hospitals vorzusprechen und ihre Gunst zu erwirken. Der Palast wirkte verändert, als er abends nach dem vierten Gebet dort eintraf. Die Abwesenheit des Sultans war nicht nur an der Leere spürbar, die in den Gängen herrschte. Seitdem Chalid bin Said im Oman weilte, schien ein beinahe mit den Händen greifbarer Hauch von Intrigen in der Luft zu hängen. In Gedanken bei dem bevorstehenden Gespräch mit Farida, ließ er den Blick durch die Eingangshalle mit ihren weiß gekalkten Wänden, dem marmornen Boden und der frei schwebenden Treppe schweifen. Üblicherweise drängten sich zur abendlichen Audienzzeit ein paar Hundert Trabanten, Angehörige der Wache der Adligen, vor der Tür der Barze im Erdgeschoss, um auf ihre Herren zu warten. Das Gewirr der Stimmen innerhalb der Palastmauern war dabei ebenso laut wie das Getrappel der Kabakib, der hölzernen Sandalen, auf den Gängen. Die Luft roch dann nach den Ausdünstungen schwitzender Männer, vermischt mit dem Aroma des Kaffees, der an den Abenden literweise ausgeschenkt wurde. In die Szene vor seinem inneren Auge versunken, kam ihm ein sansibarisches Sprichwort in den Sinn:

Pemba Peremba. Ukija na winda, hutoka na kilemba. Ukija na kilemba, hutoka na winda … Geh behutsam vor in Pemba. Wer in einem Lendentuch kommt, wird mit einem Turban gehen. Wer mit einem Turban kommt, wird mit einem Lendentuch gehen …

Wessels runzelte die Stirn. Nirgendwo war es so leicht wie auf Sansibar, unterzutauchen, an Informationen zu gelangen oder sich durch die passenden Gewänder Rang und Status zu erschleichen. Die Insel war ein Ort voller Habgier und Verrat.

Das Klappern von Sandalen durchbrach seine Gedanken. Als Wessels aufblickte, sah er eine der Sklavinnen der Prinzessin vom oberen Treppenabsatz auf sich zueilen, gefolgt von dem üblichen Tross an Eunuchen. Auf ihre Aufforderung hin folgte er ihr nach oben.

Kurz darauf fand er sich auf einem der flachen, mit einer Balustrade umgebenen Dächer des Palasts wieder, auf dem Sejide Farida heute Abend Hof hielt. Sie saß auf ihrer Medde, einem aus feinstem Goldstoff gearbeiteten Polster, den Rücken an ein weiteres Polster, die Tekje, gelehnt. Im Schein der brennenden Öllampen wirkte ihr Umriss wie ein Scherenschnitt vor der Dunkelheit. Bemüht, eine gute Figur zu machen, bückte Wessels sich trotz seiner schmerzenden Gelenke, um den Saum von Faridas Schal zu küssen. Beim Aufstehen streifte ihn ein Blick aus den glutvollen, von dunklem Kajal umrandeten Augen der Prinzessin. Wie üblich trug sie die Barakoa, eine Maske, die Augen, Nasenspitze und Mund frei ließ. In welcher Stimmung Farida war, ließ sich schwer erahnen. Ihr Mienenspiel war ihm nur zum Teil ersichtlich und zusätzlich betont beherrscht. Wessels verstand. In dem Spiel um Anerkennung und Macht ließ sie sich nur ungern in die Karten sehen. Er quittierte ihre Zurückhaltung mit einem einnehmenden Lächeln und trat zurück, um auf einem weniger prunkvollen Kissen in gebührendem Abstand zu Farida Platz zu nehmen. Dabei vermied er es, ihr den Rücken zuzukehren, ganz so, wie es das Protokoll verlangte. Während der ganzen Zeit ruhten die Augen der bis an die Zähne bewaffneten Obereunuchen auf ihm.

Auf ein Händeklatschen der Prinzessin hin wurde Sherbet aus Rosen und Mandeln aufgetragen. Wessels wartete, bis Farida ein huldvolles Nicken andeutete, dann ergriff er das Wort.

»Danke, Hoheit, dass Sie mir in Abwesenheit Ihres Bruders die Ehre erweisen, mich zu empfangen.«

Farida deutete eine grazile Verneigung an. Eine sanfte Meeresbrise fuhr unter den Stoff ihres Schleiers und ließ die daran befestigten Glöckchen und Goldmünzen klirren.

»Die Freude ist ganz meinerseits. Da ich die Regierungsgeschäfte übernommen habe, solange der Sultan außer Landes weilt, gehört es zu meinen Aufgaben, Ihnen eine Audienz zu gewähren. Lassen Sie es sich munden.« Ihre Hand deutete auf das Sherbet.

»Zu freundlich«, erwiderte Wessels, ohne den Fehler zu begehen, gleich zuzugreifen. Seine Gedanken schweiften umher. Es war im Oman nicht unüblich, dass die Frauen in Abwesenheit der Männer die Geschäfte regelten. Aus Erfahrung aber wusste er, wie gut sich die Prinzessin darauf verstand, Ränke zu schmieden. Daher fragte er sich, ob alles seine Richtigkeit hatte. War Chalid bin Said im Bilde, was auf Sansibar vor sich ging? Möglichst unauffällig verlagerte er das Gewicht. Seine Knie schmerzten vom ungewohnten Ausharren im Schneidersitz. Um kein Missfallen zu erregen, unterdrückte er das Bedürfnis, die Beine auszustrecken.

»Meinen aufrichtigen Glückwunsch zu Ihrem Entschluss, Sejide. Sie werden Ihren Bruder mit Klugheit und Umsicht vertreten.«

»Danke«, bemerkte Farida, scheinbar gleichgültig. »Was führt Sie zu mir?«

»Es gibt Neuigkeiten«, hob er an und ließ dann einen Moment verstreichen. Er strich sich das Haar zurück, das der Wind ihm in die Stirn gepustet hatte. »Sicher ist Ihnen zu Ohren gekommen, dass einige Damen, darunter Miss von Baahren, sowie meine Wenigkeit dabei sind, ein Hospital zu gründen.«

»Ich hörte davon.« In Faridas Augen blitzte es. Wessels war sich nicht sicher, ob es das Flackern der Öllampen war, das sich in ihren Augen spiegelte. »Bedienen Sie sich. Das Sherbet ist wirklich köstlich«, forderte sie ihn erneut auf.

»Zu viel der Ehre.«

»Sie sind mein geschätzter Gast. Ich lasse Mokka bringen.« Farida klatschte in die Hände. Der Kaffeeschenk, ein schmächtiger, pockennarbiger Mann, der bislang im Hintergrund neben einem der in gewaltigen Tontöpfen wuchernden Jasminsträucher gewartet hatte, trat näher. In der linken Hand hielt er die Dallah, in der rechten eine kleine Tasse in einem fein ziselierten Behälter. Ein Plätschern erklang. Geschickt ließ der eigens für dieses Amt ausgebildete Bedienstete den frisch gebrühten Mokka im hohen Bogen aus der mit Messing beschlagenen Kanne fließen und reichte ihn der Prinzessin. Gefolgt von seinem Gehilfen, der ein Brett mit leeren Tassen vor sich hertrug, trat er zu Wessels, um auch ihm gegenüber seiner Pflicht nachzukommen. Nahe neben Wessels' Ohr rauschte der Mokka aus der Dallah.

Mit einem höflichen Nicken in Faridas Richtung nahm Wessels seine Tasse entgegen. »Danke für Ihre Gastfreundschaft, Hoheit. Ich bin gekommen, um Ihnen einen Bericht über den Stand der Entwicklungen zu geben. Sicher interessiert es Sie, wie es mit dem Hospital vorangeht.«

»Wie kommen Sie darauf?« Falls Faridas Neugierde geweckt war, verbarg sie es geschickt. Gleichgültig zuckte sie die Schultern. »Welchen Vorteil sollte mir ein Hospital bringen?«

»Nun, wie Sie wissen, kann die moderne Medizin wahre Wunder bewirken. Beispielsweise im Fall von Schwindsucht, Typhus oder Cholera.« Den Blick auf Farida geheftet, blies Wessels in den dampfenden Mokka.

»Wir verfügen bereits über ausgezeichnete Mittel«, sagte die Prinzessin nach einem kleinen Zögern. »Seit jeher bedient man sich auf Sansibar der Heilkünste der Hakim, der Basarinnen oder der Shirie. Warum sollte man daran etwas ändern?«

Prompt spürte Wessels den altbekannten Unwillen in sich aufsteigen. Was Farida als Heilkunst bezeichnete, war reinster Hokuspokus. Wahrsager, Hexen und Wunderheiler verschlimmerten das Leid der Kranken in den allermeisten Fällen eher, als dass sie zu etwas nutze waren. Natürlich gab es Ausnahmen, arabische Ärzte etwa, die schon seit dem Mittelalter überlieferte Kenntnisse über Hygiene hatten. Andererseits hatte er Schlimmes gesehen. Bei der Erinnerung daran schien der Wind kühler über das Dach zu wehen. Mit starrer Miene spülte Wessels seinen aufkommenden Unwillen zusammen mit einem Schluck Mokka hinunter.

»Gestatten Sie mir eine Frage, Sejide«, meinte er dann in einem ausgesucht höflichen Ton. »Half Tauwasser, von den Blättern der Bananenstauden gesammelt, gegen den Keuchhusten, der Sie als Kind plagte?«

Farida schien zu überlegen. »Vermutlich, denn ich bin davon genesen.«

Wessels unterdrückte ein unwilliges Schnauben. Aberglaube schien sich schwerer ausrotten zu lassen als Unkraut auf den Gemüsebeeten. Er versuchte es anders. »Wenn Sie sich unter den Bediensteten umsehen, wie oft haben Sie erlebt, dass Amulette aus getrockneten Pflanzen, Muscheln und Tierknochen etwas gegen Geschwüre ausrichten konnten?«

»Ein Hamaje bietet ausgezeichneten Schutz vor dem bösen Blick«, hielt Farida dagegen.

»Und schützt es auch vor den Pocken?« Wessels drehte den Kopf zu dem duftenden Jasmin, wo die Bediensteten standen. »Erlauben Sie mir eine Frage an den Kaffeeschenk, Hoheit?«

Farida stutzte, nickte aber dann.

Wessels winkte den Mann herbei. Selbst in dem spärlichen Licht auf dem Dach waren die Narben auf seinem Gesicht sichtbar wie Löcher in einem wurmstichigen Apfel. »Wer hat Sie behandelt, als Sie Pocken hatten, und womit?«

Einen Augenblick lang wirkte der Kaffeeschenk verunsichert. Erst auf die Aufforderung Faridas hin begann er zu erzählen. »Es war ein persischer Hakim. Auf sein Anraten rieb man mich mit Dschisosalbe ein. Es brachte die Pusteln zum Platzen.« In seinen Augen schimmerte es dunkel. »Es war eine fürchterliche Qual.«

»Danke.« Mit einem Nicken entließ Wessels den Kaffeeschenk aus dem Gespräch und warf der Prinzessin über die Öllampen hinweg einen eindringlichen Blick zu. »Kurkuma in einer offenen Wunde – die reinste Folter. Wussten Sie, dass in Europa seit Jahren sehr erfolgreich vorbeugend gegen Pocken geimpft wird – eine Krankheit, gegen die es kein bekanntes Heilmittel gibt?«

Diesmal zögerte Farida, als würde ihr bewusst, dass ihre Argumentation in einer Sackgasse steckte. Doch dann meinte sie: »Das mag für die Pocken zutreffen. Bis jetzt habe ich nur selten erlebt, dass die moderne Medizin mehr ausrichten kann als herkömmliche Mittel.«

»Woran nicht die Medizin schuld ist, sondern der Umstand, dass die Damen bei der Konsultation durch einen Arzt bis zur Unkenntlichkeit verhüllt in einem verdunkelten Zimmer sitzen, umgeben von Vater, Brüdern und einer Reihe bis an die Zähne bewaffneter Eunuchen«, erklärte Wessels in ruhigem Ton. »In unserem Hospital hingegen wird es gut ausgebildete Damen geben, welche die Untersuchungen leiten. Sobald sich das herumspricht, werden nicht nur die Armen und Bedürftigen das Krankenhaus aufsuchen. Es werden Patienten von weit her nach Sansibar reisen, um sich behandeln zu lassen.«

»Glauben Sie?«

»Ich meine es ganz im Ernst. Ein so bedeutendes Sultanat wie das von Oman kann auf Unguja nicht länger auf ein Krankenhaus verzichten. Es wird den Ruhm und die Ehre Sansibars mehren und zu einer Art Leuchtturm für andere Sultanate werden …« An dieser Stelle unterbrach sich Wessels bewusst und ließ die Worte wirken.

Farida schwieg.

»… insbesondere, wenn es den wohlklingenden Namen Sejide-Farida-Hospital tragen würde«, fügte Wessels betont gleichmütig hinzu und reichte dem Kaffeeschenk die leere Tasse.

»Sie wollen das Haus nach mir benennen?«, erwiderte Farida und reckte das Kinn. Plötzlich schien sie ihre Neugier kaum zügeln zu können.

In aller Ruhe nahm er die Tasse entgegen, die der Kaffeeschenk erneut gefüllt hatte. Ein kräftiger Duft wehte durch den lauen Abend. »Nun«, erklärte er und nahm schlürfend einen Schluck. »Eigentlich hoffte ich, Sie würden die Schirmherrschaft übernehmen.«

»Hm …« Farida fuhr sich mit der Zunge über die Lippen. »Das scheint mir ein eher europäischer Begriff zu sein, der mir nicht geläufig ist. Was genau würde das bedeuten?«

Wessels zuckte die Schultern. »Als Schirmherrin würde von Ihnen erwartet, dass Sie ein geeignetes Gebäude zur Verfügung stellen. Das wäre im Prinzip alles.« Er reichte die Tasse zurück und griff nach einem Glas mit Sherbet. Genüsslich führte er den Löffel an die Lippen und ließ die kühle Köstlichkeit auf der Zunge zergehen. »Ach ja«, sagte er und tauchte den Löffel erneut ein. »Ich vergaß … Sie sollten natürlich Porträt sitzen für ein Bild in der Eingangshalle.«

»So?« Faridas Augen flackerten im Schein der Öllampen. »Nun, wenn ein Hospital wirklich so bedeutsam für den Ruhm und die Ehre des Sultanats ist, wie könnte ich Ihnen den Gefallen abschlagen?«

»Sie unterstützen also unser Vorhaben?« Wessels hob fragend eine Augenbraue.

»Möglicherweise, unter gewissen Bedingungen.« Faridas von der Maske umrahmtes Lächeln verblasste, wie eingangs gab sie sich unbeteiligt. Nur ihre unermüdlich zwischen den Falten ihres Umhangs herumirrenden Hände verrieten Wessels, dass sie weitaus interessierter war, als sie durchblicken ließ. Zufrieden in sich hineingrinsend, legte er den Löffel beiseite. Es hätte nicht besser laufen können. Faridas Sucht nach Macht und Anerkennung erwies sich als der perfekte Köder. Die Prinzessin zappelte wie ein Fisch im Netz.

»Das Stadthaus meiner verstorbenen Mutter scheint mir geeignet.« Sie wiegte den Kopf unter dem Schleier hin und her. »Natürlich müsste es zuvor leer geräumt werden.«

Wessels' Herz schlug schneller. Er kannte das Haus von früheren Besuchen. Insgeheim war es sein Favorit unter den infrage kommenden Gebäuden, die sich im Besitz des Palastes befanden. Dennoch hatte er nicht zu hoffen gewagt, dass Farida ihm das Haus anbieten würde, an dem Erinnerungen an ihre Kindheit hingen.

»Ein großherziger und weiser Vorschlag, Hoheit«, erwiderte Wessels mit innerer Genugtuung. »Sie hätten keine bessere Wahl treffen können.«

»Dann sei es so.« Farida machte eine entschlossene Handbewegung. »Ich werde das entsprechende Dokument für die Schenkung vorbereiten lassen.«

»Zu großzügig.« Froh und erleichtert über den guten Verlauf des Gesprächs, deutete er eine Verneigung mit dem Oberkörper an. Sein Rücken schmerzte von der ungewohnten Sitzhaltung. Seine Beine waren eingeschlafen, er spürte sie kaum mehr. »Ich danke Ihnen für das Entgegenkommen. Mit Ihrer Erlaubnis möchte ich Ihre Geduld nicht länger in Anspruch nehmen.«

»Sehr wohl.« Farida nickte huldvoll. »Es wird Zeit, dass ich mich zum fünften Gebet zurückziehe.« Mit einem Händeklatschen forderte sie den Gehilfen des Kaffeeschenks auf, die benutzte Tasse zu ihren Füßen zu entfernen. »Ach, eines noch …«

»Ja, Hoheit?«

Farida wartete, bis der Gehilfe abgetragen hatte. Dann schürzte sie die Lippen. »Welche Rolle spielt Miss von Baahren bei dem Ganzen?«

Unmerklich zuckte Wessels zusammen. Faridas Verhältnis zu Elisabeth hatte sich empfindlich abgekühlt, seitdem bekannt geworden war, dass sie mehrere Nächte auf Eilean Donan verbracht hatte. Er hatte gehofft, der Frage entgehen zu können, nun half nur die Flucht nach vorne. Eine Wolke schob sich vor den Mond und ließ Faridas Augen unergründlich schimmern. Er räusperte sich. »Miss von Baahren würde zunächst zusammen mit mir das Hospital leiten. Sobald Annas Ausbildung so weit fortgeschritten ist, dass sie allein arbeiten kann, wird sich Miss von Baahren wieder ihren regulären Geschäften zuwenden.«

»Nun, wenn das so ist, knüpfe ich eine Bedingung an die Schenkung. Miss von Baahren wird nicht im Hospital arbeiten.«

»Aber weshalb? Sie ist eine ausgezeichnete Hebamme und Mitarbeiterin.«

»Mag sein. Doch wie es der Zufall will, habe ich bereits die geeignete Person für diese Aufgabe vorzuweisen.«

Wessels knirschte unmerklich mit den Zähnen. »Von wem sprechen Sie?«

»Von Leyla. Sie erinnern sich gewiss an sie«, erklärte Farida in einem Tonfall, der keinen Widerspruch duldete.

Wessels' Nackenhaare stellten sich auf, als er den Namen der ehemaligen Palastsklavin hörte. Die Flut schlechter Erinnerungen brach wie eine Welle über ihm zusammen. In der Vergangenheit war es wiederholt vorgekommen, dass man ihn bei schwierigen Geburten viel zu spät hinzugezogen und stattdessen zuerst nach Leyla geschickt hatte. In keinem einzigen Fall hatte er noch etwas für Mutter oder Kind tun können. Die hitzigen Wortgefechte, die er sich mit Leyla über ihre unterschiedlichen Auffassungen der geeigneten Behandlungsmethoden geliefert hatte, hatten auf beiden Seiten für Verbitterung gesorgt. Doch dann hatte Leyla mit ihrer unbeugsamen Art bin Saids Zorn auf sich gezogen. Wessels hatte nie herausfinden können, was passiert war, aber Fakt war, dass der Sultan Leyla vor ein paar Monaten nach Changuu hatte bringen lassen. Die Insel vor Unguja galt als Ort des Schreckens, da sich auf ihr ein Gefängnis für unbeugsame Sklaven befand.

Nun also war Leyla zurück auf Unguja. Eine Entscheidung, die Wessels vom menschlichen Standpunkt her weiß Gott begrüßte. Dennoch würde er nie mit ihr zusammenarbeiten können, es sei denn, sie öffnete sich für moderne Behandlungsmethoden. Wie er Leyla einschätzte, lag die Chance, dass sie es tat, bei eins zu hunderttausend. Und noch etwas kam erschwerend hinzu. Elisabeth vertraute darauf, dass der von ihm gewiesene Weg der richtige war und sie sich auf Umwegen den Respekt der Pflanzer und Händler als Geschäftsfrau verdienen würde. Etwas, das ihr am besten gelingen würde, wenn sie bei dem blieb, worin sie erfolgreich war, nämlich der Medizin. Er dachte daran, wie oft Elisabeth im Leben bereits enttäuscht worden war. Seine Gefühle für sie waren viel zu tief, als dass er sie im Stich hätte lassen können.

»Sie wirken überrascht, Doktor.« Faridas Worte drangen wie von fern an sein Ohr.

»Das bin ich. Sie sprachen von einem Zufall?«

»Eine glückliche Fügung«, verbesserte Farida sich. »Ich habe Leyla zurückholen lassen, weil sie Schreib- und Rechenkünste besitzt. Leyla im Hospital einzusetzen, wenn die anstehende Aufgabe erledigt ist, erscheint mir eine sinnvolle Lösung. Vor allem, da sie im Gegensatz zu Miss von Baahren das Vertrauen der einfachen Menschen genießt, denen das Hospital Ihren Worten zufolge in erster Linie zugutekommen soll.«

Wessels räusperte sich, er spürte das Blut durch seine Adern rauschen. »Es tut mir leid, eine Zusammenarbeit mit Leyla führt aus Erfahrung nur zu Streitigkeiten.« Mit einem unterdrückten Zittern in der Stimme sog er die klare Nachtluft in seine Lungen. »Es ist unerlässlich für mich, Miss von Baahren als enge Mitarbeiterin zu haben.«

Eine ungute Stille machte sich auf dem Dach breit.

»Seltsam, dass Sie sich so für Miss von Baahren einsetzen«, meinte Farida schließlich. Mit einer Mischung aus Spott und Argwohn musterte sie ihn. »Fast bin ich geneigt zu glauben, dass Sie sich Miss von Baahren aus persönlichem Interesse an Ihrer Seite wünschen.«

Wessels lächelte bitter. »Wie Ihnen bekannt sein dürfte, gilt Miss von Baahrens Gunst Mr Preston.«

»Hm«, machte Farida. »Seltsam, Mr Preston macht mir nicht den Eindruck, als wäre er Miss von Baahren sonderlich zugeneigt. Ganz im Gegenteil.« Sie zuckte die Schultern. »Seitdem mein Bruder außer Landes weilt, unterstützt mich Mr Preston bei meinen Geschäften, wo er nur kann. Kürzlich erst waren wir in eine so tiefgehende Unterhaltung vertieft, dass Mr Preston beschloss, in Bet il Sahel zu übernachten.«

Wessels brauchte einige Sekunden, um die Neuigkeit zu verdauen. Stimmte es, was Farida sagte? Einerseits erschien es ihm gewagt von Preston, andererseits traute er es ihm charakterlich zu.

»Denken Sie in Ruhe über meinen Vorschlag nach.« Bevor er etwas entgegnen konnte, klatschte Farida in die Hände. Die Sklavin, die Wessels hergeführt hatte, erschien, um ihn wieder hinauszubegleiten. Steifbeinig erhob sich Wessels und verneigte sich zum Abschied. Kurz darauf wankte er die Treppe hinunter, in seinen Beinen kribbelte und brannte es, als liefen Ameisen darin umher. Zynisch verzog er das Gesicht, als ihn die Erinnerung an den Spruch erneut einholte.

Als Bittsteller, im Lendentuch quasi, war er gekommen, im Lendentuch ging er wieder. Für einen Moment war das Ziel zum Greifen nahe gewesen. Ohne Faridas Unterstützung würde es schwer sein, ein passendes Gebäude zu finden. Doch um Elisabeths willen durfte er nicht aufgeben. Kopfschüttelnd dachte er darüber nach, was Farida ihm über Preston erzählt hatte. Ob Elisabeth wusste, dass Preston die Nacht im Palast verbracht hatte? Und falls nicht, war es dann nicht seine Aufgabe als ihr Mentor und Freund, ihr reinen Wein einzuschenken? Er spürte den Drang, seine Hand auf sein wild pochendes Herz zu legen.

Krachend fielen die Palasttüren hinter ihm ins Schloss. Menschen gingen an ihm vorbei, ohne von ihm Notiz zu nehmen. Aus einem Impuls heraus blieb er auf der Straße stehen und richtete den Blick in den mit Sternen übersäten Himmel. Der Anblick hatte etwas seltsam Tröstliches. Er erinnerte ihn an Abende, die er in seiner Jugend in den Bergen Österreichs verbracht hatte, auf dem Rücken im nachtfeuchten Gras liegend, staunend ob der Größe des Weltalls. Damals … Sein Magen zog sich schmerzhaft zusammen. Wie aus dem Nichts schlich sich eine Hoffnung in seine Seele, die er längst begraben glaubte. Nachdenklich rieb er sich den Nacken. Möglicherweise hatte Farida recht, und die Sache war von Prestons Seite aus weniger ernst, als Elisabeth augenscheinlich hoffte. Mit langsamen Schritten ging er los, setzte einen Fuß vor den anderen. Möglicherweise sollte er sich nicht voreilig geschlagen geben, was seine Gefühle für Elisabeth betraf. Vielleicht war das Rennen noch nicht gelaufen.

Kapitel 13

Elisabeths unterer Rücken war schon steif von der Anstrengung, dennoch hielt sie den Vorderhuf ihrer Araberstute weiter fest zwischen die Knie geklemmt. Es war ein denkbar ungünstiger Ort zum Verweilen, aber das Tier hatte sich einen Stein eingetreten. In den Mangrovensümpfen, in die sie sich verirrt hatten, wimmelte es von Mücken. Ganze Schwärme von ihnen schwebten unheilvoll wie Gewitterwolken um sie herum, jede einzelne zu winzig, um danach zu schlagen. Dafür war ihr Biss umso schmerzhafter. Unwillig pustete Elisabeth sich die Quälgeister aus der Stirn. Das Leder ihrer Stiefel war von Schlamm durchtränkt. Während sie an dem Huf herumschnitzte, schimpfte sie leise vor sich hin. Sie waren gerade auf dem Rückweg von einer schwierigen Geburt im Norden Ungujas. Ohne den Einsatz einer Geburtszange hätte das Kind nicht auf die Welt kommen können. Wessels und sie hatten lange und konzentriert nebeneinander gearbeitet. Elisabeths Arme, welche die Frau unter der Geburt gestützt hatten, waren schwer. Jetzt sehnte sie sich danach, nach Hause zu kommen und sich auszuruhen.

Mit einem Ruck löste sich der Stein. Die Stute schnaubte befreit auf. Mit schweißnassem Rücken erhob Elisabeth sich aus ihrer gebückten Haltung und steckte ihr Messer zurück. »Wir können weiterreiten.«

»Ich bin mir sicher, es geht dort entlang.« Wessels ließ den Kompass sinken und wies auf eine Stelle zwischen den Mangroven. Elisabeths Augen brauchten einen Moment, bis sie in dem Geflecht aus Zweigen, Ästen und Wurzeln eine Schneise ausmachen konnten. Wessels schien Elisabeths Verwirrung zu bemerken und verzog schuldbewusst das Gesicht. »Mein Fehler. Ich hätte besser aufpassen sollen, dann wären wir nicht erst in das Sumpfgebiet geraten. Am besten führen wir die Pferde zu Fuß zurück auf den Weg.« Mit einem Zungenschnalzen griff er nach dem Zügel und ließ seine Stute neben sich hergehen, während auch er mit der freien Hand versuchte, sich die Mücken vom Leib zu halten. Elisabeth setzte sich hinter ihm in Bewegung, Schulter an Schulter mit ihrer nervös mit dem Schweif schlagenden Stute. Ihre eigene Unruhe war ähnlich groß wie die des Tieres. Farida bereitete ihr Probleme. Nicht nur, was das Hospital betraf, sondern auch wegen ihrer Unberechenbarkeit.

»Ich sollte zur Prinzessin gehen und mit ihr reden«, sagte sie und nahm das Gespräch an der Stelle wieder auf, an der es durch den Zwischenfall mit dem Stein unterbrochen worden war. »Ich wüsste gern, welchen Einwand sie gegen meine Arbeit im Hospital hat.«

»Vermutlich keinen, der einer vernünftigen Betrachtung standhält«, bemerkte Wessels. »Was mich wundert, ist, dass Sie beide sich anfänglich so gut verstanden haben. Zumindest hatte ich den Eindruck. Jetzt aber wirken Sie auf die Prinzessin wie ein rotes Tuch. Ist etwas zwischen Ihnen vorgefallen?«

Wir haben uns in denselben Mann verliebt, ging es Elisabeth durch den Kopf, aber sie sprach es nicht aus. Stattdessen zuckte sie stumm die Schultern.

»Sosehr ich die Prinzessin schätze, aber sie ist kein einfacher Charakter«, fuhr Wessels fort. »Farida ist launenhaft. Geben wir ihr Zeit. Vielleicht lenkt sie von selbst ein. Je mehr ich auf sie einrede, umso mehr schaltet sie auf stur, fürchte ich.«

»Haben wir es mit einer erwachsenen Frau zu tun oder mit einem verzogenen Kleinkind?« Elisabeth schnaubte, um die Mücken in den Nasenlöchern loszuwerden.

»Letzteres, befürchte ich.«

»Warum frage ich überhaupt?«, seufzte sie. Ihr Blick fiel auf Wessels' Rücken; unterhalb seiner Schulterblätter klebte das Hemd feucht an seiner Haut. »Sie sollten das Angebot der Prinzessin akzeptieren, bevor sie einen Rückzieher macht.«

»Kommt nicht infrage«, erwiderte Wessels. Er zog den Kopf ein, um einem herabhängenden Ast auszuweichen. »Ich lasse nicht zu, dass Farida Sie an die Seite drängt.«

»Ohne Gebäude wird es kein Hospital geben. Sie selbst haben gesagt, es sei der schwierigste Part unseres Vorhabens, in den Besitz eines geeigneten Hauses zu kommen. Nach allem, was ich hörte, wäre Faridas Stadthaus ideal. Es wäre ein Fehler, abzusagen. Tun Sie es bitte nicht.« Mit wachsendem Unwillen trat sie hinter Wessels aus dem Mangrovenwald. Das Dickicht lichtete sich. Gerade noch hatten sie sich durch sumpfige Wildnis gekämpft. Nun fanden sie sich in einer Landschaft aus roter, staubiger Erde wieder, in der nur vereinzelte Bäume wuchsen.

Wessels blieb stehen. Er wandte den Kopf und fixierte sie mit seinem Blick. »Und was wird dann aus Ihren Plänen?« Er wirkte, als wollte er etwas hinzufügen, aber dann gab er sich einen Ruck. »Kommen Sie, lassen Sie uns eine Rast einlegen. Diese elenden Mücken! Es fühlt sich an, als hätte ich Hunderte von ihnen verschluckt. Ich brauche einen Schluck Branntwein, eine Zigarette und ein wenig Obst, sonst komme ich um vor Hunger. Ich bin sicher, Ihnen geht es ähnlich. Sehen Sie den Baobab da drüben? Ich bin jedes Mal aufs Neue von ihm fasziniert. Dort hinten verläuft der Weg, über den wir eigentlich gekommen wären, wenn ich nicht die dumme Idee mit der Abkürzung gehabt hätte.« Er deutete auf einen umgestürzten Baumstamm, der so dick schien, wie ein gut gewachsener Mann groß war. Aus seinen nach oben ragenden Ästen waren über die Jahre Bäume geworden, die wie in den Himmel gereckte Finger einer Hand wirkten.

»Ich verstehe, was Sie meinen.« Mit überraschter Miene betrachtete Elisabeth die seltsam anmutende Verbindung zwischen Totem und Lebendigem.

»Dieser Baum ist ein Überlebenskünstler. Bevor ich nach Unguja kam, hat ihn ein Orkan umgerissen. Aber das hat ihn nicht daran gehindert, weiterzuwachsen. Es ist ein wunderschöner Ort hier, nicht wahr?«

»Ja, so friedlich und doch so voller Größe, dass man meint, einen Hauch von Ewigkeit zu spüren.«

»Gut gesagt. Ich empfinde ähnlich … Ein guter Platz für die letzte Ruhe«, sinnierte Wessels. In seinen Blick schlich sich ein Ausdruck, den Elisabeth nicht recht deuten konnte. »Ich glaube, hier draußen würde ich einst gern begraben sein.«

»So schnell wird hier nicht gestorben«, beschloss Elisabeth energisch und hakte Wessels unter. »Spülen wir uns den Staub aus der Kehle. Das heißt, wenn die Affen nicht über uns herfallen.« Besorgt schielte sie zu den Kronen der Baobabs hinüber, in denen sich rote Stummelaffen von Ast zu Ast schwangen.

»Keine Sorge. Der Rauch meiner Zigarette wird sie fernhalten«, beruhigte Wessels sie und ließ es zu, dass sie freundschaftlich eingehakt nebeneinanderher gingen.

Kurz darauf stellte Elisabeth fest, dass es gar nicht so einfach war, es sich auf dem knorrigen, verwitterten Baumstamm gemütlich zu machen. Nur mit einiger Mühe fand sie einen schattigen Platz unter dem raschelnden Blätterdach, der halbwegs bequem und frei von roten Ameisen war.

»Um auf unsere Unterhaltung zurückzukommen …« Wessels griff neben sich nach Satteltasche, in der er Proviant mitführte, schnitt eine Feige in der Mitte durch und reichte ihr eine Hälfte. »Ich möchte, dass Sie gemeinsam mit mir das Hospital leiten, so wie es geplant war. Wir beide wissen, dass die Arbeit dort aus verschiedenen Gründen wichtig für Sie ist. Ich hatte versprochen, für Sie da zu sein. Daran hat sich nichts geändert.«

Elisabeth nickte. Aus Angst davor, etwas in seinem Blick zu entdecken, mit dem sie nicht umgehen konnte, vermied sie es, ihn anzusehen.

»Eine der ältesten Früchte der Welt«, bemerkte er und wechselte das Thema, als hätte er ihre Anspannung gespürt. Er deutete auf die unangerührte Feige in Elisabeths Hand. »Sie können die Schale mitessen, sie ist sauber. Trauen Sie sich, sie ist gut für die Verdauung.«

Schulterzuckend folgte sie seiner Aufforderung. Bisher hatte sie das körnige, rot marmorierte Fruchtfleisch immer mit dem Löffel gegessen. Zu ihrer Überraschung stellte sie fest, dass die Haut sich zwar wie Leder anfühlte, beim Essen aber auf der Zunge zerging. In einvernehmlichem Schweigen verspeisten sie die Früchte, begleitet vom gelegentlichen Kreischen der Stummelaffen über ihren Köpfen. Anfänglich hatten sich die Tiere still verhalten, nun wagten sie sich immer weiter von den Ästen herab in ihre Nähe.

Erschöpft schloss Elisabeth die Augen und versuchte, ihre Sorgen für den Moment loszulassen. Unter dem Baum ließ sich die spätnachmittägliche Hitze Afrikas aushalten. Eine Weile gelang es Elisabeth, Farida und das Hospital aus ihren Gedanken zu verdrängen. Doch dann löste sie sich aus ihrem Dämmerzustand. Blinzelnd betrachtete sie das changierende Muster von Schatten und Licht, das die Blätter auf den toten Baumstamm malten.

»Ich finde nicht, dass Sie mir gegenüber wortbrüchig werden, wenn Sie auf Faridas Forderung eingehen. Es wären ohnehin nur wenige Stunden in der Woche, die ich für das Hospital erübrigen könnte. Davon abgesehen …«, meinte sie zögernd, bemüht, Wessels nicht gleich wieder vor den Kopf zu stoßen. »In den letzten Wochen ist es mir gelungen, mich in die Geschäfte meines Onkels zu vertiefen. Auch wenn es bislang daran scheitert, dass die Pflanzer und Kaufleute nicht mit mir in Kontakt treten, weiß ich inzwischen recht gut Bescheid, wie man sich als Handelsagent aufzustellen hat.«

»Selbst wenn.« Wessels zog ein Gesicht, als fühlte er sich tatsächlich auf den Schlips getreten. »Verkaufen Sie das Kontor. Es bringt Ihnen nur Ärger. Bleiben Sie bei der Medizin. Sie könnten so viel Gutes in der Bevölkerung bewirken. Dieckmans Name ist viel wert. Es gäbe sicher Interessenten, die bereit wären, eine gute Summe zu zahlen, wenn Sie das Handelshaus verkaufen.«

»Nun, wenn alle Stricke reißen, wäre das immer noch eine Möglichkeit. Aber nicht jetzt, dafür habe ich zu viel Zeit und Mühe investiert.« Elisabeth spürte, wie ihre Wangen vor Eifer zu glühen begannen. Eigentlich hatte sie nicht vorgehabt, das Thema zu berühren, aber jetzt sprudelte es nur so aus ihr hervor. »Zu dem Wohltätigkeitsessen werden alle wichtigen indischen Kaufleute erscheinen. Ich werde jeden von ihnen in ein persönliches Gespräch verwickeln und mir ihr Vertrauen sichern, damit sie mir in Zukunft die nötigen Kredite gewähren. Sobald sich herumspricht, dass ich bei den Indern kreditwürdig bin, werden die auswärtigen Fernhändler von selbst wieder auf das Dieckman'sche Handelskontor zukommen.« Sie hielt inne, um Luft zu holen. »Inzwischen kenne ich die Preise der gehandelten Güter und weiß, innerhalb welcher Spanne sie sich bewegen dürfen. Was den Handel selbst angeht, bin ich über Methoden, Ansichten und Einschätzungen gut informiert. Die Qualität von Orseille, Kopal, Kopra und Sesamsaaten kann ich ebenfalls hinreichend beurteilen. Ich habe in den letzten Wochen einiges dazugelernt. Daher werde ich jetzt nicht aufgeben.« Neugierig, wie er auf ihre Pläne reagieren würde, suchte sie seinen Blick.

Schweigend zündete Wessels sich eine Zigarette an. Dann legte er den Kopf in den Nacken und blies Kringel in den wolkenlosen Himmel. Nach einer Weile senkte er den Kopf, ein leises Lächeln spielte um seine Mundwinkel. »Sie werden die Herren mit Ihrem Charme an diesem Abend um den kleinen Finger wickeln.«

Lächelnd nahm sie das Kompliment entgegen. »Danke. Das hoffe ich. Wenn alles gut geht, hängt meine Zukunft nicht länger von meiner Mitarbeit im Hospital ab. Annas hingegen schon.« Sie setzte den Tropenhelm ab, wischte sich den Schweiß von der Stirn und schenkte dann Wessels einen eindringlichen Blick. »Die Stelle im Krankenhaus wäre ein Segen für Anna. Aber dafür brauchen wir das Gebäude.«

Wessels fuhr sich mit den Fingern unter den Kragen seines Hemdes. Er wand sich. »Selbst wenn es stimmt, was Sie sagen, widerstrebt es mir, Faridas Bedingungen zu akzeptieren.«

Elisabeth nickte. Innerlich ging es ihr nicht viel anders als Wessels, aber davon durften sie sich nicht aufhalten lassen. Sie verzog das Gesicht. »Nach allem, was ich über Macht weiß, gibt es nur zwei Möglichkeiten. Entweder bekämpft man sie oder man verbrüdert sich mit ihr. Und da in Abwesenheit des Sultans kein Weg an Farida vorbeiführt, bleibt uns zumindest für den Moment nichts übrig, als gute Miene zum bösen Spiel zu machen und unseren Vorteil aus der Situation zu ziehen.«

Was immer Wessels von ihr zu hören erwartet hatte, mit dieser Argumentation hatte er wohl nicht gerechnet. Sein Mund stand offen, nachdenklich musterte er sie. »Sie sind eine erstaunliche Frau«, meinte er dann. Mit einer beiläufigen Bewegung schnipste er die Asche von der Zigarette. »Übrigens, wenn ich das bemerken darf, Sie wirken verändert. Viel ausgeglichener und zufriedener als zuvor.«

»Finden Sie?« Sie nahm das Kompliment mit einem Lächeln. Es stimmte. Ihr Herz hatte eine Heimat gefunden.

»Aber ja. Und ich respektiere Ihre Haltung, was die Frauenrechte betrifft. Wenn es für Sie so wichtig ist, das Kontor zu übernehmen, dann sollten Sie es tun. Nebenbei bemerkt, was ist mit den Gewürznelken für Ihren Bruder? Sitzt er Ihnen noch im Nacken? Haben Sie meinen Rat befolgt?«

Elisabeth starrte auf die staubige rote Erde zu ihren Füßen. Bei der Erwähnung wanderten ihre Gedanken zum heimischen Gutshof und zu ihrem Vater. Auch wenn er sie aus Sorge um das Gut zu der Heirat mit Weyhoff gedrängt hatte, so war er doch ihr Vater, ein Mann, der sich seit dem Tod seiner Frau immer mehr in sich selbst zurückgezogen hatte. Vor Sorge um ihn spürte sie, wie ihre Brust schmerzlich eng wurde. Unwillkürlich ließ sie die Hand auf Höhe ihres Herzens ruhen.

»Was ist?« Wessels warf ihr einen besorgten Blick von der Seite zu. »Ich hoffe, ich habe an nichts gerührt.«

Elisabeth ließ seine Worte eine Weile unbeantwortet in der Luft hängen, während sie überlegte, ob sie Wessels von den Problemen zu Hause in Lübeck berichten sollte. Wessels war ein guter Freund – vor einiger Zeit hatte sie sich ihm anvertraut, was ihre Vergangenheit betraf –, nur leider neigte er dazu, ein wenig mehr in ihre Entscheidungen hineinreden zu wollen, als ihr recht war. Auf der anderen Seite mochte sie sich ihm gegenüber auch wieder nicht verstellen und so tun, als wäre alles in bester Ordnung, wenn es das nicht war.

»Ich habe Nachrichten aus der Heimat erhalten.« Ohne Wessels anzublicken, zog sie ein Tuch aus ihrer Hosentasche und wischte sich den Schweiß vom Nacken.

Wieder entstand eine Pause.

»Ich hoffe, nur Gutes.« In Wessels' Stimme schwang wohlmeinendes Interesse mit.

»Auch, zumindest zum Teil.« Sie zuckte die Schultern. »Weyhoff hat unsere Ehe annullieren lassen.«

»Gratuliere. Dann haben Sie von ihm nichts mehr zu befürchten. Jetzt sind Sie wirklich frei.« Sie spürte seinen Blick auf sich ruhen. »Dennoch wirken Sie nicht glücklich darüber.«

»Wie könnte ich das?« Sie zerknüllte das Tuch in den Fäusten. »Weyhoff fordert den Kredit zurück, den er meinem Vater für das Gut gewährt hat. Sollte es zum Äußersten kommen, verliert mein Vater den Hof.« Der Kloß in ihrer Kehle hinderte sie daran, weiterzusprechen.

»Was ist mit Ihrem Bruder? Verfügt er nicht über ausreichend Kapital, um in die Bresche zu springen?«

»Das schon …« Sie zuckte die Schultern. »Ich hoffe, meine Schwägerin kann meinen Bruder zur Räson bringen. Otto und Vater haben sich vor Jahren überworfen. Es dürfte nicht einfach werden, die beiden zumindest so weit zu versöhnen, wie es die wirtschaftliche Notlage erfordert.«

»Ich schätze, darauf können Sie von hier aus wenig Einfluss nehmen. Genauso wenig, wie Sie Schuld an der finanziellen Misere Ihres Vaters haben. Schon seltsam, wie wir uns oft für etwas verantwortlich fühlen, das wir nicht hervorgerufen haben.« Wessels starrte einen Moment schweigend vor sich hin, dann zog er eine Grimasse, von der Elisabeth nicht wusste, ob sie Reue oder Melancholie ausdrückte. »Wo endet die Schuld der Väter, und wo beginnt unsere eigene? Geht es im Leben nicht auch darum, zu erkennen, wo die Grenze liegt?«

Wieder entstand eine Pause. Elisabeth zog die Knie an die Brust und umfasste sie mit den Händen, während sie die Stille zwischen ihnen sacken ließ wie den roten Staub, den der heiße Wind über der Ebene aufwirbeln ließ. Nachdenklich schürzte sie die Lippen. Schuld, Unrecht, Verantwortung … Es fühlte sich an, als wäre alles ineinander verschlungen wie ein gordischer Knoten. Noch hatte sie keine Antwort parat, wie sie ihn lösen sollte, doch eines Tages würde sie sich der Frage stellen müssen.

»Es ist kompliziert«, meinte sie schließlich.

»Was werden Sie tun?«

»Es gibt nur eine Möglichkeit.« Elisabeth legte den Kopf in den Nacken und blickte zu den Ästen empor, von denen die Stummelaffen neugierig zu ihnen heruntersahen. Sie seufzte. »Ich muss dafür sorgen, dass mein Bruder so schnell wie möglich zu seinen Gewürznelken kommt und ihm das Geld, das er mir für die Reise vorgestreckt hat, zurückzahlen. Sobald ich frei bin von diesen Verpflichtungen und ein eigenes Einkommen habe, werde ich versuchen, Geld auf die Seite zu legen, um meinen Vater notfalls von Unguja aus unterstützen zu können.«

»Ich nehme an, Sie werden mit Gramberg in Verhandlung treten, nachdem Sie sich dagegen entschieden haben, Hastings Schamba zu kaufen?«

»Ungern, nach dem, was Kenyatta zugestoßen ist.«

»Ich verstehe Ihre Bedenken, allerdings ist Ihre Sichtweise sehr europäisch. Gramberg hat nicht anders gehandelt, als jeder beliebige Pflanzer auf Unguja es tun würde. Im Grunde ist Gramberg kein schlechter Kerl.«

»Finden Sie?«

Wessels nickte. »Übrigens ist er von seiner Reise zurückgekehrt, falls Sie noch nicht davon gehört habe. Wir sind uns vor ein paar Tagen zufällig im Club begegnet …« Wessels schien noch etwas sagen zu wollen, zögerte dann aber und kratzte sich den Nacken.

Wieder entstand Schweigen.

Wessels führte die fast abgebrannte Zigarette an den Mund und nahm einen tiefen Zug. »Um ehrlich zu sein …«

Er unterbrach sich. Elisabeth musterte ihn von der Seite. Sie hatte das Gefühl, dass ihm etwas auf der Seele lag.

»Was denn?« Sie hob eine Augenbraue.

»Nichts Wichtiges.« Wessels zuckte die Schultern, entgegen seiner Aussage unentschlossen, wie es schien. Nach einer Weile räusperte er sich. »Wenn Sie möchten, kann ich ein gutes Wort für Sie einlegen. Ich habe ein wenig Einfluss auf Gramberg durch die vielen Jahre, die wir uns kennen.«

Elisabeth wischte einen imaginären Fleck von ihrer Reithose. Etwas in ihr verspannte sich. Von zu Hause war sie Fürsorge nicht gewohnt. Die preußischen Tugenden geboten, dass jeder seinen Platz im Gefüge des Gutes einnahm. Pflichterfüllung, Redlichkeit und Fleiß waren die Leitsterne ihrer Kindheit und später ihrer Jugend gewesen. Anerkennung und Liebe flossen nicht frei. Deshalb fiel es ihr auch jetzt schwer, von Wessels, für den sie nur kameradschaftliche Gefühle empfand, Unterstützung anzunehmen. Mit Jacob verhielt es sich ein klein wenig anders. Ihm gegenüber konnte sie sich allmählich öffnen. Sie spürte, wie sich bei dem Gedanken an ihn ihre Wangen röteten, und senkte den Kopf. »Danke, aber das wird nicht nötig sein. Jacob hat angeboten, mit Mr Hastings zu reden. Er meinte, er könnte ihn dazu bewegen, mir nach der Rückkehr aus England die Vuli-Ernte zu verkaufen.«

»Preston …«, erwiderte Wessels. Ohne den Blick zu heben, drückte er die Zigarette an der Rinde des toten Baobabs aus. »Sind Sie sicher, dass Sie sich auf ihn verlassen können?«

»Das höre ich nun zum wiederholten Mal von Ihnen.« Elisabeth schüttelte den Kopf. »Diesmal bestehe ich darauf, dass Sie mir einen konkreten Grund nennen. Bitte, Doktor, lassen Sie mich nicht länger Rätsel raten.«

»Nun, ich möchte nichts Schlechtes behaupten …«, begann Wessels zögernd. Er griff nach der Branntweinflasche und nahm einen kräftigen Schluck. Ohne ihr davon anzubieten, ließ er die Flasche zurück in die Jackentasche gleiten. »Wie es scheint, versteht sich Preston sehr gut mit Farida.«

Elisabeth spürte einen Stich im Herzen.

Die Meute der Stummelaffen hatte sich von den Ästen heruntergelassen und sprang neugierig, aber in sicherem Abstand zu den Pferden vor ihren Füßen über den Boden. Dabei haschten sie gegenseitig nach ihren Schwänzen.

Er versteht sich gut mit Farida …, hämmerte es in ihren Gedanken.

Wie es aussah, hatte Wessels noch immer nicht vor zu sprechen. In die Betrachtung der kreischenden Affen versunken, schwieg er geräuschvoll vor sich hin, während Elisabeth zunehmend nervös wurde.

Als sie bereits nicht mehr mit einer Antwort rechnete, riss er sich von der Betrachtung der Affen los und blickte ihr in die Augen. »Wussten Sie, dass Preston vor Kurzem die Nacht im Palast verbracht hat?«

Elisabeth hielt den Atem an. Die leuchtenden Farben der Umgebung schienen zu Grau zu verblassen. Wenn sogar schon Wessels davon wusste … Sie schluckte. Unter ihre Unsicherheit mischten sich Enttäuschung und Ärger. Nicht über Jacob, sondern über sich selbst. Es war albern und kindisch, mit Eifersucht zu reagieren. Dennoch brannte Wessels Bemerkung auf ihrer Seele wie Salzsäure auf der Haut. Sie schloss frustriert die Augen und wünschte sich, einmal, nur ein einziges Mal, in Faridas Haut zu stecken. So schön zu sein, so geheimnisvoll, so sicher darin, wie man dieses besondere Etwas in sich zum Leben erweckte, das eine Frau begehrenswert machte.

Nein. Sie schlug die Augen wieder auf und gab sich einen Ruck. Jacob war ihr treu, dafür hätte sie die Hand ins Feuer gelegt. Bei all der Leidenschaft, die sie im Bett füreinander empfanden, hatte er gewiss keinen Anlass, anderswo Befriedigung zu suchen. Entschlossen atmete sie tief ein und wieder aus, bis das quälende Gefühl verebbte. Schließlich nickte sie. »Ja«, erklärte sie dann mit ruhiger Stimme. »Das weiß ich. Er hat es mir erzählt.«

»Ich hätte nicht davon anfangen sollen …«

»Hören Sie, ich weiß, dass Sie mich beschützen wollen, Doktor, aber das ist in diesem Fall nicht nötig. Ich vertraue Jacob. Er würde mich nie enttäusch…« Das Wort blieb Elisabeth im Hals stecken.

So blitzartig, dass sie kaum mehr als seinen Schatten wahrnahm, stürzte ein Kronenadler mit rauschendem Flügelschlag vom Himmel herab und schlug die Krallen in ein Affenbaby. Im nächsten Moment flog er mit seiner Beute davon. Die Todesschreie hallten in Elisabeths Ohren. »O mein Gott!« Instinktiv hatte sie sich die Hände vor das Gesicht geschlagen. Als sie sie wieder löste, war von den Affen nichts mehr zu sehen. Ihr Herz schlug schmerzhaft gegen ihre Rippen. Wie eine Welle stieg der Schock in ihr auf und breitete sich über ihren ganzen Körper aus. Es dauerte eine Weile, bis sie wieder sprechen konnte. »Wie grausam!«

»So ist nun mal die Natur«, murmelte Wessels, doch auch er schien betroffen. »Die Starken töten die Schwachen, um zu überleben. Nur der Mensch tötet aus blanker Willkür.«

Elisabeth wusste nicht, was sie darauf antworten sollte.

»Ich hörte, Gramberg hat ein neues Äffchen. Er scheint ein Händchen dafür zu haben, verwaiste Tiere zu retten und auf Kiuui großzuziehen.« Mit einer ungelenken Bewegung sprang Wessels vom Baumstamm und bot ihr helfend seine Hand.

Elisabeth starrte vor sich hin. Ein Bild, das beinahe in Vergessenheit geraten wäre, tauchte vor ihrem inneren Auge auf.

»Ist etwas?« Wessels' Stimme klang besorgt.

»Ja … tatsächlich.« Elisabeth schüttelte nachdenklich den Kopf. »Ich hatte schon länger vor, mit Ihnen darüber zu reden, aber dann geriet es mir aus dem Sinn. Erinnern Sie sich an die abgebrannte Destille?«

Wessels zog die Hand zurück, die er ihr hingehalten hatte, und fuhr sich damit in den Nacken. »Natürlich. Warum?«

Unsicher, ob sie weiterreden sollte, starrte Elisabeth auf die rote, mit Pfotenabdrücken übersäte Erde, auf der gerade noch die Stummelaffen gespielt hatte. »Ich weiß, dass Sie und Gramberg sich gut verstehen, aber dennoch … Mir kamen Gerüchte zu Ohren, nach denen Gramberg absichtlich Feuer gelegt haben soll, um Fälle von Typhus auf Kiuui zu verschleiern. Nun habe ich Sorge, dass wir etwas Wesentliches übersehen haben.« Sie schloss mit einem Seufzen.

»Ich kann Ihnen gerade nicht folgen.« Wessels fuhr sich mit der Hand durch das leicht schüttere Haar oberhalb der Stirn. »Ich erinnere mich, die Siedlung genauestens inspiziert zu haben. Ich weiß noch, wie blendend hell ich die Sonne empfand, als ich aus dem Dunkel der Hütten trat und mir Notizen über den Gesundheitszustand der Arbeiter machte. Ich habe damals nicht den geringsten Hinweis auf Typhus entdecken können.«

»Ich erinnere mich, ich war ja dabei.« Elisabeth nickte. »Aber dann … Wissen Sie nicht mehr? Ich bemerkte den Geruch von kalter Asche.«

»Natürlich erinnere ich mich.« Wessels' Hände fuhren durch die Luft. »Grambergs Destille war explodiert. Der Unfall hat etliche seiner Arbeiter das Leben gekostet. Es gab keine Überlebenden. Gramberg war niedergeschmettert, als die Rede darauf kam. Er gab sich die Schuld an dem Unglück. Er meinte, er hätte sich nicht breitschlagen lassen sollen, den Männern zu erlauben, Rum zu brennen. Das hat er freimütig berichtet.«

»Nein …« Elisabeth zog jeden einzelnen Buchstaben des Wortes in die Länge und schüttelte den Kopf. »Ganz so war es nicht. Zumindest nicht gleich. Es hat viel Drängen und

Nachfragen gekostet, bis Gramberg das erzählt hat. Zeit genug, um eine gute Geschichte zu erfinden.« Elisabeth hob eine Augenbraue.

Wessels wirkte verwirrt. »Warum sollte er das tun?«

Elisabeth zögerte. »Was wäre passiert, wenn wir Fälle von Typhus auf Kiuui gefunden hätten?«

Wessels griff in seine Tasche und zündete sich eine zweite Zigarette an. Elisabeth kannte ihn gut genug, um zu wissen, dass er Nikotin brauchte, wenn die Anspannung in ihm stieg. »Da wir die Infektionswege des Typhus noch immer nicht kennen und ich als Arzt eine Verbreitung der Krankheit vermeiden muss, hätte ich eine Isolation für die Plantage verhängt.«

»Für welchen Zeitraum?«

»Wie Ihnen bekannt sein dürfte, handelt es sich von der Wortbedeutung her um einen Zeitraum von vierzig Tagen. Zudem hätten die Hütten niedergebrannt und an anderer Stelle wieder errichtet werden müssen. Mit Typhus ist nicht zu spaßen. In Europa gibt es gerade schwere Epidemien.« Wessels legte den Kopf in den Nacken und blies Rauch in den Himmel.

Elisabeth setzte an, etwas zu sagen, doch Wessels kam ihr zuvor.

»Hören Sie, ich weiß, was Ihnen durch den Kopf geistert.« Er nahm einen tiefen Zug und drückte die frisch angezündete Zigarette am Holz des Baumes aus. »Gramberg ist beileibe kein Engel. Aber dass er einen Brand vortäuscht, um Tote zu beseitigen und eine Seuche zu verschleiern, kann ich mir nicht vorstellen. Das ist eine schwere Anschuldigung.«

»Dennoch.« Elisabeth drehte ihren Tropenhelm in den Händen. »Werden Sie der Sache nachgehen?«

»Selbstverständlich. So bald wie möglich.«

Elisabeth schüttelte den Kopf. Unter der Sonne Afrikas begann sie zu frösteln. Ein ungutes Gefühl machte sich in ihr breit, für das es keine Erklärung gab. »Wäre es nicht besser, wenn der Sultan sich darum kümmert?«

»Ich möchte keine Zeit verschwenden. Keiner weiß, wann bin Said zurückkehrt. Sobald es sich ergibt, reite ich nach Kiuui.«

Elisabeth ließ sich neben ihm vom Baumstamm hinab. »Ich will damit ja nur sagen, seien Sie vorsichtig. Ich habe kein gutes Gefühl.«

»Machen Sie sich keine Gedanken. Wenn Gramberg sich tatsächlich etwas zuschulden kommen lassen hat, wird er dafür geradestehen. Das garantiere ich.« Wessels stand da und sah sie an mit einem Ausdruck in den Augen, in dem mehr lag als Fürsorglichkeit. »Lassen Sie uns zusehen, dass wir zurück in die Stadt kommen. Sie sehen erschöpft aus. Ich würde Ihnen zu einem Glas Wein raten und dazu, frühzeitig ins Bett zu gehen. Schlafen ist die beste Medizin.«

Elisabeth nickte halbherzig. In Anbetracht all der Dinge, die sie belasteten, brauchte es mehr als ein Glas Wein, um ruhig zu schlafen.

Kapitel 14

In aller Herrgottsfrühe stand Jacob auf der verborgenen Lichtung, die hinter Buschwerk und einem mehr schlecht als recht aus Ästen errichteten Zaun am Rand von Eilean Donan versteckt lag, und sah Ashok dabei zu, wie er ein Feuer entzündete. Seine Gedanken wanderten zu Elisabeth. Es fühlte sich nicht gut an, ihr verheimlichen zu müssen, dass sie hier in dem entlegenen Teil der Plantage Vanille anbauten. Aber welche Wahl hatte er? Die Gier nach der kostbaren Pflanze war ungebrochen. Um Elisabeth zu schützen, durfte er ihr niemals gestehen, was hier vor sich ging, auch wenn er dadurch sein Gewissen erleichtert hätte. Mit einem schweren Seufzer wandte er seine Aufmerksamkeit wieder dem augenblicklichen Geschehen zu.

Es war ungewöhnlich still im Dschungel. Zwischen den Baumkronen brach die Sonne hindurch und ließ den Morgentau auf den Blättern der Vanille glitzern wie Diamanten. Dazu roch es nach feuchter Erde und modrigem Holz. Ab und an erklang das helle, geisterhafte Pfeifen der Nashornvögel in den Baumwipfeln, ansonsten hätte der Morgen nicht friedlicher sein können. Obwohl nichts auf eine kommende Veränderung hindeutete, meinte Jacob die Vorboten eines Sturms in seinen

Knochen zu spüren. Das ungute Gefühl in seiner Bauchgegend pflanzte sich bis unter seine Haarwurzeln fort.

Neben ihm türmte sich ein Berg grüner Vanilleschoten. Er verdrängte die Erinnerungen, die der Anblick der Ernte in ihm heraufbeschwor. Sosehr er es gewollt hätte, er konnte die Zeit nicht zurückdrehen und die Dinge anders angehen. Obwohl seine angespannten Nerven es kaum zuließen, setzte er sich auf einen der Steine, die Ashok irgendwann hergeschleppt und zu einem Kreis arrangiert hatte. Die Hindu-Götter allein mochten wissen, woher die kniehohen, glatten Findlinge stammten und welchem Zweck sie dienten. Als Sitzgelegenheit waren sie jedenfalls nicht übel.

Schwelender Rauch hing in der Luft. Mit finsterer Miene beobachtete Jacob, wie Ashok vor dem Herd niederkniete und Kohlenstücke auf die brennenden Zweige schichtete. Der Ofen war eine einfache Konstruktion. Im Grunde handelte es sich um eine zu drei Seiten ummauerte Feuerstelle, auf der man den Kessel erhitzen konnte. Mit einem Durchmesser von etwa drei Fuß besaß dieser eine beeindruckende Größe und reichte Jacob bis zu den Knien. Es brauchte die Kraft zweier Männer, um ihn mithilfe von Stangen anzuheben und auf der Umrandung abzusetzen.

Jacob war mit dem Prozess der Fermentierung längst vertraut. Er wusste, wie heikel die Arbeit war und wie konzentriert Ashok vorgehen musste, um aus den fast noch unreifen Schoten durch Schwarzbräunung das kostbare Gewürz entstehen zu lassen. Wenn die Schoten zu lang oder zu kurz in dem siedenden Wasser erhitzt wurden oder die Temperatur stieg und es zu köcheln begann, war die Ernte eines Jahres verdorben. Ashok jedoch, der auf einer Vanilleplantage in den Ausläufern der Ostghats, unweit der Hafenstadt Madras, geboren und aufgewachsen war, war von Kindesbeinen an mit dem Vorgang vertraut.

Gedankenverloren starrte Jacob vor sich hin. Das Knistern brennender Zweige durchdrang die Stille, beißender Rauch stieg in seine Nase. Etwas riss ihn aus der Zeit und lenkte seine Gedanken zurück. Irgendwann war es nicht mehr der Qualm von Ashoks Feuer, in das er stierte, sondern der eines anderen. Es schien ihm, als verschwänden die Jahre in dem Rauch, während der Geruch von Verderben und schwelender Asche in seinen Erinnerungen wach wurde.

»Die Vergangenheit ist ein dunkler Ort. Du solltest nicht dorthin zurückreisen.« Ashoks Stimme drang wie von fern durch Jacobs Gedanken.

Verwirrt wischte er sich mit dem Ärmel über die vom Qualm brennenden Augen. Es brauchte eine Weile, bis er die Geister der Vergangenheit abgeschüttelt hatte. Schließlich warf er Ashok einen missmutigen Blick zu. »Was du nicht sagst. Woher willst du wissen, woran ich gedacht habe?«

»Weil ich dich kenne.«

»Wir haben wohl zu viel miteinander erlebt«, sagte Jacob. »Das musste sich eines Tages rächen.«

Ashok grinste breit. »Wann wirst du endlich aufhören, abzustreiten, dass dir unsere Freundschaft mehr wert ist als alles andere?«

»Als *fast* alles andere«, verbesserte Jacob und grinste zurück. »Was ist mit dem Feuer? Kann es losgehen?«

»Dauert noch einen Moment.« Schulterzuckend setzte sich Ashok neben ihn und zeichnete mit einem Stock Muster in die staubige rote Erde. »Die Kohlen sind noch nicht so weit.«

Mit einem Auge behielt Jacob die wellenlinigen Schnörkel im Blick. »Was wird das?«, fragte er, nachdem Ashok geraume Zeit geschwiegen hatte.

»Ich denke nach.«

»Das machst du ständig.«

Wie beiläufig drehte Ashok ihm den Rücken zu. Jacob wusste genau, dass er das nur tat, um ihm nicht in die Augen sehen zu müssen. »Was passiert mit der diesjährigen Ernte? Die letzten Jahre haben wir die Schoten zwischen getrocknetem Mais versteckt und die Säcke nach Glasgow verschifft. Dort hat Sams Bruder sie für uns weiter nach Italien verkauft.«

»Aye. Warum erzählst du mir das?«

Ashok Stock scharrte über die Erde. »Sams Bruder ist zuverlässig.«

»Aye. Du sagst es.«

»Er würde uns nie verraten.«

»Nein. Würde er nicht.«

»Ich will dir mal was sagen …« Der Stock schwebte einen Moment regungslos über dem Boden. »Wenn auf Sams Bruder Verlass ist, warum lassen wir ihn die Schoten nicht nach Lübeck verladen?«

Jacob zögerte. Dann schüttelte er den Kopf. »Vergiss es. Liz wird nicht erfahren, dass wir Vanille anbauen.« Er kniff die Lippen zusammen und überlegte. »Außerdem habe ich die Ernte bereits verkauft.«

Ruckartig drehte sich Ashok zu ihm um, Fassungslosigkeit im Blick. »Wie bitte? Warum hast du mir das verheimlicht?«

Ein unbehagliches Schweigen breitete sich zwischen ihnen aus.

Jacob schob die Hände in die Hosentaschen. Er setzte an, etwas zu sagen, stockte dann aber wieder und trat mit dem Fuß nach einem Stein. »Ich hätte es dir schon noch erzählt«, murmelte er, nachdem eine ganze Weile verstrichen war.

»Ach ja? Und wer bitte ist der Käufer?« Ashok sah ihn von der Seite an und Jacob spürte, wie aufgebracht er war.

»Nun …« Jacob fuhr sich mit der Hand in den Nacken. »Na ja … Die Vanille geht an Farida.«

»Was? Bist du verrückt geworden?« Ashoks Mund stand halb offen.

Jacob fühlte sich mulmig. »Nun reg dich doch nicht so auf. Sie zahlt einen guten Preis. Mehr als das Doppelte.«

»Ja und? Darum geht es gar nicht! Wie kannst du einfach über meinen Kopf hinweg entscheiden? Die Vanille gehört uns zu gleichen Teilen«, erwiderte Ashok gereizt. Er unterbrach sich und schüttelte den Kopf. Konzentriert blickte er Jacob an. »Verkauft … Noch dazu an die Prinzessin! Du weißt, wie hintertrieben und doppelzüngig sie ist.«

Jacob schwieg. Seine Gedanken wanderten zurück zu jeder Nacht, als er sich mit Sam und den anderen in Frauenkleidern in den Palast geschlichen hatte. Die Informationen, die Farida ihm damals gegeben hatte, waren nicht korrekt gewesen. Sie hatten den Sklavenschmugglern in der falschen Bucht aufgelauert. Hatte Farida es selbst nicht besser gewusst oder trieb sie ein doppeltes Spiel und arbeitete auch mit der Gegenseite? Er schüttelte die Erinnerung ab und wandte sich wieder der Gegenwart zu.

Im Osten stieg die Sonne über die Baumwipfel und zeichnete wandernde Schatten auf den Boden. Zu Jacobs Erleichterung schien Ashok sich zu fangen, denn er nahm den Stock wieder auf und tippte mit der Spitze gegen die Erde. »Deswegen also warst du im Palast.«

»Ja.« Jacob spürte, dass sein Nacken vor Anspannung schmerzte. »Wie gesagt, es gab Gründe, weshalb ich so entschieden habe.«

Ashok bedachte ihn mit einem stummen Blick. Eine unmissverständliche Aufforderung, konkret zu werden.

Jacob wusste nicht, wie er beginnen sollte. Er legte den Kopf in den Nacken und blickte in einen strahlend blauen Himmel, an dem keine Antwort geschrieben stand. Langsam atmete er ein. »Farida nutzt die Abwesenheit des Sultans, um Einfluss zu gewinnen. Ich weiß nicht, was in ihrem Kopf vorgeht, aber alles deutet darauf hin, dass sie vorhat, Sansibar zu verlassen und ein Leben außerhalb des Palasts zu führen.« Jacob unterbrach sich und maß Ashok mit einem eindringlichen Blick. »Also braucht sie Geld.«

Ashok durchbohrte ihn mit seinem Blick. »Aus welchem Grund ist es dir wichtig, sie zu unterstützen?«

»Die Preise für Vanille explodieren«, fuhr Jacob fort. »Die Nachfrage übersteigt das Angebot. Unsere Ernte ist ihr Gewicht in Gold wert.«

»Das weiß ich.« Ashok schürzte die Lippen »Dennoch ist das keine Antwort auf meine Frage. Warum möchtest du Faridas Reichtum mehren?«

»Bei Gott, Ashok, es geht nicht um Geld«, zischte Jacob zähneknirschend. »Es … geht um Liz.« Er hob abwehrend die Hände. »Irgendwann wirst du es verstehen.«

Schweigen. Wieder kratzte der Stock über die Erde. Die Holzkohle unter der Feuerstelle knisterte und knackte. Funken stoben auf.

Dann, nach einer Weile, hob Ashok den Blick. »Du liebst Liz, nicht wahr?«

Jacob runzelte die Stirn. »Wie oft willst du das noch von mir hören?«

»Wenn du sie liebst, musst du ihr reinen Wein einschenken.«

»Nicht, was die Vanille angeht«, widersprach Jacob. »Das ist eine Sache zwischen dir und mir.«

Der Stock zeichnete verschlungene Linien in den Staub. »Wenn sie es von selbst herausfindet, wird sie dir den Kopf abreißen.«

»Das wird sie schon nicht. Manchmal ist es besser, Dinge für sich zu behalten. Außerdem ist Liz ohnehin schon eifersüchtig auf Farida.«

»Und was ist mit Ehrlichkeit?«

»Hör zu.« Jacob fuhr sich mit der Hand in den Nacken. »Ich weiß, du meinst es gut. Aber erspar mir die Predigt. Ich habe nie von mir behauptet, ohne Fehler zu sein.«

»Das erwartet Liz auch nicht von dir.« Ashok zuckte die Schultern. »Ehrlichkeit dagegen schon.«

»Verdammt! Hör auf, dich einzumischen«, entfuhr es Jacob schärfer als beabsichtigt.

Ashoks Augen blickten beleidigt. Er schien sich seine Antwort zu überlegen. »Weißt du was?«, fragte er schließlich. »Das Gefährliche am Verrat ist, dass es nicht deine Feinde sind, die ihn begehen, sondern die Menschen, denen du vertraust.«

»Lass es gut sein«, erwiderte Jacob, bemüht, seinen aufkommenden Zorn zu bremsen.

»Ist es nicht ebenfalls Verrat, wenn du Liz hängenlässt, gerade dann, wenn sie dich braucht? Was auch immer du damit bezweckst, die Vanille an Farida zu verkaufen, aber Liz wäre ihre Probleme losgewesen, wenn du sie stattdessen ihr überlassen hättest.«

»Ich sagte, lass es gut sein«, knurrte Jacob. »Ich werde nicht zulassen, dass Liz in die Sache mit der Vanille hineingezogen wird.«

»Lieber riskierst du, dass sie mit Gramberg verhandelt?«

Etwas in Jacob explodierte. Er wurde so wütend, dass ihm für einen Moment buchstäblich schwarz vor Augen wurde. Er presste die Kiefer zusammen, schloss die Augen und rang um Beherrschung. »Das wird sie nicht«, presste er hervor. »Ich habe ihr gesagt, dass sie sich von Gramberg fernhalten soll. Liz vertraut mir. Ich finde eine Lösung.«

»Eben.« Ashok nickte ernst. »Sie vertraut dir. Und sie liebt dich. Das ist der Punkt. Du jedoch bezahlst ihre Liebe mit Verrat.«

Jacob spürte, wie sich seine Gesichtszüge verhärteten. »Ach ja?«, zischte er gefährlich leise. »Das sagst ausgerechnet du? Was weißt du schon von der Liebe?«

Eine unnatürliche Stille lag über der Lichtung, während die Sekunden sich zu einer Ewigkeit zu dehnen schienen. Ashok saß da wie versteinert. Ein Schatten lag auf seinem Gesicht. Schließlich ging ein Ruck durch ihn. Ohne ein Wort erhob er sich und ging weg.

Jacob hörte das Dröhnen seines Pulses in den Ohren. Er sprang auf und stürzte Ashok hinterher. »Ashok!« Der Kloß in seiner Kehle brannte. Gott, wie hatte er sich von seiner Wut nur dazu hinreißen lassen können, so etwas zu sagen! Damit hatte er eine unsichtbare Grenze zwischen ihnen übertreten. Er wünschte sich, er hätte es ungeschehen machen können. Aber dafür war es wohl zu spät. »Warte, Ashok, bitte! So hör doch … Es tut mir leid!«

Wenn Ashok etwas auf die Entschuldigung gab, so wusste er es gut zu verbergen, denn er stapfte einfach weiter den Hügel hinunter. Jacobs Magen zog sich zusammen. Keuchend holte er Ashok ein. »Entschuldige. Es tut mir leid, wirklich …« Zerknirscht schüttelte er den Kopf. Er wusste nicht, was er noch sagen sollte, um die Dinge zwischen ihnen wieder ins Lot zu bringen.

Eine ganze Weile standen sie sich wortlos gegenüber. Jacobs Blick konzentrierte sich auf einen unbestimmten Punkt neben Ashoks Schulter. Er brachte es nicht über sich, Ashok in die Augen zu sehen, aus Angst, entdecken zu müssen, dass sein Freund ihn verachtete.

»Sieh mich an«, forderte Ashok schließlich mit einem Beben in der Stimme.

»Was denn? Das tue ich doch!« Jacob wandte widerstrebend den Blick.

»Nein«, widersprach Ashok. Er schüttelte den Kopf. »Das ist nicht wahr. Du hast mich nie wirklich gesehen.«

»Was? Wieso nicht? Was meinst du damit?« Verständnislos fuhr Jacob sich mit den Händen durch das kurz geschorene Haar.

»Lass es gut sein, Jacob.« Ashok schüttelte finster den Kopf. »Bei dir muss es wohl ganz dick kommen, bis du kapierst.«

»Kapieren? Was denn?« Mit einer Mischung aus Hilflosigkeit und Verzweiflung hob Jacob die Handflächen.

Das Tor der Umzäunung knarrte in den rostigen Angeln, als Ashok es aufzog und dann wieder hinter sich schloss.

Jacob legte den Kopf in den Nacken und stieß die angestaute Luft aus. Er rechnete nicht mehr mit einer Antwort, doch dann bemerkte er, wie Ashok stehen blieb und sich zu ihm umwandte.

»Verrat hat viele Gesichter. Liebe ebenfalls« sagte Ashok mit einem seltsamen dumpfen Blick.

»Warte, Ashok. Bitte … Ich versteh nicht, was du meinst …«, rief Jacob ihm hinterher, doch diesmal drehte sich Ashok nicht mehr um.

Kapitel 15

Wie an jedem Donnerstag und Freitag, an dem die Sklaven von den Schambas, den Plantagen, in die Steinerne Stadt kamen, um Waren anzubieten, boten die Straßen in der Nähe des Marktes auch heute ein anziehendes Bild. Elisabeth, die in Begleitung von Imani und Anna unterwegs war, um Nüsse, Gewürze und andere Kleinigkeiten zu kaufen, sog das bunte Treiben in sich auf. Kaum zu fassen, dass sie nun schon beinahe ein halbes Jahr auf der Insel lebte. Die Vuli-Jahreszeit mit ihren gelegentlichen morgendlichen Regenschauern war fast vorüber, der November brach an. Der Kazkazi brachte Winde aus Nordost. Mit ihren morgendlichen Regenschauern sorgte die kleine Regenzeit dafür, dass das Thermometer tagsüber nicht mehr so stark anstieg. Vor allem aber war die Schwüle nicht so schlimm wie zu Ende der Msika-Jahreszeit. Elisabeth dachte seufzend an so manche Tage im Juli zurück, an denen Imani die Kleider aus den Truhen hatte nehmen müssen, damit sie nicht schimmelten. Das Metall hatte angefangen zu rosten, und Anna hatte Stunden damit verbracht, Messer und Zinnteller zu polieren.

Wie viel erträglicher es dafür jetzt war. Elisabeth nahm den Tropenhelm vom Kopf und fächelte sich Luft zu, während sie an den Waren vorbeischlenderte, die auf bunten Tüchern am

Boden ausgelegt waren. An das allgegenwärtige Durcheinander hatte sie sich mittlerweile gewöhnt, sogar an den Dreck und den Unrat in den Straßen. Das Vieh bevölkerte als gleichberechtigter Mitbewohner die Gegend um den Markt, was nicht eben zur allgemeinen Sauberkeit beitrug. Behände wich sie einer der frei laufenden Ziegen aus und wandte ihre Aufmerksamkeit einer hochbetagten weißhaarigen Afrikanerin zu, die allerlei Drogen, Farbhölzer und Bethelblätter vor sich ausgebreitet hatte. Die afrikanische Medizin war für Elisabeth ein Mysterium, das sie gleichermaßen faszinierte wie auch mit Argwohn erfüllte. Mit einem höflichen Lächeln ging sie vor der Frau in dem farbenprächtigen Gewand in die Hocke.

»*Dawa?*«, Medizin, fragte sie und nahm ein Bündel getrockneter Blätter zur Hand, die sie botanisch nicht zuordnen konnte. Die Frau nickte, ein Lächeln glitt über ihr von tiefen Falten gefurchtes Gesicht. Umständlich beugte sie sich zur Seite und kramte mit von der Gicht gekrümmten Fingern getrocknete Haifischflossen aus einem Korb hervor. Eine davon reichte sie Elisabeth.

»*Afadhali*«, besser, erwiderte die Frau und entblößte grinsend ihr schlechtes, vom Bethelnusskauen rot gefärbtes Gebiss.

»Heilige Maria im Himmel!« Anna, die zusammen mit Imani hinter Elisabeth stehen geblieben war, gab ein würgendes Geräusch von sich. »Bitte, legen Sie es zurück. Dieser Geruch! Ich glaube, mein Frühstück kommt wieder hoch.«

Mit einer entschuldigenden Geste gab Elisabeth die getrocknete Flosse zurück und erhob sich.

»Danke«, sagte Anna und zog demonstrativ die Nase hoch. »Können wir bitte weitergehen? Die Dämpfe der Kalkbrennerei wehen in meine Richtung.«

»Unsinn!« Sichtlich genervt schüttelte Imani das von einem blauen Turban bedeckte Haupt und schnupperte ebenfalls in die Luft. »Die Kalkmeiler sind viel zu weit entfernt. Und selbst wenn, ist der Rauch gut gegen Miasmen.«

»Miasma ist ein Begriff aus der Gesundheitslehre und bedeutet Verunreinigung. Aber auch übler Dunst und Ansteckung«, erläuterte Elisabeth, als sie Annas fragenden Blick bemerkte. »Du findest einiges dazu in den Büchern, die ich dir gegeben habe. Es wäre gut, wenn du möglich viel von dem behältst, was du liest.«

»Das versuch ich ja«, verteidigte Anna sich. Ihre großen babyblauen Augen blickten resigniert. »Aber in der Schwangerschaft ist mein Gehirn langsam geworden. Es ist schwer, all die fremden Ausdrücke zu behalten.«

»Ich weiß, aber dennoch.« Elisabeth berührte Anna sanft am Arm. »Versuch dir zumindest eine Seite am Tag einzuprägen. Es hilft, auf andere Gedanken zu kommen. Ständig an Kenyatta zu denken ist nicht gut.« Elisabeth schenkte ihr einen mitfühlenden Blick. Sie hatte wohl bemerkt, dass Anna fortwährend im Gedränge nach Gesichtern Ausschau hielt und dabei von Minute zu Minute trauriger wurde. Elisabeth unterdrückte einen Seufzer. Sie hatte sich bei jedem, den sie kannte, erkundigt, doch niemand hatte etwas von Kenyatta gehört.

»Miss von Baahren! Hier drüben!« Eine Stimme, die unangenehm fordernd in Elisabeths Ohren klang, hallte über die Straße. Elisabeth wandte sich um. Eine schlanke, hochgewachsene Frau mit aufgesteckten braunen Locken, die sich wie Korkenzieher in ihrem Nacken wickelten, winkte ungeduldig zu ihr herüber. Mit dem aristokratisch geschnittenen Gesicht, der hellen Haut und der viktorianischen Kleidung wirkte sie in dem Schmutz und dem Gedränge merkwürdig deplatziert.

»Wartet kurz auf mich«, sagte Elisabeth zu Anna und Imani. Dann zwang sie sich zu einem Lächeln und wechselte auf die andere Straßenseite. Mit ausgestreckter Hand schritt sie der Britin entgegen.

»Mrs Ponsonby, wie erfreulich. Ich hätte nicht damit gerechnet, Sie auf dem Markt zu treffen.«

»Nun, ab und an ist es recht amüsant, sich unter die Einheimischen zu mischen«, erwiderte Mrs Ponsonby. Mit einer grazilen Bewegung klappte sie den Sonnenschirm aus hellgrüner Seide zusammen, den sie zu einem lindgrünen Sommerhut trug. »Übrigens haben die Damen und ich uns dazu entschieden, das nächste Treffen des Gründungskreises in meinen Räumlichkeiten stattfinden zu lassen. Wir dachten, jede von uns sollte einmal Gastgeberin sein. Ich hoffe, das ist Ihnen recht.«

»Das erscheint mir eine vernünftige Lösung«, erwiderte Elisabeth und sah großzügig darüber hinweg, dass sie bei der Entscheidung nicht gefragt worden war. »Anna und Imani werden erfreut sein, dass ihnen die Vorbereitung der Treffen abgenommen wird. Dadurch bleibt mehr Zeit für andere Dinge.«

»Was auch immer darunter zu verstehen ist«, meinte Mrs Ponsonby gedehnt. Sie spitzte die Lippen. »Wie ich hörte, ist Anna schwanger. Nun, es geht mich zwar nichts an, und ich möchte auch nichts über die Umstände erfahren, aber was wird nun aus ihrer Mitarbeit im Hospital?«

»Anna wird wie geplant bis zur Entbindung ihre Ausbildung als Hebamme fortsetzen, um dann baldmöglichst nach der Geburt weiterarbeiten zu können«, erklärte Elisabeth freundlich, aber bestimmt.

»So?«, meinte Mrs Ponsonby gedehnt. »Nun, bei uns in England würde das Mädchen in diesem Fall in der Gosse enden. Ich könnte mir vorstellen, dass es bei Ihnen in Deutschland genauso wäre.«

»Das … ist wohl so«, stimmte Elisabeth betont gelassen zu. »Allerdings glaube ich, dass wir auf Unguja großzügig mit der Situation umgehen sollten. Anna ist auf dem Weg, eine hervorragende Hebamme zu werden. Es wäre ein Jammer, wenn wir

Frauen an der Tür des Hospitals abweisen müssten, nur weil wir nicht über genügend fachkundige Krankenschwestern und Hebammen verfügen, nicht wahr? Außerdem …« Elisabeth schenkte Mrs Ponsonby ein einnehmendes Lächeln. »Ist Nächstenliebe nicht eine der hervorragendsten Tugenden unter Christen?«

»Nun …« Mrs Ponsonby räusperte sich. Ihr schmaler Hals wurde noch ein wenig länger. Sie erinnerte Elisabeth an einen Vogel, der an einer Kröte schluckte. »Natürlich, es ist ja auch Nächstenliebe, die uns antreibt, dieses Hospital zu gründen.«

Elisabeth hob die Hand und ließ sie leicht auf Mrs Ponsonbys Arm ruhen. »Wie schön, dass wir einer Meinung sind. Ich hatte vom ersten Moment an das Gefühl, dass wir gut zusammenarbeiten würden.«

»Nun, das … geht mir ähnlich.« Mrs Ponsonby schenkte Elisabeth ein übertrieben verbundenes Lächeln. »*Entre nous*, seien Sie versichert, dass ich auf Ihrer Seite stehe«, setzte sie in verschwörerischem Ton hinzu.

»Ach ja?«, erwiderte Elisabeth perplex. »Das freut mich zu hören. Allerdings, von welcher Seite sprechen wir? Um ehrlich zu sein, verstehe ich nicht ganz.«

»Seltsam, dabei redet die ganze Stadt davon.« Mrs Ponsonbys elegant geschwungene Augenbrauen zogen sich zusammen. »In jedem Fall finde ich, dass Mr Preston viel besser zu Ihnen passt als zu der Prinzessin. Ganz abgesehen davon, was der Sultan bei seiner Rückkehr zu einer Beziehung zwischen seiner Lieblingsschwester und einem Nichtaraber sagen würde. Sicher würde er Farida des Palasts verweisen.«

»Würde er das?«, fragte Elisabeth in das entstandene Schweigen hinein, während sich Unmut in ihr zusammenbraute. Diese verflixten Tratschweiber!

»Vermutlich.« Mrs Ponsonby verzog das Gesicht. »Trotzdem, ich gebe nichts auf den Klatsch. Böse Zungen behaupten, dass Farida insgeheim an Plänen schmiedet, mit Mr Preston auf einem der Handelsschiffe nach Indien durchzubrennen. Warum sollte er die Insel verlassen, um eine ins Exil verbannte Prinzessin zu heiraten, wenn er mit einer Frau wie Ihnen glücklich sein kann?«

»Ja, warum sollte er das tun?« Elisabeth lächelte gequält.

Einen verlegenen Moment standen sie sich gegenüber, ohne etwas zu sagen. Dann gab sich Elisabeth einen Ruck. »Wenn Sie mich bitte entschuldigen, Mrs Ponsonby«, erklärte Elisabeth unter vorgetäuschtem Bedauern.

»Sagen Sie doch bitte Victoria.«

»Gern.« Elisabeth lächelte entschuldigend. »Ich habe leider dringende Einkäufe zu erledigen. Mir fehlen wichtige Kräuter in meiner Apotheke.«

»Schon gut, eilen Sie, Elisabeth. Wir setzen unser Gespräch ein andermal fort.« Victoria neigte den Kopf. »Hätten Sie vielleicht am kommenden Sonntag Lust, zu uns zu stoßen? Auf der Club-Schamba vor der Stadt tragen die Männer ein Poloturnier aus. Eine erfreuliche Abwechslung in der Ödnis des gesellschaftlichen Lebens hier. Wir Damen spielen auf dem angrenzenden Feld Lawntennis. Beherrschen Sie das Spiel?«

»Leider nein«, gab Elisabeth zu. »Aber ich werde mein Bestes geben, es zu erlernen.«

»Sehr schön. Bei passender Gelegenheit würde ich Sie gern mit Mr Ponsonby bekannt machen.«

Elisabeth spürte ein Flattern im Magen. Begannen sich ihre Hoffnungen allmählich zu erfüllen?

»Vielleicht Donnerstag in einer Woche bei dem Fest im Palast?«, fuhr Mrs Ponsonby fort. »Sind Sie eingeladen?«

»Bislang nicht«, sagte Elisabeth, um einen neutralen Tonfall bemüht. So wie die Dinge zwischen Farida und ihr standen, rechnete sie auch nicht damit.

»Auf ein baldiges Wiedersehen, Elisabeth. Wie gesagt, ich bin auf Ihrer Seite.« Victoria spannte ihren Schirm auf und verabschiedete sich mit einem unerwartet warmen Lächeln. Elisabeth sah ihr hinterher, bis der leuchtend grüne Stoff ihres Schirms hinter der nächsten Straßenecke verschwand. Auch wenn sie sich in Farida allem Anschein nach eine erbitterte Gegnerin geschaffen hatte, so stieg ihr gesellschaftliches Ansehen unter den Europäern stetig. Sie musste an Wessels denken, ein dankbares Gefühl durchströmte sie. Er hatte recht behalten, als er ihr riet, bei dem zu bleiben, was sie sicher beherrschte. Der Weg über die Medizin war wohl die beste Methode, sich als Frau im Sultanat Ansehen und Respekt zu verdienen. In ihre Gedanken vertieft, überquerte sie die Straße.

Anna trat bei ihrem Anblick gequält von einem Fuß auf den anderen. »Das hat ja endlos gedauert. Was hatten Sie denn so lange zu bereden?«

»Bei Allah!« Genervt stemmte Imani die Hände in die Taille und verdrehte die Augen. »Da stehe ich hier und denke mir eine hübsche Geschichte nach der anderen aus, um dich aufzuheitern, und das ist der Dank?«

»Och«, machte Anna und zog eine Schnute. »Wenn's nur hübsche Geschichten gewesen wären. Von fliegenden Teppichen oder Prinzen in edlen Gewändern! Aber wenn sich das Ganze um den Onkel eines Onkels dreht, dem ein Zahn ausgefallen ist, oder darum, wie der Cousin eines Cousins dem Nachbarn eines Nachbarn einen Besuch abstatten wollte, dann dreht sich mir der Kopf vor Schwindel.« Anna warf einen flehentlichen Blick in Elisabeths Richtung. »Bitte, können wir endlich nach Hause gehen? Mir ist so übel.«

»Gleich.« Elisabeth musste sich zwingen, ernst zu bleiben. »Ich möchte noch bei dem Stand dort drüben vorbeisehen. Dort scheint es Heilkräuter und Öle zu geben. Wir könnten getrockneten Farn für dich mitnehmen und unter das Leintuch deines

Betts legen, das hilft gegen die Kreuzschmerzen. Außerdem Neroli- und Pfefferminzöl, um deinen Magen zu beruhigen. Und Bergamotte gegen deine Reizbarkeit.«

»Reizbarkeit?«, stöhnte Anna. »Durch die Schwangerschaftsmüdigkeit bin ich die Ruhe in Person!«

Imani rollte die Augen. »So ruhig wie ein Dschinn in seiner einsamen Feldhöhle.«

»Wir haben es ja gleich geschafft«, versuchte Elisabeth, Anna aufzumuntern. Entschlossen hakte sie das Mädchen unter und schritt los. Dabei redete sie wie ein Wasserfall auf Anna ein, um diese von sich und ihrer Übelkeit abzulenken.

An der Ecke blieb Elisabeth stehen. Mit einer Mischung aus Neugier und Bestürzung stand sie vor dem zur Straße hin offenen, finsteren, muffig riechenden Laden, während Anna und Imani neben ihr warteten. Eine matronenhafte Inderin saß zu ebener Erde im Eingang neben ihren ausgebreiteten Waren. Entlang der Wand reihten sich Gefäße mit Ölen. Im hinteren Teil des Kabuffs türmte sich allerlei Unrat. Obwohl sie an solche Zustände gewöhnt war, hob sich Elisabeths Magen. Zumindest war das Tuch, auf dem die Drogen ausgebreitet waren, sauber und strahlte in leuchtendem Gelb. Mit einem Lächeln und einem Schwall indischer Worte forderte die Frau Elisabeth auf, sich umzusehen. Knochige Hände deuteten einladend auf die ausliegenden Knollen, Wurzeln und Kräuter. Ebenfalls lächelnd ging Elisabeth in die Knie und nahm ein Bündel getrockneter Moringablätter zur Hand. Prüfend zerrieb sie eine Blattspitze und schnupperte daran. Sowohl ihr Auge als auch die entsprechende Erfahrung verrieten ihr, dass sie hier einkaufen konnte.

Elisabeth war froh, dass sie inzwischen gelernt hatte, mit Händen und Füßen zu reden. Wenige Minuten später erhielt sie das Gewünschte und kramte ein paar Rupien aus ihrer Tasche, um zu zahlen. Aus den Augenwinkeln nahm sie eine Bewegung neben sich wahr. Sie drehte den Kopf. Eine auffallend hübsche, dunkelhäutige Frau stand mit einem Mal neben ihr.

»Gegen Beschwerden in der Schwangerschaft hilft Sourplum zuverlässiger als jedes andere Mittel«, sagte die Fremde und blickte ihr aus schräg stehenden, mandelförmigen Augen entgegen, die blauschwarz mit Ruß und Antimon umrandet waren. Goldene Plättchen verzierten ihre Nasenflügel und Ohrläppchen. Elisabeth betrachtete sie verwundert. Im Vergleich zu Imani, die ebenfalls Afrikanerin war, wirkte die Fremde etwas jünger. Der zurückgeschlagene Schleier gewährte einen Blick auf eine bis über den Haaransatz kahl rasierte und mit Kurkuma gelb gefärbte Stirn. Das Haar unter dem Schleier war zu langen, eng anliegenden Zöpfen geflochten. Mit vollendeter Geschicklichkeit nahm die Fremde eine unscheinbare Wurzel vom Boden und reichte sie Elisabeth.

»Ximenia caffra ...«, meinte Elisabeth zögernd und nickte. Verwundert ließ sie den Blick über die Fremde wandern, deren zierliche Figur eine auffallend selbstsichere Haltung einnahm. Die Fremde wirkte anziehend, aber auch geheimnisvoll. Zu perplex, um weitere Fragen zu stellen, drehte Elisabeth die Wurzel in den Händen.

»Ein Absud daraus unter Maisbrei gemischt wirkt Wunder gegen die Übelkeit und vertreibt Reizbarkeit und böse Geister.«

Elisabeth schluckte. »Woher wissen Sie, dass ...«, hob sie kopfschüttelnd an, brach dann aber unter dem stolzen, herausfordernden Blick der Afrikanerin mitten im Satz ab. Noch bevor Elisabeth sich aus ihrer Erstarrung lösen konnte, hüllte die Frau den Schleier vor ihr Gesicht und verschwand im Gewimmel der Straßen. Fragend drehte sich Elisabeth zu Imani um, doch ein Blick in deren plötzlich fahles Gesicht ließ sie verstummen. Imani wirkte, als hätte ein Geist ihren Weg gekreuzt.

»Du kennst sie, oder?«, fragte Elisabeth vorsichtig.

Imani löste sich aus ihrer Befangenheit und nickte.

Elisabeth überlegte kurz, da ihr die Frage fast indiskret erschien, aber dann setzte sie hinterher: »Wer ist sie?«

»Niemand, den ich geglaubt hätte, noch einmal im Leben zu sehen«, sagte Imani dumpf.

Entschlossen legte Elisabeth die Wurzel zu den anderen Dingen in den Korb und reichte der Inderin eine weitere Rupie. »Du wirkst nicht gerade begeistert, Imani. Ist etwas zwischen euch vorgefallen?«

Imani schüttelte nur den Kopf.

»Das war wohl mal ein Gesicht, das man nicht so schnell wieder vergisst«, meinte Anna. Versonnen wiegte sie die Hüften. »Ich hätte nicht geglaubt, dass ich so etwas mal sagen würde, weil's mit meinem Gedächtnis nicht so weit her ist, aber diese Frau würde ich unter tausend Afrikanerinnen wiedererkennen.«

Ruckartig wandte sich Imani zu Anna um. »Musst du immer so viel schwätzen? Ich dachte, du hattest es eilig und wolltest nach Hause.«

»Imani, bitte!« Tadelnd verschränkte Elisabeth die Arme vor der Brust.

Bestürzung spiegelte sich in Annas Miene, dann flossen Tränen. »Ich … kann nicht mehr …«, presste Anna mit erstickter Stimme hervor. »Ständig wird auf mir herumgehackt. Ich weiß nicht, welchen Sinn mein Leben überhaupt noch hat, jetzt, wo ich Kenyatta verloren habe. Ich werde ihn wohl nie wiedersehen …«

»Das wissen wir doch alles noch nicht«, meinte Elisabeth tröstend und legte den Arm um Annas Schulter.

»Es ist bestimmt so«, beharrte Anna schniefend.

»*Wallah*, musst du immer gleich weinen?«, erwiderte Imani ärgerlich, deren Laune seit der Begegnung mit der Fremden gelitten zu haben schien.

»Gehen wir jetzt«, schloss Elisabeth resigniert. »Und keine Streitereien mehr!«

In finsterem Schweigen ließen sie den Markt hinter sich und durchschritten die engen Straßen. Elisabeth versuchte, sich aus ihrem Gefühlschaos zu lösen und die Ereignisse der letzten halben Stunde im Licht der Vernunft zu betrachten, doch so recht gelingen wollte es ihr nicht. Sie fühlte sich wie ausgehöhlt. So gern sie sich in weiblicher Gesellschaft befand, im Moment hatte sie schlichtweg genug von den Klatschweibern und all den gärenden Konflikten. Dafür sehnte sie sich nach Jacob und der Geborgenheit seiner Arme. Plötzlich kam ihr ein Gedanke. Was, wenn sie ihm einen Überraschungsbesuch abstattete?

Das Treiben des Marktes verhallte hinter ihr. Die Sonne hatte den Zenit erreicht. Von den Minaretten erklang der Ruf der Muezzine zum zweiten Gebet. Elisabeth war auf einmal begeistert von ihrer Idee und so voll wachsender Vorfreude auf Jacob und die Überraschung, die sie ihm bereiten würde, dass sie kaum etwas davon mitbekam. Als sie vor der Tür des Dieckman'schen Handelskontors angelangt waren, stand ihr Entschluss fest. Beherzt wandte sie sich an Imani und Anna. »Ihr werdet ein paar Tage ohne mich auskommen müssen. Imani, bitte lass mein Pferd satteln. Ich reite nach Eilean Donan und kehre Sonntagabend zurück.«

Kapitel 16

Nach so langer Zeit wieder im Damensattel zu reiten, war Elisabeth zunächst ungewohnt erschienen, aber inzwischen fühlte sich die Sitzhaltung elegant und erhaben an. Ebenso gewöhnungsbedürftig fand sie es, ein eng geschnürtes Mieder unter einem grünen Kleid aus Brokat mit Spitzenbesatz am Ausschnitt und ausgestellten Ärmeln zu tragen, das mit Häkchen am Rücken geschlossen war. Den Tropenhelm hatte sie gegen einen Strohhut mit breiter Krempe getauscht, der ihre hohen Wangenknochen und ihre großen, runden Augen vorteilhaft zur Geltung brachte. Das ebenfalls grüne Band, mit dem er unter ihrem Kinn befestigt war, schmeichelte ihrem sommersprossigen Teint und ließ ihr Haar hell wie Kupfer leuchten. Ihre Hände steckten in Handschuhen aus weichem Wildleder. Unter dem Kleid schimmerten sündig schwarze Seidenstrümpfe. Die schnurgerade sitzenden Nähte verliehen der Form ihrer Unterschenkel einen verführerischen Schwung. Beim Ankleiden hatte sie sich mutig genug gefühlt, auf den Strumpfhaltergürtel zu verzichten, und stattdessen zu Strumpfbändern gegriffen, die aufwendig mit Spitze und Blumen aus Seide bestickt waren, passend zu ihrer seidenen Unterwäsche. Amüsiert, aber auch ein wenig erschrocken über ihre Verwegenheit, schüttelte sie den Kopf. Was war nur über sie gekommen? Sie fühlte sich, als hätte sie zusammen mit der Kleidung ihre praktische, vernünftige Seite abgelegt und gegen eine durch und durch weibliche eingetauscht. Vielleicht lag der Vorteil, eine Frau zu sein, ja darin, spielerisch und nach Belieben beide Seiten zum Einsatz bringen zu können. Die Nüchternheit und die Weichheit, die Sinnlichkeit. Ein Trumpf, der, wie sie schmunzelnd feststellte, Männern vorenthalten blieb. Mit einem wachsenden Gefühl der Vorfreude auf das Wiedersehen mit Jacob wechselte sie vom Trab in den Galopp.

Die Sonne war bereits im Sinken, als sie den Hügelkamm erreichte, hinter dem Eilean Donan lag. Wie ein sanft wogendes Meer aus Grüntönen lagen die Zuckerrohrfelder vor ihr. Ihr Herz klopfte schneller. Sie hielt das Pferd an und nahm den Anblick in sich auf. Gedankenverloren kaute sie auf ihrer Unterlippe, spürte auf einmal einen Hauch von Unsicherheit. Jacob wusste nicht, dass sie auf dem Weg zu ihm war. Wie würde er reagieren? Würde er sich freuen, sie zu sehen? Mochte er es denn überhaupt, überrascht zu werden? Nervös zupfte sie an ihrem Mieder. Dann aber erinnerte sie sich an jenen besonderen Moment neulich, als er ihr in die Augen gesehen und ihr gesagt hatte, dass er sie liebe. Ihr Herz stolperte ein paar rasche Schläge vorwärts. Der Geruch von Gras und Erde erfüllte die Luft, in den Ästen über ihr zirpten Zikaden. Kurz vor der Dämmerung schien der Himmel besonders intensiv zu leuchten. Wolkenschatten flossen wie dunkle Seide über die Ebene. Der Wind trug Fetzen afrikanischer Gesänge an ihr Ohr. Sie hob die Hand vor die Augen, um zu sehen, woher die Klänge kamen. Dann entdeckte sie die Zuckerrohrschneider. Aus der Ferne wirkten ihre Körper wie bunte Tupfen vor dem Smaragdgrün der hohen, sich hin und her wiegenden Stängel. In der Hoffnung, Jacob bei seinen Arbeitern zu finden, drückte sie dem Pferd die Fersen in die Flanken.

Die Gesänge wurden lauter und nahmen einen stampfenden Rhythmus an. Elisabeth glitt aus dem Sattel, band das Pferd im Schatten einer Palmhütte an und schritt über die vom Regen aufgeweichte Erde auf die Abholzung zu. Als sie Jacob unter den Feldarbeitern ausmachte, blieb sie stehen.

Er hatte beim Arbeiten das Hemd abgelegt. Das letzte Licht der Sonne ließ seinen nackten Oberkörper wie dunkles Karamell leuchten. Feste Muskelstränge zeichneten sich unter der schimmernden Haut ab. Auf seinem Oberkörper glitzerte Schweiß. Mit kräftigen Hieben seiner Machete schlug Jacob knapp über dem Boden auf die Stiele ein. Wie dürres Herbstlaub fielen Blätter zu Boden.

Elisabeth spürte ihre Kehle trocken werden und musste schlucken. Konnte es wahr sein? Gehörte dieser wunderbare, gut aussehende, starke Mann, der sie in seinen Armen gehalten und aufgefangen hatte, als alles über ihr zusammenzubrechen drohte, wirklich ihr? Bei der Erinnerung an ihre gemeinsam verbrachten Liebesnächte spürte sie ein Kribbeln. Und nun stand er da, nur wenige Schritte von ihr entfernt. Seine Stimme mit dem breiten schottischen Akzent hallte durch die Dämmerung. Bei dem Klang zog sich ihr Herz vor Verlangen zusammen. Auf einmal hielt sie es nicht mehr aus. Ohne zu überlegen, rannte sie los, während sich der Rocksaum um ihre Füße bauschte. »Jacob!«

Er erstarrte mitten in der Bewegung. Langsam wandte er sich um. Ein Sonnenstrahl traf die Klinge der Machete und ließ sie aufblitzen, bevor sie zu Boden fiel. Einen atemlosen Moment lang spiegelte sich Verwunderung in seinem Blick, dann grinste er breit über beide Backen. »Liz! Was für eine Überraschung!« Mit geöffneten Armen lief er ihr entgegen.

Erleichtert über die Freude in seinen Augen, eilte sie weiter, ohne die winzigen gelben Flecken neben der Regenpfütze vor ihren Füßen zu bemerken. Plötzlich fand sie sich in einer

Wolke aus Schmetterlingen wieder, es mussten Tausende sein. Vor Staunen stand Elisabeth der Mund offen, als sie sich mit lautlosen Flügelschlägen in die Luft erhoben.

»Warte! Nicht weitergehen!«, rief Jacob ihr zu.

»Warum?«, erwiderte sie lachend.

»Du siehst bezaubernd aus! Ich möchte mir das Bild bewahren«, gestand er.

Liz tat ihm den Gefallen, verzaubert vom Schauspiel um sie herum und ebenso verzaubert wie Jacob, der gewöhnlich nicht zu Gefühlsausbrüchen neigte.

Als der letzte Schmetterling in den Himmel geschwebt war, trat Jacob zu ihr. Mit einem tiefen Aufseufzen nahm er ihre Hände und hielt sie fest. »Was für eine wunderbare Idee! Schön, dass du da bist. Ich habe es kaum noch ohne dich ausgehalten. Stell dir vor, ich war selbst kurz davor, mein Pferd zu satteln und zu dir zu reiten.«

»Gut, dass du es nicht getan hast«, erwiderte Elisabeth lachend. »Sonst wären wir im Dschungel am Ende noch aneinander vorbeigeritten, ohne uns zu bemerken.«

»Schreckliche Vorstellung.« Rund um seine Augenwinkel tanzten Lachfältchen. Unauffällig schielte er zu den Arbeitern, die mit unverhohlener Neugier zu ihnen herüberblickten. Sam, dessen roter Schopf wie Feuer zwischen dem Zuckerrohr hervorleuchtete, steckte zwei Finger in den Mund. Ein anzügliches Pfeifen hallte durch die Luft.

»Komm.« Jacob schnitt gutmütig eine Grimasse. »Lass uns von hier verschwinden.«

Die Dunkelheit senkte sich über Eilean Donan, als sie die Zelte erreichten. Die Feuerfinken, die eben noch munter gezwitschert hatten, waren verstummt und in ihre Nester zurückgekehrt. Der Tag verhallte, während der Abendstern hell über ihren Köpfen schimmerte. Erfüllt von einem Gefühl des Friedens, sog Elisabeth die Stimmung des Abends in sich auf.

Ihr Herz hatte sie an den richtigen Ort geführt. Alles war gut, die Anspannung fiel von ihr ab. Sie lehnte mit der Schulter am Stamm eines Mangobaums und sah Jacob dabei zu, wie er sich über einen Zuber beugte und mit beiden Händen Wasser über das Gesicht und den nackten Oberkörper schöpfte. Ihre Sorgen rückten in weite Ferne. In Gedanken an eine glückliche Zukunft versunken, pflückte sie ein Blatt von einem herabhängenden Zweig und drehte es in den Händen. Eine Welle von Zärtlichkeit durchströmte sie beim Anblick des Mannes, der ihr so viel bedeutete. Ohne sich dessen bewusst zu sein, summte sie vor sich hin. Eine leise Brise huschte durch die Zweige und ließ die Blätter rascheln. In den Wolken spiegelte sich ein letzter Schimmer rot glühenden Lichts. Jacob legte die Seife beiseite und wusch sich den Schaum aus den Achselhöhlen. Das Zwielicht ließ seine Silhouette mit dem Dunkel der Umgebung verschmelzen. *Als gehörte er für immer hierher …*, ging es Elisabeth durch den Kopf. Und sie? Gehörte sie ebenfalls an diesen Ort? Ihr Herz stolperte ein paar unregelmäßige Schläge vorwärts. Die Antwort konnte nur die Zukunft wissen.

»Was singst du da? Es klingt hübsch.« Jacob legte das Handtuch beiseite, mit dem er sich abgetrocknet hatte, und blickte fragend zu ihr hinüber.

»Oh …«, machte sie verblüfft und trat aus dem Schatten des Baumes. Das eng sitzende Mieder nahm ihr die Luft zum Atmen. Ihre Finger zupften an einer Locke, die sich in ihrem Nacken kringelte. »Ich war wohl in Gedanken.«

Jacob sah sie mit einem seltsamen Blick an. »Sing weiter. Ich wusste nicht, dass du eine so schöne Stimme hast.«

»Ich hatte Gesangsunterricht.« Sie zuckte die Schultern.

»Worum geht es in dem Lied?« Er trat neben sie. Zärtlich strich er ihr eine Locke hinter das Ohr. Sein Körper war warm und duftete nach Seife und Zimt.

»Es stammt von einem deutschen Komponisten, sein Name ist Franz Schubert. Ich übersetze es dir, wenn du willst«, fügte sie errötend hinzu.

»Wie du möchtest. Du bist hinreißend, wenn du schüchtern bist.« Fest schlossen sich seine Finger um ihre Hand. Seite an Seite schritten sie zu Jacobs Zelt hinüber. Durch die Plane leuchtete ihnen ein sanfter Lichtschein entgegen. »Bitte sing für mich.«

»Also schön …«, meinte sie zögerlich und hielt dann einen Moment inne. War ein Liebeslied aus dem fernen Deutschland überhaupt passend für diese exotische Umgebung? Sie holte tief Luft und begann mit zunächst leicht zittriger Stimme, wurde dann jedoch immer mutiger.

Leise flehen meine Lieder
Durch die Nacht zu dir;
In den stillen Hain hernieder,
Liebchen, komm zu mir!

Flüsternd schlanke Wipfel rauschen
In des Mondes Licht;
Des Verräters feindlich Lauschen
Fürchte, Holde, nicht …

Als sie geendet hatte, waren sie vor dem Podest angekommen, auf dem das Zelt stand. Jacob nickte anerkennend, in seinen blauen Augen lag ein unergründliches Flackern. »Er scheint sie sehr geliebt zu haben.«

Elisabeth biss sich auf die Unterlippe. »Ja, das ist wohl so. Er verzehrte sich vor Sehnsucht nach ihr.« Plötzlich nervös, trat sie von einem Fuß auf den anderen.

»Ich muss einen Stein in den Schuh bekommen haben«, erklärte sie auf den fragenden Ausdruck in Jacobs Gesicht hin.

»Dann zeig mal her.« Er setzte sich auf die Holzplanken und klopfte auffordernd auf seinen Oberschenkel. »Stell den Fuß hier ab und lass mich dir zu Diensten sein.«

Elisabeth wollte abschlagen, aber etwas in seinem Blick hinderte sie daran. Zögernd setzte sie die Spitze ihres Schuhs auf sein Bein und ließ zu, dass er ihren Rock zurückschlug. Mit einem Flattern im Bauch hielt Elisabeth den Saum über dem Knie fest. Die Seide ihrer Strümpfe schimmerte verführerisch im Licht des Mondes.

Jacobs Brustkorb hob und senkte sich in einem schweren Atemzug. Schweigend sah er ihr in die Augen, während seine Finger geschickt die Verschnürung ihren knöchelhohen Stiefel lösten. Geräuschlos fiel der Schuh zu Boden. Jacob umfasste ihren Fuß, während er die andere Hand langsam entlang der Ziernaht über ihre Wade hinauf zur Kniekehle wandern ließ. Dort angekommen, glitten seine Finger unter das Strumpfband und schoben es zurück. Elisabeth keuchte auf, als er begann, die dünne Seide Millimeter für Millimeter hinunterzurollen.

Und noch immer hielt sein Blick sie fest. Der Dschungel und seine Geräusche rückten in die Ferne, verblassten, als bestünde die Welt nur noch aus Jacob und ihr.

Sanft setzte er ihren Fuß ab und erhob sich. Dann ergriff er mit beiden Händen ihr Gesicht und zog es zu sich heran, sodass ihre Stirn an seiner ruhte.

»Liz …« Ihr Name klang zärtlich und sehnsuchtsvoll aus seinem Mund. Begehrend strichen seine Hände über ihren Hals.

Wenn Elisabeth sich je gewünscht hätte, die Zeit anhalten zu können, so wäre es in diesem Moment gewesen. Mit einer fließenden Bewegung trat er hinter sie. Sein Atem strich warm über ihren Nacken. Langsam öffnete er einen Haken nach dem anderen, bis das Oberteil sanft von ihren Schultern glitt. Seine Küsse zogen eine Spur von ihrem Nacken bis hinunter zu der Stelle, an der die Biegung ihres Rückens unter dem Stoff verschwand.

Schwungvoll hob er sie vom Boden auf und trug sie die Stufen hinauf in das Zelt. Auf dem Bett ließ er sie sanft niedergleiten.

»Jacob …«, murmelte sie, schwindlig vor Glück.

»Schhhhh«, erwiderte er mahnend und kniete vor ihr nieder. Ebenso genussvoll wie zuvor machte er sich daran, ihr den zweiten Strumpf abzustreifen.

Langsam begannen sie sich zu lieben. Und die ganze Zeit hielt er sie mit den Augen fest, als wollte er sich nie wieder von ihr lösen.

Kapitel 17

Ein Knall zerriss die Stille. Elisabeth schreckte aus dem Schlaf. Benommen löste sie sich aus Jacobs Armen und setzte sich auf. Die wirren Locken fielen ihr in die Stirn, sie strich sie zurück.

»Zum Teufel«, knurrte Jacob und setzte sich ebenfalls auf.

»Was war das?« Elisabeth rutschte instinktiv näher an Jacobs warmen Körper.

»Ein Feuerwerkskörper. Ashok muss ihn gezündet haben. Wir benutzen sie, um die Elefanten zu verscheuchen«, erklärte Jacob. Das Licht der Petroleumlampe spiegelte sich in seinen Augen.

»Elefanten?«, fragte sie besorgt. Ihre Finger nestelten an einem Haarknoten. »Ich wusste nicht, dass sie so nahe kommen.«

»Der süße Mais lockt sie an.« Jacobs Miene hatte etwas Entschlossenes. Und noch etwas war da, das Elisabeth nicht enträtseln konnte. »Ashok bemerkt sie meist sofort. Er scheint ein Gespür für sie zu haben.« Er schlug das Moskitonetz beiseite und schwang die Füße aus dem Bett.

Elisabeths Magen zog sich zusammen. Sie beobachtete Jacob mit wachsender Besorgnis »Wo willst du hin?«

Er zuckte die Schultern. »Ich muss nachsehen, ob Ashok Hilfe braucht. Mach dir keine Sorgen. Ich bin gleich zurück.«

»Ich komme mit.«

»Nein.« Er gab ihr einen flüchtigen Kuss auf die Stirn. »Bleib besser hier und versuch, noch ein bisschen zu schlafen. Es wird nicht lange dauern.« Fertig angezogen schritt er auf den Ausgang zu.

Die Vorstellung, dass Jacob frühmorgens im Dschungel einen ausgewachsenen Elefanten vertreiben wollte, ließ einen Schauer über Elisabeths Rücken laufen. *Lass mich nicht allein*, lag es ihr auf den Lippen, doch bevor sie etwas sagen konnte, war Jacob bereits in das erste Grau des Morgens verschwunden. Feuchte, kühle Luft drang durch die zurückgeschlagene Zeltplane.

Wieder wurde ein Feuerwerkskörper gezündet. Der Knall schien sich direkt in ihr Trommelfell zu entladen.

Ihre Angst um Jacob wurde übermächtig. Sie dachte keine Sekunde länger nach. In Windeseile schlüpfte sie in ihr Kleid und trat aus dem Zelt.

Im ersten Schein des neuen Tages lösten sich verschwommen Schatten aus dem Dunkel. Elisabeth achtete darauf, in Deckung zu bleiben. Jacob hatte sie gebeten, im Zelt zu warten. Was würde er sagen, wenn er feststellte, dass sie sich seiner Bitte widersetzt hatte?

Allmählich dämmerte der Morgen. Es wurde deutlich heller. Das Licht der Morgenröte fiel durch die Zweige der Mangobäume und ließ den Tau in den Gräsern leuchten. Der Himmel leuchtete zartrosa. Mit ausreichendem Abstand folgte Elisabeth Jacob auf dem schmalen, sich durch das Gebüsch schlängelnden Pfad.

Er führte zu einer Lichtung im Dschungel, die von Büschen und einem notdürftig aus Ästen zusammengeschusterten Zaun umgeben war. An einer Stelle war der Zaun niedergetrampelt. Mit einem hohlen Gefühl im Bauch sah sie sich um. Als ihr Blick zurück zu Jacob kehrte, war dieser verschwunden. Sie schluckte. Wie konnte das sein? Sie hatte ihn doch nur für einen Moment aus den Augen gelassen? Suchend drehte sie sich nach ihm um. Er musste durch das Gebüsch geschlüpft sein. Eine andere Möglichkeit gab es nicht. Entschlossen presste sie die Lippen zusammen und schickte sich an, leise hinter ihm herzugehen.

Das Knacken brechender Zweige ließ sie zurückweichen. Ihr Herz stolperte ein paar unregelmäßige Schläge vorwärts. Sie hörte ihn, bevor sie ihn sah. Eine Serie hoher Quietschlaute, gefolgt von einem wütenden Trompeten. Ein riesiger grauer Berg aus Muskeln schob sich auf sie zu. Elisabeths Atem ging so laut, dass sie meinte, das Tier müsste es hören. Ohne zu wissen, wonach sie suchte, raste ihr Blick umher und blieb an einem Baum hängen, dessen Stamm dick genug schien, um dahinter in Deckung zu gehen.

Verwirrt von ihrem plötzlichen Verschwinden, blieb der Elefant stehen. Seine riesigen Stoßzähne schimmerten gelblich, er stellte die Ohren auf und schwenkte den Kopf, während er aus schwarzen Knopfaugen zu ihrer Palme herüberstarrte. Die Sekunden dehnten sich zur Ewigkeit. Elisabeth meinte, tanzende schwarze Punkte vor ihrem Gesichtsfeld zu sehen. Gleichzeitig verfluchte sie sich dafür, nicht auf Jacob gehört zu haben. Als könnte er ihre Angst riechen, senkte der Elefant angriffslustig den gewaltigen Schädel und ließ den Rüssel mit einem Schnauben, das Elisabeth durch und durch ging, über die Erde peitschen. Noch einmal trötete er zornig vor sich hin, doch dann hörte das Stampfen und Kopfschlagen plötzlich auf. Sein Interesse an ihr schien zu erlöschen. Unbeweglich wie ein Fels stand er da, während die Sekunden verstrichen. Als könnte er sich nicht mehr erinnern, was ihn wütend gemacht hatte, stapfte er schließlich in einiger Entfernung an ihrem Versteck vorbei und verschwand in der Wildnis.

Benommen verharrte Elisabeth in der Deckung, die Hände an die glatte Rinde des Stamms gepresst. In einem langen Atemzug ließ sie die Luft, von der ihr nicht bewusst gewesen war, dass sie sie angehalten hatte, aus ihren Lungen strömen. Sie richtete den Blick in den Himmel, dankbar, dass der Bulle sie verschont hatte.

Stimmen drangen durch den Morgen. Ashok und Jacob unterhielten sich. Mit wackligen Beinen kletterte sie über den zerbrochenen Zaun und fand sich zwischen den schnurgeraden Reihen einer Pflanzung von Bäumen wieder. Üppige Kletterpflanzen umwucherten die Stämme. Elisabeth blieb stehen und streckte die Hand nach einem der dicken, gummiartigen Blätter aus. Es schien, als hätten die Bäume ihr Leben gelassen, während die Ranken auf Kosten ihrer Wirte prächtig gediehen. Elisabeth wusste nicht, um welche Pflanze es sich handelte, die Jacob da anbaute. Noch seltsamer erschien es ihr, dass er diese Pflanzung noch nie erwähnt hatte. Mit wachsender Verwunderung schritt sie den Weg entlang. Er führte auf eine Palmhütte zu. Neben einer Feuerstelle türmte sich ein Berg grüner, länglicher Schoten.

Ashok bemerkte ihr Kommen zuerst. Mitten im Satz brach er ab. Er schien zu perplex, um Jacob mit Worten auf ihr Auftauchen vorzubereiten. Stattdessen legte er die Hand auf dessen Schulter und deutete in ihre Richtung. Langsam wandte Jacob sich um. Auf die kurze Entfernung konnte Elisabeth sehen, wie sich seine Haltung verspannte. In seinen Augen spiegelte sich eine seltsame Mischung aus Ungläubigkeit und Entsetzen. »Liz …«, sagte er tonlos.

»Guten Morgen, Miss von Baahren.« Ashok, in Turban und einen Umhang aus grauem Schottenkaro gehüllt, schob sich zwischen Jacob und sie. »Ich bedauere, dass wir Sie geweckt haben. Sicher haben Sie sich erschrocken, als Sie die Explosionen der Feuerwerkskörper hörten.«

»Hmm.« Elisabeth nickte und biss betreten auf ihre Unterlippe. Dabei schielte sie zu Jacob hinüber, dessen Gesichtsausdruck voll … Bitterkeit? … Schmerz? … Angst? zu sein schien.

»Wir benutzen sie, um die Elefanten zu vertreiben, ohne ihnen dabei zu schaden«, führte Ashok weiter aus, was Jacob ihr zuvor bereits erklärt hatte. »Der Bulle, der gerade hier war, ist noch jung. Er war schon öfters zu Besuch. Der Geruch der Pflanzen lockt ihn an.« Ashoks Blick flog zu Jacob und dann zurück zu ihr.

Elisabeth kräuselte die Stirn. Ein merkwürdiges Gefühl beschlich sie, so als befände sie sich zur falschen Zeit am falschen Ort, ohne eine Ahnung zu haben, was ihre Anwesenheit so verkehrt machte. Zögernd hob sie die Hand und deutete zu den Baumreihen hinüber. »Was … ist das? Ich habe diese Pflanzen nirgends sonst auf Unguja wachsen sehen.«

Die Stille wog bleischwer.

»Aye, das ist wohl so …« Jacob fuhr sich mit der Hand in den Nacken.

Bestürzt über Jacobs merkwürdiges Verhalten, ließ Elisabeth die Schultern sacken. »Was ist es, Jacob?«

»Es ist …« Jacob hielt für einen Moment inne. »Es ist Vanille.«

Überrascht sah sie ihn an. Vanille, natürlich! Jetzt bemerkte sie auch den leicht süßlichen Duft. In ihrem Magen kribbelte es aufgeregt. Vanille! Warum hatte Jacob ihr nichts davon erzählt? Hatte er sie überraschen wollen? Augenblicklich musste sie an ihren Bruder denken. Otto wäre mit Vanille sogar noch mehr gedient gewesen als mit Gewürznelken, aus denen erst in einem komplizierten chemischen Prozess durch Eindampfen und Kristallisieren das Vanillin extrahiert werden musste, bevor es in der Süßwarenfabrik verwendet werden konnte. Ihre Miene erhellte sich. Atemlos wandte sie sich an Jacob: »Aber das bedeutet ja, ich könnte sie dir abkaufen für meinen Bruder, nicht wahr? Das ist großartig!«

Nun war es Jacob, der entgeistert blickte. Entgeistert und … entsetzt? Elisabeth bekam eine trockene Kehle. Irgendetwas stimmte hier nicht, aber was nur?

Wieder breitete sich Schweigen aus.

Elisabeths Gedanken schwirrten durcheinander, ohne dass sie fähig war, einen von ihnen zu greifen. Warum sagte Jacob nichts? Warum hatte er ihr nichts von der Vanille erzählt? Verunsichert suchte sie seinen Blick. Sein Schweigen dauerte nun schon zu lange, um auf eine harmlose Erklärung zu hoffen. Ihr Lächeln verblasste, während sich in ihr ein dumpfes, quälendes Gefühl regte. Ein Gefühl, das sie in Jacobs Gegenwart so noch nie gespürt hatte: Misstrauen.

Und dann stand jener Morgen wieder klar vor ihrem geistigen Auge, an dem sie auf Eilean Donan übernachtet und Ashok ihr zum Frühstück heißen Kakao mit Vanille kredenzt hatte. In ihrem Hals brannte ein Kloß. Nervös knetete sie die Hände. Nein …, unmöglich, dass sie sich täuschte. Sie erinnerte sich nur zu gut, dass Jacob ihr damals versichert hatte, es gebe auf Unguja keine Vanille. Nun aber sah sie sich mit der Tatsache konfrontiert, dass er auf seiner Plantage selbst welche anbaute. Sie spürte Tränen der Wut und der Enttäuschung in sich aufsteigen. Tapfer drängte sie sie zurück. Die Tränen hatten zu warten. Zuerst musste sie wissen, was hier los war.

»Jacob …?« Sie hob den Blick. Ihre Stimme klang merkwürdig dünn in ihren Ohren. »Warum hast du mir erzählt, dass es hier nirgendwo Vanille gibt?«

Jacob starrte vor sich hin, die Hände tief in die Taschen seiner Hose geschoben. »Liz … ich …«, hob er an und brach wieder ab. »Es ist kompliziert«, fügte er dann hinzu.

»Kompliziert?« Elisabeth schüttelte verständnislos den Kopf.

»Mr Preston möchte nicht, dass es bekannt wird«, erwiderte Ashok an Jacobs Stelle; sein Tonfall klang bemüht.

»Aber …« Elisabeth rang erneut mit den Tränen. Sie biss sich auf die Lippe. »Ich hätte es doch für mich behalten, wenn es ein Geheimnis ist.«

Ashok hüstelte. »Ich denke, es ist besser, wenn ich Sie beide jetzt allein lasse, damit Sie die Dinge untereinander klären können«, sagte er in einem ruhigen Ton, von dem Elisabeth wusste, dass er aufgesetzt war. »Wir sehen uns später. Ich gehe und bereite das Frühstück vor. *Namaste.*« Mit einer höflichen Verneigung faltete er die Hände vor der Brust und ging davon, obwohl Elisabeth ihn mit flehentlichen Blicken davon abzuhalten versuchte.

Dann waren sie allein. Von irgendwoher drang das Kreischen von Papageien. Elisabeth legte den Kopf in den Nacken und starrte in den blassrosa Himmel. Der Schein der Morgenröte floss spärlich über die Lichtung. Obwohl der Tag noch jung war, schien er alle Leuchtkraft eingebüßt zu haben. Seufzend überlegte sie, was sie sagen sollte, aber etwas in ihr hinderte sie daran, überhaupt zu sprechen. Also stand sie einfach nur da und blickte ins Leere.

»Liz … Ich …«

»Ja … Jacob …?« Ihre Stimme war kaum mehr als ein Hauch.

»Es tut mir leid.« Er fuhr sich mit beiden Händen durch das krause schwarze Haar. »Aber ich kann dir die Ernte nicht verkaufen.«

»Nein?«, echote sie dumpf. »Aber warum…?«

»Ich weiß nicht, wie ich es dir erklären soll. Vielleicht spielt es auch keine Rolle.« Jacob ließ den Satz einen Moment in der Luft schweben. Sie spürte seinen Blick auf sich ruhen. »Die Ernte ist bereits verkauft.«

»Verkauft?« Eben noch war die Lösung ihrer dringendsten Probleme zum Greifen nah gewesen. Jetzt verflüchtigte sich die Hoffnung so plötzlich, wie sie gekommen war. Sie schluckte gegen die Enge in ihrer Kehle an. »An wen?«

In einer Geste der Ohnmacht oder der Verzweiflung – sie war sich nicht sicher, was von beiden zutraf – presste Jacob die Handflächen gegen seine Schläfen. »Du würdest es nicht verstehen.«

Elisabeth spürte das Pochen ihres Herzschlags in den Ohren und schloss die Augen. Zusätzlich zu ihrer Enttäuschung fühlte sie jetzt Zorn in sich aufsteigen. Wenn sie etwas nicht ausstehen konnte, dann, von einem Mann vorgehalten zu bekommen, dass sie etwas nicht verstünde. Sie brauchte mehrere tiefe Atemzüge, bis sie sich wieder fing. Schließlich öffnete sie die Augen und bedachte Jacob mit einem eindringlichen Blick. »An wen hast du verkauft, Jacob? Sag es mir …« Ihre Stimme war bemerkenswert ruhig.

Er zuckte die Schultern. Die Geste eines Mannes, der keine Worte für sein Handeln findet.

»Jacob, bitte!«, flüsterte sie. Sie wusste nicht, was sie fühlen oder denken sollte.

Und plötzlich ergab alles Sinn.

»Es ist Farida … nicht wahr?«, fragte sie sehr leise. Ihr Körper wurde schwer wie Blei. Selbst wenn sie es gewollt hätte, hätte sie sich nicht von der Stelle rühren können. »Deshalb warst du im Palast. Du hast die Vanille an Farida verkauft.«

Jacob drehte sich zu ihr um, die Stirn tief gefurcht. Einige atemlose Sekunden lang hatte sie den Eindruck, als dächte er darüber nach, wie er es ihr erklären sollte. Doch dann bemerkte sie den Ausdruck in seinen Augen und wusste, dass nichts dergleichen passieren würde.

»Ich hatte keine Wahl«, sagte er und schüttelte den Kopf.

»Nein.« Ihr Blick war direkt, ihre Stimme ein Flüstern. »Es gibt immer eine Wahl.«

»Nein.« Seine Hände ballten sich zu Fäusten. »Du verstehst *nichts.*«

»Doch. Ich verstehe sehr gut. Inzwischen schon«, erklärte sie, noch eine Spur leiser als zuvor. Denn begriffen hatte sie in der Tat. Es brauchte keine Worte mehr: Jacob hatte sie verraten.

Wieder wurde es still zwischen ihnen, diesmal für eine längere Zeit. Sie spürte, wie Tränen über ihr Gesicht liefen.

Jacob schwieg. Trotzig. Stur. Aufbegehrend. Sie suchte sein Gesicht nach einem Zeichen von Schuldbewusstsein ab und bemerkte, wie er den Kopf schüttelte.

Elisabeth wandte den Blick zum Himmel, an dem sich tief ziehende Wolken vor die aufgehende Sonne geschoben hatten und das Licht fächerförmig brachen.

Eine Ewigkeit schien zu vergehen, bevor er sagte: »Es tut mir leid.«

Diesmal war es an ihr, zu schweigen.

»Weyhoff, Carl, mein Vater …«, zählte sie schließlich auf, während ein Zittern durch ihren Körper lief. »Jeder dieser Männer, die in meinem Leben eine Rolle spielten, hat mich gedemütigt, im Stich gelassen oder verraten. Doch dir habe ich vertraut. Ich dachte, du wärst anders …«

Sie meinte, Jacobs Atem schneller gehen zu hören, als spürte er den Abgrund zwischen ihnen, der alles veränderte.

»Selbst als Anna schwanger wurde und du mir verschwiegen hast, dass du die beiden in jener Nacht zusammen gesehen hattest, habe ich an dich geglaubt. Du warst für mich über alle Zweifel erhaben. Nicht einmal Wessels' Andeutungen über deine mangelnde Zuverlässigkeit konnten mich davon abbringen. Ich dachte, das, was zwischen uns ist, wäre tief genug …«

»Liz …« Er machte Anstalten, sie zu unterbrechen, aber sie schnitt ihm mit einer entschiedenen Geste das Wort ab.

»Ich dachte, an deiner Seite wäre ich sicher … Aber das stimmt nicht. Im Gegenteil.« Erneut lief ein Schauer durch ihren Körper. Sie spürte ihre Stärke ebenso wie ihre Verletzlichkeit. »Du wusstest, dass ich dir vertraue wie noch niemandem zuvor. Dennoch hat es dich nicht daran gehindert, mein Vertrauen zu enttäuschen. Himmel, Jacob! Du bist keinen Deut besser als die anderen Männer. Du bist sogar schlimmer.«

»Sag so etwas nicht, Liz.«

»Und doch ist es die Wahrheit.«

»Bei Gott, nein!« Impulsiv machte er einen Schritt auf sie zu. Für einen Moment standen sie sich so nah gegenüber, dass Elisabeth seine Schläfen pulsieren sah. »Es geht um ein Geschäft und nicht um das, was du glaubst.«

Sie ertrug es nicht, ihn anzusehen, und drehte den Kopf beiseite.

»Farida ist sehr gut darin, diese Dinge voneinander zu trennen. Ein Zug, der dir leider fehlt.« In seiner Stimme lag Verbitterung. »Solange du nicht lernst, das eine vom anderen zu unterscheiden, wird nie eine erfolgreiche Geschäftsfrau aus dir werden.«

Elisabeth keuchte auf. Ungläubig starrte sie ihn an und glaubte, einen Fremden neben sich stehen zu sehen. Die Seite, die Jacob ihr nun zeigte, war unerwartet, und sie gefiel ihr nicht. Mehr als das, sie erfüllte sie mit Entsetzen. Es schien, als hätte er eine Maske fallen lassen, hinter der er einen Teil seiner Persönlichkeit vor ihr verborgen gehalten hatte. »Es ist erbärmlich, was du von dir gibst.«

Jacob starrte mit einem leeren Ausdruck vor sich hin. War für ihn alles nur ein Spiel gewesen? Bedeutete sie ihm letztendlich nichts?

»Ich hätte mich besser nicht in dich verlieben sollen«, brach es aus ihr heraus, als Antwort auf sein Schweigen.

»Endlich sind wir einer Meinung.« Er lachte heiser auf.

Elisabeth erstarrte. Plötzlich wurde es still in ihr. Die Welt um sie herum verlor die Bedeutung. Gleichzeitig fühlte sie, wie etwas Dunkles, Bedrohliches unaufhaltsam näher kroch und sich zwischen sie und das stellte, was ihre Zukunft hätte sein können.

Jacob bedachte sie mit einem zornerfüllten Blick. »Du bist genau wie sie.«

Elisabeth schloss die Augen und spürte, wie ihr Herz brach.

»Wie wer, Jacob?«, fragte sie und fühlte in sich jene unheilvolle Ruhe aufsteigen, die einem Sturm vorausging.

In seinen Augen brannte ein Ausdruck, den sie so noch nie an ihm wahrgenommen hatte. Sie meinte Schmerz, Ohnmacht und maßlose Enttäuschung zu lesen. Seine Mundwinkel zuckten. »Du bist genau wie Jessica, die Frau, die ich vor dir geliebt habe.«

Elisabeth keuchte auf, getroffen von der Direktheit seines Vergleichs.

»Gott, ihr beide steht euch in nichts nach!« Voll Verachtung spie er die Worte aus.

Tief in ihrem Inneren braute sich etwas zusammen. Blind vor Wut, aber mit kompromissloser Entschlossenheit zog sie den Arm zurück und holte aus.

Die Wucht der Ohrfeige riss Jacobs Kopf herum. Für einen Moment geriet er ins Schwanken.

»Fahr zur Hölle, Jacob!« Keuchend rang sie nach Luft, überrascht von dem Ereignis, das ihr Körper wie von selbst hervorgebracht hatte. Dann drehte sie sich um und ließ ihn stehen.

Kapitel 18

Elisabeth ritt vorbei an blaugrünen, dicht belaubten Bäumen, zart gefiederten Kokospalmen und Urwalddickicht, ohne sich der wunderschönen Landschaft bewusst zu sein. Das Pfeifen, Schnarren und Zwitschern der metallisch rot und grün schimmernden Feuerfinken, der Goldkuckucke, Tauben und der vielen anderen Vögel umgab sie, doch es löste kein Echo in ihr aus. Unversehens öffnete sich der Pfad zum Meer hin. Elisabeth ließ sich aus dem Damensattel gleiten und ging mit schweren Schritten auf den Rand der Klippen zu. Zwischen dickblättrigen, dunkelgrünen Glücksfederpflanzen ließ sie sich im Gras nieder. Ihre Hände tasteten über den Stoff ihres Kleides, das ebenfalls grün war. Es hatte ihr kein Glück gebracht. Die Sonne schien hell, aber in ihr war es düster. Ihr Blick richtete sich in die Tiefe. Schäumend brachen sich die Wellen an den zerklüfteten, spitzkantigen Korallenriffen. Sie war seit Stunden unterwegs. Ihre Kehle war wie ausgetrocknet, doch ihr fehlte die Kraft, um etwas zu trinken.

Ohne die Hitze der Sonne zu spüren, nahm sie den Hut vom Kopf. Die grünen Bänder flatterten in der Brise. Sie hatte das Gefühl für die Zeit verloren, aber sie musste seit Stunden unterwegs sein. Nach dem Streit mit Jacob hatte sie ihre Sachen gepackt und war zu ihrem Pferd gehastet. Ohne zurückzusehen, ohne Ziel, wohin sie ritt, und ohne Plan, wie es weitergehen würde, hatte sie der Stute die Sporen gegeben und war losgaloppiert. Weg, nur weg von Eilean Donan, von dem Schock und der Ernüchterung und weg von ihm. Anfangs war sie wie taub für ihre Gefühle gewesen, dafür spürte sie nun den Schmerz umso heftiger. Ihr Inneres fühlte sich an wie in tausend Splitter zerbrochen.

Benommen starrte sie auf das weite, endlose Meer hinaus. Wie hatte er ihr das nur antun können? In der einen Minute war ihr Leben perfekt gewesen, das Glück zum Greifen nah. In der anderen war alles vorbei. Zum ersten Mal in ihrem Leben hatte sie das Gefühl gehabt, zu jemandem zu gehören. Zum ersten Mal hatte sie geliebt, wirklich geliebt, wirklich vertraut. Sie hatte geglaubt, mit ihm bis ans Ende der Welt gehen zu können, und dann hatte es noch nicht einmal bis zur ersten Weggabelung gereicht. Wie hatte sie sich nur so in ihren Gefühlen täuschen können? Wie hatte sie sich nur so in ihm täuschen können? Hatte sie bloß gesehen, was sie hatte sehen wollen? Hatte ihr Verstand alle Mängel in seinem Charakter, all seine Fehler ausradiert und wie bei einer Kohlezeichnung die fehlerhaften Linien verwischt, bis sie gerade und perfekt aussahen? Liebe macht blind, hieß es nicht so?

Sie schluckte. Ihre Liebe hatte geendet, bevor sie richtig begonnen hatte. Warum sollte nicht auch ihr Leben enden, bevor es richtig begann?

Sie spürte einen Sog vom Tosen der Brecher unter ihr ausgehen. Eine unbedachte Bewegung, eine falsche Gewichtsverlagerung, und der Schmerz würde enden. Die Leere würde enden, die Verzweiflung und die Enttäuschung. Die Sorgen, das Gefühl der Überforderung, das Gefühl, ungenügend zu sein, würden sich auflösen in dem Augenblick der

Begegnung mit der Ewigkeit. Sie beugte den Kopf ein wenig weiter vor.

Im nächsten Moment zuckte sie erschrocken zurück. Sie war nicht Tausende Kilometer gereist, hatte nicht Menschen zurückgelassen, die sie liebte, nicht all die Opfer gebracht, um sich von Jacob Preston zerstören zu lassen. Sie war eine Kämpferin, immer schon gewesen. Sie würde die Splitter in ihrem Inneren wieder zusammensetzen. Besser als zuvor. Stärker als zuvor.

Mit zitternden Knien erhob sie sich und ging ein paar Schritte. Der Wind trug die Seeluft zu ihr heran, sie schmeckte Salz auf ihren Lippen. Ihr Blick glitt nach Osten und blieb an einem weißen Sandstrand hängen, der eine hufeisenförmige Bucht umsäumte. Eine unscharf gezeichnete Gestalt am Meeressaum erregte ihre Aufmerksamkeit. Unterschwellig kam ihr der Mann, der dort unten mit ausladenden Schritten die menschenleere Sandfläche durchmaß, bekannt vor. Irritiert hob sie die Hand vor die Augen.

Gramberg … Das weizenblonde Haar und das strahlende Weiß seines Hemds verrieten ihr, dass er es war. Für einen Moment verschlug es ihr den Atem. Erschrocken trat sie einen Schritt zurück, um nicht entdeckt zu werden. All die Ungereimtheiten, die ihn umgaben, kamen ihr in den Sinn. Das verwaiste Äffchen. Der Brand in der Destille. Der Boxkampf, der angeblich zu Kenyattas Flucht geführt hatte. Elisabeths Herz klopfte bis zum Hals. Trotz aller Abneigung, die sie für ihn verspürte, führte kein Weg an ihm vorbei. Ihre Unruhe wuchs, sie strich das wehende Haar zurück. Um ehrlich zu sein, war sie sich nicht sicher, wie sie sich ihm gegenüber verhalten sollte.

Fetzen des Streits mit Jacobs echoten durch ihr Bewusstsein. *Es geht um ein Geschäft… Farida ist sehr gut darin, die Dinge voneinander zu trennen … Solange du nicht lernst, das eine vom anderen zu unterscheiden, wird nie eine erfolgreiche Geschäftsfrau aus dir werden …*

Plötzlich wusste sie, was zu tun war. Es mutete an wie Schicksal, dass Gramberg ihr ausgerechnet jetzt über den Weg lief. Entschlossen steckte sie zwei Finger in den Mund. Der Pfiff war laut genug, um seinen Kopf herumfahren zu lassen.

Sie hob die Hände über den Kopf und winkte.

Auf die Entfernung schien er zuerst zu zögern. Dann aber winkte er zurück und bedeutete ihr, dass er auf dem Weg zu ihr herauf sei.

Sie nutzte die verbleibende Zeit, um sich zu sortieren.

»Herr Gramberg!« Mit einem Lächeln streckte sie ihm wenige Minuten später die Hand entgegen. »Welch eine Überraschung. Was führt Sie in diesen abgelegenen Teil der Insel?«

»Sie scheinen meine Gedanken zu lesen, Fräulein von Baahren.« Auch diesmal ließ er es sich nicht nehmen, sie mit Handkuss zu begrüßen. »Das Gleiche ging mir durch den Kopf, als ich Sie auf dem Korallenfels stehen sah. Übrigens sehen Sie bezaubernd aus in diesem Kleid.«

Schweigend sah sie ihn an. Hörte nicht das Kompliment, sondern dachte nur an die Kränkung, die nun auf immer mit dem grünen Brokatkleid verbunden war. Grambergs Blick ruhte auf ihr.

Sie zwang sich zu einem Lächeln. »Danke.«

Sein Blick glitt weiter über ihre Figur und blieb an ihren wirren, zerzausten Locken und dem verschwitzten Mieder hängen. Ein interessiertes, vielleicht ein wenig spöttisches Lächeln huschte über sein Gesicht. »Warum werde ich den Eindruck nicht los, dass Sie vor irgendetwas oder irgendjemandem getürmt sind?«

»Nun, vielleicht, weil es so ist«, gab Elisabeth aus einem Impuls heraus zurück, bremste sich aber gleich wieder. Ein nervöses Prickeln lief über ihren Nacken. Wie hatte ihr die Bemerkung nur so leichtfertig entschlüpfen können? Hatte sie einen Fehler gemacht? *Nein,* blitzte es ihr durch den Sinn. Sie ließ den Blick auf das Meer hinauswandern und bemühte sich zu denken, wie ein Mann gedacht hätte. *Wie eine Geschäftsfrau denken würde …*

Eine Geschäftsfrau hätte den Teufel darauf gegeben, was Gramberg von ihr hielt, schlussfolgerte sie grimmig. Noch immer ruhte sein Blick auf ihr.

All die Wochen hatte sie vergeblich darauf gewartet, dass er ihr ein Angebot bezüglich der Nelken unterbreitete, aber das war nicht geschehen. Was hinderte sie daran, den ersten Schritt zu machen? Sie räusperte sich. »Die Gewürznelken dürften bald reif sein, wenn ich nicht irre.« Sie hielt einen Moment inne und schenkte ihm einen betont unschuldigen Augenaufschlag. »Haben Sie inzwischen darüber nachdenken können, ob wir handelseinig werden?«

Gramberg wirkte verblüfft. Seine schlanken Finger strichen durch das lange Haar am Oberkopf. »Ich hatte nicht damit gerechnet, dass Sie noch an einem Geschäft interessiert sind. Wessels erzählt überall herum, Preston wäre dabei, einen Handel mit Hastings für Sie einzufädeln.«

Elisabeth brauchte einen Moment, um sich zu fangen. Wessels' Indiskretion verschlug ihr die Sprache. Andererseits hatte sie des Öfteren erlebt, dass Gerüchte auf Sansibar sich verbreiteten wie ein Buschfeuer. Vielleicht war Wessels eine zufällige Bemerkung entwischt, die dann die Runde gemacht hatte. Sie bemühte sich um ein Lächeln. »Nun, das schien so, aber es hat sich erledigt.«

Seine hellen Augen musterten sie intensiv, als versuchte er, in die Gedanken hinter ihrer Stirn zu dringen. »Darf ich fragen, weshalb?«

Elisabeth biss sich auf die Lippe. »Sagen wir es vielleicht so. Preston ist nicht derjenige, für den ich ihn hielt.«

Grambergs Miene verzog sich, als empfände er Genugtuung über ihre Worte. Doch sogleich wirkte er wieder so unbeteiligt, dass Elisabeth unsicher war, ob sie es sich nur eingebildet hatte. Sein Blick glitt über Horizont. »Das tut mir leid.«

»Das muss es nicht.« Entschlossen reckte Elisabeth das Kinn. Jacob hatte ihr eingeschärft, sich von Gramberg fernzuhalten. Welchen Grund hatte sie jetzt noch, auf ihn zu hören? Noch dazu, da Wessels zufolge nichts gegen Gramberg sprach. Mit einem gewinnenden Lächeln wandte sie sich an ihr Gegenüber. »Mein Angebot steht. Ich bin bereit, den Höchstpreis zu zahlen. Schlagen Sie ein?« Mutig streckte sie die Hand aus.

So perplex hatte sie den großen Gramberg noch nie erlebt. Für den Bruchteil einer Sekunde hatte es den Anschein, als wollte er einschlagen, doch dann verharrte sein Arm regungslos in der Luft, bevor er sich mit der Hand in den Nacken fuhr. »Sie machen mich sprachlos«, sagte er kopfschüttelnd. »Kompliment, das passiert selten.«

»Sie empfinden meine Direktheit hoffentlich nicht als unangemessen«, sagte sie höflich, aber nicht minder selbstbewusst.

»Im Gegenteil. Ich finde es äußerst erfrischend, wenn das Gegenüber sagt, was es denkt. Es steht Ihnen gut zu Gesicht.«

»Ach ja?« Sie lächelte kokett.

»Ich bewundere Frauen, die nicht nur wissen, was sie wollen, sondern auch, wie sie es bekommen.«

»Das heißt, wir sind im Geschäft?«

»Schon möglich.« Er wiegte den Kopf hin und her, als müsste er abwägen. Schließlich zuckte er die Schultern. »Wie steht es um Ihre Bonität?«

Ihr wurde mulmig. Sie zwang sich, weiter gleichbleibend freundlich zu lächeln. Ihr Barvermögen war nicht sonderlich groß. Das nötige Geld ließ sich aufbringen, indem sie Teile aus ihrem Erbe verkaufte. Doch das benötigte Zeit. Bis dahin würde sie einen Weg finden müssen, den Handel zwischenzufinanzieren. Selbstbewusst reckte sie erneut das Kinn. »Ich verstehe den Hintergrund Ihrer Frage nicht. Was soll das heißen?«

»Ihr Onkel ist tot.« Gramberg zuckte nicht mit der Wimper. »Es gibt niemand, der sich auf Unguja für Sie verbürgen könnte.«

»Sie haben mein Wort. Genügt das nicht?«

Gramberg ließ die Frage eine Weile unbeantwortet in der Luft hängen. »Dennoch besteht ein gewisses Risiko«, meinte er schließlich.

Elisabeth fühlte, wie Hitze in ihre Wangen stieg, und hoffte, dass Gramberg es nicht bemerkte. Jacobs Bemerkung über Farida kam ihr in den Sinn, der Stachel saß tief. Unwillkürlich verspannte sich ihr Unterkiefer. Wie hätte die Prinzessin wohl in einer solchen Situation reagiert? Vermutlich hätte Farida vorgegeben, bessere Karten in der Hand zu haben, als es der Fall war. Elisabeth rollte die Schultern. Entschlossen blickte sie Gramberg ins Gesicht. »Heißt es nicht, dass ein gewisses Risiko den Reiz eines Handels erhöht?«

Er wirkte verblüfft. »Sie beeindrucken mich schon wieder«, erwiderte er mit einem langsamen Nicken. »Es spricht eine ambitionierte Geschäftsfrau aus Ihnen.«

Eine ganze Weile musterte er sie schweigend. Elisabeth forschte in seinem Gesicht, aber Gramberg gab nicht zu erkennen, was in ihm vorging.

»Und Sie?«, meinte er unvermittelt; seine Mundwinkel zuckten. »Wären Sie ebenfalls bereit, etwas zu riskieren?«

Elisabeth lächelte gezwungen. Der Wind vom Meer her frischte auf und ließ ihr Haar wehen. Fast zwanghaft verspürte sie den Impuls, ordnend durch ihre Locken zu streichen, befahl sich dann aber, die Hände ruhig zu halten.

»Wenn es nötig ist«, erklärte sie knapp.

Gramberg drehte wieder den Hut in den Händen. »Ich deutete bereits an, dass man als Pflanzer ein hartes Leben führt.«

»Sicherlich.«

»Es ist einsam.«

»Das ist es gewiss.« Sie nickte.

»Ohne ein wenig Freude ist das Leben nicht lebenswert.«

»Ich verstehe nicht …« Plötzlich skeptisch, blickte sie zu ihm auf.

In Grambergs Augen blitzte etwas auf und verging. »Demnächst findet ein Empfang im Palast statt. Gehen Sie mit mir dorthin.«

Elisabeth schluckte. Dann räusperte sie sich. »Ich bin nicht eingeladen.«

Mit einem Achselzucken wischte Gramberg ihren Einwand beiseite. »Es steht mir frei, eine Begleitdame zu wählen.«

Elisabeth spürte ein hohles Gefühl in der Magengegend. Ausgerechnet ein Empfang bei der Prinzessin … Innerlich stöhnte sie auf. Sie bemühte sich, ihn ihre Bestürzung nicht spüren zu lassen. »Weshalb ist es Ihnen wichtig?«

Er deutete ein Lächeln an. »Vielleicht hatte ich schon lange nicht mehr das Vergnügen, den Abend an der Seite einer schönen Frau verbringen zu dürfen.«

»Nun ja …« Sie maß ihn mit einem langen Blick. »Und worin besteht für mich dabei das Risiko?«

In seinem Lächeln lag feine Ironie. »Man könnte über uns reden.«

»Tatsächlich?«, erwiderte sie. Die Vorstellung, wie Jacob wohl reagieren würde, wenn er davon erführe, ließ sie zynisch werden. »Ich denke, damit kann ich leben.«

»Ganz die Antwort, die ich mir erhofft habe. Dann lasse ich Sie mit meiner Kutsche abholen?« Fragend hob er eine Augenbraue.

»Ich freue mich.«

»Wunderbar.« Er setzte seinen Hut wieder auf und zog ihn sich in die Stirn. »Ach ja, eine Kleinigkeit noch. Besitzen Sie ein cremefarbenes Kleid?«

»Eine merkwürdige Frage.« Verwundert blinzelte sie zu ihm hinüber. »Aber ja …«

»Würden Sie mir die Freude machen, es zu tragen?«

»Ich … ich weiß nicht.«

»Es gibt einen einfachen Grund«, setzte er an, ohne einen Hauch verlegen zu wirken. »Ich möchte es Ihnen gern erklären. Auch wenn Sie es nicht vermuten, aber hinter dieser rauen Fassade verbirgt sich ein Schöngeist.« Er ließ den Blick von ihrem Kopf zu den Füßen und wieder zurück wandern. »Ich glaube, diese Farbe stünde Ihnen ausgezeichnet. Bitte machen Sie mir die Freude. Ich würde zu gern sehen, wie das zarte Creme mit Ihrem Haar kontrastiert und das Grün Ihrer Augen zur Geltung bringt.«

»Nun …« Es widerstrebte ihr, ihm nachzugeben. Gleichzeitig spürte sie, dass es ein Fehler gewesen wäre, einen Rückzieher machen. Ihre Hände strichen unruhig über die Rockschöße ihres Kleides. Sie setzte ein unverbindliches Lächeln auf. »Ich werde sehen, was sich machen lässt. Imani ist eine geschickte Schneiderin.«

»Sehr schön. Es ist eine Freude, mit Ihnen Geschäfte abzuschließen.« Mit einer angedeuteten Verbeugung verabschiedete sich Gramberg von ihr und ging auf dem Klippenweg davon.

Seine Gestalt geriet außer Sicht. Elisabeths Blick wanderte über das Riff in die Tiefe. Ein schwindliger Sog ergriff sie, als ihre Gedanken zurück zu Jacob wanderten. Der Verlust seiner Liebe schmerzte ebenso schlimm wie die Erkenntnis, dass sie sich in ihm getäuscht hatte.

Plötzlich entschlossen reckte sie wiederum das Kinn. Zumindest war sie nicht auf Jacobs Hilfe angewiesen, das hatte ihr das Gespräch mit Gramberg gezeigt. In sich selbst versunken, starrte sie auf die Wellen, die unter ihr in der Tiefe gegen den zerklüfteten Korallenfels brandeten. Vielleicht hatte alles so kommen müssen, wer wusste das schon? Was ihr Talent zur Geschäftsfrau betraf, so hatte der heutige Tag jedenfalls dazu beigetragen, ihr die Augen zu öffnen und ihre Entwicklung zu beschleunigen. Grimmig schüttelte sie den Kopf. Vielleicht war es ihr nicht bestimmt, an der Seite eines Mannes glücklich zu werden. Vielleicht musste sie das auch gar nicht.

Möglicherweise genügte es, zufrieden und frei zu sein.

Kapitel 19

Jacob war allein. Sein Blick war auf eine blau schillernde Libelle geheftet, die über der spiegelglatten Oberfläche des Wassers schwebte. Der See, der von hohem Schilf umwachsen hinter den Mangobäumen versteckt lag, war seine geheime Zuflucht. Er kam hierher, um für sich zu sein. Nur einmal hatte er mit seiner Ruhe hier draußen gebrochen und Liz eines Nachts hierhergeführt. Es erschien ihm, als wäre es in einem anderen Leben gewesen. Eine Faust schloss sich um sein Herz.

»Verdammt, Liz, es tut mir leid«, murmelte er niedergeschmettert.

Einzig die Libelle hörte es.

»Was soll ich ihr bloß sagen?«, meinte er leise zu dem mit den Flügeln schwirrenden Insekt. Aber die Libelle kannte die Antwort ebenfalls nicht.

»Ich wusste, dass ich dich hier finden würde.«

Mürrisch drehte er den Kopf und blickte Ashok ins Gesicht. »War wohl keine große Kunst.«

»Nein. Das nicht.« Ohne auf eine Aufforderung zu warten, setzte Ashok sich zu ihm auf den moosbewachsenen Felsen.

»Was ist?« Misstrauisch hob Jacob eine Augenbraue. »Bist du hier, um mir zu sagen, was ich alles falsch mache?«

Ashok seufzte. »Weißt du, ich erinnere mich, dass du gesagt hast, du möchtest mit Liz alles richtig machen. Vielleicht war das der Fehler. Niemand kann alles richtig machen.«

»Aye.« Jacob hob einen Kiesel auf und ließ ihn ins Wasser fallen. Konzentrische Kreise breiteten sich auf der Oberfläche des Sees aus. »Vielleicht …«

»Was hast du jetzt vor? Sagst du ihr die Wahrheit?«

»Über Gramberg?« Jacob stieß ein heiseres Lachen aus. »Das würde ihr eine Heidenangst einjagen. Außerdem würde sie mir ohnehin nicht glauben. Nicht nach dem, was passiert ist.«

»Aber du könntest ihr erklären, warum du die Vanille an Farida verkauft hast.«

»Nein«, sagte Jacob und fühlte Elisabeths Ohrfeige wieder auf seiner Wange brennen. »Wir haben uns Dinge an den Kopf geworfen, die einfach furchtbar waren.«

»Ja, so etwas kommt vor.« Ashok seufzte. »Weißt du, wie oft du mir gegenüber die Beherrschung verlierst? Du hast selbst zugegeben, dass du aus der Wut heraus schon mal Dinge sagst, die du im Nachhinein bereust.«

»Schon, aber nicht diesmal. Ich bin zu weit gegangen.« Ausdruckslos starrte Jacob vor sich hin. Sein Inneres fühlte sich an wie taub. »Es ist aus, das weiß ich.«

»Es war ein Schock für sie. Gib ihr Zeit, sich zu fangen. Und dann rede mit ihr.«

»Hör zu …« Jacob hob einen Kiesel auf und drehte ihn in den Händen. »Ich weiß, dass du es gut meinst. Aber ich glaube nicht, dass es etwas bringt.«

»Du solltest es trotzdem versuchen. Es ist vielleicht noch nicht zu spät.«

Schweigend starrte Jacob auf den See, der inzwischen wieder so glatt wie zuvor dalag.

»Aye«, meinte er nach einer Weile. »Na schön. Ich denke darüber nach.«

»Das freut mich.« Ashok erhob sich. »Ich gehe und mache das Curry von gestern warm. Es reicht für zwei, wenn du willst.«

»Ich komme gleich.«

»Ist gut.« Ashok faltete die Hände vor der Brust. Mit einer Verneigung wandte er sich zum Gehen.

»Ashok?«, rief Jacob ihm hinterher.

»Ja?«

»Danke.« Jacob seufzte erneut. »Du weißt schon …«

Ashok zuckte die Schultern, aber seine Augen verrieten, dass er bewegt war. »Natürlich. Schon gut. Wozu sind Freunde da?« So geräuschlos, wie er gekommen war, verschwand er wieder.

* * *

Das Haus schien verändert, als Elisabeth im Zwielicht der Dämmerung zurückkehrte. Sie blieb in der Eingangshalle stehen und nahm einen tiefen Atemzug. Das Ticken der Uhr, die Gerüche aus der Küche, die feuchte, leicht modrige Luft, die ihr im Erdgeschoss entgegenschlug – alles drang tief in sie ein. Sie fühlte sich roh und verletzlich, wie ein Krebs ohne Schale. Obwohl sie den ganzen Tag kreuz und quer über die Insel geritten war, war sie zu aufgelöst, um den Tag gehen lassen zu können. Vielleicht würde ein Glas Wein ihr die nötige Bettruhe bescheren. Seufzend zog sie die Stiefel aus und schritt in den schwarzen Seidenstrümpfen über den Gang. Aus der Küche drang eine fremde Stimme an ihr Ohr, dazu die von Imani. Die beiden unterhielten sich in einem Dialekt, den Elisabeth nicht verstand.

Überrascht, ihre Dienerin in Gesellschaft anzutreffen, blieb sie an der Türschwelle stehen. Weiches, warmes Kerzenlicht beschien den Raum und verbreitete eine anheimelnde Stimmung. Ihr Blick wanderte zwischen Imani und der Frau, die ihr am Küchentisch gegenübersaß, hin und her. Fragend hob sie eine Augenbraue. »Imani? Du hast Besuch?«

»Bibi …« Imani fuhr zusammen. Sie zog die Hand zurück, die eben noch auf dem Arm ihres Gegenübers geruht hatte, und sprang auf. Dabei wirkte sie über alle Maßen verlegen und bestürzt. »Es … tut mir leid. Ich hätte Sie um Erlaubnis bitten sollen.«

Elisabeth hörte ihr kaum zu. Ihr Blick ruhte auf der nächtlichen Besucherin, deren schräg stehende, blauschwarz mit Ruß und Antimon umrandete Augen sie auf Anhieb wiedererkannte. Goldene Plättchen verzierten Nasenflügel und Ohrläppchen des auffallend hübschen Gesichts.

»*Sie?*« Verständnislos schüttelte Elisabeth den Kopf. »Als wir uns gestern auf dem Markt begegnet sind, hatte ich nicht den Eindruck, dass ihr beide euch sonderlich grün wärt, und nun finde ich euch in trauter Zweisamkeit hier sitzen?«

Die Fremde blickte Elisabeth mitten ins Gesicht, in ihrem Blick brannte Aufbegehren. »Imani war bei unserem Zusammentreffen gestern wohl zu verdutzt, um sich ihre Freude über meine unvermutete Rückkehr anmerken zu lassen.« Langsam ließ die Fremde das tönerne Trinkgefäß mit der milchigen Flüssigkeit darin auf dem Tisch kreisen. »Es ist lange her, dass wir uns das letzte Mal gesehen haben.«

»Palmwein?«, bemerkte Elisabeth und stemmte die Hände in die Taille. »Du trinkst Alkohol, Imani? Ich dachte, der Glaube würde es dir verbieten.«

»Unser Glaube ist nicht der des Palasts«, erwiderte die Fremde an Imanis Stelle mit dunkler, nachtschwarzer Stimme. »Außerhalb der Mauern von Bet il Sahel gelten die Regeln unseres Stammes, das Vermächtnis unserer Ahnen.«

»Ich verstehe«, gab Elisabeth vor und nickte langsam. »Nun, möchtest du uns nicht vorstellen?«

»Sicher«, erklärte Imani mit verkrampfter Miene, doch die Fremde kam ihr zuvor. In vollendeter Anmut erhob sie sich, aber statt der erwarteten Verneigung blickte sie Elisabeth stolz und unbeugsam in die Augen. Elisabeth spürte, wie ihr eine Feindseligkeit entgegenschlug, für die sie keine Erklärung hatte.

»Ich bin Leyla.«

Elisabeth hob eine Augenbraue. Etwas in ihr hallte wider, als sie den Namen hörte. Und dann begriff sie.

Leyla war die Frau, die an Elisabeths Stelle federführend die Leitung des Hospitals übernehmen sollte. Dies war die Bedingung, die Farida an die Schenkung des Gebäudes geknüpft hatte. Ebenso erinnerte sich Elisabeth daran, dass Wessels der Prinzessin gegenüber eine Weigerung an den Tag gelegt hatte, mit Leyla zusammenzuarbeiten. Soweit Elisabeth es verstanden hatte, lag es an unüberwindbaren Differenzen zwischen den beiden, die darauf gründeten, dass Leyla sich nicht für die von Wessels vorgeschlagenen westlichen Behandlungsmethoden öffnen wollte. Darüber hinaus hatte Leyla mit ihrer unbeugsamen Art, die auch Elisabeth jetzt entgegenschlug, den Zorn bin Saids auf sich gezogen. Der Sultan hatte Leyla auf die Gefängnisinsel Changuu bringen lassen. Allem Anschein nach hatte Farida bin Saids Abwesenheit genutzt, um Leyla zurückzuholen, was auch immer die Gründe dafür sein mochten.

Das unangenehme Schweigen weitete sich aus und füllte die Küche bis in den letzten Winkel.

Schließlich gab Elisabeth sich einen Ruck.

»Wie schön, dass Sie zurück sind«, erklärte sie fest und versuchte, alle Vorurteile über Leyla beiseitezuschieben. »Eine weitere Hebamme können wir gut gebrauchen. Ihr Wissen hat mich gestern beeindruckt. Sicher können wir viel voneinander lernen.«

»Ich bedauere. Wohl kaum.« Leyla zuckte die Achseln. »Sejide Farida hat andere Aufgaben für mich vorgesehen. Ich bin hier, um im Auftrag der Prinzessin die Plantagen zu besuchen. Ihre Hoheit möchte wissen, wie hoch die Erträge sind, die die Farmer erwirtschaften, und wie groß die Anzahl der Sklaven ist.«

»Seltsam. Ich hörte, dass Sie künftig im Hospital arbeiten sollen.« Elisabeth runzelte die Stirn.

»Davon weiß ich nichts.« Leylas Blick glitt zögernd zu Imani. »Ich sollte jetzt wohl gehen.«

»Nun …, ich habe nichts dagegen, dass Leyla noch ein wenig bleibt, wenn du das möchtest, Imani«, lenkte Elisabeth ein. Ihr war nicht entgangen, wie bedrückt Imani mit einem Mal wirkte. »Meinetwegen setzt euer Gespräch gern fort.«

»Ich möchte Imani nicht in Schwierigkeiten bringen.« Unsicherheit flackerte in Leylas Blick auf.

»Keine Sorge. Das tun Sie nicht.« Elisabeth holte sich ein Glas aus dem Schrank. Dann kehrte sie zurück an den Tisch und schenkte sich selbst von dem Palmwein ein.

Erschrocken sprang Imani herbei und nahm die Karaffe an sich. »Lassen Sie mich das für Sie machen, *Bibi*. Ich bringe Ihnen das Glas nach oben und dazu etwas zu essen. Sicher sind Sie hungrig.«

»Das Glas kann ich selbst in mein Zimmer tragen, und Hunger habe ich keinen«, erklärte Elisabeth sanft, aber bestimmt. »Ich gehe auf mein Zimmer. Deine Dienste werden heute Abend nicht mehr benötigt.«

»Das kann ich nicht zulassen, *Bibi* …«

»Unsinn, Imani. Kümmere dich um deinen Besuch. Wir sehen uns morgen.«

»Wenn Sie darauf bestehen …« Zögernd blickte Imani zu Leyla hinüber. Auf Leylas Lächeln hin wurde Imanis Blick weich.

»Dann gute Nacht.« Elisabeth griff nach ihrem Glas.

»Vielen Dank, *Bibi*« Imani deutete eine Verneigung an. »*Altaebir jazakum allah khayran.* Möge Allah es Ihnen mit Gutem vergelten.«

* * *

Eine Stunde später lag Elisabeth noch immer wach und angekleidet auf ihrem Bett. Den Wein hatte sie ausgetrunken, aber so müde, reizbar und erschöpft sie auch war, konnte sie dennoch nicht in den Schlaf finden. Je mehr sie sich zwang, das Karussell der Gedanken in ihrem Kopf anzuhalten, umso unerbittlicher kreiste es. Der Wein hatte nur eine mäßig beruhigende Wirkung auf sie. Sie beschloss, es mit etwas Stärkerem zu versuchen. In einem der ehemaligen Räume ihres Onkels im Untergeschoss befand sich eine Flasche guter Brandy, sie war sich bloß nicht sicher, wo. Seufzend erhob sie sich.

Als sie kurz darauf an der Küche vorbeiging, drang Lachen an ihr Ohr. Leyla sagte etwas in ihrem afrikanischen Dialekt, und Imani antwortete. Überrascht blieb Elisabeth stehen. Sie hatte nicht vor zu lauschen. Davon abgesehen, verstand sie ohnehin kein Wort, aber etwas hielt sie fest.

Imanis Stimme war samtig und dunkel, voll von Zärtlichkeit und Sehnsucht.

Beklommen machte Elisabeth einen Schritt zurück, weg von der Tür. Sie spürte ein Schlingern in der Magengrube, als wäre sie Zeuge von etwas geworden, das sie nichts anging. Mit zusammengepressten Lippen lauschte sie dem unregelmäßigen Klopfen ihres Herzens.

Und dann glomm langsam, wie ein Holzspan, der entzündet wurde, die Erkenntnis in ihr auf: Als Imani vor einigen Wochen zugegeben hatte, unglücklich verliebt zu sein, war Leyla gemeint gewesen.

Kapitel 20

»Sie wünschen, mich zu sprechen, *Bibi*?«

Elisabeth klappte das Buch zu, in dem sie gelesen hatte, ohne ein Wort von dem zu verstehen, was dort stand. Die halbe Nacht hatte sie sich unruhig im Bett hin und her gewälzt. Erst gegen Morgen war sie eingeschlafen und hatte wirr geträumt. Aufgewacht war sie mit dem beklemmenden Gefühl, dass tags zuvor etwas Entsetzliches passiert sein musste, ohne dass sie greifen konnte, was es war. Dann, einen Wimpernschlag später, war alles wieder in ihr Bewusstsein zurückgekehrt: Es war aus mit Jacob und ihr. Er hatte ihr Vertrauen gebrochen und ihre Liebe verraten. Mit einem Gefühl der Leere starrte sie vor sich hin.

»*Bibi*? Ich hoffe, mein Verhalten gestern gab keinen Anlass zu Ärger.« Imanis bekümmerte Stimme holte sie zurück in die Gegenwart.

Blinzelnd hob Elisabeth den Blick. Anders als üblich, spielte kein Lächeln um Imanis Mundwinkel, ihre Augen waren fest auf den Teppich vor ihren Füßen gerichtet. Elisabeth betrachtete sie mitfühlend. Imani wirkte wie die Verkörperung schlechten Gewissens.

»Nein, es ist alles gut. Das hatte ich doch bereits gesagt.« Ein angestrengtes, wenn auch wohlgemeintes Lächeln umspielte Elisabeths Lippen.

»Es tut mir außerordentlich leid«, sprudelte es aus Imani hervor. Nervös strich sie mit den Händen über ihre Schürze. »Ich hätte Leyla nicht in Ihrer Abwesenheit erlauben sollen, das Haus zu betreten. Ich … ich dachte, Sie kämen nicht vor heute Abend zurück. Also nahm ich an, dass … dass …« Imani schluckte mehrmals schwer.

»Du dachtest, ich würde nichts bemerken«, vollendete Elisabeth den Satz für sie.

»Es war ein Fehler, *Bibi*. Ich bereue es zutiefst.«

Elisabeth hob eine Augenbraue. »Ich nehme an, Leyla kam überraschend zu Besuch.«

»So war es … Ich würde mir nicht erlauben, jemanden einzuladen, sobald Sie aus dem Haus sind.« Imani knetete unruhig ihre Hände.

»Davon gehe ich aus.« Elisabeth nickte. »Du siehst, es gibt keinen Grund, weshalb ich dir böse sein sollte.« Elisabeth biss sich auf die Lippe. Sie ahnte wohl, was Imani belastete. »Trotzdem sehe ich dir an, dass etwas nicht stimmt. Willst du mir nicht sagen, was es ist?«

Imani schüttelte stumm den Kopf.

»Na schön …« Elisabeth seufzte und überlegte, was sie über innige Beziehungen unter Frauen wusste. Betty Paoli kam ihr in den Sinn. Der Name der österreichischen Lyrikerin war eng mit den Anfängen der Frauenbewegung verbunden. Über sie war bekannt, dass sie emotionale Freundschaften mit Frauen gepflegt hatte. Soweit Elisabeth wusste, wurden gleichgeschlechtliche Beziehungen unter Frauen strafrechtlich zwar nicht weiter verfolgt, da behauptet wurde, dass Frauen untereinander keine Befriedigung erfahren könnten, anders als bei Männern untereinander. Dennoch wurde Liebe unter Frauen als widernatürliche Handlung oder Sodomie herabgewürdigt. Gedankenverloren schob Elisabeth das Buch auf dem Tisch hin und her. Für sie war Liebe einfach nur Liebe, nicht mehr und nicht weniger. Zu gern hätte sie Imani ihre Ansicht darüber mitgeteilt. Aber aus Sorge, zu weit in deren private Sphäre vorzudringen, hielt sie sich zurück.

Mit einem tiefen Ausatmen stand Elisabeth vom Bett auf. Sie trat an den Schrank und nahm ein Kleid aus cremefarbener Seide und Spitze hervor. Mit einem Anflug von Wehmut hielt sie es sich vor den Körper und betrachtete sich im Spiegel. »Mein Debütantinnenkleid …« Sie schüttelte den Kopf. »Ich weiß gar nicht, weshalb ich es mit auf die Reise genommen habe. Getragen habe ich es noch kein einziges Mal. Es ist so eng geschneidert, dass ich bei diesen Temperaturen garantiert einen Ohnmachtsanfall erleiden würde.«

Imani trat hinter sie und hob den Rock über der Taille an, sodass er sich locker bauschte. »Ein sehr hübsches Kleid. Ich könnte es etwas auslassen und mit goldfarbenen Ornamenten besticken. Wenn Sie auf die Schärpe verzichten, würde der Stoff reichen.«

»Meinst du, das geht?« Elisabeth blickte Imani über den Spiegel hinweg fragend an. »Ich überlege, es beim nächsten offiziellen Anlass zu tragen. Allerdings wäre das schon kommenden Donnerstag, also bleibt nicht viel Zeit.«

»Doch nicht der Empfang in Bet il Sahel?« Imani hob die Augenbrauen. »Meinten Sie nicht, Sie hätten keine Einladung aus dem Palast erhalten?«

»Das stimmt.« Elisabeth drehte sich zu Imani um und legte ihr das Kleid in den Arm. »Herr Gramberg hat mich gebeten, ihn zu begleiten.«

»Bei Allah! Ich habe mir gleich gedacht, dass etwas nicht stimmt, als ich gestern Abend Ihr Gesicht gesehen habe. Herr Gramberg ist Ihre Begleitung und nicht Mr Preston?« Imani verstummte abrupt und schlug sich die Hand vor den Mund. »Entschuldigung, *Bibi.* Ich bin wohl zu weit gegangen. Ich sollte mich nicht einmischen.«

»Nein, sprich ruhig weiter.« Elisabeth strich sich eine Haarsträhne hinter das Ohr. »Du nimmst auch sonst kein Blatt vor den Mund, was ich dir übrigens hoch anrechne.«

Imani trat von einem Fuß auf den anderen. Sie zögerte sichtlich, aber dann holte sie tief Luft. »Sie haben sich doch hoffentlich nicht mit Mr Preston überworfen? Anders kann ich mir Herrn Grambergs Einladung nicht erklären.«

Elisabeth schluckte.

»Es steht mir nicht zu, nachzufragen, was los ist …« Imani atmete hörbar aus. »Aber ich bin eine gute Zuhörerin, wenn Sie sich etwas von der Seele reden wollen.«

»Ja, Imani, das weiß ich.« Elisabeth spürte einen Kloß in der Kehle brennen.

»Es gab Ärger mit Mr Preston, nicht wahr?«

Elisabeth nickte schweigend.

Imani legte das Kleid beiseite. Sie trat an den Tisch mit dem Teegeschirr, gleich darauf hielt sie Elisabeth einen Becher entgegen. »Man sagt, dass Ingwertee auch gegen Liebeskummer hilft.«

»Danke, Imani.«

»Sie haben zu tief für Mr Preston empfunden. Es stand zu befürchten, dass es Ihnen am Ende das Herz bricht …«

Ein Zittern lief durch Elisabeths Körper. Auf einmal konnte sie die Tränen nicht mehr zurückhalten. Schluchzend brach es aus ihr heraus: »Ach, Imani, wie habe ich mich nur so täuschen können! Als ich auf Eilean Donan ankam, fühlte ich mich glücklich wie nie. Jacob …« Sie wischte sich mit der Hand eine Träne von der Wange. »Er hat sich so gefreut, mich zu sehen. Es war ein wirklich romantischer Abend. Ich kam mir vor wie im Märchen. Es endete damit, dass ich sogar für ihn gesungen habe, obwohl meine Stimme nach all den Jahren etwas eingerostet ist … Du hättest seinen Blick sehen sollen … Es lag so ein Ausdruck darin, dass ich dachte, nichts auf der Welt könnte uns je trennen. Aber dann, am nächsten Morgen …« Erstickt brach Elisabeth ab.

Unaufdringlich legte sich ihr Imanis Hand in den Rücken. »Es ist schon gut, *Bibi*. Weinen Sie, das hilft.«

Im Nachhinein hätte Elisabeth sich nicht erklären können, wie es dazu kam, aber auf einmal ergab sich eine so natürliche Verbundenheit zwischen ihr und Imani, dass Elisabeth beschloss, ihre Bedenken über Bord zu werfen und ihrem Kummer Luft zu machen. Die Enttäuschung brannte schmerzlich in ihr. Mit einem Anflug von Verzweiflung drehte sie sich zu Imani um. »Zum Teufel mit den Männern! Man sollte meinen, ich müsste es allmählich besser wissen!«

»Nun, über Gefühle kann keiner bestimmen«, murmelte Imani.

Elisabeth zögerte, unsicher, ob es richtig war, auszusprechen, was ihr durch den Kopf ging. Dann fasste sie Mut. »Vielleicht machst du es besser als ich. Vielleicht ist dein Weg der bessere, um Kummer zu vermeiden.«

»Was …?« Imanis Augen flackerten.

Entschlossen, Imani von der Last zu befreien, die sie zu drücken schien, nickte Elisabeth ihr zu. »Vielleicht kommen Frauen untereinander besser aus als Männer und Frauen miteinander.«

»Was meinen Sie?« Imanis Stimme bebte. Sie senkte den Blick.

»Dein Geheimnis ist bei mir sicher.« Elisabeth versuchte, möglichst viel Wärme und Zuversicht in ihre Stimme zu legen. »Damals, als ich in Lübeck lebte, war ich Mitglied in einem Frauenverein. Vermutlich kannst du mit dem Begriff wenig anfangen, aber wir kämpften um die Gleichstellung der Frau.

Frauen sollen vor dem Gesetz nicht länger benachteiligt werden, sondern die gleichen Rechte erhalten wie die Männer.«

Imani hielt den Kopf gesenkt. »Warum erzählen Sie mir das?«

»In unserem Kreis gab es einige Frauen, die mehr miteinander verbunden hat als Freundschaft.« Sie zuckte die Schultern. »Du brauchst daher nicht zu befürchten, dass ich dich nicht verstehen oder gar verurteilen würde.«

Imani blickte noch immer zur Seite. Ihr Brustkorb hob und senkte sich schwer.

»Liebe macht uns zu dem, was wir sind.« Elisabeth griff zu dem Ingwertee und spülte mit einem großen Schluck das Brennen in ihrer Kehle hinunter. »Sie macht uns stark und verleiht unserem Leben einen Sinn. Dabei sollte das Geschlecht keine Rolle spielen, genauso wenig wie Alter oder Hautfarbe.«

Imani räusperte sich. In ihrer Miene spiegelten sich Überraschung und Skepsis, aber auch ein wenig Erleichterung. Vor allem aber schien sie nach Kräften bemüht, zu verbergen, was in ihr vorging, denn sie schluckte mehrmals trocken. »Ich verstehe. Bitte entschuldigen Sie, dass ich Sie mit meinen Angelegenheiten belaste.«

»Das tust du nicht.« Zu ihrem Entsetzen bemerkte Elisabeth, wie es ihr erneut die Brust zusammenschnürte. »Es hat mich von Mr Preston abgelenkt.«

»Ach, ach …«, meinte Imani mitfühlend und zupfte an ihrer bunten Schürze.

»Schon gut.« Mit einer abwehrenden Geste hinderte Elisabeth sie daran, erneut auf Jacob zu sprechen zu kommen. Es ging über ihre Kräfte. »Bitte sorge dafür, dass das cremefarbene Kleid zum Empfang fertig ist«, sagte sie und wechselte auf sicheres Terrain.

»Natürlich. Die Zeit reicht allemal. Heute ist erst Sonntag …«

Sonntag! O weh, ihr fiel wieder ein, dass sie eigentlich heute auf Mrs Ponsonbys Einladung hin zu dem Polomatch hätte erscheinen müssen. Doch in ihrem Zustand war nicht daran zu denken. Wenn Victoria ihr verweintes Gesicht bemerkt hätte, dann hätte dies zu weiterem Tratsch geführt. Elisabeth rieb sich die Nasenwurzel. Sie würde eine Notlüge erfinden müssen. Am besten war es wohl, einen Boten zu Victoria zu schicken mit der Nachricht, dass sie erkrankt und daher verhindert sei. Seufzend wandte sie ihre Aufmerksamkeit wieder Imani zu. »Nun, vier Tage ist nicht gerade viel. Wenn es nötig ist, kannst du jemand beauftragen, dir beim Umnähen zur Hand zu gehen.«

»Keine Sorge, das schaffe ich, und wenn ich Tag und Nacht darüber sitze.« Ein verschwörerisches Lächeln stahl sich in Imanis Mundwinkel. »Schließlich sollen Sie an diesem Abend die Schönste sein. Um wenn es nur ist, damit Mr Preston grün wird vor Ärger, dass er Sie verloren hat.«

Kapitel 21

Die Club-Schamba befand sich auf einem Grundstück außerhalb der Steinernen Stadt. Rund um die Lawntennisfelder spendeten Zedern reichlich Schatten, sodass man bei erträglichen Temperaturen dem Ballsport nachgehen konnte, sah man von der Zeit der größten Mittagshitze ab. Angrenzend daran befanden sich die ebenfalls begrünten Polofelder, auf denen die Herren hoch zu Ross das heutige Turnier ausgetragen hatten, angefeuert vom Beifall und den glühenden, teils zotigen Zurufen der Zuschauer. Die jüngste Errungenschaft des Clubs jedoch waren zwei kürzlich zementierte Tennisplätze, die hinter dem weiß getünchten Clubhaus lagen. Um den Sonntagnachmittag angemessen feierlich zu begehen, waren diese heute mit Teppichen ausgelegt. Rings um die herbeigeschleppten Stühle und Tische flatterten bunte Signalflaggen im Wind. Hausdiener eilten umher und kredenzten Tee und Gebäck. Dazu floss der Champagner in Strömen.

Wessels stand an den Stamm einer Zeder gelehnt, weit genug entfernt vom bunten Treiben, als dass ihn jemand beachtet hätte. Er paffte eine Zigarette nach der anderen, um seine Nervosität zu zügeln. Mit gefurchter Stirn blickte er zu der

Gesellschaft hinüber, die sich auf dem geschmückten Spielfeld zusammengefunden hatte.

Nirgendwo ein Zeichen von Elisabeth. Wo mochte sie nur stecken? Er wusste, dass sie zu dem heutigen Turnier eingeladen war, und zwar von niemand Geringerem als von Victoria Ponsonby. Ein bedeutender Schritt, was Elisabeths gesellschaftliche Stellung betraf.

Inzwischen ging es auf vier Uhr zu, wie ihm ein Blick auf seine Taschenuhr verriet. Er stöhnte. Mrs Ponsonby konnte es als möglichen Affront auffassen, wenn Elisabeth sich verspätete. Unter seine Nervosität mischte sich zusehends Sorge um Elisabeth. Nach all den Anstrengungen, die sie gemeinsam mit ihm im Rahmen des Gründungskreises unternommen hatte, wollte es nicht so recht ins Bild passen, dass sie aus einer Laune heraus frisch gewonnene Sympathien verspielte. Erst recht nicht, da er sie nur außerordentlich zuverlässig und pflichtbewusst erlebt hatte. War sie etwa krank geworden? Er selbst spürte seit dem Morgen ein leichtes Unwohlsein. Hoffentlich war kein Infekt im Umlauf, der auch Elisabeth ergriffen hatte.

Ein Luftzug im Nacken riss ihn aus seinen Gedanken. Mehr aus dem Instinkt als aus einem erkennbaren Grund heraus wandte er den Kopf. Roter Staub wirbelte auf, die Erde erzitterte vor Hufgeklapper. Gramberg kam über die von hohen Nelkenbäumen gesäumte Allee auf die Schamba zugeritten, Wessels erkannte ihn bereits von Weitem. Ein schmales Lächeln zog sich um seine Mundwinkel. Gramberg kam gerade recht, um ihn von seiner Sorge um Elisabeth abzulenken. Entschlossen, den Deutschen zu einem Glas Champagner an der improvisierten Bar zu überreden, trat er aus dem Schatten der Zeder und winkte ihm von Weitem entgegen.

»Wessels! Wieso stehen Sie hier, statt sich unter die Leute zu mischen? Ertappe ich Sie gerade dabei, die Damen und Herren des Clubs zu beobachten, wie sie sich gegenseitig an Ansehen zu übertrumpfen versuchen?« Gramberg glitt vom Pferd. Breitbeinig und mit spöttischer Miene blieb er vor Wessels stehen.

Wessels nahm einen letzten Zug von der Zigarette. »Sie sind eingeladen, mir an meinem Zufluchtsort fernab des lärmenden Irrsinns Gesellschaft zu leisten.«

»Das würde ich gern, aber die Geschäfte rufen.« Gramberg zuckte die Schultern.

»Bedauerlich, in der Tat.« Wessels hob eine Augenbraue. »Wenn es denn schon sein muss … was halten Sie von einem Kartenspiel bei einer Flasche Champagner?«

Gramberg verzog die Mundwinkel. Ein Flackern trat in seine mondsteinfarbenen Augen. »Ich versuche mir das Glücksspiel gerade abzugewöhnen, genau wie den Alkohol und die Bordellbesuche.«

»Klingt, als wollten Sie anständig werden. Tun Sie mir das bitte nicht an.« Wessels zwinkerte ihm zu, zum Zeichen, dass er sich einen Scherz erlaubte.

»Nun …« Gramberg zeigte keine Regung. Er nahm den Hut ab und fuhr sich durch das lang in die Stirn fallende Haar. »Es ist mein voller Ernst.«

»In diesem Fall gratuliere ich Ihnen zu Ihrer Entscheidung. Darf ich fragen, was den Anstoß gab?«

Einen ungewöhnlich langen Moment schwieg Gramberg vor sich hin, ohne dass sein Gesicht seine Gedanken verraten hätte. Schließlich zuckte er die Schultern und zog sich den Hut tief in die Stirn. Ein Schatten fiel auf sein Antlitz und machte es Wessels unmöglich, Grambergs Miene zu erkennen. »Der Grund ist Fräulein von Baahren. Sie kann einem ganz schön unter die Haut gehen. Wo steckt sie überhaupt?« Sein Blick schweifte zu der Gesellschaft hinüber. »Sie ist doch sicher eingeladen.«

»Elisabeth?« Wessels maß ihn mit einem langen Blick. »Was wollen Sie von ihr?«

»Fräulein Baahren ahnt noch nichts von ihrem Glück, aber ich habe mich entschlossen, mich ihr zuliebe zu bessern.« Gramberg schob sich den Hut in den Nacken. »Guter Gott! Sie sollten Ihr Gesicht sehen. Es ist zu köstlich.«

Eine ungute Vorahnung machte sich in Wessels breit, wie das dumpfe Grollen eines herannahenden Gewitters. »Wie bitte? Das kann unmöglich Ihr Ernst sein. Sie behaupteten erst kürzlich, dass Sie sich rein von Zahlen und Profit leiten lassen, was Fräulein von Baahren betrifft. Und jetzt wollen Sie ihr zuliebe ein besserer Mensch werden und kommen mit Anstand und Moral?«

»Scheint, ich bin tief gesunken.« Gramberg verzog selbstironisch das Gesicht. »Aber ich bin auch nur ein Mann.«

»Sie sind ein Narr, Gramberg.« Wessels spürte einen Stich in der Seite. Die Vorstellung, Gramberg könnte wie er unglücklich in Elisabeth verliebt sein, löste eine Mischung aus Selbstzweifeln, Angst und Wut in ihm aus. Er bemühte sich, sein Gegenüber nichts davon spüren zu lassen. »Fräulein von Baahrens Herz gehört Preston.«

Ausdruckslos heftete Gramberg den Blick auf ihn. Schließlich zuckte er die Achseln. »Es fragt sich, wer von uns hier der Narr ist. Fräulein von Baahren hat Preston den Laufpass gegeben.« Etwas abschätzig setzte er hinzu: »Sie wussten nichts davon? Das tut mir aber leid.«

»Was soll das heißen – sie hat Preston den Laufpass gegeben?« Wessels stieß keuchend die Luft aus. Wie kam Gramberg dazu, so etwas zu behaupten? Und wenn es wirklich so war, weshalb wusste er nichts davon?

»Zu amüsant, Ihre Verwirrung!« Grambergs Stimme drang wie durch Nebel zu ihm durch. »Polka tanzt man zu zweit, sagt man nicht so?« Ein merkwürdiges Funkeln zeigte sich in seinen eisblauen Augen. »Wenn Sie sich wie ein Tanzbär an der Nase herumführen lassen, ist Ihnen nicht zu helfen.«

Wessels spürte, wie ihm das Blut in den Kopf schoss. »Was wollen Sie damit sagen?«

»Sehen Sie die Marwari-Stute?« Gramberg streckte den Arm, um die Pferdenase zu berühren. Die sichelförmigen grauen Ohren zuckten nervös. »Sie stammt aus dem Marstall des Sultans. Man hat sie mir freiwillig überlassen, nachdem sie als unzähmbar galt, aber nun ist sie lammfromm.«

»Ich verstehe nicht. Warum erzählen Sie mir das?«

Gramberg starrte ihm in die Augen. »Nicht nur Pferde, auch Frauen brauchen eine starke Hand. Bei Fräulein von Baahren ist es ähnlich. Sie ist nicht anders als alle anderen Frauen. Hinter übertrieben zur Schau gestelltem Selbstbewusstsein verbirgt sich die Sehnsucht nach Unterwerfung. Ach so … erwähnte ich schon, dass Fräulein von Baahren mich auf den Empfang nächsten Donnerstag begleitet?«

»Lassen Sie die Finger von ihr.« Wessels zwang sich, ruhig zu bleiben.

Gramberg maß ihn mit einem zynischen Blick. »Was wollen Sie eigentlich, Wessels? Sie schwanken wie Zuckerrohr im Wind.« Gespielt schuldlos hob er die Hände. »Das Ganze war doch Ihre Idee.« Er ließ eine Pause entstehen.

Wessels zwang sich, tief durchzuatmen.

»Als wir uns das letzte Mal im Club getroffen haben, haben Sie mich angefleht, Fräulein von Baahren zu helfen und sie aus Prestons Klauen zu befreien, schon vergessen? Dabei war mein Interesse an ihr bereits erloschen.« Wieder Pause. Gramberg lachte kurz und hart. »Sonderbar … Erst auf Ihr Drängen hin ist es wieder entflammt. Fragen Sie Farouk.« Gramberg zuckte die Achseln. »Falls Sie zu betrunken waren, um sich zu erinnern, wird er es Ihnen bestätigen: Sie selbst haben alles darangesetzt, mich umzustimmen.«

»Wie tief sind Sie gefallen, Gramberg.« Wessels bemühte sich nicht länger, die Geringschätzung in seiner Stimme zu unterdrücken. »Sie wissen, was ich für Fräulein von Baahren empfinde.«

»Ach ja? Wie meinten Sie noch …?« Gramberg zog die Stirn in Falten und tat, als müsste er überlegen. »›Das, was wir als Liebe bezeichnen, ist nichts als das Zusammenspiel bestimmter Substanzen im Gehirn‹ – oder so ähnlich.«

»Sie Dreckskerl.« Wessels presste die Kiefer aufeinander und machte einen warnenden Schritt nach vorne, aber Gramberg war offenbar noch nicht fertig.

»›Der Zustand der Verliebtheit hat durchaus Ähnlichkeit mit einer psychischen Erkrankung‹ …«

Wessels schäumte vor Wut. Es war unerträglich, seine eigenen Worte aus Grambergs Mund zu hören.

»›… das wiederum führt dazu, dass man sich in einem Stadium der Unzurechnungsfähigkeit befindet.‹« Gramberg verzog süffisant die Mundwinkel. »Eine Diagnose, die durchaus auf Sie zutrifft, Doktor. So leid es mir tut, aber ich mache mir Sorgen um Ihren Geisteszustand.«

Wessels fluchte innerlich.

Gramberg hob herablassend eine Augenbraue. »Sie hatten Ihre Chance. Hat Fräulein von Baahren Sie nicht abgewiesen?«

»Noch ist nichts entschieden«, erwiderte Wessels dumpf. »Wir werden sehen …«

»Gott, Wessels, Sie überraschen mich! Wer hätte geahnt, dass so viel Leidenschaft in Ihnen steckt. Es könnte doch noch interessant werden. Bisher haben unsere Begegnungen mich zu Tode gelangweilt.« Ohne eine Antwort abzuwarten, schwang er sich auf das Pferd und drückte ihm die Fersen in die Seiten. »Man sieht sich.«

Mit angespanntem Unterkiefer und hämmerndem Herzen starrte Wessels ihm hinterher. Er war so außer sich vor Wut wie noch nie zuvor im Leben. Wütend auf Gramberg, aber auch auf sich. Das ungute Gefühl nach dem Treffen im Club mit Gramberg hatte ihn also nicht getäuscht. Verdammt, wie hatte er nur so leichtsinnig sein können? Warum hatte er an jenem Abend überhaupt so viel getrunken? Ob Gramberg ihn absichtlich zum Alkohol verleitet hatte? Um ihn auszuhorchen? Welche Hintergedanken hegte er? Der große, allseits respektierte Gramberg … Was versteckte sich hinter der Fassade? Inzwischen kam ihm der Verdacht, Gramberg könnte den Typhus auf Kiuui tatsächlich verschleiert haben, nicht mehr so abwegig vor. Grambergs Stimme geisterte durch seinen Kopf. *Das Ganze war doch Ihre Idee …*

Gramberg hatte ihm die Worte im Munde herumgedreht und als Waffe gegen ihn verwendet. Alles in ihm schrie nach Vergeltung. Nur halbwegs brachte ihn die beruhigende Wirkung des Nikotins zur Besinnung. Angestrengt stieß er die Luft aus.

Wenn Gramberg wirklich vorhatte, um Elisabeth zu werben, welche Chance hatte er gegen ihn? Seine Miene verdüsterte sich. Gramberg war auf seine Weise gut aussehend. Er besaß Macht, Einfluss und Geld im Überfluss. Frauen wurden von seinem Strahlen angezogen wie Motten vom Licht. Und er selbst, Wessels? Welchen Grund hätte Elisabeth, sich ausgerechnet in ihn zu verlieben? Er fuhr sich mit der Hand in den Nacken und begann, zwischen den Bäumen hin und her zu wandern. Er beschleunigte seine Schritte. Das schnelle Gehen half ihm, das Geschehen von eben zu verarbeiten. Seine ganze Geschichte mit Elisabeth kam ihm in den Sinn. Er beschwor Bilder herauf, ließ die einzelnen Momente wiederaufleben. Die erste Begegnung mit ihr an Bord der *Glasgow*, als sie sich den Kopf gestoßen und er dafür gesorgt hatte, dass es ihr gut ging. Ihre abweisende Fassade, hinter der er Verletzung und großen Schmerz spürte. Ihr Mut, aus einer gewalttätigen Ehe zu fliehen und ganz auf sich gestellt einen Neubeginn zu wagen. Das

Treffen im Sultanspalast, als er gehört hatte, dass man sie gegen ihren Willen dort hingebracht hatte. Damals war er ihr zu Hilfe geeilt und hatte ihr angeboten, für ihn zu arbeiten. Jener erste Ausflug in die Steinerne Stadt, den sie mit ihm unternommen hatte. Ihr Entsetzen über die gefesselten Sklaven. Ihr Wunsch nach einem freien und selbstbestimmten Leben. Die Sehnsucht, die sie beide verband, nach mehr Gerechtigkeit zwischen den Menschen unterschiedlicher Herkunft. Die Versorgung der Kranken, Seite an Seite, die Ritte über die Insel, die Gespräche und schließlich auch die Wortgefechte, an deren Ende sie immer wieder eine gemeinsame Basis gefunden hatten. Er war ihr Berater, ihr Freund, ihr Mentor, ihr Mitstreiter, derjenige, der von Anfang an ihr Wohl im Auge gehabt hatte. Er war der Mann, der sie aufrichtig schätzte, verehrte und, wenn er ehrlich zu sich war, aus ganzem Herzen liebte.

Fiebrige Hitze breitete sich in ihm aus. Hinter seiner Stirn machte sich ein stechender Schmerz breit. Er verlangsamte seine Schritte. Blieb stehen und fuhr sich mit zwei Fingern unter den engen Kragen seines Hemdes. Ertrug die Enge an seiner Kehle nicht mehr. Löste die Fliege und öffnete den obersten Knopf. Erleichtert ließ er die angestaute Luft aus seiner Brust entweichen. Die Antwort stand klar vor ihm. Bislang hatten seine Selbstzweifel und die Angst, abgewiesen zu werden, ihn daran gehindert, sich Elisabeth gegenüber zu erklären. Nun aber nahm er eine Kraft in sich wahr, die ihn seine Hemmungen und die Schüchternheit gegenüber Frauen vergessen ließ: Er musste Elisabeth vor Gramberg bewahren.

In sich versunken, spielte er mit der Halsbinde in seiner Hand. Dass Elisabeth ein gespaltenes Verhältnis zu Gramberg hatte, entnahm er seinen Gesprächen mit ihr. Ein Teil von ihr hegte Vorbehalte gegen den Pflanzer, ein anderer Teil konnte sich Grambergs fesselnder Wirkung nicht entziehen. Vielleicht war es ihr selbst nicht bewusst, er jedoch hatte wieder und wieder beobachtet, wie fasziniert sie Gramberg angesehen hatte. Nach der Annullierung ihrer Ehe war sie eine freie Frau. Ob Gramberg davon wusste?

Er ging ein paar Schritte. Wie aus dem Nichts tauchte eine Idee in seinen Gedanken auf und ließ ihn nicht mehr los. Der Ehering seiner Mutter … Die Andeutung eines Lächelns huschte über seine Mundwinkel. Seit Jahren hatte das Erbstück in der Schublade seines Nachtkästchens neben den Manschettenknöpfen gelegen. Er hatte kaum noch daran gedacht. Eine Ehe musste nicht zwangsläufig auf Liebe gründen. Oft genügten Sympathie und gegenseitiger Respekt. Daraus konnte mehr erwachsen als aus flüchtiger Leidenschaft. Seine Eltern waren ein Beispiel dafür.

Der Entschluss fiel beinahe ohne sein Zutun.

Er musste Gramberg zuvorkommen. Gleich morgen würde er Elisabeth im Kontor seine Aufwartung machen und sie fragen, ob sie seine Frau werden wolle.

Kapitel 22

Die Dunkelheit senkte sich wie ein Tuch über die Mango- und Kokoshaine, als Elisabeth mit der Kutsche in Bet il Mtoni eintraf; der Palast selbst jedoch erstrahlte in hellem Licht. Nervös strich sie über den Ausschnitt ihres Kleides. In den vergangenen Tagen hatte sie sich mit langen Arbeitsstunden im Kontor betäubt, um nicht unentwegt an Jacob denken zu müssen. Die Bücher hatten sich vor ihr getürmt, inzwischen war auch ein weiterer Brief ihres Bruders eingetroffen. Elisabeth zog bei der Erinnerung daran die Stirn in Falten. Otto war bei seiner unverrückbaren Haltung ihr gegenüber geblieben. Schlimmer noch, statt ihr auf halbem Weg entgegenzukommen, hatte er ihr für den Nelkenkauf ein Ultimatum gesetzt. Sollte es binnen zwei Monaten nicht zum Kauf kommen, würde dies Konsequenzen haben, welche genau, ließ er offen. Aber mittlerweile war es nicht einmal so sehr Ottos Drohung, die sie antrieb, es war nun für sie auch eine Frage des Stolzes. Nach den Worten, die Jacob ihr an den Kopf geworfen hatte, würde sie sich selbst und der Welt beweisen, dass sie sehr wohl das Zeug zur Unternehmerin hatte.

Die Kutsche hielt vor der großen Eingangstreppe. Ein Diener öffnete den Verschlag. Mit klopfendem Herzen blickte

Elisabeth in das Gemenge aus Bediensteten, die die Gäste in Empfang nahmen und nach drinnen geleiteten. Über das Stimmengewirr hinweg drang Meeresrauschen an ihr Ohr. Ihre Gedanken wanderten zurück zu ihrem letzten Besuch hier. Damals war sie auf Einladung Chalid bin Saids hin zusammen mit Wessels zu dem Empfang gegangen. Dass sie heute Abend an Grambergs Seite hier erschien, ohne offiziell auf der Gästeliste zu erscheinen, mutete sie befremdlich an. Und doch erfüllte es seinen Zweck. Geschäftlich gesehen war es ein Erfolg. Mit angehaltenem Atem ließ sie den Blick wandern. Ob Jacob unter den Gästen war? Ihr Magen zog sich zusammen; im nächsten Moment ärgerte es sie, dass sie überhaupt einen Gedanken an ihn verschwendete. Inzwischen konnte es ihr herzlich egal sein, was sich zwischen ihm und Farida abspielte.

»Guten Abend, Fräulein von Baahren.«

Sie zuckte zusammen, als Grambergs Stimme mit dem klaren hannoverischen Akzent unvermittelt an ihr Ohr drang. Aus dem flackernden Zwielicht, das die Öllampen verbreiteten, löste sich seine hagere Gestalt.

Etwas in ihr versteifte sich und hinderte sie daran, auszusteigen. Die Vorbehalte, die sie Gramberg gegenüber verspürte, wurden wieder wach. Kenyatta, der angebliche Typhus auf Kiuui, Grambergs Art, die ihr Rätsel aufgab ... Entschlossen schob sie ihre Bedenken beiseite, weil geschäftlich kein Weg an Gramberg und somit an diesem Empfang vorbeiführte.

Auffordernd streckte er ihr die Hand entgegen. »Darf ich Ihnen beim Aussteigen behilflich sein?«

Elisabeth gab sich einen Ruck. Mit einem freundlichen Blick ergriff sie seine Hand. »Sehr gern. Ich danke für die Einladung.«

»Es ist mir eine Ehre.« Charmant lächelnd half Gramberg ihr hinunter und hob ihre Hand zu einem Kuss gegen seine Lippen. Sein Auftreten war tadellos wie immer, ebenso sein

Erscheinungsbild. Wie unter den Europäern bei offiziellen Anlässen üblich, trug er einen eleganten weißen Anzug mit Weste. Das Weiß seiner Kleidung jedoch schien auch heute eine Nuance heller zu leuchten als das aller anderen. Formvollendet bot er ihr seinen Arm an. »Kommen Sie. Wie ich hörte, hat die Prinzessin eine Reihe von Vorstellungen für den heutigen Abend geplant. Wir werden erwartet.«

Über kostbare Teppiche hinweg schritt Elisabeth an Grambergs Seite durch den Palast. Mehrere in rote Seide gekleidete Sklaven eilten herbei, um sie mit Rosenwasser zu besprengen und Jasminblüten über sie hinabregnen zu lassen, eine Prozedur, die Elisabeth von früheren Besuchen wohlvertraut war.

Als sie die weitläufigen Gärten betraten, durch die sanft plätschernd der Mtoni floss, schien alles, was Rang und Namen unter den Arabern, Indern und Europäern hatte, bereits versammelt. Elisabeth fühlte sich beinahe nackt, als sich die überraschten Augen der Menge auf sie richteten. Ihr Herzschlag beschleunigte sich, Gesicht, Nacken und Ohren prickelten vor Hitze. Unbehagen ergriff sie und ließ sie in Gedanken zurückreisen. Es kam ihr vor, als wäre sie durch eine Tür getreten und in ihrer Vergangenheit gelandet. Als wäre sie wieder sechzehn und auf dem Debütantinnenball … Wie unbekümmert sie damals gewesen war und so voller Hoffnung, dass sich nur Schönes um sie entfalten würde. Sie spürte Grambergs Atem neben sich und landete wieder in der Gegenwart. Unruhig glitt ihre Hand über den schweren Stoff des Kleides. Ein weniger auffallender Auftritt wäre eher nach ihrem Geschmack gewesen. Wie bedauerlich, dass Grambergs Kutsche so spät erst bei ihr eingetroffen war.

Als hätte er ihr Zögern gespürt, drückte Gramberg ermutigend ihren Arm. Elisabeth warf ihm ein gezwungenes Lächeln zu. Fast schalt sie sich dafür, so empfindlich zu sein. Er war nun mal ein Mann der großen Auftritte, besaß Ansehen bei Hofe. Wenn sie als Geschäftsfrau eine respektable Stellung in der Gesellschaft einnehmen wollte, musste sie sich daran gewöhnen, gesehen zu werden. So lief das Spiel. Entschlossen drückte sie den Rücken durch und brachte sich dazu, aufrecht und frei neben ihm einherzuschreiten.

Die Musik spielte schon, als Elisabeth mit Gramberg auf eine mit bunten Papierlaternen und Girlanden geschmückte offene Fläche zuging, die als Bühne diente. Elisabeth hatte den Platz gut in Erinnerung, denn hier hatte Farida beim letzten Mal für die Gäste gesungen. Auch Jacob hatte den Auftritt damals interessiert verfolgt. Elisabeth runzelte die Stirn. Ob Farida auch heute vorhatte, sich in Szene zu setzen?

Mit heftig klopfendem Herzen hielt sie nach bekannten Gesichtern in der Menge Ausschau. Victoria und ihr Gatte waren nirgends zu entdecken. Ob Victoria ihre schriftlich übermittelte Entschuldigung angenommen hatte, ging es ihr durch den Kopf. Selten hatte sie sich auf einer Feier so unwohl gefühlt. Eigenartig klagend drangen die Töne der Zithern, Flöten und Tamburine an ihr Ohr. In farbige, bunt gemusterte Kleider gehüllt, hockten die Belutschen mit untergeschlagenen Beinen vor ihren Instrumenten, dazu erklang der eintönige, hohe Diskant der Sänger.

Ihr Blick wanderte weiter und blieb an einem großzügig geschnittenen, opulent mit Gold und Silber verzierten Baldachin unter den Orangenbäumen hängen. Etwas in ihr erstarrte. Umgeben von ihren Haremsdamen saß Farida auf einem prächtigen Sitzkissen und hielt Hof. Wie gewöhnlich war ein Teil ihres Gesichts von der Barakoa, der goldbestickten Halbmaske, verhüllt. Gleich neben dem Zelt entdeckte Elisabeth zwei weitere, ihr gut bekannte Gesichter: das von Imani und das von Leyla. Beide steckten die Köpfe zusammen und unterhielten sich. Elisabeth winkte ihnen zu, aber die zwei

Frauen waren zu sehr mit sich beschäftigt, um sie zu bemerken. Zufrieden in sich hineinlächelnd, schritt Elisabeth weiter. Das Treffen der beiden war auf ihre Initiative hin zustande gekommen. Da es gebräuchlich war, sich von seinen Dienstboten nach Hause zurückbegleiten zu lassen, war es nur natürlich, dass Imani während des Empfangs anwesend war. Niemand dachte sich etwas dabei, wenn sie sich mit einer ehemaligen Mitsklavin unterhielt.

»Machen Sie mir die Freude, ein Glas Champagner mit mir zu trinken?«, hörte sie Gramberg fragen.

Elisabeth brauchte eine Sekunde, um sich zu besinnen, dann drehte sie sich mit einem gewinnenden Lächeln zu Gramberg um. »Sehr gern.«

»Wunderbar. Warten Sie hier. Ich bin gleich zurück«, sagte er. Gewandt bahnte er sich einen Weg durch die Menge. Elisabeth folgte ihm mit ihren Blicken, bis er in der Weitläufigkeit der Gärten verschwand. Ein wenig unwohl war ihr schon dabei, allein gelassen zu werden, ohne überhaupt auf der Gästeliste zu stehen. Was für ein seltsamer Abend.

»Liz!« Der unerwartete Klang von Jacobs Stimme ließ sie herumfahren. Er stand direkt vor ihr. Ihr Herz setzte einen Schlag aus, nur um in der nächsten Sekunde umso schneller vorwärtszustolpern. Sie wusste nicht, was sie empfinden sollte, als sie plötzlich wieder dem Mann gegenüberstand, der ihre Gedanken bei Tag und Nacht beherrschte. Trotz aller Anstrengung, ihn zu vergessen. War es Wut, Entsetzen oder Schmerz?

Bemüht, ihn nichts von ihren Gefühlen spüren zu lassen, setzte sie eine ausdruckslose Miene auf. Noch ehe sie etwas sagen konnte, hob Jacob beide Hände. »Ich muss mit dir sprechen. Bitte.«

Betont kühl und mit hochgezogenen Augenbrauen musterte sie ihn. »Ach ja? Ausgerechnet hier und jetzt? Wäre dazu nicht in den vergangenen vier Tagen reichlich Gelegenheit gewesen?«

»Hör zu ...« Er trat einen Schritt näher und fuhr sich mit der Hand in den Nacken. »Ich wäre schon viel früher zu dir gekommen. Aber dann dachte ich, es sei besser, ein bisschen Zeit verstreichen zu lassen, bis ...« Er zögerte, anscheinend unsicher.

»Bitte bemühe dich nicht. Es ist bereits alles gesagt«, erklärte Elisabeth gespielt gelassen. Ihr Blick schweifte über die Köpfe hinweg und blieb an Major von Creutzberg hängen, dessen Bekanntschaft sie unlängst in Dr. Wessels' Praxis gemacht hatte. Sie hatte die Hand des Majors verbunden, nachdem dieser sich eine üble Schnittwunde am Finger zugezogen hatte. Creutzberg schien sie ebenfalls zu bemerken. Er lächelte ihr zu und hob dabei die inzwischen geheilte Hand in die Luft, während seine Lippen ein »Danke« formten. Elisabeth lächelte zurück.

Sie wandte sich wieder Jacob zu und bemerkte, dass seine Kiefermuskeln sich verspannt hatten. Er warf ihr einen durchdringenden Blick zu. »Bitte lass uns ein paar Schritte gehen. Irgendwohin, wo wir ungestört sind.«

»Ich muss dich enttäuschen, aber das geht nicht. Ich bin mit Herrn Gramberg hier. Er müsste jeden Augenblick zurück sein.«

»Ich weiß.« Jacobs Augen verengten sich. »Habe ich dir nicht gesagt, du sollst dich von Gramberg fernhalten?«

»Das hast du.« Kühl musterte sie ihn. »Zu deiner Beruhigung, ich weiß, was ich tue. Um es auf den Punkt zu bringen: Es ist nichts anders, als du mir geraten hast. Ich trenne Geschäftliches von Privatem.«

Schweigen. Sie hatte Jacob noch nicht sprachlos erlebt, aber nun war es der Fall.

»Gut, wie du willst ...« Er starrte sie einen Moment unverwandt an. »Aber falls du deine Meinung änderst, du findest mich dort drüben.« Er deutete mit dem Kopf zu den Orangenbäumen, die sich gegenüber der freien Fläche befanden, und stapfte davon, die Hände in den Taschen seiner weißen Anzughose vergraben. Kopfschüttelnd blickte sie ihm hinterher. Sie fühlte sich ausgelaugt, dabei hatte der Abend eben erst begonnen.

Kurz darauf trat Gramberg neben sie und reichte ihr ein Glas Champagner. »War das eben Preston? Was wollte er?«

»Nichts. Wir sind uns zufällig über den Weg gelaufen.« Elisabeth machte eine unwirsche Bewegung mit der Hand. Unauffällig schielte sie zu den Orangenbäumen hinüber, nur um festzustellen, dass Jacob dort nicht war. Sie zuckte die Achseln. Es war eben kein Verlass auf ihn.

»Es sah mir eher nach Absicht aus.« Gramberg sah sie sehr direkt an. »Wenn er Ärger macht …«

»Nein«, wehrte Elisabeth schroff ab. Sie hoffte, Gramberg merkte ihr nicht an, dass ihr das Herz bis zum Halse schlug. »Mr Preston und ich haben nichts mehr miteinander zu tun.«

»Eigenartig.« Ein nachdenklicher Ausdruck legte sich auf Grambergs Gesicht »Es hat sich viel verändert seit damals, als wir uns auf bin Saids Empfang hier unter den Bäumen begegnet sind. *Sie* haben sich verändert. Sie wirken gefestigter. Das macht Sie noch begehrenswerter.«

Elisabeth stutzte. Für einen Moment war sie irritiert, wie sie reagieren sollte, dann beschloss sie, sein Kompliment mit einem Lächeln zu quittieren.

»Ich erinnere mich sehr gut an unsere damalige Unterhaltung«, sinnierte Gramberg weiter vor sich hin. »Dabei stellten wir fest, dass wir wohl beide nicht für die Ehe geschaffen sind.« Er maß sie mit einem intensiven Blick. »Das Kleid steht Ihnen ausgezeichnet. Danke, dass Sie mir meinen Wunsch erfüllt haben.«

»Das Kleid hatte schon viel zu lange in einer Truhe gelegen.« Sie zupfte an einer ihrer zu Korkenziehern gedrehten Locken. »Imanis geschickte Hände haben ihm neues Leben eingehaucht.«

»Das freut mich. Nun, Sie erachten es hoffentlich nicht als anmaßend, aber ich habe Ihnen etwas mitgebracht.« Gramberg reichte sein Glas an sie weiter. Dann griff er in die Innentasche seiner Anzugjacke und zog ein schmales Lederetui hervor. Ein Muskel an seinem Kinn zuckte, er klappte die Schatulle auf.

Die beiden Gläser in den Händen balancierend, beugte sie sich näher. Schimmernd weiße Perlen, an einem cremefarbenen Satinband befestigt, leuchteten ihr entgegen. Das Schmuckstück bestach durch Eleganz und Schlichtheit. Etwas lockte sie, das Perlmutt zu berühren, es in die Hand zu nehmen, ja, sogar die Kühle der Perlen an ihrem Hals zu spüren. Ihre Mutter hatte bei großen Empfängen stets Perlen getragen, damals, zu Hause in Lübeck. Elisabeth konnte sich noch gut erinnern, wie sich der irisierende Glanz der Perlen in den Augen ihrer wunderschönen, von allen respektierten Mutter widerzuspiegeln schien. Und diese Kette hier … Noch nie hatte sie Perlen dieser Größe gesehen.

»Wunderschön«, flüsterte sie ehrfürchtig, den Blick fasziniert auf den Schmuck gerichtet.

»Ein Familienstück. Die Perlen sind von überragender Qualität. Es wäre eine unvergessliche Erinnerung an den heutigen Abend, die Kette an Ihrem Hals zu sehen«, erklärte Gramberg. »Würden Sie sie für mich tragen? Natürlich erwächst keine Verpflichtung daraus.«

»Ich … weiß nicht …« Aus einem tiefen Winkel ihres Bewusstseins schlich sich ein Satz, den ihr Vater einst gesagt hatte: *Wenn ein Mann dir Geschenke macht, erwartet er, dass du dich im Gegenzug erkenntlich zeigst.* Gedankenverloren schüttelte sie den Kopf. In diesem Fall verhielt es sich anders. Gramberg machte ihr kein Geschenk. Die Kette war geliehen. Gramberg hatte betont, dass er keinen Gegengefallen erwartete. Und was ihren Vater betraf … Hatte er nicht ebenso die Haltung vertreten, dass man dem Geschäft zuliebe Opfer bringen müsse, selbst wenn sie privater Natur waren? Die Kette verschwamm vor ihren Augen. Sie blinzelte, um wieder klar zu sehen, und hob dann das Kinn.

Der Blick aus seinen hellen Augen ruhte auf ihr. »Ihr Zögern ist verständlich. Sicher erscheint Ihnen mein Ansinnen albern. Ab und an neige ich nun mal zu Sentimentalität.« Fast verlegen zuckte er die Achseln. »Der Mensch ist eine seltsame Kreatur. Einerseits beansprucht er für sich, über einen freien Willen zu verfügen, andererseits aber …« Ein Schatten huschte über sein Gesicht und verschwand wieder. »Sind wir nicht alle auf die eine oder andere Art Gefangene unserer Wünsche, Neigungen und Träume?« Er maß sie mit einem langen Blick. »Bitte glauben Sie mir. Es würde mich sehr glücklich machen. Erfüllen Sie mir diesen einfachen Wunsch?«

Elisabeths Gedanken wirbelten durcheinander. Instinktiv senkte sie den Kopf, um nicht länger mit ihm Blickkontakt halten zu müssen. Solange sich ihr eigenes Gesicht in seinen hellen Augen spiegelte, war sie unfähig, nachzudenken. Es mochte nichts dabei sein, dennoch bereitete ihr die Vorstellung Unbehagen, Grambergs Kette an ihrem Hals zu spüren, an jener Stelle, an der Jacob sie noch vor wenigen Tagen leidenschaftlich geküsst hatte. Sie biss sich auf die Lippe.

»Darf ich Ihr Schweigen als Ja deuten?«, fragte Gramberg, als sie auffällig lange nichts gesagt hatte.

Elisabeth starrte auf die winzigen goldenen Bläschen, die in den Sektflöten aufstiegen. Schließlich nickte sie. »Wenn Ihnen so viel daran liegt …«

Gramberg wirkte erfreut. »Sie erlauben, Madame?« Die Perlen schimmerten hell in seiner Hand.

Er trat hinter sie. Elisabeth spürte ein unbehagliches Kribbeln über ihren Körper laufen, als er dicht an sie herantrat und seine Hände sich ihrem Hals näherten, um ihr die Kette umzulegen. Warm und feucht strich sein Atem über den zarten Flaum an ihrem unteren Haaransatz und brachte die feinen Nervenenden ihres Nackens zum Erschaudern. Sie musste sich zwingen, ruhig stehen zu bleiben. Langsam, beinahe tastend legten sich seine Hände auf ihre nackte Haut. Hände, die sie wiederholt am Abzug eines Gewehrs hatte ruhen sehen und die nun geschickt einen Knoten schlangen. Elisabeth schluckte trocken. Sie spürte eine unangenehme Enge am Kehlkopf. Angespannt sog sie die Luft ein. Aus dem Nichts tauchte die Erinnerung an die gefangenen Sklaven auf, die sie bei einem ihrer ersten Spaziergänge durch die Stadt mit Wessels gesehen hatte. Die Ärmsten hatten eiserne Ringe um den Hals getragen. Sie spürte den Impuls, mit den Fingern unter das Kropfband zu fahren, damit es nicht so festsaß, aber ihre Hände waren durch die Sektgläser blockiert.

»Ist es so angenehm?« Seine Stimme erklang dicht neben ihrem Ohr.

Sie räusperte sich. »Es ist ein wenig eng.«

»Entschuldigen Sie meine Unbeholfenheit. Ich habe keine Übung in diesen Dingen.« Wieder spürte sie seinen warmen Atem im Nacken, während er den Knoten löste und erneut band, diesmal deutlich lockerer.

»Wie ist es nun?« Gramberg trat beiseite.

»Jetzt ist es besser.« Entschlossen reichte sie ihm das Glas zurück, während sie mit der nun freien Hand nach den Perlen tastete, die sich kühl auf ihrer Haut anfühlten.

In seinem Blick lag Genugtuung. »Es steht Ihnen ausgezeichnet. Lassen Sie uns anstoßen.« Er hob sein Glas. »Auf einen unvergesslichen Abend. Und auf langfristige geschäftliche Beziehungen.«

Elisabeth hielt mit dem Atmen inne. Wie lange hatte sie darauf gewartet, dass dieser Satz fiel! Ein Prickeln stieg in ihr auf, perlend wie der Champagner in dem Glas in ihrer Hand. Ihre Lippen senkten sich über das Glas. Gramberg sollte das Lächeln in ihrem Gesicht nicht entdecken. »Zum Wohl!«

Inzwischen war die Musik verstummt, abgelöst von dumpfem Trommelschlag. Gramberg hob den Arm und deutete auf die in roten Lendenschurz gekleideten Afrikaner, die eben die Bühne betraten. »Der Auftritt der Schwerttänzer. Sehen Sie gut zu. Es wird interessant.«

Erleichtert, dass er seine Aufmerksamkeit von ihr genommen hatte, reckte Elisabeth den Hals. Wie von ungefähr tasteten ihre Finger zu den Perlen. Von allen Seiten spürte sie bewundernde Blicke auf sich ruhen. Eine Perlenkette schien niemals ihre Wirkung zu verfehlen.

Der Auftritt begann. Paarweise standen sich die Männer gegenüber. Klingen blitzten im Schein der Fackeln auf. Die Tänzer sprangen vorwärts und rückwärts, in ein wildes Knäuel verschlungen, während sie blitzschnell die Schwerter schwangen. Gleich darauf ordneten sich die Reihen neu, und das Treiben begann von vorne. Befremdet sah Elisabeth dem Spektakel zu, das sie an Gladiatorenkämpfe erinnerte. Plötzlich sog sie scharf die Luft ein. Jacob hatte schräg gegenüber Stellung bezogen. Breitbeinig, die Arme vor der Brust verschränkt, stand er da und starrte mit einem seltsamen Ausdruck zu ihr herüber. Entschlossen vermied es Elisabeth, in seine Richtung zu blicken.

Möglicherweise war es Zufall, vielleicht aber hatte Gramberg etwas gespürt, denn er trat dichter neben sie. Auch wenn seine Nähe ihr zu viel war, konnte Elisabeth sich nicht dazu durchringen, die angemessene Distanz wiederherzustellen. Als die enervierende Trommelmusik endete, atmete sie auf. Ohne dass Beifall erklang, verließen die Tänzer die Fläche, so verlangte es die Etikette am Hofe bin Chalids. Auch Elisabeth und Gramberg verhielten sich stumm.

»Wie ich hörte, haben Sie ein neues Äffchen«, erkundigte sich Elisabeth schließlich, um das Gespräch erneut in Gang zu bringen. »Wo haben Sie es gelassen?«

»Es ist noch nicht zutraulich. Ich bin dabei, es zu zähmen«, gab Gramberg zurück.

»Fräulein von Baahren!« Wessels schob sich durch die umstehenden Gäste auf sie zu und winkte.

Etwas zu überschwänglich winkte Elisabeth zurück. Im Gegensatz zu Jacob, den offene Feindschaft mit Gramberg verband, verstanden sich Wessels und Gramberg ihres Wissens recht gut miteinander. Erleichtert atmete Elisabeth auf. Dass Wessels heute Abend hier war, nahm den Druck von ihr, die Unterhaltung mit Gramberg allein gestalten zu müssen. Insgeheim befürchtete sie, dass ihr die Themen ausgingen, bevor die Höflichkeit erlaubte, dass sie von sich aus auf den Handel zu sprechen kam.

»Guten Abend, Verehrteste.« Mit einer knappen Verbeugung blieb Wessels vor ihr stehen. Dabei schien er Gramberg kaum zu beachten.

»Guten Abend, Doktor. Wie schön, Sie wieder gesund und munter zu sehen.« Überrascht, dass er überhaupt auf den Empfang gekommen war, reichte sie ihm die Hand. Dabei bemerkte sie sein fahles Aussehen und die Schatten unter seinen Augen. Sie runzelte die Stirn. »Ich habe mir Sorgen um Sie gemacht. Anna meinte, Sie wären krank, wollten aber niemanden sehen.«

»Korrekt. Ich hatte mir ein scheußliches Fieber zugezogen und durfte nicht riskieren, andere damit anzustecken. Umso größer ist die Freude, Sie heute Abend hier zu treffen. Sie sehen hinreißend aus, meine Liebe. Ich wünschte, ich hätte das Talent, Ihr Porträt in einer Skizze festzuhalten.«

»Zu freundlich. Was für ein schöner Zufall, dass wir uns begegnen«, sagte Elisabeth.

»Um die Wahrheit zu sagen, habe ich bereits nach Ihnen Ausschau gehalten«, gestand Wessels.

»Ach ja? Woher wussten Sie denn, dass ich hier bin?« Elisabeth hob eine Augenbraue. »Die Prinzessin ist in letzter Zeit nicht gut auf mich zu sprechen. Dass ich eingeladen sein würde, war unwahrscheinlich.«

»Herr Gramberg erzählte mir, dass Sie kämen.« Die Worte kamen etwas überhastet aus Wessels' Mund.

»So ist es.« Gramberg schob lässig eine Hand in die Tasche seiner Anzughose. »Fräulein von Baahren ist mit mir hier.«

»Natürlich«, erwiderte Wessels. Zu ihrer Verwunderung meinte Elisabeth eine feine Ironie mitschwingen zu hören. »Wie könnte ich darüber nicht im Bilde sein? Ich unterbreche doch hoffentlich nicht eine wichtige Unterredung?«

»Aber nein«, warf Elisabeth rasch ein. »Bislang haben wir nur die Auftritte verfolgt.« Ihr Blick wanderte zu einer Gruppe von Eunuchen hinüber, die gerade auf der Bühne Aufstellung nahmen.

»Ach so?« Wessels' Ton floss über vor Ironie. Elisabeth fragte sich, weshalb. »Sie lassen nach, Gramberg. Gewöhnlich steuern Sie direkt auf das Geschäft zu.«

In Grambergs Augen flammte eine kaum sichtbare Gefühlsregung auf. Dann hatte er sich wieder unter Kontrolle und zuckte die Achseln. »Es gehört zum guten Ton, das Geschäftliche auf den späteren Abend zu verlegen.«

»Oh. Ja, so ist das in der Tat.« Mit einem feinen Lächeln neigte Wessels den Kopf.

Ein angespanntes Schweigen hing in der Luft.

Gramberg starrte ungerührt zu Wessels hinüber. »Fräulein von Baahren und ich sind gespannt auf den nächsten Auftritt.

Wir wären Ihnen verbunden, wenn Sie uns diesen in Ruhe verfolgen ließen.«

»Wenn das so ist …« Wessels nickte langsam. Sein Blick fiel auf das leere Glas in Elisabeths Hand. »Verehrteste, Sie haben ausgetrunken, wie ich sehe. Verzeihen Sie, aber als Galan der Wiener Schule ist es mir ein Bedürfnis, Ihnen ein frisches Glas zu besorgen.« Er hielt inne und fuhr sich mit der Hand durch das lichte Haar. Eine Geste, die man als Verlegenheit hätte deuten können, hätte Elisabeth nicht das feine Lächeln bemerkt, das um seine Mundwinkel spielte. Im nächsten Moment war es verschwunden, sodass Elisabeth sich fragte, ob sie es sich nicht eingebildet hatte. Wie absichtslos hob er eine Augenbraue und blickte zu Gramberg. »Oder möchten Sie das lieber tun?«

Die Muskeln an Grambergs Kiefer zuckten. »Mit Vergnügen.« Er lächelte dünn und bedeutete ihr, ihm das leere Glas zu reichen. »Sie gestatten, Fräulein von Baahren?«

»Vielen Dank.« Elisabeth nickte.

Nachdem Gramberg sich auf den Weg gemacht hatte, standen Wessels und sie sich schweigend gegenüber. Elisabeth räusperte sich. »Ein so besonderer Abend, finden Sie nicht? Farida versteht es, eine wahrhaft märchenhafte Kulisse zu zaubern. Umso mehr freue ich mich, dass es Ihnen wieder gut geht, lieber Doktor. Es wäre zu schade gewesen, wenn Sie dieses wunderbare Fest verpasst hätten.«

»Ein gelungener Abend.« Wessels nickte. »Aber ich bin nicht wegen des rauschenden Fests gekommen.« Schweigend hielt er sie mit seinem Blick fest.

Elisabeth blinzelte, dann schüttelte sie den Kopf. »Nein? Weshalb dann?«

»Nun, um ehrlich zu sein, hoffte ich, Sie zu sehen. Es gibt etwas Wichtiges, das ich Ihnen gern mitteilen möchte.« Er legte den Kopf schräg und maß sie mit einem langen Blick. »Ich hätte Ihnen bereits am Montag meine Aufwartung gemacht. Leider kam mir das Fieber dazwischen. Ich bin erst seit heute Mittag wieder auf den Beinen.«

»Ich verstehe.« Sie atmete durch. »Nun, wenn es so wichtig ist, dann erzählen Sie.«

»Hören Sie …« Er strich sich mit der Hand über den Nacken. »Es ist vielleicht nicht unbedingt der beste Zeitpunkt, andererseits aber ist es möglicherweise genau der richtige.« Wessels räusperte sich. »Sie wissen, dass ich hin und wieder dazu neige, etwas unsensibel zu sein.«

»Wenn Sie damit auf unsere gelegentlichen Auseinandersetzungen anspielen, ich habe Ihnen längst verziehen.«

»Darauf möchte ich nicht hinaus.«

»Auf was dann?«, fragte Elisabeth und merkte, wie ihre Aufmerksamkeit von dem Geschehen in Wessels' Rücken abgelenkt wurde. Über seine Schulter hinweg beobachtete sie, wie Farida, begleitet von ihrer Apanage, unter den mit Laternen geschmückten Bäumen auf die Freifläche zugeschritten kam. Unmittelbar vor Jacob blieb sie stehen, um sich mit ihm zu unterhalten. Elisabeth spürte einen Stich im Herzen.

»Ich will ehrlich sein. Ich weiß, dass zwischen Preston und Ihnen etwas vorgefallen ist.« Wessels hielt kurz inne und räusperte sich erneut. »Anhand der Tatsache, dass Sie heute mit Gramberg hier sind, lässt sich erahnen, in welcher Situation Sie sich befinden.«

Elisabeths Blick zuckte zu Wessels zurück. Die Ernsthaftigkeit in seiner Stimme und die Erwähnung von Jacobs Namen ließ sie die Prinzessin für einen Moment vergessen. Konzentriert sah sie Wessels an. »Es geht ums Geschäft. Um nichts weiter«, erklärte sie langsam. »Aus diesem

Grund bin ich heute Abend in Herrn Grambergs Begleitung hergekommen.«

»Dessen bin ich mir sicher«, pflichtete Wessels ihr bei. Dass sie eben kurz abgelenkt gewesen war, schien er nicht bemerkt zu haben. »Nicht zuletzt deswegen habe ich auch den Mut gefasst, Ihnen mein Anliegen zu unterbreiten.« Wieder hielt er inne.

Sie betrachtete ihn mit Anspannung. Die Stille zwischen seinen Worten hatte etwas zu bedeuten, das wusste sie.

»Verehrtes Fräulein von Baahren.« Wessels trat einen Schritt näher und nahm beinahe ihr ganzes Gesichtsfeld ein.

»Ich weiß, dass ich Ihren Erwartungen nicht vollständig entspreche …«

Elisabeth spürte einen nervösen Schauer im Nacken. Mit wachsender Verwunderung lauschte sie seinen Worten, die er sich offensichtlich sorgfältig zurechtgelegt hatte. Am Rande ihres Bewusstseins bekam sie mit, dass die Eunuchen begannen, unter komischer Verdrehung der Körper lustige Lieder zum Besten zu geben. Die umstehenden Gäste brachen in Gelächter aus.

Wessels wartete, bis das Lachen verebbt war. »Andererseits kennen wir uns gut genug, um zu wissen, dass uns große Sympathie miteinander verbindet.«

»Natürlich …« Ihre Anspannung wuchs. Sie nickte unschlüssig.

Die Musik der Eunuchen setzte für einen Moment aus, als sich die Darsteller abwechselten.

»Sie sind eine bemerkenswerte Frau. Ich respektiere Sie in jeglicher Hinsicht und unterstütze Ihren Wunsch nach Selbstständigkeit. Gleichzeitig bin ich in der Lage, Ihnen Sicherheit zu bieten. Eine bessere Basis für eine gemeinsame Zukunft kann es kaum geben.«

Elisabeths Wangen begannen zu glühen. Sie ahnte, welch fatale Richtung das Gespräch nehmen konnte.

»Auf Dauer lebt es sich schwer mit dem Alleinsein, darum …« Wessels unterbrach sich und fingerte in der Brusttasche seines Jacketts. »Ich möchte Sie bitten, meine Frau zu werden.«

Elisabeths Herz setzte einen Schlag lang aus. Entsetzt starrte sie auf den Ring mit dem von Brillanten umkränzten Smaragd, den Wessels ihr entgegenhielt.

Kapitel 23

Wessels' Worte hingen noch in der Luft, als ein müdes Klatschen ertönte. Benommen drehte Elisabeth sich um. Sie sah Gramberg unter einem der Orangenbäume hervortreten und über den Rasen auf sie zugehen, gefolgt von einem Bediensteten, der Sektgläser auf einem Silbertablett balancierte.

»Was für eine reizende Ansprache, Wessels. Es fehlt nur, dass Sie dafür in die Knie gegangen wären.«

»Gramberg …«, sagte Wessels tonlos.

Elisabeth bemerkte, wie er den Ring, der eben noch vor ihr in der Luft geschwebt war, zurück in die Westentasche gleiten ließ. Nervös tastete ihre Hand nach den Perlen, die schwer auf ihrer Haut lagen. Die Luft war feucht und drückend, getränkt von einem unnatürlich süßen Duft nach Rosen und Jasmin.

Gramberg blieb stehen. Sein Blick wechselte zwischen Wessels und ihr hin und her, um schließlich an ihr hängen zu bleiben. »Fräulein von Baahren.« Er nickte knapp. Der Ausdruck auf seinem Gesicht war schwer zu deuten. »Ich wünschte, diese peinliche Situation wäre Ihnen erspart geblieben.«

Elisabeth spürte, wie Wessels ihr die Hand auf den Rücken legte. »Elisabeth, ich denke, wir führen unser Gespräch ein andermal fort. Bitte nehmen Sie sich Zeit, über meinen Antrag nachzudenken.«

Sie schenkte ihm ein gezwungenes Lächeln, zum Zeichen, dass sie seine Worte gehört hatte.

»Fräulein von Baahren verdient jemand Besseren als Sie«, sagte Gramberg. Etwas Eisiges leuchtete in seinen Augen auf. Ohne den Blick von Wessels zu nehmen, bot er Elisabeth seinen Arm an. »Kommen Sie, Fräulein von Baahren, wir gehen.«

Elisabeth erstarrte. Sie fühlte sich wie zwischen Szylla und Charybdis. Ganz gleich, wie sie sich entschied, sie würde nicht unbeschadet aus dieser Zwickmühle hinauskommen.

»Sie werden Fräulein von Baahren nichts befehlen.« Wessels' Tonfall war ruhig, aber als Elisabeth ihm den Kopf zudrehte, wirkte sein Gesicht fahl. Elisabeth vermutete, dass er seine wahren Gefühle nur mühsam verbarg.

Provokant trat Gramberg einen Schritt näher an Wessels heran und lächelte spöttisch.

Einen angespannten Moment lang schien die Welt stillzustehen. Elisabeth spürte die Blicke der umstehenden Menschen auf sich lasten.

»In der Liebe und im Krieg sind alle Waffen erlaubt, so heißt es doch in Ihrem Sprachgebrauch, nicht wahr?« Faridas Stimme hallte deutlich vernehmbar durch den Abend.

Elisabeth fuhr herum. Sie hatte nicht bemerkt, dass die Prinzessin ihren Platz auf der anderen Seite aufgegeben hatte und zu ihnen getreten war. Gefolgt von ihrem Hofstaat … und von Jacob. Elisabeth spürte ein Brennen in ihrer Brust. Ihre Atemzüge gingen schneller und fester.

Faridas dunkle Augen über der Halbmaske schimmerten unergründlich im Schein der Fackeln. »Jedoch befinden wir uns hier in der Öffentlichkeit«, fuhr die Prinzessin fort. Der in ihre langen Zöpfe geflochtene Goldschmuck klimperte. »Noch dazu auf meinem Empfang. Meine Herren, ich befehle Ihnen, die Auseinandersetzung für heute ruhen lassen.«

Elisabeth fühlte sich von der Situation so unangenehm berührt, dass sie am liebsten im Boden versunken wäre. Ihr Blick tastete sich zu Wessels, der von ihnen dreien die größte Blamage erlitten hatte. Seine Gesichtsfarbe wechselte zwischen aschgrau und einem ungesunden Rotton. Was mochte in ihm vorgehen? Sie biss sich auf die Lippe.

Ein merkwürdiges Vibrieren hing in der Luft. Jacob stand wie versteinert neben Farida. Elisabeth ertrug es nicht, zu ihm hinüberzublicken. In seiner Gegenwart fühlte sich alles in ihr wieder wund an, so als wäre die Verletzung eben erst geschehen. Sie senkte den Blick auf ihre zitternden Hände.

Ohne aufzusehen, fühlte sie, wie Faridas Blick sie durchbohrte. »Sie stehen nicht auf der Gästeliste, Miss von Baahren. Wie kommt es, dass Sie hier sind?«

Elisabeth straffte den Rücken und zwang sich, Farida direkt in die Augen zu sehen. »Nun, Hoheit, ich bedauere es, wenn mein Erscheinen Ihr Missfallen erregt. Aber Herr Gramberg behält sich vor, selbst zu wählen, wer ihn zu den Einladungen begleitet.«

»Ich verstehe.« Farida hielt den Blick weiter fest auf Elisabeth geheftet. »Dieser Abend hat mich bislang über alle Maßen gelangweilt, doch jetzt verspricht er, amüsant zu werden. Ich habe den Anblick der Eunuchen satt. Bereiten wir dem kläglichen Schauspiel ein Ende.« Gebieterisch klatschte sie in die Hände. Die Eunuchen, die die ganze Zeit über in abwartender Untätigkeit verharrt hatten, räumten die Bühne. Als der Letzte von ihnen verschwunden war, betrachtete Farida Elisabeth mit einer Mischung aus gespielter Unschuld und Hinterlist. »Wie ich hörte, haben Sie eine bemerkenswerte Stimme. Bitte schön.« Farida hob die Hand unter dem langen schwarzen Umhang und deutete auf die Bühne.

Elisabeths Magen verkrampfte sich. Ungläubig sah sie in das von der Maske nur zum Teil verhüllte Gesicht der Prinzessin. Ihre Gedanken irrten umher. Sie konnte nicht begreifen, was gerade passierte. Obwohl es undenkbar schien, gab es nur eine Erklärung, weshalb Farida behaupten konnte, sie könne singen. Jacob musste es der Prinzessin erzählt haben. Ohnmächtig vor Wut und Enttäuschung keuchte sie auf. Wie konnte er ihr das antun? Als sie seinen Blick suchte, schien er zunächst ebenso fassungslos wie sie. Dann aber schob sich etwas Dunkles in seinen Blick. Kaum merklich schüttelte er den Kopf. Seine Lippen formten lautlose Worte, die eine Entschuldigung bedeuten mochten oder vielleicht auch nicht. Elisabeth hatte mit einem Mal das Gefühl, einem Fremdem gegenüberzustehen, zu dem sich einen Herzschlag lang der Geist des Mannes gesellt hatte, den sie einmal gekannt und geliebt hatte. Nie hätte sie es für möglich gehalten, dass er so weit gehen würde, mit Farida darüber zu sprechen, was sich auf Eilean Donan zwischen ihnen abgespielt hatte, bevor es zu dem fürchterlichen Streit gekommen war. Jener Abend, den Elisabeth sich in ihrem Herzen als kostbare Erinnerung an die guten Zeiten mit Jacob aufbewahrt hatte, verlor so seine Bedeutung.

»Ich wusste nicht, dass Sie singen.« Grambergs rauchige Stimme drang an Elisabeths Ohr. »Wie konnten Sie mir diesen Genuss bisher vorenthalten?«

»Nur zu«, erklärte Farida im selben Augenblick, mehr Befehl als Ermunterung.

»Ich … kann nicht …«, erklärte Elisabeth schwach.

»Ich fürchte, Sie haben keine Wahl. Meine Haremsdamen haben Ihren Auftritt bereits unter den Zuschauern angekündigt. Sehen Sie …« Farida deutete auf die um den Platz versammelte Menge. Unter all dem Raunen war immer wieder Elisabeths Name zu hören. Unter den Umstehenden erkannte sie auch Victorias gespanntes Gesicht. »Die Menge wartet auf Sie.«

Für einen Augenblick hörte die Welt auf, sich zu drehen. Elisabeths Beine zitterten. In der Luft hing eine angespannte Erwartung, die sie bis tief in ihre Eingeweide spürte. Sie bemerkte, wie ihre Ferse ein unkontrolliertes Stakkato gegen den Boden trommelte. Das hier war ein Albtraum, aus dem es kein Entrinnen gab. Ihre Lungen fühlten sich an, als wären sie kurz vor dem Zerreißen. Keiner der Umstehenden sagte ein Wort.

»Wie könnte ich mich Ihrem Wunsch widersetzen, Sejide«, presste Elisabeth hervor, als das Schweigen unerträglich wurde.

Farida bedachte sie mit einem langen Blick. Elisabeth meinte, Ironie in ihren Augen aufblitzen zu sehen. »Keine falsche Scheu. Stellen Sie sich einfach vor, Sie singen für einen Geliebten.«

Elisabeths Herz raste zum Zerspringen. Zornerfüllt verwünschte sie den Tag, an dem sie sich in Jacob verliebt hatte. Für weitere Flüche blieb ihr keine Zeit, denn Farida klatschte hoheitsvoll in die Hände. Die Haremsdamen bildeten eine schmale Gasse, die Elisabeth den Weg zur Bühne freigab.

»Ich habe jedes einzelne Wort so gemeint, wie ich es gesagt habe. Doch gleich, wie Sie sich entscheiden, ich möchte nur eines: dass Sie glücklich werden«, raunte Wessels ihr mit leiser Stimme zu, als sie an ihm vorbeischritt.

Elisabeth hatte gerade noch Zeit, ihm im Gehen knapp zuzunicken. Gleich darauf stand sie auf der Freifläche, umringt von neugierigen Blicken. Die Gesichter der Zuschauer verschwammen vor ihren Augen. Enttäuschung, Schmerz, Wut … so viele Gefühle tobten gleichzeitig in ihr, dass sie nicht alle spüren, geschweige denn benennen konnte. Zitternd holte sie Luft. Sie spürte Jacobs Blick auf sich ruhen und drehte ihm das Gesicht zu. Einen Moment lang starrten sie sich in die Augen. Elisabeths Brust wurde eng, als sie bemerkte, wie kühl und unbeteiligt er mit einem Mal wirkte. Sie presste die Hand gegen ihre Brust, um ihr wild hämmerndes Herz zu beruhigen.

Und dann wusste sie, was zu tun war.

Ihre Kehle fühlte sich an wie ausgetrocknet. Sie räusperte sich hinter vorgehaltener Hand, dann nahm sie die Schultern zurück und begann zu singen. Zaghaft, aber immer kräftiger schwebten die Töne durch den Abend zu den Sternen empor, als sie das Lied anschlug, von dem sie wusste, dass es Jacob größtmöglichen Schmerz bereiten würde: jenes Lied, das sie am Abend vor ihrem Zerwürfnis für ihn gesungen hatte.

Kapitel 24

Der Abend war eine einzige Katastrophe. Wenn Jacob geahnt hätte, was ihn erwartete, hätte er sich im hintersten Winkel seiner Plantage verkrochen und den Teufel getan, zu Faridas Empfang erscheinen. Doch nun war er hier, und die Ereignisse überschlugen sich. Nachdem er Elisabeth auf der großen Treppe hatte stehen sehen und er sein Entsetzen, sie an Grambergs Seite zu erblicken, halbwegs überwunden hatte, hatte er vorgehabt, sie sich in einem geeigneten Augenblick zu greifen und sich bei ihr zu entschuldigen. Doch sie hatte ihm nicht mal ansatzweise die Gelegenheit dazu gegeben. Als er dann auch noch Zeuge geworden war, wie Gramberg die Finger um ihren Hals gelegt und die Perlenkette in ihrem Nacken geschlossen hatte, hatte Jacob pure Verzweiflung gefühlt. Es war der gleiche heiße Schmerz, den er damals nach seiner Rückkehr nach Glasgow gespürt hatte, als er hatte feststellen müssen, dass Jessica in seiner Abwesenheit seinen älteren Bruder geheiratet hatte. Am liebsten wäre er mit bloßen Fäusten auf Gramberg losgegangen, doch etwas hinderte ihn daran: das Wissen, dass er diesmal selbst Schuld hatte. Keuchend stieß er die Luft aus. Es gab nur einen Menschen, auf den er wütend sein konnte, und das war er.

Zu allem Übel war Gramberg nicht der Einzige, der ein Auge auf Elisabeth geworfen hatte. Auch Wessels schien Absichten zu haben. Ernste sogar, allem Anschein nach. Jacob waren sämtliche Gesichtszüge entglitten, als er gesehen hatte, wie der Doktor Elisabeth einen Ring unter die Nase gehalten hatte. Wessels' Blick hatte Bände gesprochen. Jacob verzog gequält das Gesicht. Die Beziehung zwischen Elisabeth und ihm war noch nicht einmal offiziell beendet, und schon konnte sie sich vor Verehrern nicht retten. Er fragte sich, wie der Streit zwischen ihnen in kürzester Zeit die Runde gemacht haben konnte. Seine Gedanken wurden unterbrochen, als Faridas Stimme an sein Ohr drang. Ihre folgenden Worte ließen das Blut in seinen Adern gefrieren.

»Wie ich hörte, besitzen Sie eine bemerkenswerte Stimme. Bitte schön«, hörte er Farida zu Elisabeth sagen.

Jacob spürte, wie ihm seine Gesichtszüge für einen Moment entglitten. Was sagte Farida da? Er selbst hatte Liz nur ein einziges Mal singen hören, kürzlich, als sie die Nacht auf seiner Plantage verbracht hatte. Da war die Welt noch in Ordnung gewesen. Am nächsten Morgen hatte er vor den Trümmern dessen gestanden, was seine Zukunft mit der Frau, die er liebte, hätte sein können. In Gedanken sah er sie wieder, wie sie, in sich selbst versunken, leise summend unter dem Baum stand, während das letzte Licht des Tages einen goldenen Schimmer in ihr Haar zauberte. Nie hätte er gedacht, dass ein paar einfache Noten so viel Sehnsucht und Verlangen in ihm wachrufen könnten. Liz' Stimme öffnete Zugänge zu seinem Inneren, die ihm bisher verborgen gewesen waren. Dass sie auch für Wessels oder Gramberg gesungen hatte, hielt er für ausgeschlossen. Der Teil von Liz, der sich über die Musik zum Ausdruck brachte, war verletzlich. Das hatte er in ihren Augen gelesen, an ihrem Zögern gespürt. *Sieh mich bitte nicht an, sonst bringe ich keinen*

Ton heraus … Er atmete tief durch. Woher zum Teufel wusste Farida …?

Instinktiv spürte er, wie Liz' durchdringender Blick ihn traf, und wandte den Kopf. Sämtliche Farbe war aus ihrem Gesicht gewichen. Er meinte, Ungläubigkeit in ihrem Blick zu lesen, dazu Wut.

»Liz«, flüsterte er.

Bei Gott, schoss es ihm durch den Kopf, Liz glaubte doch nicht etwa, dass er, Jacob, etwas über ihr Gesangstalent erzählt hatte!

Sein Blick wanderte weiter und kam auf Farida zu ruhen. Mit grimmiger Miene versuchte er zu erraten, was in der Prinzessin vor sich ging. Sie hatte das Gesicht eines Engels, doch dahinter verbargen sich Arglist und Heimtücke. Er presste die Zähne aufeinander und wünschte sich, er hätte nichts mehr mit der Prinzessin zu schaffen. Doch gerade jetzt, da bin Said im Oman weilte und die Regierungsgeschäfte in Faridas Händen lagen, durfte er es sich nicht mit ihr verscherzen. Farida besaß sowohl die Macht als auch die Mittel, nicht nur Elisabeth, sondern auch ihm Steine in den Weg zu legen. Wenn er sich mit ihr überwarf, konnte es schlimmstenfalls das Ende für Eilean Donan als freie Plantage bedeuten. Sein Magen zog sich zu einer festen Kugel zusammen. Die Kaltblütigkeit der Prinzessin machte ihn fassungslos. Farida hatte ihm in die Hand versprochen, Liz in Ruhe zu lassen. Dafür hatte er mit der Vanille bezahlt. Allerdings hatte er wohl unterschätzt, wie heiß die Eifersucht in Farida brannte. Sie ertrug es nicht, dass er ihre Avancen nicht erwidert und ihr eine Abfuhr erteilt hatte. Es war ihre Art, Rache zu nehmen. Langsam begannen die Dinge in seinem Kopf Form anzunehmen, ein Teil passte zum anderen. Er stieß einen kehligen Laut aus. Farida hatte ein Netz aus Intrigen gesponnen, und er konnte nichts dagegen tun. Schließlich konnte er Farida schlecht Vorhaltungen machen, dass sie Liz mit einem – wie er vermutete: verlogenen – Kompliment dazu zwang, zu singen, in der Hoffnung, sie werde sich blamieren. Wie viel Raffinesse und Kaltblütigkeit hinter Faridas Handeln steckten, ahnte außer ihm wohl niemand.

* * *

Die Gespräche ringsum erstarben. Alle Augen waren auf Liz gerichtet. Jacob hielt den Atem an. Er sah, wie Liz kurz schwankte, ihr Blick versuchte, Halt im Nichts zu finden, für einen bangen Moment glaubte er, sie würde ohnmächtig. Kurz erhaschten seine Augen ihr Gesicht und entdeckten darin eine Verletzlichkeit, die ihm bis ins Mark ging.

Sie straffte den Rücken. Zögerlich hob sie an zu singen. Sanft und anmutig bewegte sie dabei die Hände durch die Luft. Ihr Blick kehrte sich nach innen, sie schien in ihrer eigenen Welt zu versinken. Von Note zu Note wurde ihre Stimme ausdrucksvoller und klarer.

Ein Schmerz durchzuckte ihn. Es fühlte sich an, als schnitte ihm jemand mit einem Messer in die Brust, als ihm dämmerte, welches Lied sie sang. Ungläubig starrte er zu ihr hinüber. *Verdammt, Liz …*, murmelte er stumm.

Leise flehen meine Lieder …

Er spürte, wie ihn Schmerz und Trauer überkamen. Dennoch konnte er den Blick nicht von ihr lösen. Sie wirkte so schön, so frei und gleichzeitig so verwundbar, dass es ihm den Atem raubte. Das Pochen seines Herzens dröhnte in seinen Ohren. Liz war nicht die erste Frau, die er geliebt hatte, aber sie war die einzige, für die er sein Leben gegeben hätte. In diesem Moment wurde ihm bis in den letzten Winkel seiner Seele bewusst, wie tief er für sie empfand. Er legte den Kopf in den Nacken und schaute zu den Sternen empor, in denen Ashok zufolge sein Schicksal festgeschrieben stand.

Liz war die Frau, für die er sein bisheriges Leben hinter sich hatte lassen wollen.

Sie war die Frau, die er aus tiefster Leidenschaft begehrte, die er vor Schaden bewahren und vor allem Schlechten hatte schützen wollen.

Und dann war alles anders gekommen. Ohne es zu bemerken, hatte er einen Fehler nach dem anderen gemacht.

Als das Lied endete, herrschte Stille. Liz stand mit hängenden Armen da und wirkte wie betäubt. Nach einer ganzen Weile löste sie sich aus ihrer Starre und verneigte sich vor ihrem Publikum, bevor sie sich von Gramberg durch die von Laternen erleuchtete Allee wegführen ließ.

Ashok, der ebenfalls zu dem Empfang geladen war und bis eben mit einer Gruppe weiterer Pflanzer über Zuckerrohrpreise diskutiert hatte, trat zu ihm. Schweigend sah er ihm ins Gesicht.

Kopfschüttelnd senkte Jacob den Blick. Seine Augen schmerzten, als hätte man ihm feinste Glassplitter unter die Lider gerieben. »Es ist aus. Ich habe sie für immer verloren«, murmelte er so leise, dass er nicht wusste, ob Ashok es hören konnte.

Dessen Hand senkte sich schwer auf seine Schulter. »Wer sagt das?«

Jacobs Kinn zitterte. Er ertrug es nicht, Ashoks Blick zu begegnen, und wandte sich ab. »Sie verachtet mich. Es ist meine Schuld. Ich hätte es ihr erzählen müssen, aber …« Er verstummte mitten im Satz und biss die Zähne zusammen.

»Du wolltest sie schützen«, meinte Ashok in sein Schweigen hinein. »Warte, bis sie sich beruhigt, dann rede mit ihr.«

»Wozu?« Jacob schüttelte den Kopf. »Es ist vorbei.« Da er keine Worte mehr hatte, drehte er sich um und ließ Ashok stehen.

* * *

Ich möchte Sie bitten, meine Frau zu werden … Der Empfang neigte sich dem Ende, doch in Wessels hallten unablässig die Worte wider, die ihm möglicherweise eine Spur zu unbedacht über die Lippen gegangen waren. Wie sie ihn angesehen hatte, ungläubig, mit halb offenem Mund … Hatte er sich zum Narren gemacht? Möglich, doch andererseits, welche andere Möglichkeit hätte er gehabt? Als er gesehen hatte, wie Gramberg Elisabeth die Kette umgelegt hatte, war ihm klar geworden, wie wenig Zeit ihm blieb. Kopfschüttelnd öffnete er sein Zigarettenetui und zündete die letzte Zigarette an. Seine Hand zitterte, als er sie an die Lippen führte und einen tiefen Zug nahm. Angewidert von dem Geschmack, blies er den Rauch durch die Nase in die Dunkelheit um ihn herum.

Seine Gedanken wanderten zurück zu der Begegnung auf der Club-Schamba vor vier Tagen, als Gramberg ihm die Worte im Mund herumgedreht und gegen ihn verwendet hatte. Seitdem sah er den Mann in einem anderen Licht. Mit einem hohlen Gefühl im Bauch nahm Wessels den nächsten Zug seiner Zigarette. War Gramberg ein Blender? Hatte er ihm und allen anderen auf Unguja etwas vorgemacht?

Das Gespräch mit Elisabeth kam ihm in den Sinn. Sein Pflichtbewusstsein als Mediziner regte sich. Elisabeth hatte ihn gebeten, dem Typhusverdacht auf Kiuui nochmals nachzugehen, aber dann hatte ihn das Fieber ereilt. Nun spürte er die Dringlichkeit ihres Anliegens umso deutlicher.

Er legte den Kopf in den Nacken und ließ den Besuch auf Kiuui noch einmal vor seinem inneren Auge erstehen. Das Geschehen lag einige Monate zurück, dennoch konnte er sich genau an ihren Wortwechsel erinnern. Dann der Moment, als Elisabeth angemerkt hatte, es rieche nach kalter Asche, und Gramberg daraufhin die Geschichte mit der Explosion erzählt

– erlogen? – hatte. Wenn die Destille tatsächlich in die Luft geflogen war, so musste der Brennofen dabei völlig zerstört worden sein.

Konzentriert starrte Wessels vor sich hin. Damals war er sich sicher gewesen, nichts übersehen zu haben. Inzwischen hätte er dafür nicht mehr die Hand ins Feuer legen können. Kein Typhus in den Behausungen, trotz anderslautender Gerüchte. Eine explodierte Destille, doch keine Gräber der Opfer. Je länger er darüber nachdachte, umso unwohler fühlte er sich. Warum hatte er damals nicht nachgesehen, in welchem Zustand sich der Brennofen befunden hatte? Mit grimmiger Miene trat er die Zigarette aus. Er stieß sich mit dem Fuß von dem Baumstamm ab, an dem er gelehnt hatte, und schritt über den knirschenden Kies auf die große Treppe zu.

Dass Farida genau in diesem Moment zu ihnen gestoßen war, als er Elisabeth den Antrag gemacht hatte, hatte eine ganz eigene Tragik. Es gehörte zu den vielen unglückseligen Zufällen, aus denen sein Leben zu bestehen schien und die er zu vergessen suchte. Nicht umsonst hatte es ihn nach Sansibar verschlagen. Er hatte sich diesen von Gott und von allem sittlichen Anstand verlassenen Ort genauso wenig ausgesucht wie seine Einsamkeit. Ein trauriger Zug legte sich um seine Mundwinkel. Wenn er als junger Mann geahnt hätte, welchen Preis er zu entrichten hatte, wenn er sich der Medizin verschrieb, hätte er womöglich anders entschieden. Vielleicht hätte er besser Juristik studiert, oder er hätte sich der Altphilologie gewidmet. Er presste die Lippen aufeinander. Sinnlos, sich darüber Gedanken zu machen, dafür war es längst zu spät.

Langsam schritt er an den Wasserbecken des Mtoni mit den sprudelnden Brunnen vorbei. Sein Blick wanderte über das Märchen aus Tausendundeiner Nacht, das Farida im Garten von Bet il Mtoni hatte entstehen lassen und das langsam zu verblassen schien. Er spürte die letzten Minuten verrinnen wie

Sand, der durch ein Stundenglas floss. Die Gäste schienen des Plauderns müde, die Gespräche verhallten. Mit trägen Schritten schlenderte man zwischen den Sitzgelegenheiten unter Bäumen umher und versuchte, einen freien Stuhl zu ergattern. Der flackernde Schein Tausender Papierlaternen in den Zweigen malte Schatten in die Gesichter und ließ sie erschöpft wirken. Unter den schweren, süßlichen Blumenduft mischte sich das kräftige Aroma frisch gebrühten Kaffees. Silberne Kannen an langen, rasselnden Ketten bewegten sich unablässig hin und her, in papierdünnen Tassen dampfte der Mokka. Zigarren und Zigaretten glommen im Dunkel. Wie leise Schlussakzente schwebte ihr Rauch in den Himmel. Und zu dem gesamten, im Schwinden begriffenen Geschehen spielte die Kapelle so rauschend, als wollte sie sich mit ihrem Crescendo dem Abschluss des Festes entgegenstürzen. Ernüchtert trotz der Pracht um ihn herum ging Wessels weiter.

Etwas in ihm erstarrte, als er Preston allein für sich an den Stamm einer Palme gelehnt stehen sah, die Fußknöchel überkreuzt, die Hände tief in die Taschen seiner Hose geschoben, die ganze Körperhaltung die eines Mannes, den es schwer getroffen hat. Wessels sog die Luft ein. Fast verspürte er Mitleid mit Preston. Andererseits aber hatte er sich sein Leid selbst zuzuschreiben. Wessels spürte Unwillen in sich aufsteigen. Er hatte lange befürchtet, dass Preston mit seiner unsteten Art Elisabeth eines Tages verletzen könnte. Dass es nun tatsächlich dazu gekommen war, konnte Wessels ihm nicht verzeihen.

Unaufhaltsam strebte das Fest seinem Schlusspunkt entgegen. Der Klang von Kanonenschüssen zerriss die Luft. Wessels wusste, was es bedeutete. Das Kriegsschiff der Prinzessin, das in der Bucht vor Bet il Mtoni vor Anker lag, feuerte Breitsalven ab, als Ankündigung des Feuerwerks. Der unverkennbare Geruch von Kanonenpulver lag in der Luft und ließ ihn an den beißenden Geruch von Tod und Verderben über den Schlachtfeldern denken, auf denen er gedient hatte. Auf der obersten Stufe der Treppe angekommen, lehnte er sich gegen die Brüstung und blickte hinunter auf die Freifläche, auf der nun die Kapelle spielte.

Ernüchtert nahm er zur Kenntnis, dass Gramberg Elisabeths Gesellschaft noch immer für sich in Anspruch nahm. Beide standen in unmittelbarer Nähe des Orchesters. Wessels sah, wie Grambergs Lippen sich bewegten und Elisabeth verständnislos die Hände hob. Elisabeth sah angestrengt aus, ihr Lächeln wirkte verkrampft. Wessels sog scharf die Luft ein.

Plötzlich brach die Hölle los. Über ihm, vor ihm und auch hinter ihm prasselte das Feuerwerk. Beißender Qualm erfüllte den Himmel. Hüstelnd schlug er sich einen Ärmel vors Gesicht, seine Augen tränten. Er hob den Kopf und starrte in den Rauch.

Es sah aus, als stünde der Himmel in Flammen.

Dann, mit einem letzten krachenden Böllerschlag, wurde es still. Von einem der Türme des Palastes hallte der lang gezogene Ruf des Muezzins durch die Nacht. *»Yal il allah, mohamed rasul allahi.«* Ein Teil der Gäste machte sich auf den Heimweg, andere eilten zum fünften Gebet.

Wessels zögerte. Sollte er noch einmal nach Elisabeth sehen, um sicherzugehen, dass es ihr gut ging? Er fuhr sich mit der Hand in den Nacken. Nein, dazu brachte er den Mut nicht auf. Die Angst, eine überhastete und abschlägige Antwort auf seinen Antrag zu bekommen, hinderte ihn daran. Mit hängenden Schultern schritt er auf die weit geöffneten Palasttore zu. Leere breitete sich in ihm aus, ein schaler Geschmack erfüllte seine Mundhöhle. Was auch immer er sich von dem Abend erhofft hatte, hatte sich nicht erfüllt. Das Märchen war zu Ende.

Kapitel 25

»Fräulein von Baahren?«

Durch ihre wirren Träume hindurch drang der Klang ihres Namens an Elisabeths Ohr. Einen Wimpernschlag lang gelang es ihr, die Augen offen zu halten. Dann wurden ihre Lider wieder schwer. Sie glitt zurück in das warme, tröstliche Dunkel und ließ sich treiben.

»Fräulein von Baahren?«

»Was …?« Mühsam kämpfte sie sich zurück in die Wirklichkeit und versuchte, sich zu orientieren. Ihr Kopf schmerzte, ihre Kehle war wie ausgedörrt. Blinzelnd sah sie sich um. Die Vorhänge waren zugezogen und ließen nur einen schmalen Spalt frei, dennoch fühlte sich das Licht zu grell an. In der Luft tanzten Staubkörner. Das Ticken der Uhr auf der Anrichte drang an ihr Ohr und zählte die Sekunden weg.

Eine vage Erinnerung, dass sie den Empfang an Grambergs Seite verlassen hatte, stieg in ihr auf.

Ihr Herz krampfte sich zusammen, als die Ereignisse jener Nacht allmählich in ihr Bewusstsein zurückkehrten. Benommen richtete sie sich im Bett auf und strich sich das Haar aus dem Gesicht. Plötzlich war sie hellwach. Großer Gott. Wessels … der Heiratsantrag … Grambergs Perlen … Jacob … Ihr Auftritt …

Sie schluckte. Schmerz stach in ihrer Brust. Jacob hatte sie erneut enttäuscht. Es war endgültig aus zwischen ihnen.

»Endlich sind Sie wach.«

Elisabeth wandte den Kopf. Anna stand neben ihrem Bett, in den Händen ein Tablett. Elisabeths Blick glitt weiter und fiel auf das Nachtkästchen, auf dem weiße Perlen schimmerten.

»Weshalb ist die Kette noch hier?« Ihre Stimme klang angespannt.

»Wir wussten nicht, was damit passieren soll. Nach dem Empfang waren Sie kaum ansprechbar. Sie hatten Fieberschübe und Krampfanfälle. Zum Glück ist Ihre Temperatur seit der Nacht wieder normal.« Anna schlug das Fliegennetz beiseite und sah besorgt auf sie herunter. »Sie müssen etwas zu sich nehmen. Hier ist Suppe.« Anna stellte das Tablett auf dem zerwühlten Laken ab.

Der scharfe Geruch von Ingwer, Curry, Hühnchen und Knoblauch stieg in Elisabeths Nase. Ihr leerer Magen machte sich mit einem Grummeln bemerkbar.

»Wie …?« Sie legte die Stirn in Falten und starrte ins Leere. »Ich kann mich an nichts erinnern. Wie lange war ich krank?«

»Es fing in der Nacht nach dem Empfang an.« Anna hob die Hand und fing an, mit Hilfe der Finger zu zählen. »Das war Donnerstag. Nun ist Sonntagnachmittag, das sind …«

»Drei Tage«, beschied Elisabeth und schüttelte matt den Kopf. »Was war mit mir?«

»Das weiß leider keiner so genau. Vielleicht war es das gleiche Fieber, an dem Dr. Wessels zuvor litt.« Anna senkte den Blick. Ihre Verlegenheit war deutlich zu spüren. »Imani wollte nach ihm schicken, aber Sie waren strikt dagegen. Regelrecht wütend sind Sie geworden, als Imani trotzdem darauf drängte.«

»Das … tut mir leid. Ich erinnere mich gar nicht mehr daran.« Elisabeth räusperte sich mehrmals, um den Hals freizubekommen. »Ähm … ich hoffe, ich war nicht auch wütend auf dich?«

»O doch, aber das war mir gleich.« Anna machte eine wegwerfende Geste mit der Hand. »Ich wusste ja, dass Sie es nicht so meinten. Manche von uns werden nun mal mit einem hitzigen Temperament geboren. Bei einer Cousine von mir ist es ebenso, deswegen liebe ich sie nicht weniger.«

Elisabeths schlechtes Gewissen regte sich. Ihre Hände glitten unruhig über die Bettdecke. »Dennoch. Es war nicht richtig, dass ich mich euch gegenüber habe gehen lassen. Bitte schick Imani zu mir. Ich möchte mich auch bei ihr entschuldigen.«

»Imani ist nicht hier.«

»Was soll das heißen?« Elisabeth schüttelte den Kopf. »Wo ist sie?«

»Sie meinte, sie müsse zurück in den Palast.« Verteidigend hob Anna die Hände. »Ich schwöre, ich habe kein böses Wort zu ihr gesagt.«

»Schon gut …« Elisabeth zog die Stirn in Falten und dachte nach. Vielleicht war Imani zurückgegangen, um in Leylas Nähe zu sein. Oder hatte Farida Imanis Rückkehr angeordnet? Fragend blickte Elisabeth zu Anna auf. »Warum so plötzlich? Hat sie einen Grund genannt?«

»Keine Ahnung.« Anna verdrehte die Augen. »Als ob ich je aus Imani schlau geworden wäre.«

Nachdenklich betrachtete Elisabeth Anna, deren Bauch sich unter der Schürze mittlerweile leicht zu wölben begann. »Wie geht es dir inzwischen?«

»Viel besser.« Anna zögerte. »Ich will ja nichts gegen unsere Mittel sagen, aber der Sud, den Leyla gebraut hat, wirkt Wunder. Mir ist kein bisschen übel mehr, und das Ziehen im Bauch hat auch nachgelassen. Nur meine Brustwarzen jucken immer noch wie verrückt. Leyla sagt, wenn ich will, bringt sie mir afrikanische Medizin bei.«

»Das klingt interessant. Ich bin selbst gespannt, herauszufinden, was es damit auf sich hat«, sagte Elisabeth aus ehrlichem Interesse. »Was hast du sonst zu berichten? Hat mir jemand seine Aufwartung gemacht?«

»Also, das war wirklich seltsam …« Anna tippte sich gedankenverloren mit dem Zeigefinger gegen den Vorderzahn. »Es war so ruhig, dass es fast schon unheimlich war. Wo doch sonst kein Tag vergeht, ohne dass Sie Besuch bekommen oder zu einer Geburt gerufen werden.«

Elisabeth nickte. Schweigend hing sie ihren Gedanken nach. Ihr Blick fiel erneut auf die Perlen. Sie hatte das Gefühl, nicht atmen zu können, solange sie noch im Besitz der Kette war. »Hier.« Sie streckte den Arm und griff nach den Perlen. Als hätte sie Feuer berührt, ließ sie sie rasch in Annas ausgestreckte Hand gleiten. »Sorg dafür, dass die Kette so schnell wie möglich zurück zu ihrem Besitzer gelangt. Am besten schickst du einen Boten nach Kiuui. Sie gehört Herrn Gramberg.«

»So ist das also.« Anna legte den Kopf schräg. »Ich habe mich schon gewundert, wer Ihnen Perlen schenkt.«

»Leiht, nicht schenkt«, verbesserte Elisabeth bestimmt. »Vielleicht könntest du mir jetzt ein Bad einlassen. Ich habe das Gefühl, ich könnte dringend eines benötigen.«

»Das werde ich«, sagte Anna. Elisabeth bemerkte ein Zögern, dann griff Anna unter ihre Schürze und zog etwas hervor. »Diese Briefe wurden für Sie abgegeben. Vielleicht möchten Sie sie lesen? Oder soll ich sie auf den Schreibtisch in Ihrem Bureau legen?«

»Nein, gib ruhig her.«

»Soll ich Ihnen noch Ihren Morgenmantel bringen?«

»Lass nur. Den kann ich mir selbst holen. Aber wenn du so nett wärst, die Suppe wieder mitzunehmen. Der Geruch ist mir zu viel. Den Tee kannst du dalassen. Stell ihn bitte da drüben auf den Tisch.«

»Gerne.« Anna beugte sich vor und befreite sie von dem Tablett. »Dann bereite ich jetzt das Bad vor.«

»Das wäre wunderbar.«

Nachdem sich die Tür hinter Anna geschlossen hatte, schwang Elisabeth die Beine aus dem Bett und erhob sich. Stöhnend fasste sie sich im nächsten Augenblick an die Stirn. Alles drehte sich vor ihren Augen. Sie war viel zu plötzlich aufgestanden. Nach dem langen Liegen war ihr Körper die aufrechte Haltung nicht mehr gewohnt. Sie spürte, wie das Blut vom Kopf in ihre Füße sackte, während auf ihrer Stirn kalter Schweiß ausbrach. Ihr leerer Magen erinnerte sie daran, dass sie nichts gegessen hatte. Dazu das heiße Wetter.

Ein wenig zittrig ließ sie sich auf einen Stuhl sinken. Sie griff zu der Teekanne und schenkte sich ein. Ein angenehm frischer Minzgeruch stieg in ihre Nase. Benommen lehnte sie sich zurück und fächelte sich mit den Briefen Luft zu. In dem schmalen Streifen Licht, der durch den Spalt in den Vorhängen ins Zimmer fiel, schwebten wie zuvor silberne Staubkörner. Ohne sich dessen bewusst zu sein, verselbstständigten sich ihre Gedanken. Plötzlich hatte sie Jacobs Gesicht vor Augen. Ihr Gehirn weigerte sich zu begreifen, was geschehen war. Wie hatte er sie nur so enttäuschen können? Sie ließ die letzten gemeinsamen Tage wieder und wieder in ihrer Erinnerung aufleben, auf der Suche nach Einzelheiten, die ihr entgangen sein und die vielleicht eine Erklärung bringen konnten, aber sie fand nichts. Wie hatten Nähe und Zuneigung in Schmerz und Zorn umschlagen können? Die Leere in ihr drohte sie zu erschlagen. Im Rückblick war sie sich nicht einmal mehr sicher, ob Jacob sie wirklich geliebt hatte.

Sie beschloss, das Grübeln aufzugeben. Es brachte nur noch mehr Verwirrung. Auf dem Tisch dampfte der Tee vor sich hin.

Sie legte die Briefe aus der Hand und führte die Tasse an die Lippen. In ihrem Magen rumorte es. Kurz glaubte sie, nichts bei sich behalten zu können, aber dann riss sie sich zusammen und spülte den schalen Geschmack in ihrem Mund beherzt zusammen mit dem Minztee hinunter.

Von dem obersten Umschlag leuchtete ihr Wessels' unordentliche, schräg geneigte Handschrift entgegen. Mit einem hohlen Gefühl griff sie nach dem Brieföffner. Ein Sonnenstrahl verfing sich in dem fein ziselierten Silber und ließ die Klinge aufblitzen. Es gab ein raschelndes Geräusch, als das Messer durch das Papier schnitt.

Elisabeth las:

Verehrtes Fräulein von Baahren,

ich hoffe, meine Direktheit hat Sie nicht erschreckt, aber es kam mir richtig vor, meine Träume von einer gemeinsamen Zukunft nicht länger vor Ihnen geheim zu halten.

Natürlich ist mir bewusst, dass Ihre Gefühle für mich rein freundschaftlicher Natur sind. Doch Liebe ist oft kurzlebig. Respekt und Sympathie dagegen währen meist ein Leben lang.

Ich möchte Sie nicht drängen, aber bitte denken Sie in Ruhe über meinen Antrag nach. Ich könnte mir vorstellen, dass es zu unser beider Bestem ist. Zufriedenheit und Glück sind Pflanzen, die gedeihen, wenn man sie pflegt.

Ihr ergebener Johann Wessels

Elisabeth betrachtete den Brief noch eine ganze Zeit, bevor sie ihn seufzend beiseitelegte. Wessels war ein von Grund auf anständiger, aufrechter und zuverlässiger Mann. Außerdem war er auf seine Weise gut aussehend. Sicher, er neigte dazu, manchmal etwas schrullig zu sein, und hatte so seine Gepflogenheiten, aber wer hatte die nicht? Anders als bei Weyhoff hätte sie bei Wessels nie Gewalt zu befürchten. Noch dazu gab es vieles, das sie verband. Alles Gründe, die dafürsprachen, seinen Antrag anzunehmen. Doch würde ihr Freundschaft auf Dauer reichen? Erst recht, nachdem sie in der kurzen Zeit mit Jacob erfahren hatte, was Liebe bedeuten konnte? Mit einem traurigen Lächeln betrachtete sie die verschnörkelte Unterschrift, die er unter seine Zeilen gesetzt hatte. »Johann« … Es gab so vieles, was sie von ihm nicht wusste. Nicht einmal seinen Vornamen hatte sie bislang gekannt.

Ihr Blick wanderte weiter und blieb an dem zweiten, noch ungeöffneten Brief hängen. Der Umschlag war mit einem Siegel versehen. Mit zitternden Fingern brach sie es auf. Die Handschrift war ihr unbekannt, aber jeder einzelne Buchstabe hob sich wie gestochen von dem Untergrund ab:

Vertrag über den Verkauf von Gewürznelken
Hiermit erkläre ich, der Unterzeichnende, getrocknete Gewürznelken im Umfang von einer Tonne Gewicht an Fräulein von Baahren zu verkaufen. Der Preis liegt zehn Prozent über dem geltenden Handelspreis am Tage der Lieferung. Diese erfolgt bis an den Kai des noch zu benennenden Frachtschiffs im Hafen von Sansibar. Für den weiteren Transport ist der Käufer zuständig, ebenso für die Formalitäten, die den Zoll betreffen. Die Bezahlung erfolgt in Maria-Theresia-Talern und ist zu leisten bei Übergabe der Ware.
Mit ihrer Unterschrift erklärt sich die Unterzeichnende mit den Konditionen einverstanden …

Elisabeths Herz schlug bis zum Hals. Die Buchstaben tanzten vor ihren Augen. Fast konnte sie nicht glauben, was sie da las. Und dennoch gab es keinen Zweifel.

Sie hatte es geschafft.

Nach all den Anstrengungen, den Rückschlägen und den Kämpfen, die sie auf sich genommen hatte, war es ihr gelungen, den Auftrag ihres Bruders zu erfüllen und sich aus der Schuld, in der sie stand, zu befreien.

Sie wusste nicht, wie lange sie dagesessen und auf die Zeilen gestarrt hatte, aber selten hatte sie sich so befreit gefühlt. Wie eine Welle floss die Erleichterung durch ihren Körper. So plötzlich hatte das Schicksal zu ihren Gunsten entschieden, dass sie es noch kaum glauben mochte. Sie ließ die Schultern sinken und spürte, wie die Anspannung von ihr wich. Flüchtig streifte sie der Gedanke, dass Jacob sie davor gewarnt hatte, mit Gramberg Geschäfte zu machen. Für den Bruchteil einer Sekunde flammten die Zweifel wieder auf. Dann aber schaltete sich ihr Verstand ein.

Mit wackligen Knien erhob sie sich und trat an den Schrank, in dem sich die Flasche mit dem Branntwein befand. Beherzt schenkte sie zwei Fingerbreit in ein Glas und trank es auf einen Zug leer. Der Alkohol sorgte dafür, dass das Zittern ihrer Hände nachließ.

Der Stoff ihres Nachthemdes wickelte sich raschelnd um ihre Füße, als sie wieder an den Tisch trat. Grambergs gestochene Handschrift leuchtete ihr von dem weißen Papier entgegen. Mit gefurchter Stirn nickte sie ein paarmal entschlossen vor sich hin. Dann griff sie im Stehen zur Schreibfeder und setzte ihre Unterschrift auf das Papier.

Kapitel 26

Im späten Licht des Sonntagnachmittags trat Wessels aus der Deckung der Bäume, in deren Schutz er sich unbemerkt über das Hinterland an Grambergs Arbeiterhütten vorbeigeschlichen hatte. Angespannt blickte er auf die ausgebrannten Mauern der Destille. Die rauchschwarzen Fenster starrten mit leeren Augen zu ihm herüber. Rund um die Destille war das Gras inzwischen nachgewachsen. Dazwischen erhoben sich vom Feuer verzehrte Baumstümpfe. Der Gestank von kaltem Rauch hing noch immer in der Luft. Mit einem Hämmern in der Brust schritt er auf die Ruine zu. Eine unnatürliche Stille umgab ihn. Fragen über Fragen spukten durch seinen Kopf. Das Gefühl, dass an Grambergs Geschichte etwas nicht stimmte, wurde stärker. Er stolperte über die ehemalige Türschwelle und blieb stehen.

Schräg fiel das Licht durch das offene Dach in das Gebäude. Verbogene Regalbretter, die das Feuer nicht vernichtet hatte, lehnten an einer der Wände. Der aus Lehm gestampfte Boden war mit einer grauen, breiigen Masse von Gegenständen übersät, von denen die meisten bis zur Unkenntlichkeit verbrannt waren. Das ungute Gefühl in seiner Brust verstärkte sich, die Luft schien zum Zerreißen gespannt. Er bemerkte, dass er angefangen hatte, kurz und flach zu atmen, und blieb stehen. Er fühlte sich durstig, seine Kehle war wie ausgedörrt. Mit dem Ärmel wischte er sich den Schweißfilm vom Gesicht. Der Ofen musste sich im rückwärtigen Teil des Gebäudes befinden. Ein Pflanzengeruch stieg in seine Nase und benebelte seinen Geist wie brennender Weihrauch, ohne dass er zuordnen konnte, was es war.

Unversehens wechselte das Licht. Er hob den Kopf und blickte durch das offene Dach in den Himmel. Tief hängende dunkle Wolken ballten sich über ihm zusammen. Licht und Schatten huschten geisterhaft über die Wände. Ein Luftzug streifte seinen Nacken. Trotz der Schwüle des Nachmittags befiel ihn eine merkwürdige Kälte. Ihm wurde schwindlig, sein Gesichtsfeld engte sich ein, die Welt vor seinen Augen verschwamm. Keuchend atmete er ein. Es fühlte sich an, als wäre er in einen Sog geraten, von dem ein Raunen und Wispern auszugehen schien, das nach ihm rief.

In seinem Kopf drehte sich alles. Seine Hand tastete über die eingestürzten Wände, auf der Suche nach Halt. Im nächsten Moment wurde ihm schwarz vor Augen. Er schnappte nach Luft, als sich in seinem Inneren eine Tür aufzutun schien, die ihn wie durch einen Schleier in eine Geisterwelt blicken ließ. So seltsam ihm das Ganze erschien, so vertraut war es doch. Fast, als kehrte er an einen Ort zurück, den er vor langer Zeit gekannt hatte. Trugbilder von Arbeitern, die durch die Destille wanderten, in lange weiße Kittel gekleidet, geisterten durch sein Hirn. Schritte huschten an ihm vorbei, dazu hörte er Stimmen und das Spielen einer Flöte. Seine Finger krallten sich in dem Mauerwerk fest. Durch den feinen Pelz aus Ruß und Schimmel hindurch fühlte er die Kälte der Mauern. Erschrocken zog er die Hand zurück und atmete zitternd aus, während er spürte, wie sein inneres Gleichgewicht zurückkehrte. Mit einem Frösteln schüttelte er die Schultern und damit gleichsam das Fantasiegebilde ab.

Narr, schalt er sich, als ihm dämmerte, dass er trotz der Hitze und der körperlichen Anstrengung kaum etwas getrunken hatte, seit er unterwegs war. Bei zu wenig Flüssigkeit im Körper konnte sein Gehirn nicht ausreichend mit Sauerstoff versorgt werden. Die Folgen waren bekanntlich Kreislaufstörungen, die bis hin zu Halluzinationen führen konnten. Als Arzt hätte er es eigentlich besser wissen sollen. Er griff nach der Feldflasche, die an einem Riemen über seiner Schulter hing, und nahm einen kräftigen Schluck.

Sein Blick glitt weiter und blieb dann an dem gemauerten Ofen hängen. Etwas in ihm erstarrte. Die Mauersteine waren völlig unversehrt ... Er sog scharf die Luft ein, als ihm bewusst wurde, dass er gerade das fehlende Beweisstück eines verschleierten Verbrechens entdeckt hatte. Auf seine Stirn trat Schweiß. Keuchend wischte er sich mit dem Ärmel darüber. Unmöglich, dass der Ofen in die Luft geflogen war und den Brand ausgelöst hatte, wie Gramberg behauptet hatte. Zitternd tastete seine Hand nach der Zigarettenschachtel in seiner Jacke. Unbeholfen nestelte er daran herum, bis er sie aufbekam. Genauso endlos dauerte es, bis er sich die Zigarette angezündet hatte. Als er den Rauch einsog, hörte er es rascheln. Er hatte das Gefühl, beobachtet zu werden. Ruckartig drehte er sich um. Im nächsten Augenblick atmete er erleichtert aus. Eine grüne Schlange glitt durch die Trümmer und verschwand aus seinem Blickfeld. Er legte den Kopf in den Nacken, nahm einen tiefen Zug von seiner Zigarette und beobachtete, wie der Rauch in die Luft schwebte.

»Was tun Sie hier?« Die Stimme schnitt kalt durch den Nachmittag.

Wessels drehte sich um. Gramberg stand vor ihm. Seine hagere Gestalt füllte den Türrahmen. Durch den seltsamen Lichteinfall konnte er den Ausdruck in Grambergs Gesicht nicht erkennen, dafür aber das Gewehr, das Gramberg in der Hand hielt.

Gefahr lag in der Luft. Wessels versuchte, einen klaren Kopf zu behalten. Er streckte den Rücken durch. »Ich sehe mich um.«

»Wozu?« Gramberg trat aus dem Gegenlicht. Seine ungewöhnlich hellen Augen blickten kühl.

Wessels rissen die Erinnerungen zurück. Für den Bruchteil einer Sekunde sah er sich wieder neben Elisabeth auf dem umgestürzten Baobab sitzen. Der Ausdruck in ihrem Gesicht war besorgt, die Stimme, was die Destille anging, voller Zweifel. Wie immer war sie beseelt von dem Wunsch nach Wahrheit und Gerechtigkeit, genau wie er. Er ließ ihr Gesicht vor seinem inneren Auge verblassen und wandte sich wieder Gramberg zu. »Man bat mich, dem Typhusverdacht noch einmal nachzugehen.«

»Sie hätten fragen können, statt ungebeten mein Land zu betreten«, sagte Gramberg kühl.

»Das hätte ich.« Wessels hob die Hand und kratzte sich den Schädel, dann schob er sie zurück in die Tasche seiner Hose und sah Gramberg mit hochgezogener Augenbraue an. »Allerdings hätten Sie dann Gelegenheit gehabt, mögliche Spuren zu beseitigen.«

»Was wollen Sie von mir?« Grambergs Ton wurde schärfer. »Es gab keinen Typhus hier. Sie haben selbst mit den Arbeitern gesprochen.«

Wessels' Augen verengten sich. »Ich wäre sicher nicht hier, wenn ich nicht inzwischen Zweifel hätte, dass ein Unfall die Destille in die Luft gejagt hat.« Grambergs Kiefermuskeln spannten sich an. »Übrigens bin ich nicht der Einzige«, entfuhr es Wessels. In nächsten Moment hätte er sich auf die Zunge beißen können.

»Ah ja?« Ein spöttisches Lächeln zuckte um Grambergs Mundwinkel. »Dann hat Fräulein von Baahren Sie wohl hierhergeschickt?«

Wessels schwieg erschrocken. Wieso ahnte Gramberg, dass Elisabeth Verdacht geschöpft hatte? Er musste ihn von ihr ablenken, wollte er sie nicht in Gefahr bringen.

Gramberg gab ein knurrendes Geräusch von sich. »Natürlich hat sie Sie geschickt.«

»Lassen Sie Fräulein von Baahren aus dem Spiel!«, ereiferte sich Wessels. Er deutete auf die Mauersteine. »Was ist mit dem Ofen?«

Gramberg maß ihn schweigend mit Blicken.

Wessels durchquerte den Raum, ließ die Hand über die glatte Ofenmauer gleiten und drehte sich dann wieder zu Gramberg um. »Wenn Ihre Geschichte stimmt, müssten hier nur noch Trümmer stehen.« Er machte einen Schritt auf Gramberg zu. »Sie hatten den Typhus hier und haben mich belogen. Das ist gegen das Gesetz. Sie haben leichtfertig das Leben von unschuldigen Menschen riskiert, nur um die Quarantäne zu umgehen. Wissen Sie, was Ihnen droht?«

»Halt!« Gramberg hob langsam das Gewehr. Wessels zuckte nur kurz, dann blickte er Gramberg ausdruckslos entgegen. Es war nicht das erste Mal, dass man eine Waffe auf ihn richtete.

»Legen Sie das Gewehr weg und lassen Sie uns die Sache in Ruhe klären«, sagte er langsam.

Gramberg bewegte sich keinen Millimeter. Die Spannung zwischen ihnen war mit Händen greifbar. Wessels spürte, wie sie mit jedem Atemzug wuchs. Gramberg wirkte völlig kalt. So kalt, dass er kurz davor schien, zu explodieren. Wessels erstarrte. Glasklar erkannte er, dass er sich verschätzt hatte. Wenn er unbeschadet hier herauskommen wollte, durfte er jetzt keinen Fehler machen.

»Machen Sie keinen Blödsinn, Gramberg.« Wessels zwang sich, in die Augen seines Gegenübers zu sehen und nicht auf das gegen ihn gerichtete Gewehr. »Selbst wenn Sie mich erschießen, würde es Beweise für den Typhus geben.«

»Sie täuschen sich. Bis die Sonne aufgeht, wird hier nichts mehr so sein, wie es war.« Grambergs Finger legte sich auf den Abzug.

»Legen Sie das Gew…«, begann Wessels, als ihn ein ungeheuerlicher Lichtblitz traf. Einen Herzschlag lang hatte er das Gefühl, im Zentrum eines Orkans zu stehen. Zu seinem Erstaunen schmerzte es kaum, als ihn die Kugel traf. Verblüfft fuhr er mit der Hand zu seinem Bauch. Eine klebrige Flüssigkeit sickerte über seine Finger. Der vertraute Geruch warmen Blutes stieg ihm in die Nase. Von einem Moment zum anderen fühlte er sich furchtbar schwach. Seine Lippen formten ein »O«, aber es kam kein Ton heraus.

Das Gewicht seines Körpers wurde zu schwer für seine Beine, er sank in die Knie und klappte in sich zusammen. Dann setzte ein grausamer Schmerz ein. Wimmernd krümmte er sich auf dem Boden und zog die Knie an den Bauch, aus dem in einem steten Strom Blut sickerte.

Die Erkenntnis traf ihn gnadenlos. Er hatte einen Bauchschuss erlitten, der zum Verbluten führte. Nur eine Operation hätte sein Leben noch retten können. Doch wer außer ihm wäre dazu imstande gewesen? Der Raum vor seinem Gesichtsfeld verschwamm. Grambergs Gestalt war von flirrenden Blitzen umgeben.

»Du bist also dahintergekommen, dass es der Typhus war.« Gramberg machte ein schnalzendes Geräusch. »Was für eine Überraschung! Aber wozu hätte ich ehrlich sein sollen? Ich bin kein Samariter wie du«, spie er. »Es hat mir eine Menge Ärger erspart. Und Ärger hatte ich schon genug. Preston war mir auf den Fersen. Beinahe hätte er es geschafft, mich auffliegen zu lassen. Faridas Raffinesse hat es verhindert. Der Sklavenschmuggel hat sowohl ihr als auch mir eine Menge Geld eingebracht. Genug, um auch anderswo gut zu leben und ein wenig Gras über alles wachsen zu lassen.«

Röchelnd versuchte Wessels, etwas zu sagen, aber nicht einmal das gelang ihm mehr.

Gramberg trat näher und blickte auf ihn herab. »Schade eigentlich, dass ich dich erschießen musste. Du warst ein angenehmer Zeitgenosse. Zeitweise warst du mir sogar sympathisch. Mit Kenyatta ging es mir ähnlich. Erinnerst du dich an ihn?« Gramberg unterbrach sich und lachte kurz und hart. »Wie er sich in diesen aussichtslosen Boxkampf gestürzt hat, wirklich amüsant. Ich hatte ein Herz für ihn, glaub mir, auch wenn böse Zungen behaupten, ich sei der Teufel in Menschengestalt.«

Wessels holte rasselnd Luft. Er presste die Hände auf die Wunde, doch er konnte das Blut nicht daran hindern, aus seinem Körper zu strömen. Ihm blieben nur noch Minuten, wenn überhaupt.

»Ach ja …« Gramberg blickte voller Spott auf ihn herab. »Was Elisabeth betrifft … Wie hat dir eigentlich ihr cremefarbenes Kleid gefallen? Sie hat so rein darin gewirkt, so unberührt … Darum hatte ich sie auch gebeten, dieses Weiß für mich zu tragen. Durch die Kette wurde ihr Aussehen perfekt. Elisabeth gehört zu den Frauen, die Perlen um den Hals tragen sollten. Sie ist etwas ganz Besonderes. Du glaubst nicht, wie es sich angefühlt hat, ihre Hand an meinem Körper zu spüren, als sie meine Wunde behandelte. Ein Genuss, der den Preis wert war. Natürlich habe ich mir absichtlich ins Bein geschossen. Hast du wirklich geglaubt, ich wäre so blöd gewesen, es aus Versehen zu tun? Nun, wie auch immer … Ich werde um sie werben und …«

Gramberg brach mitten im Satz ab.

»Verdammt. Wer schleicht hier herum?«

Wessels sah Grambergs Schatten über die Wände gleiten. Gleich darauf hörte er ein scharfes Knacken und wusste, dass es von Grambergs Gewehr stammte.

Wieder Stille. Eisige Kälte griff nach ihm. Klappernd schlugen seine Kiefer aufeinander. Er versuchte, den Kopf zu heben. Ein grässlicher Laut entrang sich seiner Kehle. »Hilf mir …« Er hörte sein eigenes, jämmerliches Keuchen.

»Das könnte ich … Andererseits … Unzählige Menschen verschwinden Tag für Tag auf Unguja.« Gramberg lachte kalt. »Elisabeth wird keinen Verdacht schöpfen. Du und ich, wir beide wissen hingegen Bescheid. In jedem Menschen schlummert das Böse. Es wartet nur darauf, freigelassen zu werden.«

Grambergs Schritte entfernten sich.

Wessels spürte, wie die Lebenskräfte ihn verließen. In einem flirrenden Wahnsinn aus Schmerz flehte er zu Gott und zu allem, was ihm heilig war, darum, dass Gramberg zurückkam und ihn erlöste. Vergebens.

Nach und nach begriff er.

Gramberg hatte ihn der Hölle ausgeliefert.

Seine Lider flatterten.

Feuerschein aus der Ferne zeichnete flackerndes Orange in den Himmel. Etwas brannte lichterloh. Er sah die Bilder, ohne dass sie sein Denken erreichten.

Schmerz …

Dunkel …

Dunkel …

Kein Licht, das ihn nach Hause holte.

Nur Dunkelheit. Eine Hand legte sich warm auf seine Stirn.

Mit einem Röcheln ließ er los und trat in die Nacht.

Kapitel 27

Das vertraute Geräusch der Haustür ließ Elisabeth aufhorchen. Sie schlug das Buch, in dem sie gelesen hatte, zu und eilte hinaus auf die Galerie. Ein verträumtes Summen kündigte Annas Rückkehr an, noch bevor Elisabeth einen Blick auf das Mädchen erhaschen konnte. Kopfschüttelnd sah sie auf die goldene Uhr, die an einer Kette am Bund ihres Rockes baumelte. Seufzend klappte sie den Deckel zu und verschränkte die Arme vor der Brust. In der Zeit, die Anna gebraucht hatte, um zum Sultanspalast zu gehen und wieder zurückzukommen, hätte Elisabeth die halbe Welt einreißen können. Es war nur eine Frage der Zeit, bis Wessels Annas Trödeleien endgültig satthatte und sie aus seinen Diensten entließ. Was sollte dann aus dem Mädchen werden?

Bemüht, Anna ihren Unwillen nicht gleich spüren zu lassen, beugte Elisabeth sich über das Geländer. Ihre nachlässig zurückgebundenen Locken fielen ihr ins Gesicht. »Anna! Wo hast du so lange gesteckt? Du solltest doch nur eine Nachricht an Imani übergeben.«

Mit einem Japsen fuhr Anna zusammen. Bestürzung und Schuld standen ihr ins Gesicht geschrieben. »Mein Gott.« Sie ließ ihre Hand schwer auf ihre Brust in Höhe des Herzens sinken. »Haben Sie mir einen Schrecken eingejagt!«

»Es scheint mir eher, dass dein schlechtes Gewissen sich meldet«, erwiderte Elisabeth. »Du kannst doch unmöglich so lange gebraucht haben.«

»Sie haben keine Ahnung, was in der Stadt los war«, verteidigte Anna sich. Sie stellte den Einkaufskorb auf der Treppe ab, in dem sich ein paar Rosen befanden, die bereits die Köpfe hängen ließen. »Als ich an den Händlern hinter dem Fort vorbeiging, redeten alle gleichzeitig durcheinander …« Anna unterbrach sich und starrte konzentriert Löcher in die Luft. »Erst habe ich nicht verstanden, was los war, aber dass es um den Sultan und seine Dhau ging, habe ich wohl mitbekommen.«

»Himmel!« Mit einem tiefen Aufseufzen schritt Elisabeth die restlichen Stufen hinunter. »Ich hatte dich gebeten, dich zu beeilen. Und was machst du?« Sie deutete auf die Rosen in dem Korb. »Du trödelst herum und pflückst Blumen? Dabei solltest du längst in der Praxis sein! Es ist Montagmorgen. Dr. Wessels wartet nicht den ganzen Tag auf dich.«

»Aber ich habe nicht rumgestanden und gegafft, wie Sie glauben«, verteidigte Anna sich. Ihre Wangen glühten vor Aufregung. »Ich bin wie der Wind zum Hafen gelaufen. Stellen Sie sich vor, das Schiff des Sultans liegt tatsächlich dort vor Anker. Er ist zurück.«

»Was sagst du da?« Mit klopfendem Herzen ließ sich Elisabeth auf einer Treppenstufe nieder. Sie legte die Fingerkuppen aneinander und holte Luft. »Bin Said ist zurück?«

»Ja.« Anna nickte. Dabei warf sie sich in die Brust, als wäre sie die Wichtigkeit in Person.

Das Eintreffen des Sultans war ein großes Ereignis. Auch Elisabeth hatte seiner Rückkehr mit Spannung entgegengesehen. Und wenn sie ehrlich war, hatte sie diese sogar erhofft. Sie bedeutete das Ende von Faridas Vorherrschaft und würde einschneidende Veränderungen mit sich bringen.

»Natürlich bin ich gleich weiter zum Palast gerannt«, erzählte Anna weiter. »Dort ging es zu wie in einem Hornissennest, in dem ein glühender Span steckt. Alle fahren ihre Stacheln aus und piksen sich gegenseitig, dazu gibt es jede Menge böser Worte. Ich bin froh, dass ich nichts abbekommen habe.« Anna unterbrach sich und verdrehte bedeutungsschwer die Augen. »Stellen Sie sich vor, der Sultan muss mit tosendem Zorn in den Palast eingefallen sein.«

»Tatsächlich? Und weshalb?«, fragte Elisabeth und kniff die Augen zu Schlitzen zusammen. Im Grunde konnte sie es sich schon denken, dass Farida in Schwierigkeiten steckte. Es von Anna bestätigt zu hören, musste die reinste Genugtuung sein.

Anna zögerte nicht, ihr den Gefallen zu tun. Voller Stolz, die Erste zu sein, die so herrlich aufregende Neuigkeiten zu berichten hatte, ließ sie die Worte nur so aus sich heraussprudeln. »Wie es scheint, ist bin Said wahnsinnig wütend auf Farida. Weil sie doch in seiner Abwesenheit so getan hat, als wäre sie diejenige, die alles bestimmen kann. Offenbar hat Farida alle Vertrauten des Sultans im Palast entlassen und die Posten mit Leuten besetzt, die ihr persönlich ergeben sind. Jetzt kriegt sie wohl mächtig Ärger, obwohl sie zuvor die Lieblingsschwester des Sultans war.« Ein unheilvoller Ausdruck legte sich auf ihr Gesicht. »Ich möchte nicht in der Haut der Prinzessin stecken.«

Elisabeth nickte dazu nur stumm. Farida tat ihr kein bisschen leid, aber davon musste Anna nichts wissen. Fragend zog sie eine Augenbraue hoch. »Konntest du mit Imani sprechen?«

»O ja.« Anna seufzte, als trüge sie das Gewicht der Welt auf ihren Schultern. »Ich musste ewig im Garten warten, bis Imani herunterkam. Da dachte ich, wie hübsch sich doch ein paar Rosen in meinem Zimmer machen würden. Wo mir doch jetzt Gerüche nicht mehr so viel ausmachen wie am Anfang der Schwangerschaft.«

»Schön. Du hast also Rosen gepflückt.« Elisabeth rieb sich die Schläfen. »Wie ging es weiter? Hast du Imani ausgerichtet, dass wir sie dringend hier brauchen, weil die Köchin krank ist? Was hat Imani gesagt?«

»Sie meinte, sie würde eine der oberen Haremsdamen um Erlaubnis bitten und dann so schnell wie möglich hierherkommen.«

»Das ist gut.« Elisabeth lächelte erleichtert.

Anna stemmte die Hände in die Taille und bewegte die Hüfte von einer Seite zur anderen. »Übrigens können Sie froh sein, dass ich am Hafen war.«

»Ach ja? Weshalb?« Skeptisch kniff Elisabeth die Augen zusammen.

»Hier.« Anna langte unter ihre Schürze und beförderte einen Umschlag hervor. »Ein Brief für Sie. Der Postdampfer kam gerade rein. Ich habe am Kai gewartet und gefragt, ob etwas für Sie dabei ist.«

»Das hast du gut gemacht.« Elisabeth streckte die Hand aus.

Anna biss sich auf die Lippe. Ihre Finger drehten den Brief hin und her. »Er stammt von Ihrer Schwägerin Luigina …«

»Willst du ihn mir nicht geben?«

»Doch …« Zögernd händigte Anna ihr den Umschlag aus.

Mit einem Stirnrunzeln nahm Elisabeth ihn entgegen. »Wieso ist das Siegel erbrochen?«

»Das muss wohl auf dem Postweg passiert sein.« Anna errötete, sie kratzte sich die Stirn. »Ich kann nichts dafür, das schwöre ich.«

»Gut, ich will es dir glauben. Aber …« Nachdenklich studierte Elisabeth den Umschlag. »Es steht kein Absender darauf. Woher weißt du dann, dass er von Luigina ist?« Sie hob den Blick und musterte Anna mit zusammengekniffenen Augen.

»Nun …«

»Raus damit!« Elisabeth verschränkte die Arme vor der Brust. Ihre Schuhspitze tappte ungeduldig gegen den Boden. »Sonst ist es *mein* heiliger Zorn, der *dich* trifft, und das ist mindestens so schlimm wie ein Schwarm Hornissen, glaub mir.«

»Bei Gott …« Impulsiv hob Anna die Hand zum Schwur. »Ich wollte nur nachsehen, wer ihn geschrieben hat. Diese merkwürdige Handschrift kann ohnehin keiner entziffern.«

»Anna …«, zischte Elisabeth mahnend. »Ich glaube, du gehst jetzt besser und stellst deine Rosen in eine Vase, bevor sie verdursten.«

»Soll ich danach zu Dr. Wessels in die Praxis gehen?«

»Dafür ist es längst zu spät«, seufzte Elisabeth. »Er wird unterwegs sein. Du gehst morgen wieder hin und entschuldigst dich sehr höflich. Einverstanden?«

»Gut.«

Ein drängendes Pochen hallte durch das Kontor. Auf ein Kopfnicken von Elisabeth hin ging Anna und öffnete die Haustür.

»Fräulein von Baahren!« Gramberg stürmte ins Haus, direkt auf Elisabeth zu. In den wenigen Sekunden, die er benötigte, um auf sie zuzueilen, studierte Elisabeth sein Gesicht.

Etwas musste passiert sein. Er wirkte gealtert. Das Haar fiel ihm strähnig in die Stirn. Unter den hypnotisch hellen Augen lagen Schatten. Er roch bitter, nach Schweiß, kaltem Rauch und etwas, das Elisabeth nicht einordnen konnte. Sein weißes Hemd war voller Ruß, seine Hände ebenfalls. Diesmal beugte er sich nicht zum Handkuss vor, sondern blieb vor ihr stehen, das Gesicht zu einer Grimasse verzogen. »Ich muss Sie dringend sprechen.«

»Herr Gramberg«, erwiderte Elisabeth, verwundert darüber, dass sein Tonfall keine höfliche Bitte war. Etwas in ihr zog sich zusammen. Es klang, als würde Gramberg Anspruch darauf erheben, dass sie ihm Gehör schenkte. Wie kam er nur dazu? Noch dazu in dieser Aufmachung … *Die Kette,* schoss es ihr durch den Kopf. Alles in ihr drängte darauf, sie loszuwerden. Sie wollte Gramberg nichts schuldig sein, andererseits durfte sie ihn auch nicht vor den Kopf stoßen, jetzt, da er sich bereit erklärt hatte, ihr die Nelken zu verkaufen. Daher hatte sie noch gezögert, einen Boten zu bestellen. Ihre Hand schwebte auf halber Höhe in der Luft, bevor sie sie wieder sinken ließ. »Was für ein schöner Zufall. Ich wollte einen Boten zu Ihnen hinausschicken, um Ihnen die Perlen zusammen mit dem unterzeichneten Vertrag zukommen zu lassen.« Verwirrt, aber auch ein wenig misstrauisch, knetete sie die Hände. »Was führt Sie hierher?«

»Vergessen Sie die Perlen und den Vertrag«, erklärte Gramberg barsch. »Ich habe schlechte Nachrichten.«

Elisabeth sah ihn stirnrunzelnd an, ihre Gedanken überschlugen sich.

»Das Nelkengeschäft ist geplatzt.«

»Was …? Aber wieso …?« Elisabeth stand der Mund offen.

Er machte einen Schritt auf sie zu, ein Flackern in seinen Augen. »Preston und seine Männer haben heute Nacht meine Plantage überfallen. Sie sind mit Fackeln und Gewehren bei mir aufgekreuzt. Preston war der Anführer der Meute. Er forderte mich auf, Ihnen nie wieder nahezukommen. Falls ich das nicht täte, würden seine Männer auf meiner Pflanzung Feuer legen. Eher wollte er meine Ernte niederbrennen, als dass er zusehen würde, dass wir beide geschäftliche oder private Beziehungen zueinander pflegen. Natürlich habe ich Preston auf den Kopf zugesagt, dass es mir im Traum nicht einfiele, von meinem Vertrag mit Ihnen zurückzutreten.« Gramberg verzog das Gesicht. »Ich habe alles verloren. Kiuui liegt in Schutt und Asche.«

Elisabeth hörte, wie Anna einen entsetzten Schrei ausstieß. Elisabeth selbst wurde schwummrig. Schwankend hielt sie sich am Geländer fest. »Das … glaube ich nicht«, erwiderte sie tonlos. Ihr Herz hämmerte so fest gegen die Rippen, dass es schmerzte. »Warum sollte Jacob so etwas tun?«

»Warum?« Gramberg warf ihr einen merkwürdigen Blick zu. »Preston rast vor Eifersucht, seitdem er uns beide zusammen auf dem Empfang gesehen hat. Er erträgt nicht, dass wir Geschäfte miteinander machen.«

Sie spürte, wie die Farbe aus ihrem Gesicht wich. Es stimmte, dass Jacob um jeden Preis verhindern wollte, dass sie mit Gramberg kooperierte, weil er ihn für gefährlich hielt. Sie hingegen hatte nicht auf Jacob gehört. Stattdessen war sie in Grambergs Begleitung beim Fest erschienen und hatte seine Perlen um ihren Hals getragen. Eine klare Provokation in Jacobs Augen, das begriff sie jetzt. Aber würde er tatsächlich so weit gehen, Gramberg zu bedrohen und dann auch entsprechend zu handeln? War es aus Jacobs Sicht der letzte Ausweg, damit sie Gramberg fernblieb? Innerlich unsicher, knetete sie die Hände. Als sie es bemerkte, hörte sie augenblicklich damit auf und hob das Kinn. »Das würde er nicht tun.« Sie sah Gramberg ins Gesicht.

»Er hat es getan.« Gramberg hielt ihr seine geschwärzten Hände entgegen und blickte finster.

Langes Schweigen, durchbrochen von Annas ersticktem Schluchzen.

Elisabeth presste sich die Hand auf den Bauch. Langsam bekam sie ein mulmiges Gefühl.

»Sie glauben mir nicht?« Gramberg verzog voller Bitterkeit das Gesicht. Dann drehte er sich von ihr weg und machte einen Schritt auf die Tür zu. »Es war ein Fehler zu kommen. Ich gehe besser.«

Elisabeth starrte ausdruckslos vor sich hin. Sie hörte, wie Gramberg mit entschlossenen Schritten auf die Tür zuhielt.

Sie hätte ihn gehen lassen können, das wusste sie. Aber sie schaffte es nicht. Sie hob das Kinn und presste beide Handflächen gegen die Stirn. »Auf einen Moment!«

Gramberg drehte sich zu ihr um, und sie erkannte einen leisen Hoffnungsschimmer in seinen Augen.

»Was genau ist passiert? Wie kam es dazu?«

»Ich habe Ihnen alles gesagt, was ich weiß. Mehr gibt es nicht.« Gramberg zuckte müde die Schultern. »Niemand hat die leiseste Ahnung, was in Preston vorgeht.«

»Wieso kommen Sie damit zu mir?« Elisabeth hatte Mühe, ihre Stimme zu kontrollieren. »Ich bin nicht verantwortlich für das, was passiert ist.«

»Aus zwei Gründen: zum einen wegen der Nelken. Wenn Sie auf die Ernte angewiesen waren, haben sich Ihre Pläne somit erledigt.« Er holte Luft. Aus jedem Wort, das über seine Lippen kam, troff Verachtung für Jacob. »Zum anderen haben Sie sehr wohl etwas mit dem Geschehen zu tun. Preston war rasend vor Eifersucht, als er Sie mit mir bei dem Fest gesehen hat. Es war seine Art, sich an mir zu rächen.«

Elisabeth knetete wieder ihre Hände. Ihr Verstand weigerte sich zu begreifen, was geschehen war. Noch weniger wusste sie, was sie sagen sollte.

»Ich dachte, Sie verdienen es, die Wahrheit zu erfahren.« In Grambergs Blick lag eine gewisse Ernüchterung. »Dass Sie mir nicht glauben, enttäuscht mich. Ich habe große Stücke auf Sie gehalten, sowohl als Mensch als auch als Geschäftsfrau.«

Elisabeth schluckte trocken. Sie war zu perplex, um etwas zu erwidern. Jedes der Worte, die sich in ihrem Kopf formten, fühlte sich falsch an.

»Reiten Sie mit mir nach Kiuui und sehen Sie selbst.« Gramberg sprach mit gesenkter Stimme, als könnte sie jemand belauschen, obwohl nur Anna hinter ihnen stand.

Sein Blick ruhte so eindringlich auf ihr, dass Elisabeth sich unbehaglich fühlte.

»Ich muss los.« Er schob sich das Haar aus der Stirn und nickte knapp. »Es ist viel zu tun da draußen.«

»Warten Sie«, hörte Elisabeth sich sagen. Ihr Inneres war wie taub. »Ich ziehe mich um und komme mit. Anna?« Sie drehte den Kopf. »Lass ein Pferd für mich satteln.«

Wenig später eilte sie, in Hemd und Hose gekleidet, die Treppe hinunter. Gramberg schien die Zeit, in der sie sich umgezogen hatte, damit verbracht zu haben, regungslos dazustehen und Löcher in die Luft zu starren.

»Ich bin so weit«, sagte sie.

Gramberg sah ihr in die Augen, Leere im Blick. »Dann los.« Mit zwei, drei Schritten war er bei der Tür und hielt sie für sie auf.

»Bibi!« Der Haustürschlüssel, den Imani wohl gerade in das Schloss stecken wollte, schwebte zögernd in der Luft, dann ließ Imani ihn sinken. »Ich bin froh, dass es Ihnen wieder besser geht. Bitte entschuldigen Sie, wenn …«

»Nicht jetzt«, fuhr Gramberg dazwischen.

»Wo wollen Sie hin?« Sichtlich aus dem Gleichgewicht sah Imani zwischen ihr und Gramberg hin und her.

»Wir reiten nach Kiuui«, erwiderte Elisabeth und warf einen gehetzten Blick auf Gramberg, der vor ihr aus der Tür geeilt war und sich voll Ungeduld nach ihr umdrehte. »Anna wird dir alles erklären. Mach dir keine Sorgen. Wir sehen uns später, wenn ich zurück bin.«

Kapitel 28

»Großer Gott!« Elisabeth blickte in einen diesigen, von Aschestaub grau gefärbten Himmel. Bis eben hatte sie nicht glauben können, dass es wirklich wahr sein sollte. Hatte sie sich so mit ihrem Urteil täuschen können? Aber je mehr sie sich Kiuui näherten, umso beißender wurde der Brandgeruch. Als die Pferde unruhig wurden und mit den Köpfen schlugen, stiegen erst sie und dann auch Gramberg ab, um die Tiere am Zügel zu führen. Während der ganzen Zeit schwieg Gramberg grimmig vor sich hin. Nach einiger Zeit erreichten sie die Abzweigung, die zur Plantage führte. Hinter ihnen lag grüner Urwald, vor ihnen schwelten Äste. Mit klopfendem Herzen blickte sich Elisabeth um. Die gestampfte Straße vor ihren Füßen musste wie eine Schneise gewirkt und verhindert haben, dass das Feuer sich weiter ausbreitete.

Nun verweigerten die Pferde gänzlich den Gehorsam. Das Weiß in ihren Augen leuchtete. So gewaltsam zerrten sie rückwärts, dass Schaum an ihren Nüstern klebte. Schließlich blieb Elisabeth und Gramberg nichts weiter übrig, als die Tiere im Schatten eines Baumes zurückzulassen und das letzte Stück zu Fuß zu gehen.

Mit matten Schritten ging Elisabeth hinter Gramberg über verbrannte Erde auf Kiuui zu, vorbei an Feldern, auf denen bei ihrem letzten Besuch hüfthohes goldenes Getreide sanft im Licht des Nachmittags gewogt hatte. Ein brandgeschwärzter Grenzstein markierte die Grenze zu Grambergs Besitz. Elisabeth blieb stehen und blickte mit Grauen auf Grassoden, in denen noch hier und da Feuer loderten.

Es war verstörend. Ein Schock. Sie glaubte, in einem Albtraum gefangen zu sein. Für einen Moment schloss sie die Augen und betete darum, aufzuwachen. Ihre Empfindungen waren irgendwo zwischen Angst und Zorn angesiedelt, dann wieder fühlte sie sich taub und leer. Ihr Herz schlug schmerzhaft, aus ihren Poren brach Schweiß. Alles in ihr rebellierte dagegen zu glauben, dass Jacob das getan hatte. Und doch musste sie wohl das Unvorstellbare akzeptieren.

Kiuui war nicht wiederzuerkennen. Schwer schluckend blickte sie auf die Armee aus schwarzen Pfählen, wo einst üppig grüne Gewürznelkenbäume Reihe an Reihe gestanden hatten. Schwelender Rauch nistete in den Ästen, die sich gen Himmel reckten wie die Finger an der Hand eines Skeletts. Die Rufe der Arbeiter waren verstummt, ebenso das Singen der Vögel. Eine unnatürliche Stille erfüllte die Luft. Sie fragte sich, wo die Arbeiter geblieben waren. Waren sie während des Feuers von Kiuui geflüchtet?

Elisabeth wusste nicht, wie lange sie da gestanden hatte. Die Minuten verloren ihre Bedeutung. Von irgendwoher drang Grambergs Stimme an ihr Ohr.

»Es wird Zeit«, hörte sie ihn neben sich sagen. Sein Atem strich heiß über ihren Nacken.

Elisabeth drehte sich verständnislos zu ihm um. Seine Worte ergaben keinen Sinn für sie. Seine Nähe bereitete ihr Unwohlsein. Sie starrte in sein Gesicht. Seine Hautfarbe wies eine ungesunde Blässe auf. Mit einem Mal wurde ihr bewusst, dass sie sich allein mit ihm hier draußen befand, Meilen entfernt von der nächsten Behausung. Sämtliche Alarmglocken schrillten in ihrem Kopf. Ihr Kinn bebte. Der Zwang, wegzurennen, überfiel sie.

»Zeit wofür?« Obwohl sie versuchte, sich unerschrocken zu geben, schwang ein merkliches Zittern in ihrer Stimme mit.

In Grambergs Augen lag ein Flackern. »Wir müssen gehen.« Er packte sie am Arm. Seine Hand war trocken und kalt.

»Was? Ich verstehe nicht …«

»Ich muss Sansibar für eine Weile den Rücken kehren. Einige Dinge liefen in letzter Zeit nicht so glatt wie gehofft. Bedanken Sie sich bei Preston und ein paar anderen Leuten.«

»Jacob …« Sie schüttelte den Kopf. »Was meinen Sie damit?«

»Fragen Sie nicht so viel. Wir gehen.«

Elisabeth merkte, wie sie kurz und flach atmete. Panik stieg in ihr auf. Mit dem Mut der Verzweiflung reckte sie das Kinn. »Gehen? Wohin?«

»Zum Hafen. Wir nehmen das nächste Schiff. Übersee, wenn möglich. Auch in der Karibik kann man gute Geschäfte machen.« Sein Griff wurde fester. Bevor sie begriff, was geschah, drehte er ihr den Arm auf den Rücken. »Los jetzt!«

Eine Hitzewelle durchströmte sie. Ihre Brust schnürte sich zusammen. Etwas riss sie in der Zeit zurück. Weyhoff und all die furchtbaren Erinnerungen an ihre Ehe wurden wieder lebendig. Urplötzlich hatte sie das Gefühl, keine Luft mehr zu bekommen. Grambergs Körper presste sich gegen ihren Rücken. Sein Atem ging schwer.

»Nein!« Ihre Stimme drohte zu kippen. Gramberg verhielt sich immer seltsamer. Was passierte hier? Ihr Unbehagen schlug in Angst um. *O Gott, nein, bitte nicht …* Das hier war tatsächlich schlimmer als jeder Albtraum! Gramberg wollte sie gewaltsam mit sich nehmen. Ihr Herz hämmerte in festen Stößen gegen ihren Brustkorb. Panik stieg in ihr auf. Sie spürte, dass sie fliehen musste, um zu überleben. »Lassen sie mich los! Ich komme nicht mit!«

»Ich sagte, los jetzt!«

»Niemals. Ich werde nicht tun, was Sie sagen.«

Elisabeth hatte das Gefühl, aus ihrem Körper zu gleiten. Die Welt vor ihren Augen verschwamm. Ein Instinkt, der älter war als ihr Denken, übernahm. Schwungvoll holte sie aus und ließ den Absatz ihres Schuhs mit voller Wucht auf seinen Fuß krachen. Gramberg stöhnte schmerzerfüllt auf, aber er ließ nicht locker.

»Schluss damit«, schrie er. Sein freier Unterarm legte sich quer über ihre Kehle und presste sie zusammen. Reflexartig schlug sie die Zähne aufeinander. Ein stechender Schmerz zuckte über ihre Zunge. Sie schmeckte Blut in ihrer Mundhöhle.

Während er weiter Druck auf ihre Kehle ausübte, verdrehte Gramberg ihren Ellbogen, sodass es ein hässliches Knacken in ihrer Schulter gab.

»Hör zu …« Sein Unterarm drückte gegen ihr Kinn und presste ihren Kopf zurück, bis ihr Nacken auf seiner Schulter zu liegen kam. »Es ist besser für dich, wenn du freiwillig mitkommst.«

Nein!, wollte sie rufen, aber Grambergs Arm quetschte ihre Kehle, sodass sie nur ein Würgen zustande brachte.

»Leg es nicht darauf an, sonst werde ich dir richtig wehtun.« Er lachte ein kaltes, hartes Lachen. »Los, beweg dich!«

»Lass sie los.« Jacobs Stimme brandete wie ein Donnern über die Schonung.

Elisabeth war blind vor Tränen. Verschwommen sah sie ihn hinter einem der verbrannten Bäume hervortreten, das Gewehr im Anschlag. Vor Erleichterung drohten ihr die Knie wegzusacken, doch Grambergs Griff hielt ihren Körper wie in einem Schraubstock umklammert.

»Weg mit dem Gewehr.« Gramberg hielt sie wie einen Schutzschild vor sich. Ruckartig presste er mit dem Unterarm ihr Kinn nach oben. Sie spürte einen stechenden Schmerz. »Oder soll ich ihr vor deinen Augen das Genick brechen?«

»Das würde ich dir nicht raten«, rief Jacob ihm zu. »Du würdest erst sie und dann mich umbringen müssen, sonst endest du am Galgen.«

»Du riskierst also ihren Tod?« Grambergs saurer Atem strich über ihr Gesicht. Er bog ihren Kopf so weit nach hinten, dass ihr schwarz vor Augen wurde. Ein gurgelndes Geräusch entriss sich ihrer Kehle.

»Schon gut!« Jacob klang mühsam beherrscht. Mit einem dumpfen Geräusch prallte das Gewehr zu Boden.

Gramberg drehte den Kopf. In einem Moment der Unachtsamkeit lockerte er seinen Griff, nicht viel, aber doch so weit, dass es ihr ein winziges bisschen Bewegungsfreiheit verschaffte. Geistesgegenwärtig holte sie Schwung und versetzte ihm mit dem Hinterkopf einen Stoß gegen die Nase.

Gramberg brüllte auf. Wie von Sinnen vor Schmerz ließ er sie los. So unvermittelt, dass sie einen Schritt vorwärts stolperte und hart mit dem Gesicht auf dem Boden aufschlug.

Schreie drangen an ihr Ohr. Mit Anstrengung hob sie den Kopf und sah, wie Jacob sich brüllend auf Gramberg stürzte. In der nächsten Sekunde wälzten sich beide Männer zu einem Knäuel verschlungen über den Boden. Fäuste flogen durch die Luft. Plötzlich blitzte das kalte Metall einer Klinge im Licht der Sonne auf. Jacob brüllte wütend los. Im nächsten Augenblick floss Blut. Wessen Blut, war unklar. Elisabeth wurde starr vor Angst um Jacobs Leben. Sie wollte schreien, aber sie brachte keinen Ton heraus.

Ein Grollen erschütterte den Boden und ließ die Erde unter ihr vibrieren. Mühsam hob sie den Kopf und blinzelte durch den flirrenden Schleier vor ihren Augen.

Krachend fielen Gewehrschüsse. Arabische Stimmen donnerten Befehle. Elisabeth stützte den Oberkörper auf die Ellbogen. Neben dem Schmerz spürte sie vor allem Erleichterung.

Donnernde Hufschläge rissen die verbrannte Erde auf und wirbelten Ascheschauer über den Boden. Die Truppen des Sultans sprengten auf Pferden heran. Ein wilder, bis an die Zähne mit Säbeln, Messern und Gewehren bewaffneter Haufen. Binnen Sekunden ließen sich die Männer aus dem Sattel fallen und stürzten sich auf Gramberg und Jacob.

In dem allgemeinen Durcheinander bekam Elisabeth nicht mit, was passierte, aber als sich ihr unvermittelt hilfreiche Hände entgegenreckten und sie den Kopf hob, blickte sie in das wütende und gleichzeitig ungläubige Gesicht bin Saids. Ohne ein Wort zog er sie auf die Füße.

Fassungslos starrte sie in seine dunkel schimmernden Augen unter dem Turban. »Sie sind tatsächlich zurück …«, stöhnte sie und rang nach Luft.

»Das bin ich.«

»Woher wussten Sie …«

Mit einer gebieterischen Kopfbewegung schnitt bin Said ihr das Wort ab. Indes führte in seinem Rücken ein Pulk von Soldaten den gefesselten Gramberg zu den Pferden. »Nicht jetzt. Sind Sie verletzt?«

»Es geht schon. Jacob …?«

»Ich bin hier. Es geht mir gut«, hörte sie seine vertraute Stimme mit dem breiten schottischen Akzent. Sie fuhr herum. Plötzlich stand er vor ihr. Mit einem erstickten Aufschrei stürzte sie sich in seine Arme. Alles, was zwischen ihnen gestanden hatte, verlor in diesem Augenblick seine Bedeutung. Nur noch eines zählte, nämlich dass er hier war, neben ihr und am Leben. Sie schmiegte den Kopf an seine Brust und ließ sich in die schützende Wärme seiner Arme sinken.

»Ist ja gut …«, murmelte er und hielt sie fest umschlungen.

Die ganze Zeit über war sie tapfer gewesen, aber jetzt gaben ihre Beine nach. Die Tränen strömten ihr über die Wangen. Sie spürte alles gleichzeitig. Angst, Verzweiflung, Erleichterung.

»Ganz ruhig, es ist vorbei«, sagte Jacob dicht neben ihrem Ohr. Sein vertrauter Geruch hüllte sie ein wie eine Decke. Zaghaft, fast ein wenig unbeholfen, strich seine Hand über ihren Rücken. Als sie das Blut an seiner Schulter bemerkte, hob sie erschrocken das Gesicht. Erst jetzt fiel ihr auf, dass sein linkes Auge zugeschwollen war und ein dünner Riss über seine Braue lief.

»Jacob …« Vorsichtig tastete ihre Hand zu der blutigen Stelle an seinem Hemd.

Das Entsetzen musste ihr ins Gesicht geschrieben sein, denn er grinste sie aufmunternd an. »Keine Sorge. Es ist Grambergs Blut, nicht meines. Ich habe ihn mit meinem Messer erwischt. Mir ist nichts passiert.« Sein Grinsen wurde breiter und bekam einen schmerzhaften Zug. »Außer ein paar geprellten Rippen und einer zerschrammten Augenbraue wie es scheint.«

»Jacob … Aber ich verstehe nicht. Wieso bist du hier?« Kopfschüttelnd sah sie ihm in die Augen.

»Imani.« Sein Grinsen erlosch. Er zuckte die Schultern. »Als sie hörte, dass Kiuui abgebrannt ist, und du mit Gramberg dorthin unterwegs warst, wusste sie, dass etwas nicht stimmte. Sie hat einen Boten auf einem Pferd zu mir geschickt. Ein schnelles Pferd zum Glück, denn anscheinend bin ich noch rechtzeitig gekommen.«

Rechtzeitig … O Gott … Sie atmete zitternd aus. Bis eben hatte sie keine Sekunde zum Nachdenken gehabt, aber auf einmal begriff sie, wie viel Schreckliches gerade geschehen war.

»Schhhhhh … Es ist alles gut.« Er umschloss ihr Gesicht mit beiden Händen. Seine Daumen wischten sanft die Tränen von ihren Wangen. Sie hob das Gesicht, sah, wie seine Lippen sich ihrem Mund entgegensenkten, und schloss die Augen. Sein Kuss war lang und sanft. Es fühlte sich an wie nach Hause kommen. Eine Welle von Wärme breitete sich in ihrer Brust aus, wie Sonnenstrahlen nach einer langen Winternacht. Ihr Herz wurde weit. Die Liebe, die sie für Jacob empfand und immer empfunden hatte, floss frei und ungehindert.

Bin Saids Räuspern ließ sie auseinanderfahren. Elisabeth spürte, wie ihr die Hitze in die Wangen schoss. Wie hatte sie vergessen können, dass sich der Sultan ganz in der Nähe befand, während sie sich küssten? Ein höchst unschickliches, den arabischen Sitten zuwiderlaufendes Verhalten. Erschrocken versuchte sie, in bin Saids Miene zu lesen, was in ihm vorging. Doch was auch immer es war, der Sultan schien entschlossen, seine Gefühlsregungen hinter einer Maske aus Zurückhaltung zu verbergen. In seinen dunklen Augen jedoch lag ein Schimmern, das Elisabeth schon oft an ihm wahrgenommen hatte und das seinem Blick eine tiefe Melancholie verlieh. Mit ausgesuchter Höflichkeit deutete er eine Verneigung an.

»Meine tiefe und aufrichtige Entschuldigung.« Ernst und durchdringend sah er ihr ins Gesicht. »Es ist unverzeihlich, dass einer Deutschen, die unter meinem Schutz steht, Gewalt angetan wurde. Es lässt sich nur durch meine Abwesenheit erklären, wenngleich auch nicht entschuldigen. Bedauerlicherweise war es wohl nicht das einzige Unrecht, das sich in den letzten Wochen ereignet hat.«

»Hoheit …« Elisabeth verneigte sich. »Sie schickt der Himmel.«

»Es lag an Allahs Willen«, erwiderte der Sultan und deutete ein Lächeln an.

»Was … ist mit Gramberg?« Elisabeth spürte einen Schauer über ihren Rücken rieseln, als sie seinen Namen aussprach. »Wohin bringen Sie ihn?«

»Ins Gefängnis.« Bin Saids Lächeln erstarb. Seine Mundwinkel bekamen einen scharfen Zug. »Er wird des Mordes an Doktor Wessels beschuldigt.«

Von einer Sekunde auf die andere schien die Welt um sie herum stillzustehen.

Wessels? Tot? O Gott … Sie schlug die Hände vor ihrem Mund zusammen. Ihre Ferse, die eben noch fest auf dem Boden gestanden hatte, begann unkontrolliert zu zittern.

»Nein«, hörte sie sich sagen, ihre Stimme merkwürdig fremd in ihren Ohren. Ihr Blick klammerte sich an bin Said. »Das kann nicht wahr sein. Hoheit, Sie müssen sich irren!«

»Ich wünschte, es wäre so. Es tut mir sehr leid.«

Ein Frösteln breitete sich in Elisabeth aus. Die Kälte drang durch jede ihrer Nervenzellen und berührte sie tief im Mark. Sie spürte, wie Jacobs Arme sich um ihre Schultern legten, und schloss die Augen. Heiße Tränen strömten über ihre Wangen.

»Ich bedauere Ihren Verlust sehr«, hörte sie bin Saids Stimme. »Ich weiß, dass sie sich nahestanden. Es ist ein Verlust für uns alle.«

Elisabeth konnte nichts darauf sagen, ihre Stimme gehorchte ihr nicht.

»Aye, das ist es wohl«, bestätigte Jacob an ihrer Stelle. Er klang bleiern.

»Man sagt, ein Menschenleben sei auf Unguja nicht viel wert«, sagte der Sultan. Elisabeth spürte seinen Blick auf sich ruhen und schlug die Augen wieder auf. Ein Schatten schob sich über sein stolzes, aristokratisches Gesicht. »Wir seien unzivilisiert, heißt es. Aber das trifft nicht zu. Nicht, soweit ich es in der Hand habe. Gramberg wird büßen für das, was er getan hat. Als Sultan von Oman und Sansibar gebe ich Ihnen mein Wort darauf.«

»Was passiert mit ihm?«, fragte Jacob, sein Körper warm und fest in ihrem Rücken.

»Er wird nach Changuu gebracht. Dort wird er auf seinen Prozess warten.« Bin Saids Miene wies wieder die gewohnte Zurückhaltung auf. »Es ist unmöglich, von der Insel zu fliehen.«

»Gut so«, zischte Jacob grimmig.

»Wenn Sie mich jetzt entschuldigen«, erklärte Bin Said. »Im Palast gibt es einiges zu klären.«

»Hoheit«, presste Elisabeth zitternd hervor. Ihre Kehle war eng, hinter ihren Augen stiegen Tränen auf.

In einer Wolke aus Staub und Asche ritten bin Said und seine Soldaten davon. Elisabeth blickte ihnen hinterher, bis sie außer Sicht waren. Der Schock über Wessels' Tod saß tief. Sie fühlte sich wie betäubt. Noch verhinderte die Leere in ihr, dass sie das volle Ausmaß des Schmerzes spürte. Ein Teil von ihr konnte nicht fassen, dass es tatsächlich geschehen sein sollte. Schwerfällig drehte sie sich zu Jacob um.

Er warf ihr einen langen Blick zu. »Woher wusste der Sultan, dass …« Er brach ab und schüttelte bestürzt den Kopf.

Sie schluckte trocken. »Dass … ich hier war, mit Gramberg?« Die Worte auszusprechen, machten das, was sie getan hatte, noch ungeheuerlicher.

»Ja, genau das. Ich kann mir nicht erklären, wie bin Said plötzlich hier sein konnte, mit einer bis an die Zähne bewaffneten Garde.«

»Ich dachte …« Sie schluckte erneut. »Du hast also nicht nach ihm geschickt?«

»Nein.« Er schüttelte langsam den Kopf. »Wenn du nachdenkst, wäre das auch nicht möglich gewesen. Eilean Donan und Kiuui liegen ungefähr gleich weit von der Steinernen Stadt entfernt, nur eben in unterschiedliche Richtungen.« Er zuckte die Schultern. »Es hätte also ungefähr doppelt so lange gedauert, bis einer meiner Männer den Palast erreicht und dann zusammen mit dem Sultan und seinen Männern wieder hier gewesen wäre.«

»Aber wenn du es nicht warst, wer dann?«

Er zuckte die Schultern. »Ich denke, wir werden es wohl früher oder später herausfinden. Ebenso, wie wir herausfinden werden, woher der Sultan wusste, dass Wessels von Gramberg getötet wurde. Aber nicht jetzt.« Er hob die Hand und schob ihr eine Strähne ihres wirren Haars hinters Ohr. »Lass uns von hier verschwinden.«

Großer Gott … Elisabeth betrachtete ihn mit plötzlicher Befangenheit. Was meinte Jacob damit? Die Ereignisse hatten sich derart überschlagen, dass sie kaum noch hinterherkam, dazu der Schock über Wessels' Tod. Hatte Jacob vor, sie zurück in das Kontor zu bringen und dann seiner Wege zu gehen? Der Streit zwischen ihnen war – trotz allem – nicht geklärt. Waren sie überhaupt noch ein Paar? Aber wenn nicht, warum hatte er dann »uns« gesagt? Verunsichert suchte sie seinen Blick. »Wohin gehen wir?«

»Nach Hause«, erwiderte Jacob.

Zögernd biss sie sich auf die Lippe. »In … deines oder in meines?«

»In unseres natürlich, Eilean Donan«, sagte er lächelnd.

»Das heißt …« Sie räusperte sich. »Du und ich, wir sind wieder ein Paar?«

»Nun, wie könnte es denn anders sein?« Er zuckte die Schultern, verständnislos, wie es schien. »Du bist die Frau, die ich liebe.«

Kapitel 29

Mit immer schrägeren Strahlen über den Zuckerrohrfeldern näherte sich die Sonne dem Horizont, um dort in einem Meer aus Rot- und Orangetönen unterzugehen. Der Tag, der so viel Schlimmes mit sich gebracht hatte, neigte sich dem Ende zu. Elisabeth saß auf der Veranda vor Jacobs Zelt. Sie schlug die Beine unter und lehnte sich zurück. Der Rattanstuhl knarrte leise unter ihrem Gewicht. Das frisch gewaschene Haar fiel noch feucht über ihre Schultern und durchnässte den Stoff des zu weit und zu lang fallenden Hemdes, das Jacob ihr geliehen hatte. Ihre eigene Kleidung flatterte frisch gewaschen auf einer Leine hinter dem Zelt im Abendwind. In der Hand hielt sie einen Becher Tee, den Jacob ihr vor wenigen Minuten eingeschenkt hatte. Aromen von Zimt, Ingwer und schwarzem Pfeffer stiegen ihr in die Nase. Nun war Jacob unterwegs, um Essen für sie beide zu holen. Bisher hatte sie die Mahlzeiten drüben im hinter den Mangobäumen liegenden Küchentrakt eingenommen, doch Jacob hatte beschlossen, dass es heute Abend anders sein sollte. Elisabeth schloss die Augen und lauschte den sehnsuchtsvollen Klängen schottischer Fiedeln, die von den abseits gelegenen Hütten der Männer an ihr Ohr drangen.

Schritte näherten sich, gleich darauf hörte sie das unverkennbare Poltern von Jacobs Stiefeln auf den Stufen der Veranda.

»Träumst du?«, fragte er leise.

Sie schlug die Augen auf und schenkte ihm einen langen Blick. »Entschuldige, ich weiß nicht, wo ich gerade war.«

»Ich hoffe, du magst Korma.« Schulterzuckend stellte er ein Tablett auf dem Tischchen vor ihr ab und deutete auf zwei gut gefüllte Teller und zwei Gläser Weißwein. »Es ist milder als das Curry, das Ashok ansonsten macht. Er lässt dir Grüße ausrichten und wünscht dir einen guten Appetit.«

»Danke, das ist sehr lieb von ihm.« Sie stellte die nackten Füße zurück auf den Boden und beugte sich über das dampfende Joghurt-Curry. »Hmmmm, es riecht wunderbar.«

»Lass uns essen.« Jacob entzündete die umstehenden Petrollampen, dann nahm er auf dem Stuhl gegenüber Platz.

Eine ganze Weile redeten sie kaum und verständigten sich nur über den Tisch hinweg mit Blicken oder einem sanften Händedruck. Elisabeth war dankbar, dass auch Jacob offenbar wenig Bedürfnis nach Worten hatte. Das Schweigen zwischen ihnen fühlte sich warm und geborgen an. Ein sicherer Hafen, in dem das Vertrauen neu erblühen konnte. Doch immer wieder holten sie die schlimmen Ereignisse des Tages ein, allen voran Wessels' Tod. Schließlich schob Elisabeth den nicht einmal zur Hälfte leer gegessenen Teller beiseite.

»Ich muss immerzu an Wessels denken.« Sie schluckte schwer. »Es ist grauenvoll …«

»Ja, das ist es.« Jacob seufzte. Er schob ebenfalls den Teller beiseite. Dann tastete er über den Tisch nach ihrer Hand.

Elisabeth betrachtete ihre ineinander verschränkten Hände. Das Licht der Öllampen malte flackernde Schatten auf ihre sommersprossige, nur leicht gebräunte Haut. Dazu sein Unterarm, dunkel und mit einem Flaum schwarzer Härchen bewachsen.

»Wir müssen reden.«

»Ja.« Sie blickte ihm geradewegs in die Augen. »Das müssen wir.«

»Liz …« Sein Daumen strich sanft über ihren Handrücken. »Ich mache dir keine Vorwürfe, aber ich würde es gern verstehen. Was um aller Welt hat dich verleitet, Gramberg zu vertrauen? Ich hatte dich so oft gewarnt.«

»Nun …«, begann sie, zögernd aus Angst vor den Untiefen, die unter dem Gespräch lauerten. Wie sollte sie es ihm erklären, ohne dabei Wunden, die gerade zu heilen begannen, wieder aufzureißen? Sie biss sich auf die Lippe. Ihr Blick glitt zu den Petrollampen hinüber, die auf der roten Erde vor der Veranda ein tröstliches Leuchten verströmten. Schließlich riss sie sich los und wandte ihm kopfschüttelnd das Gesicht zu. »Was hätte ich tun sollen, nachdem ich feststellen musste, dass meine Probleme zwar mit der Vanille gelöst gewesen wären, du diese aber bereits an Farida verkauft hattest? Nein, bitte lass mich ausreden …«, unterbrach sie ihn, als er ansetzte, sich zu rechtfertigen. Sie löste ihre ineinander verschränkten Hände voneinander und schob das Weinglas langsam auf dem Tisch hin und her. »Noch dazu stellte mir Otto ein Ultimatum. An wen, außer Gramberg, hätte ich mich denn wenden sollen? Außerdem …«

Sie hielt inne.

»Ja, Liz?«

Sie schluckte und starrte auf das Glas vor ihr auf dem Tisch. »Ich konnte nicht vergessen, was du mir vorgeworfen hattest. Dass … aus mir nie eine erfolgreiche Geschäftsfrau werden würde. Also musste ich es wohl mir selbst und der Welt beweisen, dass dem nicht so war.«

»Ich habe es noch im selben Moment bereut, als ich es gesagt habe«, gestand er leise. »Aber was ich nicht begreife …« Er verstummte.

»Was, Jacob?« Sie spähte vorsichtig zu ihm hinüber.

»Als ich sah, wie Gramberg dir diese verdammten Perlen um den Hals legte …« Er stöhnte auf. »Es hätte mich fast umgebracht. Wie konntest du ihn nur gewähren lassen?«

Einen unangenehmen Moment lang herrschte Stille.

»Was sollte ich denn sonst tun?«, stieß sie hervor und spürte die alte Bitterkeit in sich aufsteigen. »Gramberg hatte mir eben erst zugesichert, mit mir Geschäfte machen zu wollen. Ich konnte unmöglich riskieren, dass er in letzter Sekunde einen Rückzieher machte.«

»Verdammt!«, presste er hervor und starrte an ihr vorbei in die Nacht.

»Ja, verdammt«, echote sie dünn.

»Liz?« Sein Blick kehrte zu ihr zurück. »Es tut mir wirklich leid. Der Streit und das alles …« Er blies frustriert die Luft aus. »All diese Worte hätten nie fallen dürfen. Kannst du mir verzeihen?«

Sie betrachtete ihn nachdenklich. Sein Gesicht war sanft und traurig zugleich. In seinen Augen spiegelte sich das Licht der Lampen. Wieder spürte sie ihr Herz überfließen aus Liebe zu ihm.

»Doch, ich denke, das kann ich. Das schon …« Sie zögerte, weiterzusprechen. Wieder sah sie auf das Glas. »Was ich dir aber nicht verzeihen kann, ist, dass du Farida erzählt hast, wie ich für dich gesungen habe.«

Eine längere Stille schlich sich zwischen sie.

»Liz?«

Ohne aufzusehen, schob sie das Glas im Kreis herum.

»Sieh mich an, bitte.«

Zögernd kam sie seiner Bitte nach.

»Wie kommst du darauf, dass ich das getan habe?« In seiner Stimme schwang ein eindringlicher Ton.

»Wer sonst?« Sie zuckte die Schultern. Ihre Erinnerungen wanderten zurück. Außer mit Imani hatte sie mit niemandem über jenen Abend auf Eilean Donan und über diesen intimen, verletzlichen Moment zwischen Jacob und ihr gesprochen. Und Imani plauderte gewiss nicht leichtfertig, darauf hätte sie schwören können. »Es gab nur dich und mich an jenem Abend. Imani merkte, dass mich etwas bedrückte nach meiner Rückkehr. Ich musste irgendwohin mit meinem Kummer und habe mich ihr anvertraut. Ich kann mir jedoch nicht vorstellen, dass sie Farida gegenüber geredet hat.«

»Tja, irgendeine Erklärung muss es geben.« Jacob lehnte sich zurück und schwieg.

Als sie ihn ansah, wirkte er in sich gekehrt. Ihr Herz machte ein paar rasche Schläge. Hatte sie ihn fälschlicherweise beschuldigt? »Was ist?«

Feine Linien der Anspannung zogen sich um seine Mundwinkel. »Als ich das Lied hörte – *unser* Lied –, war ich mir sicher, dass du es absichtlich gewählt hast, um mir wehzutun.«

Sie spürte einen Kloß in ihrer Kehle brennen und konnte nicht gleich antworten. Schließlich fasste sie Mut und nickte. »Ja, das wollte ich in dem Moment auch. Ich war zu verletzt, um anders zu handeln. Erst die Sache mit der Vanille und dann noch das! Als Farida auf mich zukam und mich aufforderte, zu singen, konnte ich nicht mehr klar denken. Mein Kopf fand keine andere Erklärung als die, dass du mit ihr über uns geredet hast. Und dann der schreckliche Morgen auf Eilean Donan …« Ihre Stimme begann zu zittern. Plötzlich brach es aus ihr heraus: »Wie konntest du mich belügen und mir verschweigen, dass du Vanille anbaust? Ich hätte Vanille statt der Nelken für Otto kaufen können. Dann wäre ich meine Sorgen mit einem Schlag los gewesen. Das musstest du doch wissen. Wie konntest du so handeln, Jacob? Erklär es mir.« Eine Träne der Wut und der Enttäuschung lief über ihre Wange. Sie schlug die Hände vors Gesicht.

Stuhlbeine knarrten über den Boden. Im nächsten Augenblick wurde sie von Jacobs Händen sanft von ihrem Sitz gehoben. Er zog sie in eine Umarmung. »Es tut mir leid, Liz. Das mit Farida, meine ich. Glaub mir, es ging keine Sekunde lang um sie. Immer nur um dich.« Seine Lippen küssten ihren Scheitel.

»Trotzdem hast du mit ihr Geschäfte gemacht«, flüsterte sie erstickt und nahm die Hände vom Gesicht. »Warum nur? Warum hast du mir nichts von der Vanille erzählt?«

»Das ist eine lange Geschichte …« Sein Brustkorb hob und senkte sich schwer.

»Ich muss sie hören. Bitte …«

»Na schön.« Er setzte sich und zog sie auf seinen Schoß. »Magalam war der Name der Vanilleplantage, zu der ich im März vor neun Jahren unterwegs war. Sie liegt in Südindien, in den Ostghats …«

Kapitel 30

Nagalapuram, Ostghats, Südindien, März 1871

Die Vanilleplantage, zu der Jacob unterwegs war, lag an einem dicht bewaldeten Berghang, einem Ausläufer der Ostghats, mehr als einen Tagesritt von der Hafenstadt Madras entfernt. Die Gegend um Nagalapuram hatte durch ihre Tempelanlagen Bekanntheit erlangt wie auch durch ihre kristallklaren Wasserfälle. Bei seinem letzten Besuch auf Magalam hatte Jacob einen Abstecher dorthin unternommen. Mit Sehnsucht dachte er an sein Bad in dem kühlen Gewässer zurück, das beinahe die Frische eines schottischen Lochs besaß. Gerade konnte er sich nichts Schöneres vorstellen, als sich nach anderthalb Tagen zu Pferd den Staub vom Leib zu waschen. Die Hitze über der Ebene war unerträglich gewesen. Inzwischen hatten sie die schattigen Wälder erreicht. Dafür fielen nun in der feucht-schwülen Luft die Insekten scharenweise über sie her. In der Nacht hatte es geregnet, die Erde war aufgeweicht und schlammig. Mit einer ungeduldigen Handbewegung wischte Jacob sich die Plagegeister von der Stirn. Dann parierte er die robuste Marwaristute zum Schritt durch, um ihr nach dem strammen Ritt bergauf eine Pause zu gönnen. Umsichtig verlagerte er sein

Gewicht und tätschelte den schweißglänzenden Hals der Stute. Sein Blick, der zwischen ihren sichelförmigen Ohren geruht hatte, glitt umher. Allzu weit konnte es nicht mehr bis nach Magalam sein. Er meinte, die verkrüppelte Zeder am Rand des verschlungenen Pfads wiederzuerkennen.

»Hab ich das richtig mitbekommen? Dieser Stanley arbeitet also für den *New York Herald*?«, ertönte Sam Macmillans Stimme dicht hinter ihm. Der rothaarige Schotte und Jacob waren in unmittelbarer Nachbarschaft aufgewachsen. Sie kannten sich seit ihrer Kindheit. Der Kontakt hatte sich über die Jahre gehalten. Sam, der aus ärmlichen Verhältnissen stammte, hatte Arbeit in der Baumwollspinnerei von Jacobs Vater gefunden. Zwar war diese körperlich anstrengend und schlecht bezahlt, aber es reichte zum Überleben. Dann, vor einigen Monaten, hatte Jacob sich entschlossen, nach Indien zu reisen, um sein Glück mit dem Handel von Vanille zu suchen. Als jüngstes der Geschwister und Sohn einer Afrikanerin obendrein hatte Jacob von seinem Erbteil nicht viel zu erwarten. Ohne entsprechendes Vermögen jedoch war es undenkbar, um die Hand der Bankierstochter Jessica Wallace anzuhalten, der sein Herz gehörte. Jessica war eine schöne, überaus begehrenswerte Frau. Wenn sie den Raum betrat, schien alles um sie herum heller zu werden. Bis heute konnte er sich nicht erklären, weshalb sie sich ausgerechnet in ihn verliebt hatte. Aber er begriff, dass er sie nur auf Dauer würde glücklich machen können, wenn er ihr einen gewissen Lebensstil ermöglichte. Also hatte er sich aufgemacht, um ihnen eine Zukunft zu sichern, und Sam hatte sich ihm angeschlossen.

Jacob richtete sich im Sattel auf und wandte sich zu Sam um. Dieser stieß ein zischendes Geräusch aus, das irgendwo zwischen Unverständnis und Missbilligung angesiedelt war, und schüttelte den Kopf. »Ich begreif's nicht. Warum lässt ein New Yorker Verleger Tausende von Pfund springen, um einen ehemaligen Baumwollspinner aus der Nähe von Glasgow zu finden? Was ist so Besonderes an diesem Livingstone? Das Haus seiner Familie in Blantyre liegt keinen Steinwurf von meinem eigenen Zuhause entfernt. Ich bin oft genug daran vorbeigelaufen. Wenn ich gewusst hätte, dass eine so hohe Belohnung auf den Kerl ausgesetzt wird, wäre ich längst auf seiner Türschwelle aufgekreuzt, um ihn eigenhändig am Kragen seines Hemds zu packen und nach New York zu schleppen.«

»Damit wärst du sechs Jahre zu spät dran«, gab Jacob zurück. Er schnalzte mit der Zunge, damit die beiden mitgeführten Packesel sich in Bewegung setzten, und trieb die Stute vorwärts. »Livingstone ist bereits 1865 zu einer Afrikaexpedition aufgebrochen. Er scheint besessen davon, dieses Land zu durchreisen. Seit zwei Jahren gilt er als verschollen. Niemand weiß, wo er sich aufhält oder ob er überhaupt noch am Leben ist. Bennet, der Verleger, wittert eine Mordsgeschichte für seine New Yorker Zeitung. Daher hat er Stanley angeheuert und ihm unbegrenzte finanzielle Mittel zur Verfügung gestellt, um Livingstone zu finden. Wenn du dich in dieser Spelunke in Bombay nicht so hättest vollaufen lassen, hättest du das mitgekriegt.«

»Ich erinnere mich, dass die Matrosen davon erzählt haben, wie sie Stanley nach Bombay gebracht haben«, verteidigte sich Sam. »Aber dennoch kapier ich nicht, dass Bennet so viel Geld …« Der Rest des Satzes blieb in der Luft hängen. Sam keuchte auf. »Verflixt. Siehst du die Rauchsäule dort hinter den Bäumen aufsteigen? Was hat das zu bedeuten?«

Abrupt wandte Jacob den Kopf. Eine Faust aus schwarzgrauem Rauch hing über den Salbäumen, als hätte jemand ein gewaltiges Feuer entzündet. Das Zwitschern der Vögel war verstummt. Warum hatte er es bislang nicht bemerkt? Seine Kehle wurde trocken, sein Herz begann zu rasen. Unfähig zu begreifen, was er sah, gab er dem Pferd die Sporen.

Je näher sie kamen, umso beißender wurde der Geruch nach verkohltem Holz und schwelender Asche. Staub schwebte in der Luft. Wie trockener Regen fiel er hernieder und legte sich auf die Blätter der Bäume, sodass sie stumpf und welk aussahen. Ohne dass Jacob es verhindern konnte, drang der Schmutz über Mund und Nase in seine Lungen und ließ ihn röchelnd Luft holen. Er hustete, um freier atmen zu können. Als ein Windstoß den Abhang hinunterwehte, verzog er das Gesicht. Ein widerwärtiger Geruch streifte ihn. Er konnte sich nicht erinnern, jemals etwas Ähnliches gerochen zu haben. Der Gestank klebte in seiner Nase und war schwer zu beschreiben. Es erinnerte an Tod und Verwesung, aber dann doch anders. Seine Gedanken rasten umher. Mitten im Trab wandte er sich um, unsicher, ob Sam es auch bemerkte. Der Ausdruck in Sams Gesicht ließ es vermuten. Jacob konnte seine Unruhe kaum zügeln. Auf dem sich zwischen den Bäumen hindurchschlängelnden Pfad trieb er die Stute schonungslos vorwärts, während die Esel sich mit lauten Rufen über die Eile beschwerten. Schließlich lichteten sich die Bäume. Jacob hielt direkt auf die Anhöhe zu, auf der sich das Haus der indischen Pflanzerfamilie befand. Gopal Vikram, der Mann, mit dem er den Handel abgeschlossen hatte, erwartete ihn in diesen Tagen, um ihm die Säcke mit der schwarzgebräunten Vanille zu übergeben, der Ernte eines ganzen Jahres.

Er kam auf die Bergkuppe und erblickte die schwelenden Trümmer des niedergebrannten Holzhauses. Die dahinterliegende Vanillepflanzung war ebenfalls dem Feuer zum Opfer gefallen. Angstvolles Muhen von Kühen drang entfernt an sein Ohr. Irgendwo meckerten Ziegen. Unfähig, den Blick von dem Desaster abzuwenden, schwang er sich vom Pferd. Aus den Augenwinkeln bemerkte er, wie Sam es ihm gleichtat.

Wie betäubt stakste Jacob auf die Brandruine zu, vorbei an einem Pfau, der seine Federn kläglich über die verbrannte Erde hinter sich herzog und ihn aus klickenden Augen verfolgte.

Jacob überschlug, wann das Feuer ausgebrochen sein mochte. Den schmauchenden Dachbalken zufolge konnte es nicht allzu lange her sein. Er vermutete, dass der Überfall im Schutz der Dunkelheit erfolgt war. Vom vorderen Teil des Hauses war nicht viel übrig. Teile der Decke und der Wände waren eingestürzt. Wie morsche Zähne in einem fauligen Gebiss ragten der Türsturz und die verkohlten Fensterrahmen in die Luft. An der Rückwand hatte der Brand ebenfalls gewütet, allerdings schien der einsetzende Regen ein Ausbreiten der Flammen verhindert zu haben, einige Möbel waren noch erhalten. Jacob fröstelte, als er in einer der Ecken ein angesengtes Gitterbettchen entdeckte. Das angegraute Rot der Stoffdecke leuchtete geradezu obszön aus den Trümmern hervor. Jacob fuhr sich mit zitternder Hand durch das kurz geschorene Haar. Was war mit den Bewohnern passiert? Hatte Gopal Vikram sich und seine Familie noch rechtzeitig in Sicherheit bringen können? Als der seltsame Geruch ihn erneut streifte, verschlang sich sein Magen zu einem Knoten. Seine Nackenhaare kräuselten sich. Plötzlich begriff er, was er vorher nicht verstanden hatte. Übelkeit stieg in ihm auf. Es roch nach verbranntem Fleisch.

»Jacob!«

Sams Schrei gellte durch die Luft. Das Brüllen kam von der niedergebrannten Pflanzung.

Er eilte hinüber. Im Näherkommen sah er, dass die Bäume, an denen sich die Vanillepflanzen emporgerankt hatten, nur noch schwarze Pfähle waren. Rings um die Stämme war Stroh angehäuft und verbrannt worden. Ein Glühen drang aus der Erde, Rauch waberte wie Nebel über den Boden. Knackend barsten Äste, in denen noch das Feuer glimmte. Jacob hob das Gesicht. Gopal Vikram … Das Feuer war den Männern auf den Feldern zum Verhängnis geworden. Jacobs Beine drohten nachzugeben. Tränen liefen über seine Wangen. Ihm blieb nur zu hoffen, dass der Rauch die Männer rasch hatte ersticken lassen.

Die Nacht brach herein, als Jacob und Sam die Leichen der Erde zur letzten Ruhe anvertrauten. Es hatte lange gedauert und viel Kraft gekostet, um ein Loch auszuheben, das groß genug war für die Toten. Die Haut an Jacobs Händen war rissig. Er spürte den Schmerz nicht, als er begann, das Grab wieder zuzuschaufeln. Seine Gedanken kreisten um die Frauenleichen, die sie im Haus gefunden hatten. Er mochte sich nicht ausmalen, was ihnen zugestoßen war. Und dann noch das Kind … Die Kleine durfte kaum älter als zwei Jahre gewesen sein. Jacob hatte sie zusammengekauert unter ein paar verbrannten Brettern gefunden, die einmal ein Regal gewesen sein mussten. Das Versteck war ihr Grab geworden. Als Jacob sie aus den Trümmern gehoben hatte, war ihr Brustkorb schlaff in sich zusammengefallen, als hätte die Seele just in dem Moment den Körper verlassen. Jacob wusste, die Erinnerung würde ihn zeitlebens verfolgen.

Und noch immer hatte er nicht die leiseste Ahnung, was passiert war.

Das Licht des Mondes erhellte geisterhaft die Dunkelheit. Eine seltsame Ruhe lag über dem Anwesen. In Jacob war nichts als Leere. Eine Leere, die zu groß war, um zu enden. Er wischte sich Staub vom Gesicht und schmeckte das Salz seiner Tränen. Unter finsterem Schweigen schaufelten Sam und er Erde in das Grab. Das Prasseln der Erdschollen hallte durch die Nacht.

Dann hörte er das Wimmern.

Das Geräusch kam aus dem Schuppen neben dem Haus. Jacob ließ die Schaufel fallen und rannte los, blind für die Kaninchenlöcher, in die er stolperte, und das Gestrüpp, das sich an seinen Hosenbeinen verfing. Ein Keuchen in seinem Rücken verriet ihm, dass Sam dicht hinter ihm war. An der vom Feuer geschwärzten Eingangstür blieb Jacob so abrupt stehen, dass Sam gegen seine Schulter prallte. Das Wimmern war jetzt lauter. Es schien aus dem Boden in der Mitte des Schuppens zu kommen.

»Hilf mir«, keuchte Jacob und schob mit seinem Stiefel verrußte Körbe und Kisten beiseite. Unter seiner Sohle spürte er etwas, das hart war wie Metall.

Sam ließ das Holz, das er in den Händen hielt, fallen. »Da!« Er ließ sich auf die Knie fallen und scharrte mit den bloßen Händen im Dreck. Jacob spürte sein Herz gegen die Rippen pochen, als darunter eine Platte zum Vorschein kam. Er bückte sich und zog an dem Ring aus Eisen. Geräuschlos öffnete sich die Luke.

Die Versenkung mochte nicht allzu tief sein. Jacobs Augen brauchten eine Weile, bis sie sich an die Dunkelheit gewöhnt hatten und er unter sich eine zusammengekauerte Gestalt entdeckte. Mit einem kehligen Aufschrei beugte er sich tiefer. Er streckte die Hand aus und berührte kurzes Haar.

Das Wimmern ebbte ab.

»Es ist gut.« Jacob bemühte sich, seiner Stimme einen so sanften Klang zu verleihen, dass die Harmlosigkeit seiner Absicht auch von jemandem verstanden wurde, der nur wenig Englisch verstand. »Komm raus. Du bist in Sicherheit.«

Nichts rührte sich.

»Komm«, wiederholte Jacob sanft.

Stille.

Jacob zog die Hand zurück. Über den Rand des Verstecks hinweg tauschte er mit Sam Blicke aus. Anscheinend schien Sam ebenso wenig zu wissen, was zu tun war, denn er schüttelte den Kopf.

Eine Minute verstrich, es verstrich eine weitere. Schließlich stöhnte Jacob auf. Es erschien ihm sinnlos, länger abzuwarten. Entschlossen verlagerte er sein Gewicht und schickte sich an, in das Loch zu gleiten.

In diesem Moment erklang eine erschreckend dünne Jungenstimme. »Nein, bitte nicht!«, rief sie auf Englisch.

Augenblicklich zog Jacob den Fuß zurück. Er zwang sich, ruhig zu bleiben. Der Junge stand offensichtlich unter Schock.

»Hör zu«, meinte er freundlich. »Wir wollen nichts Böses. Wir sind hier, um dir zu helfen, verstehst du?«

Das Schweigen, das entstand, wog schwer in dem spärlich vom Licht des Mondes erhellten Schuppen.

»Junge, glaub mir, alles ist gut.« Sams Stimme mit dem breiten schottischen Akzent floss dunkel wie Samt durch die Dunkelheit.

Wieder Schweigen.

»Ich … darf nicht«, kam es schließlich kläglich in gebrochenem Englisch aus der Grube. »Ich soll hierbleiben und still sein, bis meine Amaal mich holt.«

Jacobs Herz krampfte sich zusammen. Er wusste nicht, was er sagen sollte. Sein Gehirn war seit Stunden wie leer. Er nahm einen tiefen Atemzug. »Wie ist dein Name, Junge?«

»Ashok Gopal.«

Jacob nickte stumm. Gopal Vikrams Sohn. Wortlos reichte Jacob dem Jungen eine Wasserflasche und achtete darauf, dass er in kleinen Schlucken trank.

»Ashok … Deine Ma ist tot.« Jacob schnürte es beim Sprechen die Kehle zu. »Es hat ein Feuer gegeben …«

Im Nachhinein hätte Jacob nicht sagen können, wie sie es geschafft hatten, aber etwas später saß Ashok zitternd und in eine Decke gehüllt neben Jacob am wärmenden Feuer, weit genug vom Haus entfernt, um den Anblick nicht ertragen zu müssen. Dem Bartflaum und der männlich tiefen Stimme nach mochte Ashok ungefähr fünfzehn Jahre sein, schloss Jacob mit gerunzelter Stirn. Also ging es wohl in Ordnung, dass Sam ihn neben dem Wasser ab und an einen Schluck

Whisky trinken ließ. Eine bewährte Methode, um Schmerz zu betäuben.

Schließlich wich die Benommenheit aus Ashoks Blick. Mit bebender Stimme wandte er sich an Jacob. »Was … ist passiert?«

Jacob nahm einen Schluck aus seiner eigenen Flasche und ließ die Hitze des Whiskys von seiner Zunge über Mundhöhle und Rachen bis tief hinunter in den Bauch wandern, bevor er antwortete »Ich hatte gehofft, du könntest uns etwas dazu sagen.«

Ashok starrte ins Feuer. »Madras … Ich war in Madras …«

Jacob nickte. »Aye, Junge. Lass dir ruhig Zeit mit dem, was du sagen willst.«

»Mein Onkel … Guruji Amand … er meinte, ich solle zurück nach Magalam reiten«, begann Ashok zunächst stockend, offensichtlich noch immer unter Schock stehend. Jacob hielt ihm die Wasserflasche hin und beobachtete, wie der Adamsapfel des Jungen beim Trinken auf und ab hüpfte. Kurz darauf sprudelte es fast trotzig aus ihm heraus. »Seit einigen Jahren wohne ich in der Stadt bei meinem Guruji. Er unterrichtet mich in der Kunst, die alten Manuskripte zu lesen. Onkel meinte, ich würde dringend auf Magalam gebraucht und solle zurückkehren. Aber als ich kam, war mein Vater bereits fertig mit der Ernte. Er wies mich an, wieder in die Stadt zu reiten und meine Studien fortzusetzen, doch meine Amaal war so froh, mich zu sehen, dass ich noch einen Tag geblieben bin. Meine kleine Schwester …« Ashok schüttelte den Kopf. »Sie hat mich zuerst gar nicht erkannt. Ich habe ihr meine alten Holztiere zum Spielen geschenkt, das hat ihr gefallen.« Er unterbrach sich und sprang auf. Ein besorgter Ausdruck zog sich um seine Mundwinkel »Ich muss nach ihr sehen. Sie sollte längst im Bett sein.«

Jacob wich das Blut aus dem Gesicht. Verzweifelt blickte er zu Sam hinüber, doch dieser schien entschlossen, das Reden Jacob zu überlassen, und starrte stumpf ins Feuer.

»Später«, murmelte Jacob kaum hörbar. »Erzähl uns erst, was passiert ist.«

Ashok schwieg.

»Es waren Männer hier, richtig?«, meinte Jacob schließlich.

Ashok nickte.

»Kanntest du sie?«

Der Junge schüttelte den Kopf.

»Fremde also.«

Ashok presste die Kiefer aufeinander, sodass die Muskeln unter dem Bartflaum sich verspannten.

»Du hast Angst, was?«, bemerkte Jacob.

Zornig starrte Ashok zu ihm hinüber. »Ich bin kein Feigling.«

»Nein«, sagte Jacob langsam. »Das bist du ganz sicher nicht.«

»Amaal sagte, ich soll in dem Loch bleiben. Das habe ich gemacht.«

Jacob spürte, wie sich die Härchen auf seinen Unterarmen aufstellten. Er nahm einen Schluck Whisky, um die Enge in seiner Kehle zu lösen. »Du bist ein guter Sohn«, sagte er langsam. »Du hast auf deine Mutter gehört. Sie kann stolz auf dich sein, das ist sicher.«

Schweigend starrte Ashok auf seine Hände.

Als Jacob seinem Blick folgte, bemerkte er, dass Ashoks Nägel brüchig waren. An den Fingerkuppen hingen Hautfetzen, das Fleisch war offen und blutig. Jacob spürte, wie die Härchen an seinen Unterarmen sich aufstellten.

Sam, der sich bisher in Schweigen geübt hatte, murmelte einen schottischen Fluch vor sich hin. »Komm schon, Junge.«

Er bedachte Ashok mit einem eindringlichen Blick. »Auch wenn's schwer ist, du musst uns sagen, was du weißt.«

Ashok gab ein ersticktes Schluchzen von sich und schlug die Hände vors Gesicht.

»Dann bleibt es eben ein Geheimnis«, meinte Jacob achselzuckend.

»Aye, verdammt noch mal, wenn er nicht damit rausrücken will, dann ist es so. Deswegen ist der Junge noch lange kein Feigling«, bekräftigte Sam.

»Wer so etwas behauptet, kriegt mächtig Ärger.« Jacob zwinkerte Sam über das Feuer hinweg zu und hoffte, dass er verstand. »Wenn ich wüsste, wer die Kerle waren …«

»Ich möchte wetten, Diebe, die hinter der Vanille her waren.« Sams unmerkliches Nicken ließ hoffen, dass dieser im Ansatz ahnte, welche Strategie Jacob verfolgt. Zumindest schien er gewillt, mitzuspielen. »Die Ernte war einiges wert. Die haben nicht davor zurückgeschreckt, kaltblütig zu morden.«

»Wie willst du das wissen?«, erwiderte Jacob. »Vielleicht war es ein Rachezug. Du kennst die Vergangenheit nicht.«

»Ach was, ich bin doch nicht blöd. Ich kann's mir in etwa zusammenreimen.« Sam zuckte die Schultern. »Ich sag dir eines, das war keine Rache, sondern ein Überfall. Diese Schweine hatten es gezielt auf die Schoten abgesehen.«

»In jedem Fall müssen es Einheimische gewesen sein. Magalam liegt versteckt, also haben sie sich ausgekannt«, verfolgte Jacob den Faden weiter. Er hob einen Ast auf und stocherte damit im Feuer, sodass Funken in den Nachthimmel stiebten. »Außerdem war der Zeitpunkt genau gewählt. Die Erntezeit fällt unterschiedlich aus. Sie müssen genau gewusst haben, dass die Schoten bereit zum Abtransport waren.«

»Einheimische?« Sam spie geistesabwesend ins Feuer. »Der Junge sagte, es waren Fremde.«

»Trotzdem können es Leute aus der Gegend gewesen sein«, wandte Jacob ein.

Woraufhin Ashok ein Stöhnen von sich gab und abrupt die Hände vom Gesicht nahm. »Portugiesen …«

Jacob wandte überrascht den Kopf. Er konnte spüren, wie sein Gesicht aschfahl wurde. Etwas in seinem Inneren wehrte sich noch dagegen, aber dann begann er zu begreifen.

Nicht nur Sam hatte an dem Abend in der Spelunke eins über den Durst getrunken, auch er selbst war gut dabei gewesen. Seine Bewunderung für Livingstone hatte ihn unvorsichtig werden lassen. Als er auf die Matrosen traf, die Stanley in Bombay abgesetzt hatten, war er so begierig gewesen, mehr über die Expedition zu erfahren, dass er eine Runde nach der anderen spendiert hatte. Dabei musste ihm der Alkohol wohl die Zunge gelöst haben. Im Rückblick sah er sich mit den Matrosen an dem Tisch in der verqualmten Kneipe sitzen und frei von der Leber weg erzählen. Dass er plante, mit Vanille zu Geld zu kommen und um Jessicas Hand anzuhalten. Er hatte sich nichts dabei gedacht, als sich portugiesische Seefahrer an den Tisch gesellten. Die Portugiesen waren spendabel, der Rum floss in Strömen. Irgendwann hatte einer der Portugiesen ihn nach dem Namen der Plantage und ihrer Lage in den Ostghats gefragt. Und Jacob hatte geantwortet …

Es fühlte sich an, als hätte man ihm einen Faustschlag in den Magen verpasst. Ohne dass es ihm bewusst war, schlug er die Hände vors Gesicht.

Man hatte ihn vor portugiesischen Piraten gewarnt, die vor der Küste Südindiens ihr Unwesen trieben. Wie hatte er so blauäugig sein können, nicht zu erkennen, wen er in der Kneipe vor sich hatte? Schluchzend wie ein Kind sank er auf die Knie.

In der Hoffnung, dass die Vanille ihm Glück brachte, hatte er Schottland verlassen. Nun klebte Blut an ihr. Blut, das durch seine Schuld geflossen war. Er atmete so schwer, dass seine Lungen schmerzten. Gleichzeitig fühlte er, wie sich eine Mauer zwischen ihn und sein früheres Leben schob.

Nichts würde sein wie zuvor.

Es wurde dunkel in ihm. In jenem finsteren Moment seines Lebens, in dem nichts mehr Gültigkeit besaß, erschien es ihm bedeutungslos, nach Schottland und zu Jessica zurückzukehren.

Kapitel 31

Sansibar, Eilean Donan, November 1880

»Ich bin schuld, dass Ashoks Familie ausgelöscht wurde«, schloss Jacob seine Erzählung. Nachdem er so lange geredet hatte, klang seine Stimme rau und trocken. Elisabeth, die, auf seinem Schoß sitzend, mit wachsendem Entsetzen gelauscht hatte, streckte den Arm nach dem Weinglas aus und reichte es ihm. Jacob nahm einen kleinen Schluck. »Vanille ist eine besondere Pflanze. In ihrem Namen wird geraubt, geplündert und gemordet. Daran hat sich auch heute, Jahre später, nichts geändert.«

Sie musste verarbeiten, was er ihr berichtet hatte, und lehnte den Rücken wieder an seine Brust. Ihr Atem ging zitternd. »Deshalb wolltest du nicht, dass ich von der geheimen Pflanzung erfahre.«

»Aye. Wenn dir eine unbedachte Äußerung entschlüpft wäre und man dich in Verbindung mit Vanille gebracht hätte, hätte es sehr schnell riskant für dich werden können. Einer solchen Gefahr durfte ich dich nicht aussetzen.« Mit ruhigen Bewegungen strich er ihr das Haar aus dem Gesicht. »Außerdem war die Vanille mein Unterpfand. Mit dem Kauf versprach

Farida mir in die Hand, dir nicht länger Steine in den Weg zu legen.«

»Was? Darum ging es dir also bei dem Geschäft?«

»Um nichts anderes.«

»Aber …«, hob sie an.

»Ich weiß, was du sagen willst«, wiegelte er ab. »Du wärst lieber aus eigener Kraft zurechtgekommen. Das war mir klar, deshalb habe ich es dir auch verschwiegen. Aber manchmal ist es gut, Hilfe anzunehmen, vor allem, wenn sie von mir kommt«, fügte er mit einem Lächeln in der Stimme hinzu.

Elisabeth drehte den Kopf, um ihm einen langen, zarten Kuss zu geben. Kopfschüttelnd löste sie sich von ihm. »Was ich nicht verstehe … Was wollte Farida mit der Vanille anstellen?«

Jacob zuckte die Achseln. »Ich habe keine Ahnung, was sie im Schilde führt, aber vielleicht hast du die Gerüchte gehört, dass sie Unguja verlassen will. Dazu benötigt sie eigenes Geld. Mit dem Verkauf der Vanille hätte sie einen beträchtlichen Gewinn erzielen können.«

Elisabeth nickte stumm, während sie dem konstanten Rhythmus seiner Herzschläge lauschte. Reue erfüllte die Luft zwischen ihnen. Unmöglich zu sagen, wem die Schuld gebührte. Sie waren gemeinsam gescheitert.

Es verging eine Minute oder zwei. Ruhe lag über dem Dschungel. Nur der Klang der Fiedeln aus der Siedlung schwebte durch die Nacht.

»Hörst du das?«, fragte Jacob. »Sie spielen einen schottischen Walzer.«

»Ja.« Sie nickte. »Es klingt schön.«

Plötzlich kam Bewegung in Jacob. Bevor sie wusste, wie ihr geschah, hob er sie von seinem Schoß und stellte sie auf den Boden. Mit einer galanten Verneigung reichte er ihr die Hand. »Liz?«

»Hmm …«

»Wir haben noch nie zusammen getanzt … Würdest du es jetzt tun? Würdest du mit mir tanzen?«

Ein zaghaftes Lächeln breitete sich auf ihrem Gesicht aus. »Ja, das würde ich sehr gern.«

Im nächsten Moment schloss er die Arme um sie und bewegte sich mit ihr sanft im Kreis. Sie ließ den Kopf gegen seine Schulter sinken und sich treiben.

»Erinnerst du dich an unsere erste Begegnung?«, murmelte er dicht an ihrem Ohr.

»Wie könnte ich die vergessen? Anna war vollkommen hin und weg von dir.« Sie lächelte bei der Erinnerung.

»Nein, ich meine nicht das Treffen im Hafen, als du überfallen und beinahe ausgeraubt wurdest.« Sanft schwang er sie herum. »Ich spreche von dem Moment, als ich dich durch das Fernglas an Deck der *Glasgow* erblickt habe. Über die Entfernung hinweg hatte ich das Gefühl, du würdest mir in die Augen sehen. Später hast du mir gestanden, dass es dir ebenso ergangen war.« Er unterbrach sich und schüttelte den Kopf. »Du und ich, das ist wohl Schicksal.«

»Das scheint wohl so«, erwiderte sie leise und gab sich der Erinnerung hin. Seltsam, wie der Zufall ihre erste Begegnung geprägt hatte. Warum Jacob damals dort gestanden und mit dem Fernglas auf das Meer hinausgeblickt hatte, wusste sie nicht. Sie nahm sich vor, ihn bei Gelegenheit zu fragen. Aber nicht jetzt, der Augenblick war zu kostbar.

Sein Kinn ruhte sanft auf ihrem Scheitel. »Aber selbst wenn du mich gelegentlich zur Weißglut bringst, ist eines doch unbestreitbar …« Er unterbrach sich. Seine Lippen fanden ihren Mund. »Ich liebe dich, daran besteht kein Zweifel.«

Zärtlichkeit und Begehren leuchteten ihr aus seinen blauen Augen entgegen. Ihr Herz zog sich vor Wärme und Sehnsucht zusammen. Die Liebe zwischen ihnen war nicht erloschen. Im Gegenteil. Sie war stärker denn je. »Ich liebe dich auch, Jacob.«

»Liz … Es sind viele schreckliche Dinge passiert. Leider lässt sich die Vergangenheit nicht zurückdrehen, so gern ich das möchte. Die Zukunft aber liegt in unseren Händen.« Eine plötzliche Nervosität vibrierte in seiner Stimme. Er hielt mit dem Tanzen inne und blieb stehen. Ihre Blicke verschränkten sich ineinander. »Könntest du … ich meine …« Er schluckte schwer. »Ich ertrage es nicht, mir ständig Sorgen um dich machen zu müssen, weil du irgendeinen Unsinn anstellst. Würdest du mir die Ehre erweisen und meine Frau werden?«

Sie meinte, ihren Ohren nicht zu trauen, doch der Ausdruck in seinen Augen ließ keinen Zweifel daran, wie ernst es ihm war. »Was hast du gesagt …?«, flüsterte sie benommen.

»Du hast richtig gehört.« Ein Lächeln, das ein wenig gezwungen wirkte und wohl eher dazu diente, seine Verlegenheit zu verbergen, spielte um seine Lippen. »Bitte sag Ja.«

»Allen Ernstes, Jacob Preston!« Ungläubig und beschwingt zugleich sah sie ihn an. Niemand außer Jacob konnte zu der Schlussfolgerung gelangen, dass der Weg, den in der Zukunft liegenden Ereignissen ihren Schrecken zu nehmen, darin bestünde, dass sie seine Frau wurde. Lachend schüttelte sie den Kopf. »Hast du gerade tatsächlich um meine Hand angehalten, aus Angst, dass ich Dummheiten mache? Hältst du das für eine geeignete Basis?«

»Aye«, erklärte er gedehnt. »Das und darüber hinaus der Umstand, dass mein Herz, meine Seele, mein Leib und sowohl mein Heute als auch mein Morgen dir gehören.«

Sie maß ihn mit einem langen Blick und spürte die tiefe Liebe, die sie beide verband.

»Ja, Jacob, ich will deine Frau werden« Die Worte kamen ihr über die Lippen, ohne dass sie nachdenken musste. Auf einmal wusste sie, dass sie das Richtige tat. »Wann und wo du willst.«

»So schnell wie möglich. Ich will keinen Tag länger ohne dich sein.« Er zog sie enger an sich und küsste jeden ihrer Finger.

»Lass es uns auf schottische Art und Weise tun. Ich denke, bevor wir heiraten, sollte ich dir erst einmal ein ordentliches Haus bauen. Schließlich wirst du nicht auf Dauer mit mir in einem Zelt leben wollen.«

Sie sah voller Zärtlichkeit zu ihm auf. »Was meinst du? Ich verstehe nicht ganz?«

»Ich rede vom *Handfasting.*« In seiner Miene lag eine Ernsthaftigkeit, die Elisabeth tief unter die Haut fuhr. »Es ist ein Heiratsversprechen auf Zeit. Für ein Jahr und einen Tag, um genau zu sein. Das sollte ausreichen, um mit dem Haus fertig zu werden.«

»Warte …« Sie löste sich aus seiner Umarmung und legte die Hand auf ihr unruhig schlagendes Herz. Plötzlich gingen ihr tausend Dinge durch den Kopf. »Wie stellst du dir unser Zusammenleben eigentlich vor? Wenn ich zu dir nach Eilean Donan ziehe, was wird dann aus dem Kontor? Und dem Hospital?«

»Oh, Liz!« Er schüttelte sich vor Lachen. »Schau doch nicht so entsetzt! Niemand verlangt von dir, dass du den lieben langen Tag auf der Plantage sitzt und Däumchen drehst. Obwohl ich die Vorstellung, wie du mich nach einem langen Arbeitstag mit einem schönen Essen empfängst und mir vielleicht die Füße massiert, durchaus reizvoll fände …«

»Jacob!«, sagte sie gespielt streng, um ihn zu necken.

»Komm schon, Liz! Ein wenig Spaß muss sein.« Er schnitt eine versöhnliche Grimasse. »Mach dir nicht so viele Gedanken. Es wird sich schon alles regeln. Das Stadtleben ist gar nicht so übel.«

»Sagt der Mann, der in einem Zelt lebt?« Sie runzelte die Stirn.

»Mein Zuhause ist da, wo du bist. Außerdem haben wir ein Jahr und einen Tag Zeit, um herauszufinden, ob es mit uns so funktioniert, wie wir es uns wünschen.«

Sie spürte, wie sich der Knoten in ihrem Magen löste, und schenkte ihm ein Lächeln. »Dieses … *Handfasting.* Wie geht es vor sich?«

»Es ist eine einfache Zeremonie. Unsere beiden Hände werden mit einem Band umschlungen, als Zeichen unserer Vereinigung. Danach müssen wir noch über einen Besen springen.« Wieder spielte ein Grinsen um seine Mundwinkel. »Das soll helfen, Hindernisse in Zukunft gemeinsam zu überwinden.«

»Hm … Welches Datum haben wir heute?« Sie legte den Kopf schräg. Aus einem unerfindlichen Grund stieg ein schier unkontrollierbarer Drang zu kichern in ihr auf. Tapfer drängte sie ihn zurück.

Jacob kniff die Augen zusammen. Er schien zu überlegen. »Den 10. November 1880«, erklärte er schließlich. »Ich bin mir ziemlich sicher.«

»Und wie schnell könnten wir das *Handfasting* stattfinden lassen?«

»Nun, es braucht keine große Vorbereitung … Im Prinzip jederzeit.«

Sie nahm sich einen Moment, um die Augen zu schließen und ihren Gefühlen nachzuspüren. Wessels' Gesicht tauchte in ihrem Geiste auf. Auf seine ganz eigentümliche Art lächelte er ihr zu. Ihre Brust wurde eng. Nichts und niemand würde dafür sorgen können, dass er wieder lebendig wurde. Ihre Trauer um ihn war noch so frisch. Durfte sie es sich zugestehen, glücklich zu sein, während er noch nicht einmal unter der Erde ruhte?

Doch gleich, wie Sie sich entscheiden, ich möchte nur eines: dass Sie glücklich werden … Seine Worte hallten durch ihre Erinnerung. Sie schloss die Augen und sah ihn im Geiste wieder vor sich stehen, jenes feine Lächeln auf seinen Lippen, das sie so an ihm gemocht hatte. Wessels hätte nicht gewollt, dass sie seinetwegen getrauert hätte. Er hätte gewollt, dass sie glücklich war.

Sie schlug die Augen wieder auf. In ihrem Bauch kribbelte es nervös.

»Wie wäre es mit dem 17. November? Dann läge unser Hochzeitsdatum auf dem 18. November 1881«, schlug sie vor und biss sich auf die Lippe. Auf einmal hatte sie Sorge, sich lächerlich zu machen. »Ein Datum, das aus nur zwei Ziffern besteht. Die Eins steht für Einheit und die Acht für Unendlichkeit«, setzte sie erklärend hinterher. »Aber vielleicht ist es albern …«

»Nein.« Durchaus ernst schüttelte er den Kopf. »Ganz im Gegenteil. Es klingt wunderbar.«

Sie wollte antworten, aber er kam ihr zuvor und versiegelte ihre Lippen mit einem Kuss. Danach lehnte er sich mit einem Aufseufzen zurück und schloss die Arme fester um sie. »Ich zähle schon jetzt die Stunden …«

Kapitel 32

Eine Woche war vergangen seit dem Mord an Wessels. Elisabeth kam es vor wie eine Ewigkeit. Die Äste des alten Baobabs warfen lange Schatten. Das Licht der im Sinken begriffenen Sonne ließ die staubige rote Erde glühen. Dazu brannte der Himmel in leuchtenden Orangetönen und schien dem Anlass, der Elisabeth, Jacob, Ashok und auch Anna, Imani und Leyla hierhergeführt hatte, zusätzliche Schwermut zu verleihen. Ein Hügel aus aufgeworfener Erde und ein schlichtes Holzkreuz markierten das Grab. Nachdem sie Wessels' sterbliche Überreste der Erde Afrikas übergeben hatten, hatte Ashok in der Nähe ein Opferfeuer angezündet, um für Wessels' Seele zu beten. Der aufsteigende Rauch hatte das Kreischen der Stummelaffen in den Zweigen des umgestürzten Baumriesen verstummen lassen. Eine seltsame Stille hing über ihren Köpfen.

Was für ein friedlicher Ort für die letzte, ewige Ruhe. Wenn ich sterbe, wünsche ich mir, hier draußen begraben zu sein …

Elisabeth seufzte schwer. Trotz des Glücks an Jacobs Seite und der wachsenden Vorfreude auf das *Handfasting* hatte der Schmerz um ihren ermordeten Freund sie zu fest im Griff, als dass sie ihre Gedanken von der Vergangenheit hätte lösen können. Im Rückblick erschienen ihr jene Tage, die sie gemeinsam mit ihm in seiner Praxis gearbeitet hatte, wie ein kostbares Geschenk.

Mit einem wunden Gefühl in der Brust stieß sie sich von dem Baumstamm ab, an dem sie gelehnt hatte. Unentschlossen ging sie einige Schritte auf und ab, den Blick auf den Boden vor ihren Füßen gerichtet. Schließlich blieb sie stehen und wandte sich kopfschüttelnd an Jacob. Ihre Blicke begegneten sich. Auch in Jacobs Augen schimmerte dunkel der Schmerz.

»Wir haben so viel Zeit miteinander verbracht«, seufzte sie. »Dennoch habe ich das Gefühl, ihn nicht richtig gekannt zu haben. Das stimmt mich traurig.«

Jacob schwieg eine Zeit lang, schließlich nickte er. »Es geht nicht nur dir so. Wirklich gekannt hat ihn niemand, obwohl er immer für alle da war.«

»Das ist wohl so.« Sie schluckte.

»Ich schätze, du willst einen Moment für dich sein, oder?«

»Ja …«, erwiderte sie gedehnt. »Das würde ich wirklich gern.«

Er kam auf sie zu und drückte ihre Hand. »Ich geh mal nachsehen, ob Ashok Hilfe mit dem Feuer braucht«, meinte er und drückte ihr einen Kuss auf die Wange. »Bleib nicht zu lange. Es wird bald dunkel.«

»Keine Sorge. Ich bin in ein paar Minuten bei euch.« Mit einem traurigen Lächeln sah sie ihm hinterher, wie er zu der kleinen Gruppe, die sich um das Feuer versammelt hatte, davonstapfte.

Elisabeth seufzte auf. Sie war erschöpft und mitgenommen, gleichzeitig machte sich eine wehmütige Stille in ihr breit. Sie ging zurück zu dem Baobab, der wie ein Mahnmal in die Landschaft ragte, und lehnte die Schulter gegen einen der schräg wachsenden Stämme. Ihre Finger glitten über die raue, faltige Rinde. Ihr Gehirn hatte immer noch Mühe, die

Erkenntnisse zu verarbeiten, die die vergangenen Tage gebracht hatten. Ansatzweise aber begann sie zu verstehen.

Es war Leyla gewesen, die den Mord an Wessels beobachtet und dann den Sultan verständigt hatte. Soweit Elisabeth verstanden hatte, hatte sich Folgendes zugetragen: Getrieben von Eifersucht, hatte Farida Leyla von Changuu zurückholen lassen und ihr den Auftrag erteilt, Elisabeth zu bespitzeln. Die Prinzessin wusste von der innigen Verbindung zwischen Imani und Leyla. Also konnte sie davon ausgehen, dass Leyla und Imani sich regelmäßig treffen und sich dabei Informationen über Elisabeth und Jacob in Erfahrung bringen lassen würden. Nach Elisabeths Zerwürfnis mit Jacob hatte Farida sichergehen wollen, dass ihre Widersacherin sich entweder für Wessels oder für Gramberg entschied. In beiden Fällen wäre ihr Elisabeth nicht weiter im Weg gewesen, so hatte Farida zumindest gedacht.

Leylas Skrupel, ihre Freundschaft zu Imani zu benutzen, um Elisabeth zu schaden, hatte Farida ausgelöscht, indem sie versprochen hatte, sowohl Leyla als auch Imani nach geleisteten Diensten die Freiheit zu schenken und sie mit einem ausreichenden Geldbetrag für einen gemeinsamen Neubeginn irgendwo weit weg von Unguja auszustatten. Von all dem hatte Imani nichts geahnt.

Am Abend des Empfangs hatte Faridas Strategie erste Früchte getragen. Imani war traurig über das Zerwürfnis zwischen Elisabeth und Jacob gewesen und Leyla hatte bemerkt, dass etwas nicht stimmte. Wie Liebende es oft in innigen Beziehungen taten, hatte Imani Leyla ihr Herz ausgeschüttet und unter dem Siegel der Verschwiegenheit geplaudert. Leyla jedoch, die Elisabeth weder zu- noch abgeneigt war, hatte sich zu sehr von dem Wunsch nach einer besseren eigenen Zukunft leiten lassen. In der Hoffnung, sich der versprochenen Freiheit für sich und Imani einen Schritt zu nähern, hatte Leyla die

Information an Farida weitergetragen, was sie inzwischen zutiefst bereute.

Elisabeth spielte nachdenklich mit einer Haarsträhne. Sie konnte sich noch dunkel an ihre damaligen Worte erinnern: »Es war ein so romantischer Abend. Ich kam mir vor wie im Märchen. Es endete damit, dass ich sogar für ihn gesungen habe, obwohl meine Stimme nach all den Jahren ziemlich eingerostet ist.«

Die arme Imani ... Elisabeth seufzte tief. Inzwischen hatte sie ihr längst verziehen, Dinge ausgeplaudert zu haben, die nicht für fremde Ohren bestimmt gewesen waren, ebenso wie sie Leyla verziehen hatte. Elisabeth erschien dies nur allzu menschlich. Davon abgesehen besaß Imani nun die Freiheit, die Elisabeth sich immer für sie gewünscht, die diese sich aber nicht zu nehmen gewagt hatte. Zusammen mit Leyla konnte Imani nun den Schritt gehen, der ihr vorher zu unwägbar erschienen war. So betrachtet, hatte dieser Teil der Geschichte zumindest gut geendet, das hatte Elisabeth den beiden auch gesagt. Dennoch hinderte es weder Imani noch Leyla daran, sich weiterhin Vorwürfe zu machen.

Elisabeths Gedanken wanderten weiter. Nachdem sie auf dem Empfang an Grambergs Seite erschienen war, hatte sich Faridas Interesse auf Gramberg ausgeweitet, wohl in der Hoffnung herauszufinden, was Elisabeths nächste Schritte wären. Elisabeth vermutete inzwischen, dass Jacob recht hatte: Rasende Eifersucht hatte Farida dazu gebracht, Elisabeth zu schaden, wo sie nur konnte.

Dass Leyla am Tag des Mordes an Wessels auf Kiuui gewesen war, war also kein Zufall gewesen, sondern auf Veranlassung der Prinzessin geschehen. Jedoch hatte niemand ahnen können, dass Leyla dort auf Delilah, eine alte Bekannte und Kenyattas Schwester, treffen würde. Delilah hatte Leyla von dem Typhus erzählt, der auf Kiuui gewütet hatte, und von dem Brand in der

Destille. Als Leyla kurz darauf Wessels dort auftauchen sah und bemerkte, wie Gramberg mit einem Gewehr bewaffnet hinter ihm herschlich, war sie den beiden gefolgt. Den Mord selbst hatte Leyla zwar nicht beobachtet, aber sie hatte gehört, wie der Schuss gefallen war. Im Schatten der Dämmerung war sie näher an die ausgebrannte Ruine geschlichen und hatte weite Teile von Grambergs Geständnis belauscht. Dann hatte das Knacken eines Astes sie verraten. Gramberg hatte bemerkt, dass jemand in der Nähe war, und war getürmt.

Für Wessels hatte Leyla nichts mehr tun können, außer ihm die Hand auf die Stirn zu legen und seine letzten Atemzüge zu begleiten. Dann hatte sie sich auf einem Esel durch den nächtlichen Dschungel in die Steinerne Stadt und zurück zum Palast geschlagen, in den der Sultan eben zurückgekehrt war. Als dieser von ihr erfuhr, was sich auf Kiuui zugetragen hatte, hatte bin Said seine Soldaten versammelt und war unverzüglich zu Grambergs Plantage geritten. Der Rest der Ereignisse war klar.

Elisabeths Herz lief vor Kummer über. Nach kurzem Zögern zog sie ein Messer aus der Tasche, um ein Kreuz und Wessels Initialen unauslöschlich mit dem Baobab zu verbinden, den dieser so geliebt und bewundert hatte. *Ein Überlebenskünstler*, das waren Wessels' Worte gewesen. Für ihn selbst aber hatte es zum Überleben nicht gereicht. Sie stöhnte auf. Alles in ihr fühlte sich wund an. Warum nur hatte sie Wessels gebeten, dem Typhus auf Kiuui nachzugehen? Hätte sie dies nicht getan, hätte Wessels noch gelebt. Sie fühlte sich mitschuldig an Wessels' Tod. Niemand konnte ihr diese Last von den Schultern nehmen.

Tragischerweise war es Wessels' Tod, der dafür gesorgt hatte, dass die europäischen Pflanzer auf Unguja Elisabeth endlich zu akzeptieren schienen. In den vergangenen Tagen waren nicht nur Spenden in beachtlicher Höhe für das Hospital eingegangen, es waren auch Kondolenzschreiben eingetroffen. Viele der Herren hatten ihr im Kontor persönlich ihre Aufwartung gemacht und ihr Unterstützung zugesagt. Da Wessels weder Verwandtschaft noch engere Freunde auf der Insel hinterlassen hatte, schien sie in den Augen der Gesellschaft diejenige zu sein, der die Beileidsbezeugungen gebührten.

Sie wischte sich das Messer an der Hose ab und betrachtete ihr Werk. Behutsam, fast zärtlich, glitten ihre Finger über die eingeritzten Buchstaben. Wie würde es nun weitergehen ohne ihren Freund und Mentor? Was würde mit seinen persönlichen Gegenständen passieren? Was mit der Praxis? Und mit dem Hospital? Zudem musste sich ein neuer Arzt für Unguja finden … Fragen, auf die sie keine Antwort hatte. Sie legte den Kopf in den Nacken. Der Himmel über Afrika war weit an diesem Abend. Im Westen spiegelte sich ein letzter Schimmer der Sonne in den zarten Schleierwolken. Rote Pinselstriche vor einem königsblauen Hintergrund. Der Abendwind strich durch die Zweige des Baobabs und ließ die Blätter rauschen. Elisabeth schloss die Augen und beschwor Wessels' Gesicht herauf. Für einen Moment schien es ihr, als stünde er neben ihr und flüstere ihr zu, dass schon alles gut werden würde.

Kapitel 33

Der See lag ruhig im Licht der untergehenden Sonne. Versonnen verfolgte Elisabeth den Tanz der Libellen über den gezackten Blüten der Seerosen, die das Ufer säumten. Fast fühlte es sich an wie ein Traum, und doch stand sie hier, neben Jacob, an dem Ort, den er über alles liebte, und war im Begriff, ihm ihre Hand für das Eheversprechen auf Zeit zu reichen.

In der Nacht zuvor hatte sie immer wieder über das zerknitterte Laken getastet, um sich zu vergewissern, dass Jacob tatsächlich neben ihr lag und seine leisen Atemgeräusche nicht nur ein Werk ihrer Einbildung waren. Doch bestand kein Zweifel. Selbst im Schlaf schien er zu spüren, dass sie sich nach seiner lebendigen Wärme sehnte, denn sobald sie die Hand nach ihm ausstreckte, rollte er auf ihre Seite und schlang den Arm um sie. Ein Sehnen zog durch ihre Brust. Nach all den Streitigkeiten zwischen ihnen war sie ihrem Schicksal zutiefst dankbar für diese neue, zweite Chance auf dem Weg zu einer gemeinsamen Zukunft. Hatten sie ihr Glück verlieren müssen, um zu begreifen, wie wertvoll es war? Diesmal, so schien es, bestand Grund, darauf zu vertrauen, dass sie einander nicht wieder loslassen würden. Nicht nur sie, sondern auch Jacob hatte aus den Fehlern der Vergangenheit gelernt, das hatte sie seinen Worten entnommen. Und heute waren sie dabei, einen Bund zu schließen, der ihrer beider Leben von Grund auf verändern würde. Zuversichtlich, aber nicht minder nervös, warf sie ihm einen Blick von der Seite zu. In Hemd und Kilt wirkte er anders als sonst, ernster vielleicht, aber mit seinem dunklen Teint auch eine Spur exotischer, als er es ohnehin war. Ein Mann, der sich jeder Einordnung in eine Schublade widersetzte, ging es ihr durch den Kopf. Würde ihre Liebe zueinander stark genug sein, um alle Unwägbarkeiten, die die Zukunft für sie bereithielt, zu meistern? Ihr Herz schlug so laut, dass sie es hören konnte.

Wieder schien es, als hätte er gespürt, was sie bewegte, denn ohne dass Worte nötig gewesen wären, tastete er nach ihrer Hand und verschränkte seine Finger mit ihren.

»Also schön, von mir aus kann es losgehen.« Sam, der ihnen gegenüber Aufstellung genommen hatte, blickte fragend von einem zum anderen. Ashok neben ihm faltete die Hände vor der Brust und verneigte sich knapp. Er hatte es sich nicht nehmen lassen, Steine zu einem Kreis zu schichten und darin ein Feuer zu entzünden. Leise knisternd züngelten die Flammen um die Äste. Der Geruch von Räucherwerk durchzog die Luft. »Bereit, wenn ihr es seid.« Sam nickte auffordernd.

»Bereit«, erklärte Jacob. »Und du, Liz?«

Sie sah das Leuchten in seinen Augen und nickte stumm. Ordnend strich sie über ihr gescheiteltes Haar, dessen seitliche Partien sie mit zwei Kämmen zurückgesteckt hatte. Dazu trug sie ein Tartankleid, das eine der schottischen Frauen, die auf Eilean Donan lebten, ihr geliehen hatte. Es hatte ein eng anliegendes Mieder mit weißem Spitzenrand, darunter schloss sich ein in hübsche Bundfalten gelegter Rock an. Zuerst hatte Elisabeth Sorge gehabt, dass sich das leuchtend rote Karo nicht mit ihrem kupferfarbenen Haar vertragen würde, doch dann hatte sie in den Spiegel geblickt und festgestellt, dass es wirklich hübsch an ihr aussah.

Ein Kreischen in den Zweigen riss sie aus ihren Gedanken. Als sie den Kopf hob, entdeckte sie ein Pärchen Papageienvögel. Inmitten des üppigen Grüns waren sie durch ihr gleichfarbiges Gefieder der Umgebung perfekt angepasst. Mit gesenkten Hälsen rieben sie die Schnäbel aneinander. Elisabeth überlegte. Ihres Wissens nach waren sich Papageienvögel ein Leben lang treu. Ihre Brust öffnete sich weit. Ohne dass es ihr bewusst war, fing sie an, leise vor sich hinzusummen. Erst auf Jacobs Schmunzeln hin bemerkte sie es und errötete.

»Du bist wunderschön«, raunte er in ihr Ohr.

Sams vernehmliches Räuspern mahnte sie zur Aufmerksamkeit.

»Da sich eure Wege in diesem Leben gekreuzt haben und ihr eine heilige Verbindung zueinander knüpfen wollt, seid ihr hier. Bedenkt, dass ihr durch euer Versprechen gewillt sein sollt, wahr werden zu lassen, was dieser Bund bedeutet.« Sam unterbrach sich, um sie eindringlich zu mustern. »Ist das euer Wille?«

»Ja«, hörte Elisabeth Jacob sagen, fast gleichzeitig mit ihr.

»Dann tretet vor und gebt euch die Hände.«

Elisabeths Herz machte ein paar aufgeregte Schläge, doch als Jacobs Blick sich liebevoll auf sie senkte, atmete sie ruhig weiter.

Sam nahm ein schmales Band, das in dem rot-grünen Tartanmuster von Jacobs Kilt gehalten war, und hielt es feierlich in die Luft.

»Dies sind die Hände, die dich ein Leben lang lieben und ehren werden …

Dies sind die Hände, die zahllose Tränen von deinen Augen wischen werden, Tränen des Leids und Tränen der Freude …

Dies sind die Hände, die dich in Krankheit trösten werden und die dir Halt geben werden, wenn Angst und Sorgen deinen Geist quälen …

Dies sind die Hände, die dich festhalten, wenn du dich durch harte Zeiten kämpfst …«

Sams Stimme strahlte Ruhe und Zuversicht aus. Einen Moment ließ er Stille entstehen, dann sagte er: »Umfasst eure Handgelenke.«

Warm und fest schloss sich Jacobs Hand um ihren Unterarm, während Elisabeths Finger das Gleiche bei ihm taten.

»Versprecht ihr, euch niemals absichtlich zu verletzen, euch niemals absichtlich Schaden zuzufügen, euch niemals absichtlich zur Last zu fallen, euren Schmerz und euer Lachen zu teilen, offen und ehrlich zueinander zu sein, euch zu lieben und zu ehren?« Sam ließ das Band über ihre Handgelenke hängen.

»Ich verspreche es«, sagte Jacob, seine blauen Augen ruhten auf Elisabeth und hielten sie fest. Sam wand das Band einmal um ihre Arme.

Elisabeth spürte, wie ihr die Tränen in die Augen traten, und musste blinzeln. »Ich verspreche es«, erklärte sie und spürte, wie das Band sich ein zweites Mal um ihre Hände schlang. Der Moment, vor dem Elisabeth sich ein wenig gefürchtet hatte, war gekommen. Zum Glück hatte Jacob sie heute Morgen beiseitegenommen und ihr die nötigen Handgriffe erklärt. Sie holte tief Luft. Ohne sich aus Jacobs Blickkontakt zu lösen, angelte sie nach dem losen Ende des Bands und hielt es fest, Jacob auf seiner Seite ebenfalls. Dann zogen sie beide ihre Hände zurück, ohne das Ende loszulassen.

Elisabeth hielt einen atemlosen Moment die Luft an. Mit runden Augen beobachtete sie, wie das Band sich straffte und sich wie durch Zauberhand in der Mitte ein Knoten bildete. Es hatte buchstäblich wie am Schnürchen geklappt.

»Nicht der Knoten dieses Bandes, sondern das Versprechen, das ihr euch gegeben habt, bindet euch aneinander, für ein Jahr und einen Tag. Jeder von euch hat es in der Hand, diese Verbindung gedeihen zu lassen oder zu lösen.«

Sie hörte Jacob etwas murmeln, das verdächtig nach »Du denkst nicht im Ernst, dass ich so dumm wäre, es noch mal zu vermasseln« klang. Dazu schnitt er eine finstere Grimasse. Elisabeth hätte auflachen mögen vor Glück und Erleichterung.

»So, nun zeigt mal, was ihr draufhabt«, grinste Sam und hielt einen Besen in Kniehöhe quer vor sie.

»Witzbold«, zischte Jacob. »Leg den Besen gefälligst auf den Boden. Du erwartest doch nicht, dass wir hier einen Reel aufführen, oder?«

»Jetzt nicht«, gab Sam breit grinsend zurück und ein hinterlistiges Funkeln trat in seine Augen. »Aber später werdet ihr nicht darum herumkommen.«

»Ihr habt doch nicht etwa vor …«, murmelte Jacob düster, das Ende des Satzes ließ er in der Luft schweben.

»Was denn?« Sam zuckte in aller Unschuld die Schultern. »Du dachtest doch wohl nicht, dass du um eine Feier mit ordentlich viel Whisky herumkommst, oder?« Sein Grinsen wurde breiter. »Das Knurren meines Magens ist lauter als das Gekreische dieser albernen Vögel über meinem Kopf, und meine Nase wittert schon ein köstliches Stew.« Ungeduldig deutete er auf den Besen zu ihren Füßen. »Na los, springt schon!«

Elisabeth spürte, wie Jacobs Arm sich um ihre Taille legte. Fest, beschützend und warm. Ihre Blicke verschränkten sich ineinander. In jenem kostbaren Moment verdichtete sich Elisabeths Ahnung zur Gewissheit: Jacob war ihr Schicksal. Sie spürte, wie er neben ihr Luft holte, und tat es ihm gleich.

Und dann sprangen sie.

* * *

Wie von Sam angekündigt, hatte der Abend mit einer rauschenden Feier geendet. Ihre erste Nacht als Verlobte hatten

Elisabeth und Jacob, glücklich, aber müde vom Tanzen, den Gesprächen und vom Whisky, fest aneinandergeschmiegt im Tiefschlaf verbracht. Als sie sich schließlich entschlossen hatten, aufzustehen, war es bereits Mittag gewesen. Nun saßen sie zu einem späten Frühstück auf der Veranda vor dem Küchentrakt und genossen die Pfannkuchen, die Ashok ihnen bereitet hatte.

Als Hufgeklapper ertönte, schob Elisabeth verwundert den Teller zurück und blickte Jacob fragend über den Tisch hinweg an. »Erwartest du Besuch?«

Er schüttelte den Kopf. »Nicht, dass ich wüsste.«

Elisabeth hob die Hand vor die Augen, um besser zu sehen. Sowohl Reiter als auch Pferd, die sich über den von Mangobäumen gesäumten Pfad näherten, kamen ihr äußerst vertraut vor. Ihr Blick glitt weiter in den Himmel, an dem im Westen dunkle Gewitterwolken aufzogen.

»Anna!« Sie ließ die Serviette fallen und schob den Stuhl beiseite. Gefolgt von Jacob, trat sie an die Brüstung. Mit klopfendem Herzen und einem hohlen Gefühl im Bauch lehnte sie den Oberkörper über das Geländer und winkte Anna zu. Ashok, der ebenfalls auf den Besuch aufmerksam geworden war, kam aus der Küche geeilt und gesellte sich zu ihnen. Elisabeth schürzte die Lippen. Was führte Anna so überraschend hierher? Es war hoffentlich nichts Schlimmes passiert?

»Oje, Fräulein von Baahren.« Anna ließ sich betont umständlich vom Pferd gleiten, eine Hand auf ihren wachsenden Bauch gelegt. »Es tut mir wirklich leid …« Sie hob entschuldigend die Achseln.

»Komm schon, Mädel, spann uns nicht auf die Folter. Was auch immer es ist, raus damit!«, sagte Jacob und legte den Arm um Elisabeths Taille.

Anna langte unter ihre Schürze und zog einen Brief hervor. »Der liegt nun schon seit der Rückkehr des Sultans unter einem

Tuch in meinem Einkaufskorb. Ich versteh nicht, wie ich ihn vergessen konnte, aber es ist so viel geschehen, und seitdem ich schwanger bin, sitzt mir der Kopf nur halb auf den Schultern.« Sie zog ein derart zerknirschtes Gesicht, dass sie Elisabeth richtig leidtat.

Mit gerunzelter Stirn betrachtete Elisabeth den Umschlag, den Anna ihr entgegenstreckte. Dann fiel es ihr wieder ein. Natürlich! Der Postdampfer, auf den Anna gewartet hatte … Die Rosen, die mit hängenden Köpfen in Annas Korb gelegen hatten … Das zerbrochene Siegel …

»Schon gut.« Sie schenkte Anna ein beruhigendes Lächeln. Böse konnte sie dem Mädchen nicht sein, denn sie selbst hatte den Brief ebenfalls vergessen. Dann wandte sie ihre Aufmerksamkeit dem Schreiben zu und las.

Kurz darauf ließ sie das mit Luiginas verschnörkelter Handschrift beschriebene Blatt sinken.

Jacob, der schweigend neben ihr gestanden hatte, streckte den Arm aus und drehte sie zu sich herum, sodass sie sich ins Gesicht sahen. »Schlechte Nachrichten?« Mit gerunzelter Stirn schien er ihre Gedanken lesen zu wollen.

Elisabeth blickte ihn eine Weile nachdenklich an. Dann wiegte sie den Kopf. Sie wusste selbst nicht so recht, was sie von der Ankündigung in Luiginas Brief halten sollte. »Im Grunde schon. Weyhoff hat seine Ansprüche durchgesetzt und sich das Gut unter den Nagel gerissen.«

»Das tut mir leid.« Besorgt rieb Jacob mit dem Daumen über ihre Wange.

»Das ist noch nicht alles.« Elisabeth schluckte nervös. »Vater und Antonia überlegen, hierher nach Sansibar zu reisen. Wenn es nach ihnen ginge, würde mein Vater am liebsten mein Erbe anzweifeln. Er ist der Meinung, dass ihm das Handelskontor rechtmäßig zusteht, zumindest zum Teil …«

»Unmöglich.« Jacob schüttelte den Kopf. »Du hast mir das Testament gezeigt. Der hiesige Notar hat seine Rechtsgültigkeit ebenfalls bezeugt. Es gibt keine Grundlage, aufgrund derer dein Vater Ansprüche erheben könnte.«

Elisabeth ließ die Schultern hängen. Sie war es so leid, zu kämpfen. Und doch schien ihr eine weitere Schlacht bevorzustehen. Eine, bei der es um ihre mühsam erkämpfte Selbstbestimmung gehen würde. Sie fühlte sich müde und kraftlos.

»Liz?«

Benommen starrte sie vor sich hin. Sie versuchte, einen klaren Kopf zu bekommen, doch in ihrem Gehirn wollte sich kein sinnvoller Gedanke bilden. Schließlich hob sie den Blick und sah Jacob ernst in die Augen. »Du verstehst das nicht. Er ist mein Vater.«

»Ich verstehe sehr gut.« In Jacobs Stimme lag ein Anflug von Bitterkeit. »Familie … Das macht es kompliziert.«

»Wenn ich nur wüsste, was auf mich zukommt«, seufzte sie.

»Miss von Baahren?« Aus den Augenwinkeln bemerkte sie, wie Ashok zögernd einen Schritt auf sie zumachte. »Wenn ich einen Vorschlag machen dürfte … Falls es Ihnen recht wäre, könnte ich meinem Onkel schreiben. Er ist Guruji in Indien und versteht sich auf das Lesen der Palmblattmanuskripte. Darin können sich wertvolle Hinweise auf den weiteren Lebensweg finden.«

»Ich weiß nicht recht …«, meinte Elisabeth ausweichend und biss sich auf die Lippe. Einerseits wollte sie Ashoks Gefühle nicht verletzen, andererseits konnte sie sich nicht vorstellen, dass eine Prophezeiung aus dem fernen Indien ihr bei all dem hilfreich sein könnte. Außerdem hatte sie Angst davor zu erfahren, was auf sie zukam. »Vielleicht irgendwann …«

»Vielleicht könntest du ja ein Feuer machen und wieder körbeweise Früchte, Kräuter, Gewürze und Ghee verbrennen, um die Glücksgöttin fröhlich zu stimmen«, schlug Jacob hilfsbereit vor, aber Ashok ignorierte ihn. Stattdessen wandte er sich an Elisabeth.

»Dann gehe ich jetzt und bereite ein schönes Chili für Sie vor. Sie müssen zu Kräften kommen für das, was Ihnen bevorsteht. Anna, kommen Sie mit mir, ich habe eine Erfrischung für Sie. *Namaste.*« Ashok faltete die Hände vor der Brust und deutete eine Verbeugung an, bevor er zurück in die Küche ging.

»Großer Gott«, seufzte Elisabeth, als sie allein waren. »Einen Wimpernschlag lang hatte ich gehofft, dass Ruhe und Frieden einkehren. Doch wie es aussieht, kommen neue Schwierigkeiten auf uns zu.«

»So ist das Leben.« Jacob zog sie in seine Arme und küsste ihre Hände. »Du vergisst dabei nur eines. Was auch immer uns bevorsteht, diesmal sind wir zu zweit. Denk an das Versprechen, das wir uns gegeben haben. Dies sind die Hände, die zahllose Tränen von deinen Augen wischen werden, Tränen des Leids und Tränen der Freude«, wiederholte er Sams Worte.

»Dies sind die Hände, die dich festhalten, wenn du dich durch harte Zeiten kämpfst«, fuhr sie fort. Und als sie den Kopf hob und in Jacobs Augen sah, wusste sie, dass es mehr als nur Worte und Zeichen waren, die sie miteinander verbanden, was auch immer die Zukunft brächte.

Ihr Blick wanderte an seiner Schulter vorbei, glitt über die Veranda und von dort aus weiter über die rote Erde, den grünen Dschungel und hinauf in einen weiten blauen Himmel, an dem die glühende Sonne die Farben der Landschaft kräftiger zeichnete als an jedem anderen Ort auf der Welt. Ein Schwarm Nymphensittiche flog aus den Mangobäumen auf und zog mit kräftigen Flügelschlägen über ihre Köpfe hinweg. Sie schloss die Augen und atmete den warmen, vertrauten Geruch Afrikas ein.

Ja, sie gehörte hierher, zu Jacob und zu Afrika. Afrika, das ihre Heimat geworden war und das sie liebte. Zum ersten Mal in ihrem Leben fühlte sie sich angekommen, bei sich und bei dem Mann, der die Welt für sie bedeutete. Ein neues Leben hatte begonnen.

Danksagung

Wie immer gilt mein Dank in erster Linie dir, liebe Leserin, lieber Leser, die/der du die Geschichte von Elisabeth und Jacob auch durch Band 2 begleitet hast. Danke für deine Zeit und die Aufmerksamkeit. Ich hoffe, ich konnte dir im Gegenzug einige schöne Lesestunden bereiten.

Weiterhin gilt mein ganz besonderer Dank unter anderem folgenden wunderbaren Menschen: Fabian Knecht und seinem Team bei Tinte & Feder, meiner Lektorin Angela Küpper, meiner Agentin Lianne Kolf nebst Team, meinen Bloggerinnen, die mich so wunderbar unterstützen, und – last not least – den Menschen, die mein Leben teilen und meine Schreibphasen geduldig begleiten.

Wie immer habe ich mich sehr um historische Genauigkeit bemüht. Allerdings habe ich mir an manchen Stellen erlaubt, von der Historie abzuweichen und von meiner künstlerischen Freiheit Gebrauch zu machen. So gab es nie Elefanten auf Sansibar, aber in meiner Fantasie hatte ein portugiesischer oder arabischer Herrscher vor langer Zeit einige Tiere aus Ostafrika auf die Insel bringen lassen. Und damit nahm das Schicksal seinen Lauf …

Danke für so viele großartige Menschen in meinem Leben.

Herzlich

Cornelia

Quellen

Franz Schubert, »Ständchen«, Lied aus der Sammlung »Schwanengesang«, nach dem Text von Ludwig Rellstab, 1828; erschienen 1829 bei Tobias Haslinger, Wien

Printed in Germany
by Amazon Distribution
GmbH, Leipzig

26479599R00204